Bibliografische Information der Deutschen Bibliothek:
Die Deutsche Bibliothek verzeichnet diese Publikation in der
Deutschen Nationalbibliografie; detaillierte bibliografische
Daten sind im Internet über http://dnb.d-nb.de abrufbar.

Covergestaltung: Manuela Wirtz, www.manuwirtz.de

Bild: Shutterstock, Nr. 220990627, IBushuev

Herstellung und Verlag:
BoD - Books on Demand, Norderstedt
ISBN 9 783842 312753

Nicolas Fayé

Wie das Flüstern der Zeit

Roman

Prolog - Großvater

Meinen Großvater habe ich eigentlich kaum gekannt. Ich war zu jung, als er starb und die Erinnerung verblasst mehr und mehr, je älter man wird. Heute habe ich große Probleme, mir sein Gesicht in Erinnerung zu rufen. Es scheint, als ob es nur verschwommen hinter einer Nebelwand darauf wartet, wieder klar gesehen zu werden. Trotzdem besitze ich von ihm noch etwas, das mich jeden Tag daran erinnert, dass er einmal gelebt hat, wie viele Generationen vor ihm. Er schenkte mir eine Geschichte. Eine sehr schöne, aber auch traurige Geschichte. Von Liebe, Kampf und Sterben. Und von der Geburt eines Volkes. Und so, wie mein Großvater sie mir erzählte, so möchte ich sie euch erzählen und weitergeben, damit sie nicht mit meinem Tod verloren geht.

Das Haus meiner Großeltern war nur sehr klein, fast eine Kate. Es hatte im ganzen nur vier kleine Räume, nicht einmal einen Keller. Zu ebener Erde kam man direkt in die Küche. Ein winziger Raum, mit altmodischem, aber zweckmäßigem Kohleherd, der gleichzeitig zum Kochen und Heizen diente. Der große Tisch aus schwerem Holz, um den sich immer die ganze Familie und die häufigen Gäste versammelten, nahm fast ein Drittel des Platzes ein. Das war der Ort, an dem sich alles Leben abspielte. Hier wurde gekocht, gegessen, gelacht und geweint. Hier trafen sich Nachbarn und Freunde und alle, die hinkamen, waren willkommen. Meine Großmutter hatte einen kleinen Schlafraum, direkt daneben. Mein Großvater schlief im ersten Stock, der nur über eine schmale Stiege zu erreichen war. Als Kind hatte ich immer große Angst, dort hinunterzufallen. Die Toilette war nicht im Haus, sondern man musste quer über den Hof laufen. Vorbei am Nachbarhaus, in dem ein Onkel wohnte, fast bis in den Garten. Das stille Örtchen machte seinem Namen alle Ehre, nicht einmal das Geräusch einer Wasserspülung störte die Sitzung. Allenfalls die Fliegen im Sommer waren lästig und die Kälte im Winter. Ein richtig altmodisches Plumpsklo. Meine Großeltern haben es nie umbauen lassen. Ich mochte dieses kleine Haus und seine

Menschen. In meiner Kindheit war ich oft dort, obwohl es viele Hunderte Kilometer von meinem Elternhaus entfernt lag. Immer, wenn sich eine Möglichkeit ergab, fuhr ich mit meiner Familie zu meinen Großeltern. Ich freute mich, inmitten vieler guter Freunde und Nachbarn in der Küche zu sitzen und den Gesprächen zuzuhören. Bei Marmeladenbrot und Kakao schien mein Leben wie ein Paradies und ich wollte, dass es nie anders werden würde.

Eines Tages, ich spielte im Garten, es war eigentlich ein Nutzgarten mit nur wenigen Blumen, die aber als bunte Farbtupfer eine heitere Stimmung erzeugten, kam mein Großvater zu mir, nahm mich beiseite und begann unvermittelt zu erzählen. Anfangs verstand ich nicht, was er mir sagen wollte. Aber dann wurde mir klar, dass er von einer sehr alten, längst vergangenen Zeit erzählte. Und ich begann, an seinen Lippen zu hängen und die Geschichte in mich aufzusaugen. Es ist eigenartig. Man vergisst im Laufe seines Lebens so viele Einzelheiten, selbst Dinge, die einem einmal sehr wichtig erschienen. Die Geschichte meines Großvaters habe ich nicht vergessen. Fast jedes Wort ist in meinem Gedächtnis geblieben. Und jetzt, auf der Höhe meines Lebens, habe ich mich entschlossen, sie aufzuschreiben und zu erzählen. Eine Geschichte, die vor dreieinhalb Jahrtausenden in den Steppen des Ostens begann.

Kapitel 1 – Die Prophezeiung

Die Nacht war mondlos dunkel und stürmisch. Dichte Wolken türmten sich am Himmel. Ferne Blitze und grollender Donner kündeten ein nahendes Gewitter an. Gegen Norden schwang das Nordlicht in allen Farben, wie die losen Bahnen eines Sommerzeltes. Schon seit Tagen schauten die Menschen angstvoll zum Himmel, an dem der geschweifte Stern durch Wolkenlücken deutlich zu erkennen war. Ein schlechtes Zeichen für das beginnende Jahr. Obwohl der Frühling schon nahte, hatte es vor einigen Tagen noch einmal zu schneien begonnen und der frische Schnee bedeckte die Erde wie ein Leichentuch. Die Pferde scharrten unruhig mit den Hufen. Eine unerklärliche, eigenartige Stimmung lag über der weiten Landschaft und seinen Menschen. Selbst die Schriftkundigen und die alten, weisen Frauen konnten sich nicht erinnern, eine solche Nacht je zuvor erlebt zu haben. Es war, als ob sich Zorn und Freude um das Volk streiten würden.

In dieser Nacht wurde dem Hirten Gore und seiner Frau Ameswinth eine Tochter geboren. Gore nahm das Kind, wickelte es in das Fell eines Widders und ging mit ihm in das unwirtliche Wetter hinaus. Er hob das Mädchen hoch über seinen Kopf und rief: „Alesha, das heißt Glück. So soll dein Name sein. Von heute bis an das Ende der Zeit. Sieh die Sterne, die verblassen, wenn sie dich sehen. Sieh die Sonne, die ihr Antlitz hinter Wolken versteckt. Und sieh den Mond, der einzige, der mächtiger ist als alle Menschen."
So gab Gore seinem Kind den Namen, baute ihm eine Wiege aus dem Holz der roten Buche und ließ von einem Schriftkundigen ihren Namen in das Holz ritzen. Am Kopf der Wiege befestigte er mit Knochenleim einen Karneol, damit das Kind sicher und behütet sein würde. Ameswinth nähte aus grobem Leinen die Windeln für Alesha und ein Fell wurde ihre Decke. Siebzig Tage nach Alehsas Geburt schlachtete Gore ein Schaf und lud das ganze Dorf ein, mit ihnen zu feiern.

„Ein schönes Fest, Gore. Hast du noch von diesem Met?"
Tronto war wieder in seinem Element. Solange genug zu trinken
und zu essen für ihn da war, konnte ihn nichts erschüttern. „Ich
liebe solche Feiern. Leider gibt's viel zu wenige davon."

„Dein Magen ist wohl unerschütterlich", lachte Ameswinth und
wischte sich mit einem Zipfel ihres Kleides über den Mund.
„Wenn es nach dir ginge, würden wir nur noch Feste feiern."

„Aber sicher", rief Tronto. Der Schmied griff mit seinen
schwieligen Händen schon etwas unsicher nach dem Krug des
süßen Getränks. „Hör zu, Gore. Hast du schon von dem neuen
Metall gehört, das die Schmiede im Osten gefunden haben? Viel
härter als unsere Bronze ist es. Man sagt, man kann Steine damit
schneiden. Selbst die Götter haben kein solches Metall. Ich
werde bald aufbrechen, um diesen Stoff mit meinen eigenen
Augen zu sehen und zu lernen ihn zu schmieden."

Gore schaute den Dorfschmied mit großen Augen an:
„Übertreibe nicht, Tronto." Er führte den Krug zum Mund,
trank ein wenig und sprach weiter: „Es ist ein weiter Weg in den
Osten. Ich würde ihn nicht gehen, nur um einem Märchen
hinterherzulaufen. Kein Metall kann schöner und besser sein als
die Bronze. Schließlich kommen die Händler weit aus dem
Westen, nur um Silber, Felle und Sklaven dagegen
einzutauschen." Das Met lief dem Hirten zu beiden Seiten aus
den Mundwinkeln und er begann unablässig zu rülpsen. „Aber
wenn du es findest, bringe mir etwas davon mit."

Er balancierte den Krug auf der Handfläche seiner linken Hand,
als ihm plötzlich ein kleines Ledersäckchen vor die Füße
geworfen wurde.

„Du Unwissender!" Der Ruf ließ alle Gespräche sofort
verstummen. Die Gesichter der Anwesenden wurden bleich.
Gore ließ den Krug zu Boden fallen, wo er klirrend zerschellte.
Das restliche Met versickerte durch die Ritzen des Bodens.

„Wa, wa, was willst du hier?", stotterte Gore in Richtung des
Neuankömmlings. Niemand hatte mitbekommen, woher der
völlig in schwarzes Leder gekleidete Mann gekommen war. „Ich
habe dich nicht eingeladen."

„Das macht nichts", sagte der Schwarze. „Brauch ist es, Brauch
soll es bleiben." Er nahm das Ledersäckchen vom Boden auf,

ging mit lautlosen Schritten zur Wiege, beugte sich über Alesha und ignorierte den angstvollen Schrei der Mutter, die versuchte, zwischen ihn und die Wiege zu gelangen. Er schüttelte den Beutel über Aleshas Kopf, so dass die Umstehenden den feinen Klang der Knochen hören konnten, die in dem Ledersäckchen klirrten.

„Geh weg, Schamane", schrie Ameswinth. „Lass mein Kind zufrieden!"

Der Schwarze machte weiter, als ob er die Stimme nicht gehört hätte.

„Guter Name. Alesha. Du wirst ihn brauchen," murmelte er und drehte sich plötzlich zu Gore um: „Sie wird vom Dorf nicht weggehen, solange der Stamm lebt."

Gore lachte unvermittelt auf. „Das hätte ich auch prophezeien können. Sie wird den Sohn meines Bruders heiraten. Und der geht bestimmt nicht hier weg. Alle aus meiner Familie sind Hirten in unserem Stamm, seit Menschengedenken."

„Höre meine Worte!" Der schneidende Klang der Stimme ließ Gore und seine Gäste wieder verstummen. „Sie wird nicht sterben, solange der Stamm lebt. Alt wird sie sein am Ende ihrer Zeit und doch jung. Sie wird ihre Feinde lieben, die sie doch hassen sollte. Mächtig wird ihr Mann sein und doch seine Macht nur aus ihr schöpfen. Der Stern, der am Himmel steht, wird wiederkommen, wenn ihre Zeit zu Ende geht. Sie wird Völkern den Namen geben und der Welt ein Rätsel. Nie wird man sie vergessen und doch wird niemand ihren Namen kennen. So steht es geschrieben, so soll es geschehen."

Die Stimme war noch nicht verklungen, als der Schamane langsam zur Türe hinausging. Auf der Schwelle drehte er sich noch einmal um und warf Gore einen langen, durchdringenden Blick zu, ohne ein weiteres Wort zu sagen. Dann verschwand er so plötzlich wie er aufgetaucht war.

Ameswinth rannte zur Wiege und nahm ihr Kind in den Arm. Das Mädchen hatte von den Ereignissen, die sich gerade abgespielt hatten, nichts mitbekommen. Sie schlief noch genauso fest und tief wie schon während des ganzen Festes.

„Was hat er dir getan, mein Engel?", flüsterte Ameswinth und wiegte die Kleine sanft hin und her. „Nie werde ich zulassen, dass dir etwas geschieht."

Sie hatte die letzten Worte gerade zu Ende gesprochen, als ihr Blick auf ein kleines Amulett fiel, das in den Ritzen des Wiegenfelles lag. Vorsichtig nahm sie es in die Hand und betrachtete es ungläubig. Es sah aus wie ein brauner Stein, durch dessen Mitte ein Loch gebohrt war, wodurch wiederum eine Lederschnur gezogen war. Der Stein, an manchen Stellen glatt und eben, überwiegend aber rau und wie mit vielen kleinen Löchern perforiert, übte eine eigenartige Anziehungskraft auf Ameswinth aus. Morgen würde sie ihn der alten Becka zeigen, der ältesten und weisesten Frau, die sie kannte.

„Das Auge der Welt!"

Becka nahm den Stein ehrfürchtig in die Hände, wiegte ihn langsam hin und her und sagte: „Ich habe schon in meiner Kindheit davon gehört. Meine Großmutter erzählte mir davon. Einst soll er dem Gott Thorai gehört haben, den man den Wanderer zwischen den Welten nennt und dessen Waffe ein mächtiger Hammer aus Stein sein soll. Man sagt, das Auge habe magische Kräfte und würde große Macht verleihen. Sicher weiß ich nur, dass das Amulett immer weitergegeben wird - von einem Träger zum nächsten. Und jeder, der es besitzt, gibt es an jemanden weiter, den er für gut und kraftvoll genug hält, die Macht des Auges zu nutzen. Ameswinth, du musst es der Kleinen um den Hals hängen. Niemand außer ihr darf es besitzen."

Becka gab den Stein zurück und lächelte.

„Der alte Schamane hat es ihr gegeben, sagst du? Das hätte ich dem Schwarzen nicht zugetraut, dass er das Auge hatte. Man hat ihn immer für einen dunklen Propheten gehalten, der durch das Land des Stammes irrlichterte. Ich glaube, ich werde den Alten jetzt mit ganz anderen Augen betrachten."

Kapitel 2 – Das fremde Volk

Seit jenem Tag, an dem die Geburt Aleshas gefeiert wurde, waren vierzehn Jahre ins Land gegangen. Vor gut zehn Jahren war Tronto, der Schmied nach Osten aufgebrochen, um das legendäre neue Metall zu finden und mit eigenen Augen zu sehen. Der alte Schamane war seit dem Fest nicht mehr gesehen worden und niemand schien ihn zu vermissen. Aus Alesha war ein hübsches Mädchen mit klugem, intelligentem Blick und einem mitreißenden Charisma geworden. Aber etwas war außergewöhnlich an ihr - sie trug niemals ein Kleid, sondern immer ihre geliebten Hosen aus Wildleder, mit denen sie leichter und unbeschwerter auf den halbwilden Pferden reiten konnte, sowie ein langes Lederhemd. Nur ihre Eltern und die alte Becka wussten von dem Amulett, das sie unter ihrer Kleidung trug. Sie war oft bei Becka, einer Frau, deren Gesicht voller Runzeln und die trotzdem ohne Alter war. Wie alt war sie? Niemand wusste es genau. Sie war älter als jeder andere des Stammes. Trotz ihres Alters war ihr Geist ungetrübt und hellwach. Vor einigen Tagen hatte sie Alesha von Gerüchten erzählt, nach denen ein neues Volk von den Hochebenen hinunter in die Steppe gekommen war. Die wenigen Nachrichten, die darüber Auskunft gaben, waren widersprüchlich und auch kaum zu glauben. Grausam und schrecklich sollte das neue Volk sein, ihren Göttern würden sie Menschen opfern hieß es und aus ihren Köpfen würden Flammen sprühen. Becka meinte, das seien Ammenmärchen. Kein Mensch würde so aussehen. Glauben würde sie jedoch, dass die gefiederten Pfeile der Fremden treffsicher ihre Ziele finden würden. Aber die Steppe war weit und der Stamm wehrhaft. Diese Gedanken gingen Alesha durch den Kopf, als sie im Schatten einer großen, massigen Birke saß und sich von ihrer Mutter die langen, schwarzen Haare mit einem Knochenkamm durchkämmen ließ. Ihr Vater saß etwa hundert Schritte weiter mit einigen anderen Männern des Stammes um ein Feuer und trank mit ihnen dieses süße Getränk, das scheinbar alle Männer mochten. Sie betrachtete die Szene und lachte leise in sich hinein.

Zur gleichen Zeit fiel Gores Blick auf seine Frau und seine Tochter und er musste lächeln. Dieser Anblick war ihm vertraut und er liebte ihn. Alesha war sein einziges Kind und er würde den Tag des Abschieds voller Wehmut erleben. Die letzten vierzehn Jahre waren für ihn wie ein Wunder gewesen. Sie hatten ihm gezeigt, dass nicht nur Jungen wirkliches Glück brachten. Er lehnte sich an den Baum in seinem Rücken und lächelte tief in Gedanken versunken. Er hörte den donnernden Hufschlag, bevor er die Reiter kommen sah. Die Herden, die auf der Steppe grasten, liefen nach allen Seiten wild auseinander, als die Fremden mit lautem Gebrüll durch sie hindurch ritten. Noch bevor Gore aufspringen konnte, um seine Waffen aus dem Sommerzelt zu holen, durchschlug ein gefiederter Pfeil seine Kehle und nagelte ihn an den Baum. In den nächsten Minuten sah er das Ende des Stammes. Die alte Becka humpelte über den Platz und versuchte, zu einem Dickicht zu gelangen, um sich zu verstecken. Sie sah den Reiter hinter sich nicht und spürte auch nicht den Schlag seiner Keule, der ihr den Schädel zertrümmerte. Sie war tot, noch bevor sie auf den Boden aufschlug. Ameswinth rief ihrer Tochter zu sich zu verstecken, als einer der fremden Krieger ihr einen Dolch zwischen die Rippen stieß. Dann schnappte er sich das Mädchen und versuchte, sie mit Rohlederriemen zu fesseln. Alesha wehrte sich mit aller Gewalt und kratzte dem Krieger mit ihren Fingernägeln quer über sein Gesicht. Aber alle Gegenwehr nützte nichts. Der Angreifer war stark und unbarmherzig. Mit seinem Hartholzbogen versetzte er ihr einen heftigen Schlag auf den Hinterkopf, so dass das Mädchen bewusstlos in sich zusammensank. Er fesselte Alesha, warf sie fast beiläufig über den Sattel seines Pferdes und ging langsam über den Platz zwischen den Sommerzelten auf Gore zu.

Die Männer des Stammes waren tot, noch bevor sie sich über den unverhofften Angriff im Klaren gewesen waren. Gores sterbende Augen beobachteten hilflos den Untergang seines Stammes und den Tod seiner Frau. Er sah, dass Alesha nicht getötet wurde, aber was würde das weitere Leben für sie bereithalten? Würde seine Tochter ein Menschenopfer des fremden Volkes werden? Er konnte ihr nicht helfen und das war schlimmer als der Tod. Gore sah einen mächtigen Krieger auf sich zukommen, der sich vor ihm aufbaute und ihn neugierig musterte. Sein markantes Gesicht war blutig zerkratzt und er würde Narben zurückbehalten. Quer über seine Adlernase waren drei blaue Linien tätowiert und in seine Haare waren schmale rote und gelbe Bänder geflochten. Aus der Ferne musste es aussehen, als ob Flammen aus seinem Kopf züngeln würden.

Die Stimme traf Gore wie ein Donnerschlag: „Ich bin Fenris, Herr der Alani und Gott meines Volkes. Ich kam in die Steppe hinunter, um mir das Land zu nehmen. Niemand kann neben mir und meinem Volk bestehen. Stirb!"
Der riesige Krieger drehte sich um, ging zu seinem Pferd, legte Alesha fast auf den Hals des Rappen und stieg in den Sattel. In leichtem Trab verließen Fenris und seine Krieger den Schauplatz des Gemetzels. Beiläufig warf er noch einen Blick auf den sterbenden Gore und sah Tränen aus seinen Augen rinnen. Fenris lachte dröhnend und ritt an der Spitze seiner Leute aus dem Lager. Zwei Stunden später war Gore tot.

Kapitel 3 – Die drei Freunde

Ein kleiner Wald säumte den schmalen Wasserlauf, der sich über die Ebene zog. Irgendwo würde er wohl in einen größeren Fluss fließen und mit diesem weiter nach Süden, dem dunklen Meer entgegen, das er eines Tages erreichen würde, um den Kreislauf erneut beginnen zu können. Die schemenhafte Gestalt, die am Rande des Baches, gut geschützt durch die umgebenden Bäume, saß, legte ein Stückchen Holz in das kleine Lagerfeuer, das vor ihr brannte. Dann lehnte sie sich zurück und die neu entfachten Flammen ließen das Gesicht erkennen. Der Mann mochte so um die dreißig Jahre zählen, vielleicht ein paar mehr. Sein Gesicht war das eines Mannes, der viel gesehen und erlebt hatte, aber trotzdem mit hellen, wachen Augen. Seine Haare begannen an den Schläfen schon leicht zu ergrauen und der Bart, den er trug, war von grauen Haaren durchzogen. Am Kinn jedoch hatten die Barthaare eine kupferrote Färbung angenommen, die in völligem Gegensatz zu seiner Haarfarbe stand. Seine Kleidung war die eines Hirten, obwohl sein sonstiges Aussehen sofort verriet, dass der Fremde kein Hirte sein konnte. Seine Finger waren lang und schmal, seine Gestalt konnte man fast als dürr bezeichnen, obwohl in seinem unscheinbaren Wesen eine große Kraft vorhanden sein musste. Kaum sonst hätte sich jemand in diesen Zeiten alleine in die Steppe gewagt. Der Mann hielt die Augen halb geschlossen und ließ seinen Gedanken freien Lauf.

Noch vor einigen Jahren hätte er laut aufgelacht, wenn ihm jemand erzählt hätte, dass er heute in einem fremden Land umherwandern würde und dass seine besten Freunde Tagediebe und Abenteurer sein würden. Wie lange war es schon her, als er ein erfolgreicher Kaufmann aus dem Volk der Luwier gewesen war. In der Stadt Wilusa hatte er sein Handelshaus gehabt und große Schiffe nach Kreta und in das ferne Ägypten dirigiert. Er mehrte mit jeder Fahrt seinen Reichtum und seine Macht. Wilusa - die Stadt beherrschte unangefochten die Meerenge, die den einzigen Weg in das dunkle Meer, zum Land der Kolcher, darstellte. Eigentlich bestand Wilusa aus zwei Städten. Einer von mächtigen Mauern und wehrhaften Türmen umgebenen Palaststadt, in der zweistöckige, große Häuser allen Luxus boten, der für Geld zu bekommen war. Die Unterstadt, eng bebaut, bot dem gemeinen Volk eine Heimat. Die Mauer um diesen Teil war weitaus niedriger als die Mauer der Burg. Tief unter der Stadt, in den Felsen gehauen, befand sich das größte Heiligtum. Die Quellhöhle des Gottes Kaskal Kur, der der Überlieferung zufolge einst die Stadt gegründet hatte und sie ewig beschützen würde. In dieser Stadt kamen Händler aus der ganzen Welt zusammen: große, bärtige Männer aus dem Land hinter dem großen Binnenmeer brachten Lapislazuli und andere Edelsteine. Händler aus Mitanni sandten Keramik in die Stadt und kleingewachsene Kreter handelten mit ägyptischem Gold. Aus den dunklen Wäldern des Nordens und von der Nebelinsel kamen Bernstein, Zinn und der wertvolle Obsidian aus Melos.

Das war alles aus und vorbei. Vor zehn Jahren, mitten in einer warmen Sommernacht, brachen die Schlünde der Erde auf. In einer einzigen Nacht starb die reiche Stadt Wilusa. Die bebende Erde zerstörte die befestigten Mauern der Palaststadt. In der Stadt des Volkes brachen Häuser in sich zusammen, von den Feuerstellen breiteten sich Brände aus. Er erinnerte sich daran, wie große Mauerbrocken auf die Straßen fielen und jeden erschlugen, ohne auf Rang und Namen zu achten. In Gefahr und Tod waren alle Menschen gleich. Sein Haus überstand den ersten Erdstoß halbwegs unversehrt und er besichtigte bereits die Schäden, als ein weiteres, viel stärkeres Beben zuschlug und die Häuser der Palaststadt und der Unterstadt, die nach dem ersten Beben noch unversehrt waren, ebenfalls in Ruinen verwandelte. Am nächsten Morgen versuchten die Bewohner in die Palastburg vorzudringen, aber der Stadtkönig Priatos ließ die Tore sperren. Der Zorn des Volkes über die verweigerte Hilfe war groß und seine Rache furchtbar. Von überall stürmte die Bevölkerung der Unterstadt über die zerstörten Mauerkronen und fiel wie Wölfe über die Bewohner der Oberstadt her. Er selbst konnte sich nur retten, weil er sich tot stellte und den ganzen Tag in einem Trümmerfeld lag. Mit der beginnenden Dunkelheit schlich er sich langsam aus der Ruinenstätte und wanderte die ganze Nacht und den darauffolgenden Tag ohne Unterbrechung nach Osten. An diesem Tag hatte er seinen Gott und seinen Glauben verloren. Mit Wilusa starb auch der Gott Kaskal Kur.

Er legte noch etwas Holz auf das Feuer und wartete. In dieser Nacht würden seine Freunde sich hier mit ihm treffen. Er hatte sie seit fast einem halben Jahr nicht mehr gesehen. Irgendwie freute er sich, bekannte Gesichter wiederzusehen. Gilgas, diesen furchtlosen Krieger aus den unendlichen Wäldern des Westens, der über alles und jeden lachen konnte. Und Lorin, ruhig und bedächtig, noch jung an Jahren, aber trotz alledem weit herumgekommen. Die beiden würden bald eintreffen und zu dritt würde die Reise dann weiter gehen. Wohin, das würde ihnen Lorin schon früh genug erzählen.

„Du träumst wieder, Amerus." Eine Stimme jagte ihn aus seinen Gedanken.

„Eines Tages wirst du einen Pfeil in deinem Körper haben, wenn du nicht aufpasst. Hier könnte eine Horde wildgewordener Bären durchlaufen und du würdest sie nicht bemerken. Wie kann man nur so leichtsinnig sein?"

Vor ihm stand eine schlanke, kraftvolle Gestalt. Ihre ausgeprägten Gesichtszüge waren von einem breiten Lachen überdeckt.

„Gilgas!" Amerus sprang auf und umarmte seinen Freund. „Wie schön dich zu sehen. Wo ist Lorin?"

„Der versteckt die Pferde", meinte Gilgas grinsend.

„Pferde? Wir wollen doch nicht etwa wieder reiten?"

Amerus empfand eine ausgeprägte Abneigung gegenüber diesen halbwilden Tieren. In seiner hethitischen Heimat wurden Pferde nur für die Streitwagen gebraucht. Kein zivilisierter Mensch ritt auf ihnen. Als er vor Jahren die ersten Reiter in der Steppe gesehen hatte, erinnerte er sich an die Geschichten von den Zentauren, die ihm seine Mutter einst erzählt hatte. Wesen, vorne Mensch und hinten Pferd. Nach der ersten Begegnung mit Reitern glaubte er zu wissen, wie diese Geschichten entstanden waren. Jetzt sollte er selbst ein Zentaur werden.

Mittlerweile war Lorin ans Feuer getreten. Er war noch sehr jung, so um die zwanzig Jahre. Dunkelblonde Haare wallten bis zur Schulter. Ausnahmslos in Leder gekleidet wurde seine große Statur durch ein unbestimmtes Charisma unterstrichen. Vor Lorin legte sich gerade ein halbwilder Wolf nieder und legte seine Schnauze auf seine Füße. Lorin hatte ihn vor etwa drei Jahren getroffen. Damals hatte er den Winter in der Steppe verbracht, als eines Abends ein Rudel Wölfe bis an sein Lager kam. Das helle Lagerfeuer hatte sie abgeschreckt näher zu kommen. Er warf ein Stück Fleisch in ihre Richtung, das jedoch dicht bei den Flammen zu Boden fiel. Nur einer der Wölfe überwand seine Angst und holte sich den Leckerbissen. Am anderen Morgen waren die Wölfe verschwunden, bis auf den einen, der sich am Abend zuvor an das Lagerfeuer gewagt hatte. Seit diesem Tag war der Wolf, dessen Fell eine weiße Färbung hatte, bei Lorin geblieben, der ihn Skade nannte.

„Wir sollten noch etwas schlafen," sagte Lorin. „Morgen liegt ein weiter Ritt vor uns. In fünf Tagen sollten wir das große Binnenmeer erreicht haben."

„Was wollen wir da?" fragte Amerus.

„Das ist nicht unser endgültiges Ziel. Das liegt noch viel weiter im Osten. Fast am Rand der Berge, die den Himmel stützen."

Lorin warf ein großes Bärenfell, das ihm als Lager diente, in die Nähe des Feuers.

„Ich habe von einem Volk gehört, das ein Metall gefunden hat, welches die Farbe von Zinn besitzt, aber viel härter als Bronze ist. Außerdem ist das eine gute Gelegenheit, näheres über das fremde Volk zu erfahren, das von der Hochebene in die Steppe gekommen ist", sagte er.

Lorin legte sein kurzes Bronzeschwert und den Bogen ab und ließ sich nieder.

„Ich werde euch Morgen alles erzählen, was ich weiß. Schlaft gut."

Amerus schaute Gilgas erstaunt an, doch der zuckte nur mit den Schultern und lachte: „Morgen ist auch noch ein Tag, bei allen Göttern, ja das ist es."

Dann legte sich auch Gilgas schlafen und ließ Amerus stehen.

„Nun, Skade, dann bist du jetzt mit der Wache dran", sagte Amerus zu Lorins Wolf. „Pass gut auf uns auf."
Das Tier schaute Amerus mit klugen Augen an und legte dann seinen Kopf zwischen die Vorderpfoten. Amerus wusste, dass niemand nah genug an sie herankommen könnte, ohne dass der Wolf sie warnen würde.

Kurz vor Sonnenaufgang waren sie aufgebrochen und hatten schon eine weite Wegstrecke hinter sich gebracht. Amerus hielt sich tapfer im Sattel und war glücklich darüber, dass sich sein Pferd halbwegs ruhig verhielt. Die Tiere waren nicht mit den schweren Streitwagenpferden der Hethiter zu vergleichen, auch nicht mit den kleinen anspruchsvollen Pferden der Ägypter. Sie waren klein, zottelig und man sah ihnen nicht an, dass sie zu einer der schnellsten Pferderassen der Erde gehörten. Sie waren so genügsam, dass sie sich selbst mit dem dürren Sommergras der Steppe zufrieden gaben. Die Sättel waren aus geformtem Leder und Lorin hatte stabile Lederschlingen, in denen man seine Füße abstützen konnte, daran befestigt.
Lorin lenkte sein Pferd zwischen Amerus und Gilgas.
„Das fremde Volk aus der Hochebene ist sehr gefährlich. Ihre Krieger greifen einen Stamm nach dem anderen an und vernichten ihn. Niemand konnte sie bisher aufhalten. Wir müssen soviel wie möglich über sie erfahren."
„Nur wer seine Feinde kennt, kann sie vernichten," sagte der Luwier. „Ich glaube, ich weiß, von welchem neuen Metall du gestern Abend gesprochen hast, Lorin. Der König von Wilusa besaß ein kleines Messer, kaum einen Finger lang, von silberner Färbung. Es war aber kein Silber. Er hatte es von einem sarmatischen Händler erworben und dafür einen ganzen Widder in Gold aufwiegen lassen. Es war ungeheuer wertvoll."
„Das kann ich glauben. Nach dem, was ich gehört habe, kann das Metall sogar Bronze zerschlagen. Ein Schwert aus diesem Material wäre jedem aus Bronze weit überlegen. Wir müssen die Schmiede finden, die dieses Metall herstellen können."
Lorin ließ seinen Blick über die Steppe schweifen, die bis zum Horizont keinerlei Erhebungen aufwies und nur ab und zu durch einige kleine Wäldchen unterbrochen wurde.

„Heute müssen wir es bis zur Sarmatenquelle schaffen. Und dann weiter bis zum Weißen Fluss, der in das Binnenmeer fließt. Ich hoffe, dass wir in fünf Tagen unser erstes Ziel erreicht haben werden."

Gilgas nickte: „Wer sollte uns schon aufhalten? Drei Männer und einen Wolf. Lasst uns reiten." Er lachte und trieb sein Pferd an. Lorin und Amerus folgten ihm, wobei der Luwier sichtliche Probleme hatte, sich im Sattel zu halten.

Sie erreichten die Quelle am späten Nachmittag. Die Ansiedlung war der letzte große Handelsposten vor dem Binnenmeer. Von hier bis zum Weißen Fluss gab es, außer ein paar kleinen Sommerlagern der Hirten, keine befestigte Siedlung mehr. Trotz der späten Stunde war immer noch ein geschäftiges Treiben zwischen grob gezimmerten Holzhütten und den leichten Sommerzelten der Nomaden. Mittelpunkt des Handelspostens war eine alte Burg, von der jedoch nicht mehr als ein paar Erdwälle übrig geblieben waren. Hierher kamen Händler und Hirten aus der Weite der östlichen Steppe, um ihre Waren und Tiere zu verkaufen. Von hier gingen Edelsteine und Pelze weiter nach Westen - bis in das Land der Hethiter und von dort nach Assyrien und Ägypten. Als die drei Reiter langsam in das Gewühl ritten, traten die Leute zur Seite. Sie betrachteten die Neuankömmlinge jedoch genau, vor allem der Wolf hatte ihre Aufmerksamkeit.

„Wir kampieren lieber am Rand des Gewühls."

Gilgas lenkte sein Pferd an die äußere Seite des Handelspostens.

„Wir wollen schließlich keine unangenehmen Überraschungen erleben, sondern lieber alles im Auge behalten."

„Gut," meinte Lorin und warf Amerus einen vielsagenden Blick zu. „Gilgas will wohl keine der örtlichen Schönheiten übersehen."

„Du kennst mich," grinste Gilgas.

„Wer so lange mit dir unterwegs ist wie Amerus und ich, sollte dich kennen."

Sie schlugen außerhalb der Niederlassung ihr Lager auf und machten sich dann zu Fuß daran, sich einen Überblick zu verschaffen. Ihre Pferde und Besitztümer ließen sie im Lager zurück. Kein Mensch würde es wagen etwas wegzunehmen. Skade würde schon dafür sorgen, dass nach ihrem Rundgang noch alles an seinem Platz lag.

Nahe der alten Burg machte Gilgas eine Schenke aus. Der Wirt hatte nur vier Pfosten in die Erde gehauen und eine Zeltplane als Dach darüber gehängt.

„Wir sollten uns erst mal stärken," rief Gilgas seinen Freunden zu.

„Warum eigentlich nicht?" stimmte der Luwier ihm zu. „Gehen wir."

Die Freunde lenkten ihre Schritte in die behelfsmäßige Spelunke. Um einen schlecht gezimmerten Tisch herum standen rohe Bänke, auf denen Felle ausgelegt waren.

„Met für die Herren?" Der dicke Wirt, dessen Nase aussah, als ob er selbst sein bester Gast wäre, drängte zu den Freunden. „Ich habe auch vergorene Stutenmilch."

„Met!" Gilgas zwängte sich so auf eine Bank, dass sich am anderen Ende ein Gast auf dem Boden wiederfand. Er drängelte weiter und hatte bald soviel Platz geschaffen, dass auch Lorin und Amerus sich setzen konnten.

„Viel Met."

Der Wirt brachte drei Krüge und stellte sie auf den Tisch. Noch bevor Gilgas und Lorin die ihrigen an den Mund setzen konnten, hatte Amerus den seinen schon zur Hälfte geleert.

„Ich gewöhne mich langsam an das Zeug. Trinkbar ist es jedenfalls, vor allem, wenn man sich den ganzen Tag den Hintern wundgeritten hat. Wenn ich daran denke, was für eine Reise uns noch bevorsteht, würde ich am liebsten hier sitzen bleiben."

„Du bist kein Abenteurer, Amerus." Gilgas schallendes Lachen erregte die Aufmerksamkeit der übrigen Gäste. „Ich habe jedenfalls meine helle Freude an deinen Reitkünsten."

„Danke, du Grobian."

Amerus verzog das Gesicht, als ob er Essig getrunken hätte.

„Wenn du noch ein paar Jahre reitest, wirst du es vielleicht sogar irgendwann lernen," feixte Gilgas.

Während Gilgas und Amerus sich gegenseitig aufzogen, ließ Lorin seine Blicke durch die offenen Wände der Schenke nach draußen schweifen. Hier trafen sich Menschen aus aller Welt. Direkt in der Nähe sah er einen hochgewachsenen Krieger, der über seiner Brust einen Knochenpanzer trug und dessen durchbohrte Nasenflügel mit Silberringen durchzogen waren. Nicht weit davon saßen Händler aus Assur in langen Kaftanen aus rotgefärbter Wolle, mit vielen goldenen Ringen an den Fingern. Die Person, die ihm aber sofort auffiel, war schlicht in schwarzes Leder gekleidet, mit einer Nase, die jedem Adler Ehre gemacht hätte. Der einzige Schmuck dieses Mannes war ein kleines Ledersäckchen, das an einem Riemen um seinen Hals hing. Lorin nahm einen Schluck Met und als er wieder aufblickte, war der Schwarze verschwunden.

Kapitel 4 – Über das Binnenmeer

Der Weiße Fluss wälzte sich breit und ruhig nach Süden. Vor drei Tagen waren Lorin und seine Gefährten von der Sarmatenquelle aufgebrochen und hatten nach einer ziemlich ereignislosen Reise den Fluss erreicht. Sie wandten sich in Sichtweite des Flussufers nach Süden und nach einem knappen Tagesritt erkannten sie in der Ferne die Mündung des Stromes in das große Binnenmeer.

„Wir haben nur eine Möglichkeit", sagte Lorin. „Nach Osten über den Fluss können wir nicht. Zu viele Sümpfe. Das Meer südlich umreiten würde bedeuten, das Grenzgebirge nach Mitanni und Hurrit überqueren zu müssen. Uns bleibt nur der Weg über das Meer. Wir werden die Pferde laufen lassen, sobald wir eine Fährmöglichkeit gefunden haben. Am anderen Ufer werden wir neue Tiere finden."
Während Lorin sprach, wurde Gilgas bleich und Amerus begann zu lachen.
„Nun werden wir auf den Wellen reiten, Gilgas. Klatsch in die Hände und freu dich," meinte Amerus und grinste breit.

Nachdem sie das Ufer des Meeres erreicht hatten, fanden sie zu ihrem Erstaunen recht schnell eine Mitfahrgelegenheit. Der Kapitän des wenig vertrauenerweckenden Kahns verlangte nur drei Silbermünzen für jeden und eine zusätzlich für den Wolf. Lorin ließ die Pferde frei, während Gilgas und Amerus ihre Sachen auf das Boot brachten. Das Boot war recht klein, nur mit zwei Paar Rudern und einem winzigen Dreieckssegel ausgestattet. Neben dem Kapitän waren noch zwei Helfer an Bord. Nachdem alles verstaut war, lichteten sie den Anker und das Boot wurde in tiefes Wasser gerudert. Das Segel zu setzen, dauerte nicht lange und bereits kurze Zeit später machte der Kahn eine nicht erwartete gute Fahrt. Die Freunde bereiteten ihre Schlafplätze vor. Der Wolf legte sich auf Lorins Bärenfell und beobachtete misstrauisch die Handlungen der Mannschaft.

Das Unwetter kam plötzlich. Aus einer leichten Brise entwickelte sich innerhalb kürzester Zeit ein gewaltiger Sturm, der das Boot wie eine Nussschale über die Wellen tanzen ließ. Lorin warf geistesgegenwärtig einen Lederriemen um den Mast und band sich das andere Ende um die Taille, gleichzeitig umklammerte er mit aller Kraft seinen Wolf. Gilgas und Amerus hielten sich verzweifelt an der Bootswand fest. Plötzlich zerriss ein Schrei die bereits einsetzende Dämmerung. Einer der Bootshelfer stürzte über Bord und verschwand in Sekundenschnelle in der brodelnden See. Das Segel hing längst in Fetzen herunter und die Freunde hatten schon jegliche Hoffnung auf Besserung aufgegeben, als der Kapitän plötzlich in Richtung Osten zeigte und den Sturm übertönte: „Land! Ich sehe Land! Wir können es schaffen."

Die Worte waren noch nicht zu Ende gesprochen, als der Orkan nochmals an Stärke zulegte und das kleine Boot mit aller Gewalt gegen die Klippen der Küste trieb. Amerus und Gilgas stürzten gemeinsam über Bord. Sie versuchten, mit aller Kraft über Wasser zu bleiben, als Skade sich aus Lorins Umklammerung löste und den beiden in die See nachsprang. Das Boot wurde durch den unerwarteten Gewichtsverlust von der Küste weggetrieben und ein zweites Mal gegen die Klippen geschleudert. Der Aufprall war so heftig, dass der bereits stark mitgenommene Kahn auseinanderbrach und nun auch Lorin über Bord gespült wurde. Er wurde auf die Felsen geworfen und verlor das Bewusstsein.

Gilgas merkte, wie eine feuchte Zunge über sein Gesicht schleckte. Er konnte sich nicht erinnern, wo er sich befand, spürte jedoch, dass der Wolf bei ihm war und ihn immer wieder ermunternd an die Schulter stupste. Als Skade merkte, dass Gilgas langsam erwachte, legte er sich an seine Seite und schob seinen Kopf leicht unter das Kinn des Kriegers. Nicht weit von dort lag Amerus, erschöpft, aber unverletzt, am Ufer des Meeres. Er stand langsam auf und ging zu Gilgas und dem Wolf. Der Luwier kniete sich neben Gilgas nieder. Der Krieger war inzwischen aufgewacht und starrte Amerus an.
„Wo ist Lorin?"

„Ich weiß es nicht. Er war auf dem Boot, als wir ins Wasser gespült wurden."

„Wir müssen ihn suchen!"

Amerus schaute nachdenklich: „Wir können kaum laufen. Unsere Kleider triefen vom Wasser und wir sind zu Tode erschöpft. Außerdem wird jeden Augenblick die Nacht hereinbrechen. Wir müssen hier bleiben und uns morgen früh auf die Suche machen. Es geht nicht anders."

Amerus suchte trockenes Holz in den Uferbüschen und entfachte ein großes Feuer, das weithin zu sehen war. Gilgas kam zum Feuer, zog seine Kleider aus und hängte sie über ein paar Stöcke in die Nähe der Flammen. Der Wolf legte sich in einiger Entfernung nieder und beobachtete die Szenerie.

Wie durch einen Nebel sah Lorin eine schemenhafte Gestalt. Er hatte furchtbare Kopfschmerzen und spürte alle Knochen im Körper. Vor seinen Augen tanzten Sterne. Eine Flüssigkeit lief ihm an den Mundwinkeln hinunter.

„Du musst trinken", hörte er eine Stimme. „Es wird dir helfen."

Lorin schluckte und spürte einen bitteren Geschmack auf der Zunge. Langsam klärte sein Blick auf.

„Wer bist du?", fragte er.

„Sprich nicht", sagte die Gestalt.

Lorin merkte, wie ihm das unbekannte Getränk half. Seine Augen nahmen schon mehr von der Umgebung wahr und seine Schmerzen begannen nachzulassen. Er betrachtete die Gestalt etwas näher und versuchte sich zu erinnern, wo er sie schon einmal vorher gesehen hatte.

„Wer bist du?", fragte er wieder. „Ich kenne dich. Woher?"

„Du wirst jetzt schlafen und wenn du aufwachst, wirst du wieder bei Kräften sein. Du musst deinen Weg weitergehen. Es ist dein Schicksal. Du wirst deine Gefährten wiederfinden und ihr werdet euren Weg gemeinsam weitergehen. Suche das Volk der Schmiede und das Auge der Welt. Ein langer Weg wird vor euch liegen, aber das Ende dieses Weges liegt selbst mir im Dunkeln. Viele Kämpfe und Entbehrungen werdet ihr überstehen müssen."

Lorin versuchte sich aufzurichten, aber er fiel sofort zurück. Er sah, wie die Gestalt sich erhob und langsam fortging. Bevor er einschlief, sah er sie fast klar. Völlig in Schwarz gekleidet ging das Wesen in die Steppe hinaus. Plötzlich drehte sich der Schwarze noch einmal um und rief mit lauter Stimme: „Der Weg ist das Ziel, Lorin. Der Weg."

Lorin fiel in einen langen, traumlosen Schlaf, aus dem er erst wieder erwachte, als die Mittagssonne hell und warm auf sein Gesicht schien. Er fühlte sich bereits wesentlich besser als am Vortag und beschloss, seine Freunde und seinen Wolf zu suchen. Als er aufstand, bemerkte er, dass an seiner Seite neben Nahrung auch sein Bogen lag. Er aß schnell und überlegte, was sich ereignet hatte, aber er konnte sich an keine Einzelheiten mehr erinnern. Kurze Zeit später machte er sich auf den Weg, um an der Küste entlang seine Gefährten zu suchen.

Gilgas und Amerus brachen früh am Morgen auf und folgten dem Ufer des Meeres. Skade lief ein Stückchen vor ihnen, blieb aber immer wieder stehen, wenn er feststellte, dass seine beiden Begleiter nicht mehr nachkamen. Bis zur Mittagszeit hatten sie bereits eine weite Wegstrecke hinter sich gebracht. Sie hatten Hunger, aber ihre Ausrüstung war bei dem Sturz ins Meer verlorengegangen. Amerus kratzte ein paar Muscheln von den Uferfelsen und schlug mit Steinen ihre Schale auf. Mehr hatten sie nicht zu essen. Die Rast war nur kurz. Der weiße Wolf drängte immer wieder zum Aufbruch, indem er die beiden mit seiner Schnauze anstieß. Plötzlich spitzte das Tier seine Ohren und beobachtete die Küste. Gilgas stand auf, schützte seine Augen mit der Hand vor der Sonne und folgte dem Blick des Wolfes. Skade lief langsam die Küste entlang und fiel dann in einen schnellen Lauf. Erst in diesem Moment erkannte Gilgas die Gestalt, die langsam der Uferlinie folgte. Kurze Zeit später erreichte Lorin seine Freunde.

Kapitel 5 –Das Dorf

Alesha wagte es, ihre Augen zu öffnen. Sie lag auf dem Pferd vor dem Krieger, dem sie das Gesicht zerkratzt hatte. Sie waren bereits eine ganze Zeitlang in die Steppe hinausgeritten, als die Truppe des fremden Volkes eine Rast einlegte. Die Pferde wurden angepflockt und Alesha wurde an einem kleinen Baum festgebunden. Die Riemen waren fest um ihre Fuß- und Handgelenke geschlungen und gleichzeitig hatte sie um ihren Hals einen weiteren Riemen. Sie wusste, dass dieser sich festziehen und ihr die Luft nehmen würde, wenn sie versuchte, sich zu befreien. Aleshas Blick wanderte über den Lagerplatz. Sie sah, dass noch zwei weitere junge Frauen aus ihrem Stamm gefangen waren und auf die gleiche Art wie sie gefesselt. Die fremden Krieger hatten sonst keine Beute gemacht, auch das Vieh und die Pferde des Stammes nicht weggetrieben. Alesha verstand nicht, warum der Überfall stattgefunden hatte, wenn nicht als Beutezug. Sie lehnte ihren Kopf langsam gegen den Baum und versuchte, ein wenig Ruhe zu finden. Jetzt eine Flucht zu wagen, war aussichtslos. Die Krieger beobachteten fortwährend ihre Gefangenen. Sie musste warten, bis die Aufmerksamkeit nachlassen würde, dann ergäbe sich auch irgendwie eine Möglichkeit, zu entkommen. Sie nutzte die Zeit, sich ihre Feinde genauer anzusehen. Der große Krieger, der sie gefangen hatte, war dem Anschein nach der Anführer. Wie die meisten seiner Leute hatte er schmale rote und gelbe Bänder in sein Haar geflochten. Auch seine Kleidung bestand aus ledernen Hosen, der Oberkörper war frei und wie bei vielen der Angreifer mit blauen Linien und Kreisen tätowiert. Die Waffen bestanden überwiegend aus kurzen Bogen und Steinäxten. Einige hatten Keulen aus hartem Holz und nur der Anführer besaß einen Bronzedolch. Es war eigenartig, dass die Fremden selbst die Bronzewaffen des Stammes nicht mitgenommen hatten. Als Aleshas Blick zu den Pferden wanderte, sah sie, dass die bunten Bänder auch in die Mähnen der Pferde geflochten waren. Aus der Ferne sah es tatsächlich so aus, als ob aus den Köpfen Flammen züngelten.

Bei einer der anderen Gefangenen kam plötzlich Bewegung in die Krieger. Alesha erkannte die fünfzehnjährige Tochter eines Hirten. Einer der Krieger schnitt dem Mädchen die Fesseln auf und schleifte es zu einer Gruppe, die in der Nähe um ein kleines Feuer lagerte. Er riss der jungen Frau das leichte Leinenkleid vom Körper und warf sie zu Boden. Alesha hörte die Schreie, als die Krieger einer nach dem anderen das Mädchen brutal vergewaltigten. Obwohl sie verabscheute, was sie sah, konnte sie den Blick nicht abwenden. Wenn ihr das bevorstand, wäre sie lieber tot. Irgendwann verstummten die Schreie und nur manchmal erreichte ein Schluchzen Aleshas Ohr. Als die Fremden genug hatten, wurde das Opfer wieder sorgfältig an einen Baum gefesselt. Was dann geschah, jagte Alesha eiskalte Schauer über den Rücken. Der große Anführer ging zu dem Mädchen, schaute es lange an, nahm seinen Dolch aus der Scheide und schnitt ihm mit einem schnellen, sicheren Schnitt die Kehle durch.

Minuten später hatten die Krieger ihre Pferde geholt und Alesha sowie die weitere Gefangene auf zwei Packpferde gesetzt und gefesselt. Als der Trupp sich in Bewegung setzte, blieb als einziges nur das gefesselte, tote Mädchen am Lagerplatz zurück. Bis spät am Abend war die Horde unterwegs. Die Gefangenen bekamen auch jetzt noch nichts zu essen und der Hunger wurde allmählich stärker als die Angst. Am nächsten Tag ritten sie von Sonnenaufgang bis Sonnenuntergang. Erst am zweiten Tag ihrer Gefangenschaft bekamen Alesha und das andere Mädchen, es hieß Sora, ein paar Fetzen halbgebratenes Fleisch zugeworfen. Die Fesseln wurden nicht mehr allzu fest gebunden, aber das Schicksal des Mädchens am ersten Lagerplatz verhinderte jeden Gedanken an Flucht. Alesha ahnte, dass man sie genauso schnell töten würde, sollte sie versuchen zu fliehen. Immer hatten einige der Entführer wachsame Augen auf die beiden Mädchen. Am sechsten Tag nach dem Überfall erreichten die fremden Krieger ihr Ziel. Von einer leichten Anhöhe blickte Alesha auf ein riesiges Lager. Hier mussten viele Hunderte von Menschen leben. Die Hütten waren aus Geflecht gebaut, von außen mit Lehm abgedichtet. Als man im Lager die Ankunft der Gruppe bemerkte, kam Bewegung zwischen den Hütten auf. An der Spitze seiner Leute ritt Fenris in das Dorf ein. In der Mitte befand sich ein großer freier Platz, auf dem ein einzelner Mann wartete. Seine muskulöse Gestalt war - wie bei den anderen Kriegern - fast vollständig tätowiert. Allein seine Frisur unterschied sich völlig. Sein Kopf war glattrasiert, bis auf einen Haarschopf in der Mitte, der bis weit über seinen Rücken fiel. Die Haare trug er mit Lederriemen zu einem Zopf gewickelt. Über seiner Brust hingen viele kleine Ledersäckchen und durchbohrte Knochen. Fenris ritt zu ihm hin und stieg vom Pferd. Gleichzeitig fiel der große Krieger mit der eigenartigen Haarpracht, er schien ein Zauberer oder Schamane zu sein, vor ihm auf die Knie. Alesha betrachtete das Schauspiel neugierig. Fenris nahm einen Lederriemen aus einer kleinen Tasche und überreichte ihn dem Medizinmann, den Alesha in ihren Gedanken „Pferdeschwanz" nannte. Der wickelte ihn zu den anderen Riemen um seinen Haarschopf. Sofort erhob sich aus der zuschauenden Menge großes Freudengeschrei. Es schien ein Siegeszeichen zu sein und Pferdeschwanz vielleicht der lebende Beweis für viele Siege.

Fenris kam auf die Gefangenen zu, musterte beide genau und sagte, indem er auf Sora zeigte: „Du gehörst dem Sieg."
Pferdeschwanz kam herbei, löste Soras Fesseln und zog sie in eine abseits stehende Hütte. Fenris wandte sich an Alesha.
„Du hast mein Gesicht zerkratzt. Dafür könnte ich dich töten. Aber du hast auch Mut gezeigt und ich achte Mut. Von jetzt an wirst du meinen Frauen gehören. Du wirst tun, was jede von ihnen verlangt, bis zu dem Tag, an dem ich entscheiden werde, ob die obersten Götter dich sehen wollen. Du wirst schwer an deinem Leben tragen, das verspreche ich dir. Niemand trotzt Fenris, dem König der Alani."
Fenris nahm Alesha die Fesseln ab und band ihr einen breiten Lederriemen um den Hals.
„Du wirst diesen Riemen tragen, Kleine. An dem Tag, an dem ich ihn dir abnehme, wirst du zu den Göttern gehen."
Er machte eine Handbewegung und vier jüngere Frauen kamen, nahmen Alesha in ihre Mitte und gingen mit ihr zu einer der

größeren Hütten. Aleshas Gefangenschaft hatte jetzt wirklich begonnen und niemand konnte sagen, wie lange sie andauern würde.

Kapitel 6 – In der Steppe

Sie wanderten seit vier Tagen über die Steppe. Weil sie im Sturm ihre gesamte Ausrüstung verloren hatten, mussten sie jetzt dringend eine menschliche Ansiedlung finden, um neue Waffen und Pferde zu bekommen. Ernährt hatten sich die Freunde ausschließlich von essbaren Wurzeln und Gräsern, die sie auf ihrem Weg gefunden hatten. Nur einmal war es ihnen gelungen, ein kleines Kaninchen mit einer Schlinge zu fangen. Die so hoffnungsvoll begonnene Reise schien in einem Desaster zu enden. Amerus war überzeugt, dass sie ihr Ziel nie erreichen würden und die Fahrt schon nach kurzer Zeit ein unrühmliches Ende finden würde.

Am Morgen des fünften Tages sah Gilgas in der Ferne ein Lager, scheinbar das Sommerlager von Hirten. Eine gute Stunde, nachdem sie es gesichtet hatten, erreichten die drei das Camp. Was sich ihren Augen bot, war ein unbeschreibliches Chaos. Das Lager musste kurze Zeit vorher, vielleicht vor zwei Tagen, überfallen worden sein. Sie sahen, dass die Menschen regelrecht abgeschlachtet worden waren. Eine alte Frau mit eingeschlagenem Schädel lag mitten in der Stätte. Andere lagen erschlagen in ihren Zelten. Besonders grausam erschien Amerus, dass ein Mann mit einem Pfeil regelrecht an einen Baum genagelt worden war. Lorin ging zu dem Toten und brach das gefiederte Ende des Pfeils ab, betrachtete es lange wortlos und steckte es dann sorgfältig in einen kleinen Brustbeutel, in dem er einige persönliche Dinge verwahrte. Gilgas schaute Amerus an, sagte jedoch nichts.

„Wir müssen sie begraben." Amerus sah sich bereits nach einem Grabwerkzeug um.
„Dazu haben wir keine Zeit. Hier sind mindestens fünfzig Tote." Lorin schaute Amerus an. „Draußen auf der Weide sind Pferde. Gilgas, sieh zu, dass du ein paar davon einfangen kannst. Amerus, durchsuche die Zelte nach brauchbaren Dingen. Ich werde sehen, ob hier irgendwo Waffen zu finden sind."

Amerus starrte Lorin an: „Wir können die Toten doch nicht einfach hier liegen lassen und auch noch ihre Sachen wegnehmen."

„Lorin hat recht." Gilgas ließ seinen Blick über das Lager schweifen. „Das hier hat das fremde Volk getan. Sie könnten zurückkommen. Außerdem würden wir Tage brauchen, alle zu beerdigen. Wir müssen uns ausrüsten und uns dann beeilen, von hier verschwinden. Die Geier und Schakale werden sich die Toten holen."

Gilgas ging langsam in die Richtung der Herden, während Lorin bei einer Gruppe toter Hirten nach Waffen suchte. Amerus stand zunächst verloren in der Mitte des Lagers. Dann raffte er sich auf und betrat das erste Zelt.

Der Wolf lag in der Frühlingssonne und döste. Nur ab und an zuckten seine Ohren. Mit wachsamen Augen verfolgte er Lorin. Draußen auf der Weide hörte man, wie Gilgas fluchte. Wahrscheinlich bereitete es ihm große Mühe, die Pferde einzufangen. Völlig unerwartet lief Amerus aus dem Zelt und rief auf dem Platz laut nach Lorin. Der Wolf sprang auf und trottete langsam auf den Luwier zu. Aus der anderen Ecke des Lagers kam Lorin angerannt.

„Was gibt es?"

„Schau, was ich gefunden habe." Amerus hielt ein Holzbrettchen hoch. „Was ist das?"

Lorin nahm das Holz und betrachtete es nachdenklich. „Das sind Runai. Die Schrift, die auch mein Volk benutzt."

„Was steht da drauf?" Amerus schien vor Neugierde zu platzen.

„Ich kann diese Schrift nicht lesen. Sie unterscheidet sich zu sehr von der keilförmigen Schrift, die wir benutzen."

„Er trägt viele Namen und seine Macht ist die Unendlichkeit. Ihm gehörte einst das Auge der Welt. Er gab es weiter und seit diesen Tagen folgt er dem Hüter des Auges. Nun gehört es ..."

Lorin drehte das kleine Brett um.

„Hier steht nichts mehr. Wer immer das geschrieben hat, wurde mittendrin unterbrochen. Warum hat dieser Unbekannte das aufgeschrieben? Und in einer solchen Schrift? Nur wenige kennen diese Zeichen. Wo hast du es gefunden?"

Amerus dreht sich leicht nach hinten. „Dort drüben. Im ersten Zelt, das ich betreten habe. Es scheint das Zelt einer Zauberin gewesen zu sein, denn dort waren Frauenkleider und jede Menge Kram, den man für irgendwelche Beschwörungen benutzt. Und Kräuter, jede Menge Kräuter, die zum Trocknen aufgehängt wurden."

„Der erste Hüter des Auges war Thorai, so erzählen die Alten. Er soll einen Hammer aus Stein tragen. Mehr weiß ich nicht."

Lorin schaute wieder auf das Holz. „Frag mal, ob du Gilgas helfen kannst. Ich habe da drüben ein paar Waffen gesammelt. Zwei Bogen und drei Bronzeschwerter. Und ein paar Pfeile und Messer."

„Soll ich nicht lieber noch in ein paar Zelte schauen?"

„Nein, wir haben keine Zeit mehr. Wir müssen hier weg."

Mit diesen Worten drehte Lorin sich um und lief zu dem kleinen Stapel Waffen, die er eingesammelt hatte. Amerus lief hinaus auf die Weide und rief Gilgas' Namen. Der hatte mittlerweile drei Reitpferde und zwei Packtiere eingefangen und angepflockt. Amerus half ihm, die Tiere ins Lager zu führen. Kurze Zeit später hatten die drei Freunde ihre Sachen aufgeladen und ritten aus dem Hirtenlager.

Lange ritten sie schweigsam nebeneinander, während der Wolf mal vor und mal neben ihnen lief. Die Stille war mit beiden Händen greifbar. Die Bilder, die sie im Hirtenlager gesehen hatten, waren unbeschreiblich. Die alte Frau, mit eingeschlagenem Schädel. Der Hirte, dessen Griff nach seiner Waffe unvollendet mit einem Pfeil im Rücken endete. Der Mann, mit einem Pfeil festgenagelt an diesen kleinen Baum. Er musste noch lange gelebt haben, ohne die Chance zu überleben. Amerus schaute seine Gefährten tieftraurig an. Gilgas schien seine Gedanken auf einen unbekannten Feind, eine ferne Konfrontation, gerichtet zu haben. Lorin starrte geradeaus, so wie immer, wenn er konzentriert nachdachte. Amerus erinnerte sich an das Pfeilende, das Lorin in seinen Beutel gesteckt hatte. Warum? Er konnte sich keinen Reim darauf machen. Aber irgendwann würde er ihn wohl danach fragen. Jetzt galt nur noch eins: sie mussten um jeden Preis das fremde Land erreichen, das Land der Schmiede, von dem die Geschichten auf der Steppe erzählten. Sie würden Wochen oder sogar Monate brauchen. Jetzt war später Frühling, fast Sommer. Vor dem Herbst, dem ersten Schnee im Gebirge, mussten sie ihr Ziel erreicht haben. Der Weg würde beschwerlich sein, das hatte Lorin versprochen, aber am Ende würde eine Waffe stehen, um das fremde Volk besiegen zu können. Oder eine bittere Enttäuschung. Würden sie das neue Metall finden, würden sie es überhaupt von den Schmieden bekommen? Es war, als ob die Gedanken des Luwiers zu seinen Freunden vorgedrungen waren. Gilgas drehte sich zu Amerus um. Auch Lorins Blick fiel auf ihn.

„Der Weg ist weit. Lasst uns reiten." Amerus trieb sein Pferd zu einem schnellen Galopp und jagte über die Steppe. Gilgas' Kinnlade blieb offen, als er seinen Freund galoppieren sah, ohne dass dieser von seinem Pferd fiel. Dann trieb auch er sein Pferd an und zog die beiden Packtiere mit. Lorin lächelte und folgte seinen Freunden.

Kapitel 7 - Thorai

Die bleierne Farbe des Himmels schien ein Unwetter anzukündigen. Fern am Horizont konnte man bereits die ersten Blitze sehen. Es würde aber noch eine gewisse Zeit dauern, bis das Wetter ihn erreichte. In diesem eigenartigen Zwielicht war die Steppe von unendlicher Schönheit. Das Gras war grün und saftig, überall wuchsen Blumen in den verschiedensten Farben. In nicht einmal einem Monat würde das gleiche Land verdorrt unter der Sommersonne liegen. Nur im Frühling war die Steppe wirklich schön, denn nur im Frühling lebte sie.

Er war schon einen weiten Weg gegangen seit dem Tag, da die Zeit zu zählen begann. Jetzt war er müde und erschöpft. Die drei Freunde würden bald, noch vor dem Beginn des späten Herbstes, das große Gebirge erreicht haben. Dieser Weg würde schwierig werden, denn der Winter würde sie überraschen. Aber vielleicht, nur vielleicht, erreichten sie das Land des kleinen Volkes. Dort würden sie Schutz finden vor der Strenge des Eises. Er ging schneller. Es schien ihm, als ob die steinerne Waffe auf seiner Schulter an Gewicht zunehmen würde. Wenn den Gefährten auf ihrem Weg etwas zustoßen würde, wäre Alesha auf sich selbst gestellt. Das Auge der Welt wird ihr helfen, dachte er. Das war seine Hoffnung. Wann aber würde Alesha erkennen, dass das Auge sehen konnte? Was würde geschehen, wenn es in falsche Hände fiele? Das Auge war eine starke Waffe. Vielleicht zu stark für ein vierzehnjähriges Mädchen. Aber es würde noch lange Zeit über die Steppe gehen, bis die Freunde zurückkehren würden. Wenn sie zurückkehrten. Das war ihm verborgen. Er selbst würde am Fuß des Gebirges auf die drei warten. Sie würden ihn einladen, mit ihnen zu ziehen und er würde es tun. Nicht bis zum Ende. Nein, schon lange vorher müsste er sie verlassen, alleine weiterziehen und im Land der Schmiede wieder auf sie warten. Es war alles so einfach.

‚Die Freunde werden mich nicht erkennen‘, dachte er. ‚Ich bin nur ein Gedanke, eine Erinnerung, die man hat, aber nicht zuzuordnen weiß. Eine Gestalt aus den Geschichten der Alten.

Mehr nicht. Aber auch nicht weniger.' Er lächelte still in sich hinein.

Wieviele Jahreszeiten würden noch über das Land ziehen? Wieviel Kämpfe würden die Menschen noch austragen? Die Menschen waren eigenartige Wesen. Sie glaubten an das Gute und an das Böse, aber das gab es nicht. Es gab nur die Starken und die Schwachen. Lorin würde es erkennen, wenn die Zeit reif war. Seiner Bestimmung konnte er nicht entkommen. Und Lorins Schicksal war seine Befreiung.

Der Wanderer lenkte seine Schritte nach Süden. Das Unwetter kam mit jeder Minute näher. Aber das machte ihm nichts aus. Das Wetter war sein Verbündeter. So war es seit dem Beginn der Zeit. Im Sturm und im Regen, im Wind und im Schnee war er sicher. Unsichtbar für das Auge seiner Feinde. ‚Aber der Tag wird kommen', dachte er. ‚Der Tag meines Triumphes rückt näher.' Und er war nicht allein. Seit den Tagen, da Othal die Runai fand, war er auf der Erde. Und jetzt waren Lorin da und seine Freunde. Sie würden seinen Plan vollenden. Seine Rückkehr war noch nie so nahe gerückt wie jetzt. Und ihr Lohn würden Weisheit und Macht sein. Und sein Lohn? Er würde anstelle Othals herrschen. So war es vorherbestimmt. ‚Der Weg dahin ist schwer und nicht zu berechnen', dachte der Wanderer. ‚Othal hatte das Licht eines Auges gegeben, um alles sehen zu können. Und ich? Meine Waffe ist die Überraschung. Othal weiß nicht, wo ich bin. Und seine Boten werden mich nicht finden.' Diese Gedanken schossen dem Wanderer durch den Kopf.

Der Regen prasselte auf ihn nieder. Er wurde schnell durchnässt und jetzt fing es auch zu hageln an. Welch ein schönes Wetter und welch ein schöner Tag.

Kapitel 8 – Tash-Ana-Ma-Rai

Der Sommer war fast vorbei. Für den bisherigen Weg hatte sie wesentlich länger benötigt, als sie geglaubt hatten. Und das Schwierigste lag noch vor ihnen. Lorin hatte große Sorgen, das Gebirge nicht mehr rechtzeitig vor dem ersten Schnee überqueren zu können. Er fürchtete, mitten in den Bergen vom Winter überrascht zu werden. Das wäre das Schlimmste, das ihnen zustoßen konnte. Keiner von ihnen war jemals zuvor im Hochgebirge gewesen. Nicht im Sommer, geschweige denn im Winter. Aber sie mussten es versuchen. Und sie mussten es schaffen.

Auf ihrem Weg durch die Steppe waren sie von allerlei Widrigkeiten aufgehalten worden. Ihre Pechsträhne fing eigentlich schon kurz hinter dem zerstörten Dorf an, als Gilgas' Pferd scheute und ihn abwarf. Gilgas war danach sofort wieder auf sein Pferd gestiegen. Er glaubte, sich nicht verletzt zu haben, aber am Abend war sein Knöchel dick angeschwollen. Gleichzeitig verursachte ihm jeder Atemzug Schmerzen. Er hatte sich eine Rippe gebrochen und den Fuß verstaucht. Dieses Missgeschick hatte die Freunde viele Tage aufgehalten und auch als Gilgas wieder halbwegs reiten konnte, kamen sie nur langsam voran. Sie benötigten fast einen Monat bis zum Oxosmeer. Sie glaubten, die verlorene Zeit aufholen zu können, als Amerus ein Fieber bekam. Er halluzinierte im Fieber von einem Wanderer und einem eigenartigen Amulett und war kaum ansprechbar. In lichten Momenten konnte er sich daran nicht erinnern und auch nach seiner Gesundung wusste er davon nichts mehr. Lorin zweifelte inzwischen daran, dass sie es jemals schaffen würden, ihr Ziel zu erreichen. Vor ein paar Tagen schließlich hatten sie alle ihre Pferde verloren, als sich der Boden unter ihnen als heimtückischer Sumpf entpuppte. Die feste Erdkruste brach unter dem Gewicht der Tiere ein. Die Freunde und Skade konnten sich nur mit Mühe retten. Die Pferde und fast die gesamte Ausrüstung gingen verloren. Heute morgen jedoch waren sie auf ein großes Hirtenlager in der Nähe des Passaufstieges gestoßen. Der alte Häuptling Tash-Ana-Ma-Rai hatte sie freundlich aufgenommen. Jetzt saßen sie im Zelt des Ältesten um das Feuer und planten ihr weiteres Vorgehen. Die Behausung war eine typische Hirtenjurte. Leichte, biegsame Birkenstämmchen waren zu einem zentralen Stützpfeiler gebogen und an dessen Spitze befestigt. Zwischen den Seitenpfeilern war ein Netz aus Gerten geflochten und von außen mit Filzdecken behängt. Es gab nur einen niedrigen Eingang und direkt gegenüber, in der Mitte des Raumes unter einer kleinen Öffnung im Dach, die als Rauchabzug diente, brannte ein kleines Feuer. Am Mittelpfosten hingen Schild, Speer und Bogen sowie eine Reihe persönlicher Dinge. Der Platz mit Blick auf den Eingang war für den Häuptling reserviert. Lorin saß an seiner rechten Seite, während Amerus und Gilgas die Plätze links neben dem Stammesoberhaupt innehatten. Zu Lorins Füßen schnarchte Skade leise vor sich hin. Tash-Ana-Ma-Rai war anfangs nicht entzückt von dem Gedanken, einen Wolf in seinem Zelt zu haben, aber Lorin konnte ihn schließlich davon überzeugen, dass Skade keine Gefahr darstellte. Jetzt blickte der Häuptling ab und an belustigt auf den weißen Wolf und lächelte.

„Wir sollten den Weg über das Gebirge erst im nächsten Frühjahr versuchen. Das ist sicherer, als in den Schnee zu kommen." Amerus schaute skeptisch in die Runde: „Es ist zu gefährlich."

„Ich muss deinem Freund Recht geben," meinte Tash-Ana-Ma-Rai zu Lorin. „Der Winter kann im Gebirge sehr plötzlich kommen. Gerade hast du noch schönes Wetter und Sonnenschein, im nächsten Augenblick befindest du dich in einem Schneesturm. Wartet bis zum nächsten Frühjahr. Nichts kann so wichtig sein, um dafür sein Leben zu riskieren."

„Das fremde Volk, Häuptling. Das ist der Grund."

„Es hat Zeit. Das fremde Volk ist weit von hier und wir sind ein wehrhafter Stamm. Ich habe viele Krieger. Meine Männer verstehen, Lanze und Bogen zu führen. Warum sollten wir uns also ängstigen?"

Lorin schaute dem Häuptling tief in die Augen.

„Ein wenig Angst ist der beste Ratgeber. Man wird vorsichtiger und lebt länger."

Tash-Ana-Ma-Rai lachte.

„Und du willst im Spätsommer über das Gebirge?"

Gilgas lachte heftig los.

„Er hat recht, Lorin. Das war kein überzeugendes Argument."

Der Krieger trank einen kräftigen Schluck Met, den die Frau des Häuptlings zwischenzeitlich in das Zelt gebracht hatte.

„Ich bin trotzdem der Meinung, dass wir den Übergang versuchen sollten. Die Zeit drängt und mir wäre es zu langweilig, den ganzen Winter in einem Zelt zu sitzen und den Frauen schöne Augen zu machen."

Tash-Ana-Ma-Rai wurde sehr ernst.

„Ich merke schon, meine Freunde, dass ich euch nicht halten kann. Ich werde euch einen meiner Männer mitgeben, wenn ihr gehen wollt. Er wird euch bis zur kalten Klamm begleiten. Von dort müsst ihr euren Weg dann selber weitergehen. Die Route über das Gebirge ist sehr lang. Keiner aus meinem Volk ist bisher weiter gegangen als bis zur kalten Klamm. Über alles, was dahinter existiert, gibt es nur noch Gerüchte. Es heißt, dass in der Hälfte des Gebirges ein großes Tal tief in das Land einschneidet. Ich weiß nicht, ob das stimmt. Dort lebt das Volk der kleinen Menschen, sagt man. Sie essen Menschenfleisch. Bisher habe ich noch keinen gesehen und ich weiß auch nicht, ob ich das möchte. Einige erzählen, dass auf der anderen Seite des Gebirges ein großer Fluss zu einem fernen Meer fließt. Große Tiere, welche alle angreifen, die versuchen, den Fluss zu überqueren, leben angeblich in diesem Gewässer. Und eine riesige Stadt mit mächtigen weißen Mauern soll sich an seinem Ufer befinden. Ich weiß dies alles nur aus Erzählungen von Wanderern, denen man ab und zu auf der Steppe begegnet. Manche Geschichten widersprechen anderen. Ich weiß nicht, ob das alles stimmt. Wie gesagt, ich habe diese Geschichten nur aus zweiter und dritter Hand. Wie gerne würde ich mit euch gehen und all diese Wunder mit eigenen Augen sehen, wenn ich jünger wäre."

Tash-Ana-Ma-Rai schaute Lorin lange in die Augen, als suche er seine eigene Jugend.

„Wann werdet ihr aufbrechen?"

„So schnell wie möglich. Zuerst müssen wir schauen, dass wir eine neue Ausrüstung bekommen. Ohne Lasttiere und neue Waffen können wir den Übergang nicht wagen. Auch brauchen wir genügend Proviant."

„Ihr werdet alles von mir erhalten, was ihr braucht."

Der Häuptling nickte mehrmals.

„Waffen, Lastpferde, Proviant, winterfeste Kleidung. All das werdet ihr bekommen."

„Wir werden dafür nicht viel geben können."

Amerus versuchte scheinbar, den Häuptling von seiner Freigebigkeit abzubringen. Man sah dem Gesicht des Luwiers an, dass er alles andere als erfreut über das Vorhaben war.

„Ich nehme kein Gold und keine Bezahlung von euch. Aber wenn ihr zurückkommt, erzählt mir von der Fremde. Wie gerne höre ich solche Geschichten, seit ich zu alt geworden bin, selber Abenteuer zu erleben."

Es schien, als ob die Augen des alten Häuptlings sich mit Tränen füllten. „Wir sollten uns schlafen legen. Das Feuer ist beinahe niedergebrannt und es ist schon spät geworden."

„Ich danke dir, Häuptling. Deine Unterstützung ist viel wert", sagte Lorin und erhob sich.

Die Freunde traten in die Abendkühle hinaus und gingen zu einem Zelt, das ihnen der Häuptling für die Nacht gegeben hatte. Skade trottete langsam, hier und da schnüffelnd, hinter Lorin her. Der Wolf beachtete die Dorfhunde nicht, die ihn mit eingezogenen Schwänzen aus sicherer Entfernung beäugten.

Gilgas konnte nicht schlafen. Obwohl bereits spät im Jahr, waren die Nächte immer noch warm. Er stand auf und trat vor das Zelt. Draußen glimmte noch der Rest eines Lagerfeuers. Gilgas legte etwas kleingehacktes Holz nach und schaute in die Glut. Er dachte nach. Das tat er nur selten, es lag ihm nicht. Viel lieber handelte er nach seinem Gefühl. Er war ein Kämpfer, ein Mann der Tat. Über die Folgen dachte er nie großartig nach. Was einmal geschehen war, konnte man nicht mehr ändern. Aber jetzt musste er nachdenken. Die Dinge, die Tash-Ana-Ma-Rai gesagt hatte, ließen ihn nicht in Ruhe. Sicher war das Wetter in den Bergen gefährlich und schnell konnte alles verloren sein.

Die Stadt aber, die der alte Häuptling erwähnt hatte, faszinierte ihn. Wenn es das unbekannte Metall wirklich gab, musste es dort zu finden sein. Wer, außer den Herren einer großen Stadt, konnte es besitzen? Er hatte noch nie eine Stadt gesehen. Mauern und Häuser aus Stein kannte er nicht. Seine Welt waren früher die Wälder des Westens gewesen und jetzt die Unendlichkeit der Steppe, die er mit seinen Freunden durchstreifte. In den Wäldern gab es nur weit verstreute, kleine Dörfer. Holzhütten, umgeben von Palisaden, die gegen Feinde schützen sollten. Nicht immer waren diese Dörfer sicher, das wusste Gilgas aus eigener Erfahrung nur zu gut. Besser waren da schon die Orte an den Seen, die weit in das sumpfige Ufer hinausgebaut waren. Auf Pfählen, die man in den Boden getrieben hatte, standen ganze Siedlungen. Er wollte die Stadt sehen, die aus Steinen gebaut war, soviel wusste er. Amerus hatte immer viel von seiner Heimat erzählt, von jener Stadt Wilusa, die auch aus Stein gewesen war. Jetzt hatte er die Chance, eine solch mächtige Zivilisation selbst zu sehen. Gilgas lächelte. Kein Weg würde ihm zu beschwerlich sein, wenn er sich erst einmal etwas in den Kopf gesetzt hatte.

„Ich will mit!"

Die Stimme eines Mädchens riss Gilgas aus seinen Gedanken. Er fuhr herum und sah hinter sich die Quelle der Stimme. Sie war noch recht jung. Er schätzte sie auf etwa 15 Jahre. Sie hatte lange, schwarze Haare, die sie zu lauter kleinen Zöpfen geflochten hatte. Ihre Wildlederhosen waren dreckig und voller Flecken unterschiedlichster Herkunft. An einem schmalen Gürtel hingen ein Messer und ein kleiner Lederbeutel. Ihr einziger Schmuck war eine Halskette aus kleinen, bunten Kieseln.

„Ich will mit!"

Ihre fordernde Stimme ließ keinen Zweifel offen, dass sie es ernst meinte.

„Wohin?", fragte Gilgas.

„Über das Gebirge, du großer Dummkopf. Wohin denn sonst?"

„Soll ich dir den Hosenboden versohlen?" Gilgas fühlte sich überrumpelt. Er mochte es nicht, in die Defensive gedrängt zu werden. „Woher weißt du das?"

„Ich habe gelauscht, als ihr im Zelt des Häuptlings wart", antwortete das Mädchen ohne zu zögern.

„Ich lag vor dem Zelt unter einem Stapel Felle und habe die Seitenwand etwas nach oben geschoben. Das mache ich immer so, wenn da drinnen was Interessantes vor sich geht."

„Wenn der Häuptling dich erwischt, wirst du Ärger kriegen. Wie heißt du überhaupt?"

Mittlerweile war Gilgas von der Offenheit der unbekannten Gesprächspartnerin angetan. Sie hatte keine Scheu und schien alle Abenteuer zu lieben.

„Kat-Tia."

„Ein schöner Name. Was bedeutet er?"

„Großvater sagt immer, er würde ,Mädchen, das immer neugierig ist' bedeuten. Aber das glaube ich nicht. Großvater sagt, ich wäre so wie er, als er noch jung und ein großer Krieger war."

Gilgas lachte: „Ich glaube, dein Großvater hat recht. Neugier. Welch passender Name."

„Großvater hat immer recht. Er ist der Häuptling."

„Tash-Ana-Ma-Rai?", fragte der Krieger.

„Natürlich. Wer denn sonst."

Gilgas lächelte. Die Kleine hatte keinen Respekt und sagte, was sie dachte.

„Dein Großvater wird dich nie mit uns gehen lassen. Er weiß, wie gefährlich unsere Reise sein wird. Das kannst du mir glauben, kleines, neugieriges Mädchen."

„Ich werde mitgehen. Das kannst DU mir glauben, großer Krieger."

Sie stampfte mit den Füßen auf die Erde.

„Nun, wir werden sehen", sagte Gilgas, „ja, wir werden es sehen!"

Kat-Tia schaute Gilgas böse an und ihre Augen blitzten vor Ärger. Sie wollte unbedingt mitgehen, soviel war sicher. Aber der fremde Krieger hatte Recht. Großvater würde das niemals erlauben. Sie musste sich also etwas anderes einfallen lassen. Das Mädchen drehte sich um und ging, nicht jedoch, ohne vorher noch einen ärgerlichen Blick auf Gilgas geworfen zu haben. Kat-Tia hatte die Erfahrung gemacht, dass so etwas immer wirkte. Vor allem auf Männer.

Gilgas war verblüfft. Die Kleine war mutig und sie wusste, was sie wollte. Das gefiel ihm. Aber ein Mädchen auf eine so beschwerliche und gefährliche Reise mitzunehmen, kam gar nicht in Frage.

Am nächsten Morgen standen die Gefährten schon mit der Morgendämmerung auf. Im Lager herrschte bereits reges Treiben. Gilgas sah Kat-Tia um das Zelt ihres Großvaters schleichen. Er hätte sie gerne noch ein wenig beobachtet, aber Lorin wollte die Weiterreise so schnell wie möglich organisieren. Sie hatten noch viel Arbeit zu erledigen. Amerus trennte sich von seinen Freunden und schlenderte alleine durch das Lager. Tash-Ana-Ma-Rai war ein kluger und erfahrener Häuptling. Das erkannte Amerus sofort an der Lage des Camps. Es war auf einer leichten Erhöhung angelegt, die auf drei Seiten von der Schleife eines Flusses umgeben war. Dadurch war das Lager im Falle eines Angriffs leicht zu verteidigen. Die Zelte standen entlang des Wasserlaufs mit den Eingängen zur Landseite. Die Jurte Tash-Ana-Ma-Rais befand sich im Zentrum und war größer als die anderen Behausungen. Vom Lager hatte man einen weiten Blick in die Steppe hinaus. Draußen weideten die Herden des Stammes. Amerus sah mehrere Reiter, die langsam die Pferdeherde umkreisten. Die Hirten suchten bestimmte Tiere aus und sonderten sie ab. Tash-Ana-Ma-Rai war nicht untätig gewesen. Offensichtlich hatte er bereits seine Leute beauftragt, Pferde für die drei Freunde einzufangen. Amerus ging langsam in die Mitte des Lagers zurück. Vor dem Zelt des Häuptlings sah er Lorin und Gilgas, die in einer hitzigen Diskussion mit einem kleinen Mädchen vertieft waren. Amerus wurde neugierig und gesellte sich dazu.

„... unbedingt mit. Warum sollte ich das nicht? Ich bin sehr mutig."

Der Luwier hörte den Satz des Mädchens nur bruchstückhaft.

„Du kannst nicht mit. Die Reise ist zu gefährlich. Das habe ich dir gestern Abend schon gesagt."

Gilgas schien das Mädchen zu kennen.

„Wer ist die Kleine?", fragte Amerus.

„Die Enkelin Tash-Ana-Ma-Rais", sagte Gilgas.

„Ich bin nicht klein", fauchte Kat-Tia und trat Amerus vor das Schienbein, drehte sich um und rannte wutentbrannt weg.

Amerus schaute seine Freunde etwas irritiert an: „Schüchtern ist sie ja nicht gerade. Und einen festen Tritt hat sie auch. Woher kennst du sie, Gilgas?"

„Ich habe sie gestern Abend kennengelernt. Vor dem Zelt. Sie wollte unbedingt mit auf unsere Reise. Wenn sie älter und ein Mann wäre, hätte ich auch nichts dagegen. Aber wir werden genug damit zu tun haben, auf uns selber aufzupassen. Wir können uns nicht auch noch mit einem kleinen Mädchen belasten."

Im selben Augenblick trat Tash-Ana-Ma-Rai vor sein Zelt.

„Ich habe euer Gespräch zufällig mit angehört. Ich schätze, ihr habt meine Enkelin schon kennengelernt. Ein Teufelskerl, sage ich euch. Sie ist genau wie ich in meiner Jugend. Wild, mutig und voller Abenteuerlust."

Der alte Häuptling hatte ihnen eine gute Ausrüstung zusammengestellt. Die Pferde waren klein und man sah ihnen nicht an, dass sie wohl die schnellste Rasse auf der Steppe waren. Außerdem hatten sie Zelte, Verpflegung und neue Waffen bekommen. Ihr Begleiter, er hieß Tu-Ran, sah nicht danach aus, als ob er sich vor irgendjemandem fürchten würde. Er war so groß wie Gilgas und seine Arme waren mit Muskeln bepackt. Die Freunde erhielten Bogen und Pfeile, Bronzeschwert und Messer. Lorin war glücklich, dass sie jetzt endlich aufbrechen konnten. Als sie aus dem Dorf herausritten, war der ganze Stamm versammelt, an der Spitze der alte Häuptling Tash-Ana-Ma-Rai. Gilgas wandte sich nochmals um. Kat-Tia sah er nirgends. Wahrscheinlich hatte sie sich schmollend zurückgezogen. Schade, dachte Gilgas. Die Kleine hatte ihm gefallen. Sie war mutig und das imponierte ihm. Er trieb sein Pferd an, um den Anschluss nicht zu verlieren. Lorin und Tu-Ran ritten an der Spitze, jeweils die Zügel eines Packtieres in der Hand. Dann folgte Amerus, dem das Reiten noch immer keine Freude bereitete, der sich aber ganz passabel im Sattel hielt. Gilgas machte die Nachhut.

Nach gut einer Stunde waren sie bei den ersten Ausläufern des Gebirges angekommen. Sie würden noch heute den Weg erreichen, der sie zur kalten Klamm führen würde.

Am Abend des ersten Tages traf die Gruppe am Weg zum Pass ein. Von hier bis zur kalten Klamm würde der Weg noch nicht beschwerlich sein. Die Probleme und Widrigkeiten würden erst mit der Durchquerung beginnen. Die Gruppe hatte sich inzwischen zu einer kleinen Karawane formiert, nur Skade hielt sich an keine Ordnung und lief den Reitern mal voraus, mal trottete er hinterher. Dem Wolf schien die Reise großen Spaß zu machen. Lorin war voller Optimismus, dass sie noch vor dem Winter die andere Seite und damit ihr Ziel erreicht haben würden. Auch vor dem Winter hatte er keine Sorgen mehr, da die Sonne mit der Kraft des zuende gehenden Sommers auf sie niederschien. Lorin wusste, dass die Jahreszeiten im Gebirge einen anderen Gang hatten, aber er vertraute ihrem Glück. Trotzdem hatte er manchmal, wenn er zurückblickte, den Eindruck, als ob ihnen jemand in weiter Ferne folgen würde. Es war nur ein unbestimmtes Gefühl, aber er würde die Augen offen halten und mit seinen Gefährten reden, wenn das Nachtlager aufgeschlagen war. Später, als das Lagerfeuer brannte, dachte er nicht mehr daran und das sollte ihm erst einige Tage später wieder bewusst werden.

Zwei Tage nach ihrem Aufbruch aus Tash-Ana-Ma-Rais Lager erreichten die Freunde den Pass, der sie über die erste Höhe führen sollte. Schon von weitem hatten sie seit Tagen die majestätische Pracht der Berge erkennen können und Lorin kam sich auf einmal klein und schwach vor. Aber da war noch etwas anderes. Am Anfang des Passweges saß jemand. Vor ihm brannte ein kleines Feuer, auf dem der Unbekannte ein Murmeltier briet. Lorin ritt seinen Gefährten voraus, um herauszufinden, wer der Mann war und wohin er wollte. Fremde waren in einer solchen Gegend selten und ungewöhnlich, vor allen Dingen dann, wenn sie anscheinend alleine und ohne große Ausrüstung unterwegs waren.

„Wohin des Weges, Fremder?", sprach der Unbekannte Lorin unvermittelt an.
Lorin war verblüfft. Eigentlich wäre das seine Frage gewesen.
„Wir sind auf dem Weg über das Gebirge. Und du? Wohin reist du?"
„Ich habe den gleichen Weg."
Der Mann machte keine Anstalten, sich von seinem Feuer zu erheben.
„Wie ist dein Name?", fragte Lorin.
Sein Gegenüber schaute ihm fest in die Augen: „Alle nennen mich Wanderer."
„Ein eigenartiger Name. Aber wenn du so heißt, dann soll es gut sein. Ich heiße Lorin und die Männer da drüben sind meine Reisegefährten."
„Mein Freund, es reist sich einfacher und ungefährlicher, wenn man in einer großen Gruppe ist. Kann ich in eurer Begleitung ein Stück des Weges mitreisen?"
Lorin war erstaunt, wie schnell der Wanderer um ihre Begleitung bat. Aber der Fremde hatte ein Wesen, dass man ihm diesen Wunsch nicht abschlagen konnte. In der Zwischenzeit waren die anderen hinzugestoßen und Lorin stellte seine Freunde vor. Dann sagte er Wanderer, dass er sich ihnen jederzeit anschließen konnte.

Am darauffolgenden Morgen machte sich die größer gewordene Gruppe auf den Weg zur kalten Klamm, dem ersten gefährlichen Hindernis auf ihrer Reise.

Kapitel 9 - Aleshas Flucht

Der Herbst ging vorüber. Vor einigen Tagen hatte das fremde Volk sein Winterquartier erreicht. Am Rande eines flachen Sees, umrandet von lichten Wäldern und am Beginn eines kleinen, weiten Tals, das sich an der Südseite des Gewässers erstreckte, hatte der Stamm seine Zelte aufgeschlagen. Im Zentrum des Dorfes befand sich das Zelt des Häuptlings, umrandet von den kleineren Behausungen seiner Frauen und engsten Vertrauten. Je näher sich die einzelnen Zelte zur Mitte des Lagers orientierten, um so höher war die Rangstellung ihrer Bewohner. Gegenüber Fenris' Zelt lag das des Schamanen, den Alesha „Pferdeschwanz" nannte. Vor diesem Mann fürchtete sie sich mehr als vor Fenris. Sie war jetzt schon den ganzen Sommer über beim Stamm. Die Hauptfrau des Häuptlings hatte Alesha unter ihre Obhut genommen. Dies und die Tatsache, dass sich während der vielen Monate keine Gelegenheit zur Flucht ergeben hatte, machte sie mutlos. Sie hatte den Eindruck gewonnen, dass man sie keinen Augenblick aus den Augen ließ. Jeder ihrer Schritte war der alten Hexe, wie sie Fenris' Hauptfrau nannte, bekannt. Selbst bei der Erledigung so einfacher Aufgaben wie Wasser oder Feuerholz holen, wurde sie von einer Nebenfrau begleitet. Ihr Name war Tali und eigentlich war sie eine recht angenehme Begleiterin, aber sie schien große Angst vor der alten Hexe zu haben, denn sie ließ Alesha nie aus den Augen. Jeder Versuch, mit ihr ein privates Gespräch zu beginnen, scheiterte. Im Laufe dieses Sommers verlor sie jegliche Hoffnung, jemals wieder die Freiheit erlangen zu können.

Als der Stamm vor ein paar Tagen das Winterlager erreicht hatte, hatten alle viel zu erledigen. Es galt, zuallererst die Zelte zu errichten. Diese Arbeit wurde den Frauen überlassen, während die Krieger damit beschäftigt waren, die Pferde und die Rinderherden zu versorgen. Der Aufbau der großen Zelte war eine schwere Arbeit, die Alesha noch nie mitgemacht hatte. Ihr eigener Stamm bewohnte im Winter feste Hütten aus Holz und Grassoden. Hier musste das Grundgerüst der Zelte aus vier langen Stangen errichtet werden, die an der Spitze fest verkeilt waren. Dann wurden in regelmäßigen Abständen rundherum kleinere Stangen angelehnt, die als Stütze für die schweren Überwürfe aus Filz vorgesehen waren. Für den Aufbau wurde jede Hand gebraucht. Alesha konnte anfangs nur Handlangerarbeiten ausführen und war damit beschäftigt, die Stangen zum Platz zu schleifen. Die anderen Frauen, die in dieser Arbeit geübt waren, bauten währenddessen die Stangen auf. Am Ende wurden große, schwere Decken aus Filz um das Holzgerüst gelegt. Dies geschah mit Hilfe langer und biegsamer Holzstangen. Die Decken wurden am Ende dieser Stangen eingehakt und in die Höhe gehoben, so dass sie bequem um das Zeltgerüst gelegt werden konnten. Dies geschah so, dass an der Zeltspitze ein Rauchabzug offen blieb, der von außen geöffnet oder geschlossen werden konnte. An der nach Süden weisenden Seite wurde ein verschließbarer Eingang gelassen und rund um das Zelt errichtete man eine kleine, etwa handhohe Mauer aus Grassoden, die im Winter das Eindringen der Kälte vermindern sollte. In der Mitte eines jeden Zeltes wurde eine Feuerstelle aus Steinen, die am Ufer des Sees gesammelt wurden, gebaut. Sie sollte sowohl zum Kochen als auch zum Wärmen dienen. Das Sammeln der Steine und das Errichten der Grassodenmauer war die Aufgabe von Alesha und Tali. Am Ende des ersten Tages war das gesamte Lager aufgebaut.

Der Standort war klug gewählt. Durch das kleine Tal vor Wind und Wetter geschützt, war das Lager fast nicht zu sehen. Der See deckte die Nordseite und auf den Talhöhen, in Baumgruppen versteckt, wurden auf beiden Seiten kleinere Zelte aufgebaut, die den Lagerwachen als Wetterschutz dienen sollten. Die Herden waren innerhalb des Tales untergebracht, wo sie Nahrung und Wasser fanden. Trotzdem waren die Herden zu groß als dass alle Tiere den kommenden Winter überstehen würden. Deshalb bereiteten die Männer sich darauf vor, einen Teil der Rinder und Pferde zu schlachten, damit sie im Winter als Nahrung dienen konnten. Die Frauen waren in der Zwischenzeit damit beschäftigt, in den angrenzenden Wäldern Beeren und Pilze zu sammeln und am Seeufer nach

Süßwassermuscheln zu suchen. Früchte gab es im Überfluss und Tali war der Meinung, dass dies ein sicheres Zeichen für einen strengen Winter war. Alesha gab ihr Recht. Sie hatte von der alten Becka gelernt, die Natur zu deuten und viel Obst und Nüsse bedeuteten einen schneereichen Winter. Darüber machte sich Alesha keine Sorgen. Vielleicht ergab sich im Winter eine Gelegenheit zur Flucht. Aber wohin sollte sie dann gehen? Ihre Leute waren tot. Das hatte sie mit eigenen Augen gesehen. Sie hatte mit ansehen müssen, wie ihr Vater mit durchschossener Kehle an diesen Baum gelehnt war. Aber jeder Ort war besser, als Gefangene der Alani zu sein. Sie erinnerte sich an die Erzählungen ihrer Mutter. Sie hatte ihr von dem alten Schamanen und seiner Prophezeiung berichtet und der Gedanke daran machte ihr Angst. Ihr Stamm war tot, also war auch ihr Leben wertlos geworden. Aber hatte der Schamane nicht auch gesagt, sie würde Mutter von Völkern werden? Gedankenverloren griff sie unter ihr Lederhemd und berührte den Stein, den er ihr damals gegeben hatte und Tränen liefen ihre Wangen hinunter. Plötzlich, ohne Vorwarnung, traf sie ein Schlag.

„Schlaf nicht! Sammle Beeren!" Die alte Fuchtel war unvermutet hinter ihr aufgetaucht und riss Alesha gewaltsam aus ihren Gedanken heraus. Sie beeilte sich, den Anweisungen nachzukommen, damit die Alte nicht auf den Gedanken kam, sie zu verprügeln. Das hatte sie anfangs nämlich gerne und häufig getan. Alesha begann wieder zu pflücken und hoffte, dass die alte Hexe sich wieder ihrer Arbeit zuwenden würde.

Alesha teilte sich mit Tali und einem anderen Mädchen ein kleines Zelt, direkt neben dem der bösen Frau, die eigentlich Setia hieß. Abends auf ihrem Lager dachte Alesha an ihre Heimat und begann leise zu weinen. Sie nahm ihr Amulett in die Hand und versuchte, sich an ihre Familie zu erinnern. Alles schien weit weg und Alesha hatte Angst, dass sie schon bald keine Erinnerung mehr an ihr früheres Leben haben würde. Während sie dalag, ihre rechte Hand um den Stein gelegt, begann sie plötzlich, wie durch einen dichten Nebel, einen Mann zu sehen. Er schien inmitten großer Berge zu stehen und sie hatte den Eindruck, als ob er versuchte, mit ihr zu reden. Sie wusste, diesen Mann hatte sie noch nie gesehen. Trotzdem kam er ihr irgendwie bekannt vor. Sie ließ den Stein los und das Bild verschwand sofort. Alesha hatte Angst. Was war das? Sie versuchte sich zu erinnern, was die alte Becka ihr von ihrem Amulett erzählt hatte. Das Auge der Welt hatte sie es genannt. Mehr wollte ihr beim besten Willen nicht einfallen. Alesha nahm trotz ihrer Furcht das Auge wieder in die Hand und das Bild tauchte erneut vor ihr auf. Jetzt wusste sie instinktiv, wer der Mann war. Das Amulett hatte Thorai gefunden, den Wanderer zwischen den Welten. Dann verschwand das geistige Bild so schnell, wie es gekommen war. Alesha lag noch lange ruhelos auf ihrem Lager und dämmerte erst spät in der Nacht langsam in einen traumreichen Schlaf.

„Du hattest einen recht unruhigen Schlaf letzte Nacht."
Alesha hörte Talis Stimme. Zum erstenmal in all den Monaten hatte Tali sie zuerst angesprochen.
„Hattest du einen Alptraum?"
„Ich weiß nicht, Tali. Erinnern kann ich mich an gar nichts mehr."
Alesha schien ihr Erlebnis mit dem Amulett völlig vergessen zu haben. Das einzige, woran sie sich noch zu erinnern glaubte, war ein weit entfernter Nebel. Mehr konnte sie sich nicht in das Gedächtnis rufen.
„Du hast im Schlaf gemurmelt", sagte Tali.
„Was denn? Erzähle!"
„Ich weiß nicht. Verstanden habe ich nichts", erwiderte Tali.
„Doch, du hast irgend etwas von einem Wanderer gesprochen."
Alesha versuchte, sich das Geschehene in die Erinnerung zurückzurufen. Aber aus irgendeinem Grunde konnte sie dies nicht. Es war, als ob ihr Gedächtnis blockierte.
„Komm, wir müssen aufstehen, sonst wird uns die Alte Beine machen."
Alesha merkte, dass Tali Angst vor der Hexe hatte. Das konnte sie gut verstehen, schließlich war ihr auch nicht wohl bei Setia. Ihr Traum schien doch etwas Gutes zu bringen. Tali hatte zum erstenmal ihre Reserviertheit aufgegeben und sich mit ihr unterhalten. Nicht nur über das Notwendigste. Das war ein

Anfang. Vielleicht konnte doch so etwas wie Freundschaft daraus wachsen. Eventuell könnte eine Flucht jetzt möglich werden. Sie musste nur Talis Freundschaft gewinnen und sie auf ihre Seite bringen.

Die ersten Tage im Winterlager waren hart und anstrengend. Sehr viele Arbeiten waren zu erledigen. Die Häute der geschlachteten Rinder mussten zum Gerben vorbereitet werden. Dies war eine Tätigkeit, die niemand gerne machte und so fiel diese Aufgabe auch an Alesha und Tali. Die anderen Frauen machten Fleisch haltbar, indem große Stücke in einer Hütte aus Grassoden geräuchert wurden. Auch hier waren die beiden Mädchen gefordert. Das Feuer im Räucherhaus musste mit einer Mischung aus trockenem und grünem Holz ständig am Leben gehalten werden. Nach kurzer Zeit tränten die Augen und man konnte kaum noch etwas sehen, aber zumindest war es eine Gelegenheit, mit Tali alleine zu sein. Alesha begann immer wieder Gespräche mit Tali, die ihre Zurückhaltung aufgab und ebenfalls häufiger mit Alesha sprach. Während die beiden mit ihren Aufgaben beschäftigt waren, herrschte reges Treiben im Lager. Das unterschied die Alani nicht von anderen Stämmen. Es war ein Wettlauf gegen die Zeit. Der Stamm musste für den Winter gerüstet sein, bevor der erste Schnee fiel. Auf der Steppe kam der Winter schnell und mit voller Härte. Innerhalb kurzer Zeit konnten die Temperaturen fallen und der Schnee die Landschaft in sein weißes Kleid hüllen. Der Winter war eine harte Zeit, aber schlimmer würde der Beginn des Frühlings werden. Dann waren die Vorräte aufgebraucht und die jagdbaren Tiere noch nicht auf die Steppe zurückgekehrt. In dieser Zeit starben die Alten und die kleinen Kinder. Die letzten Vorräte würden nur den Kriegern und Jägern zustehen, damit sie die Kraft zur Jagd nicht verloren. Alesha wollte ihre Flucht wagen, bevor der erste Schnee fiel. Vielleicht würde dann der einsetzende Schneefall ihre Spuren verwischen, vorausgesetzt, sie könnte eine große Wegstrecke zwischen sich und die Alani bringen.

„Wie lange bist du schon hier?", fragte Alesha.

„Ich weiß nicht. Schon sehr lange", antwortete Tali. „Ich kann mich kaum an ein anderes Leben erinnern als dieses hier. Fenris hat mich vor vielen Jahren entführt, als er mein Dorf zerstörte. Dann war ich lange seine Sklavin und letzten Winter hat er mich zu seiner Frau gemacht. Aber das ist auch kein schöneres Leben. Das Sagen hat die alte Hexe."

„Wie alt bist du?" Aleshas Neugierde war geweckt.

„Sechzehn. Und du?"

„Ich bin vierzehn Jahre."

„Dann hast du noch etwas Zeit, bevor auch du eine von Fenris' Nebenfrauen wirst."

„Aber er sagte, er wolle mich irgendwann töten", meinte Alesha.

„Das wird er nicht. Außer vielleicht, du reizt ihn. Da musst du aufpassen. Er ist schnell reizbar. Letzten Winter hat ein Gefangener zu fliehen versucht. Mitten in einem Schneetreiben. Fenris hat die meisten seiner Krieger auf die Fährte des Geflohenen gesetzt und ihn fast zehn Tage lang gejagt. Dann hat er den Armen mitten im Lager auf einem Feuer rösten lassen. Es war schrecklich! Ich möchte gar nicht daran zurückdenken."

Aleshas Fluchtgedanken hatten auf einmal einen starken Dämpfer erhalten. So wollte sie nicht enden. Hier bleiben wollte sie aber auch nicht, um eines Tages Fenris' Frau zu werden. Der Gedanke, den Rest ihres Lebens hier verbringen zu müssen, jagte ihr kalte Schauder über den Rücken. Ihre Flucht musste gelingen, um jeden Preis.

Tali legte die Hände auf die ihren: „Du denkst an Flucht, nicht wahr?"

„Ja", sagte Alesha, wohl wissend, dass sie sich damit in Talis Hände begab.

„Ich werde dich nicht verraten, Alesha. Anfangs hatte ich auch nur den einen Gedanken, weit von hier weg zu kommen. Im Laufe der Jahre merkte ich, dass es keinen Platz auf der Steppe geben würde, an dem Fenris mich nicht finden würde. Er hat alle gefunden, die geflohen waren und alle hat er töten lassen. Kannst du verstehen, dass ich Angst habe? Angst, dass dir etwas geschehen könnte."

Alesha merkte, dass sie eine Freundin gefunden hatte.

„Ja", sagte sie. „Ich glaube, dass du Angst hast. Ich fürchte mich auch."

Die beiden Mädchen umarmten sich und standen eine ganze Zeit so im Rauch beieinander.

Nach etwa einer Woche harter und anstrengender Arbeit war das Lager für den kommenden Winter befestigt. Langsam kehrte etwas Ruhe und Gelassenheit ein. Selbst Setia hetzte Alesha und Tali nicht mehr so wie in den Monaten zuvor. Die Mitglieder des Stammes fanden Zeit sich auszuruhen. Die Krieger veranstalteten Reiterspiele, die im ganzen Dorf Begeisterung hervorriefen. Sie zeigten allen ihre Reitkünste, ihre Treffsicherheit mit Bogen und Pfeilen und den Gebrauch der doppelt mannshohen Reiterlanzen. Das war eine völlig neue Erfahrung für Alesha. Die Spiele der Kinder und Erwachsenen machten ihr Freude und sie beteiligte sich mit Tali an vielen dieser Beschäftigungen. Die Alani gewannen langsam ein menschliches Gesicht. So sah sie auch Sora wieder, das Mädchen aus ihrem Dorf, das die Krieger mit ihr zusammen entführt hatten. Damals, in dem Dorf aus Flechthütten, war Sora dem Schamanen überlassen worden. Kurze Zeit danach hatte der Stamm das Dorf verlassen und war weitergezogen. In der ganzen Zeit hatte sie Sora und den Schamanen nicht zu Gesicht bekommen. Wie Alesha im Laufe der Zeit herausfand, hatten Fenris' Krieger dieses Dorf kurze Zeit vorher überfallen und alle Bewohner getötet. Jetzt, im Winterlager, sah Alesha Sora zum ersten Mal seit diesen Tagen wieder. Sie hatte sich verändert und schien sehr glücklich zu sein. Alesha konnte das nicht verstehen und lief freudig zu Sora, die sich auf der anderen Seite des Platzes aufhielt.

„Wie geht es dir?", fragte sie.

„Sehr gut, Alesha", antwortete Sora. „Wir haben uns seit dem Überfall nicht mehr gesehen, aber ich habe immer wieder von dir gehört. Wie ich sehe, trägst du noch den Lederriemen um deinen Hals. Das ist gut. Kein Mitglied des Stammes würde das Eigentum von Fenris anrühren."

„Ich bin nicht sein Eigentum", fauchte Alesha.

„Doch, das bist du. Genauso, wie ich dem Schamanen gehöre. Aber ich habe Glück gehabt. Er ist nicht so furchtbar und schlimm, wie man glaubt. Er ist bisher immer gut zu mir gewesen und er hat mich im Spätsommer zu seiner Frau gemacht. Siehst du schon etwas?"

Sora strich sich mit beiden Händen über den Bauch.

„Bitte?"

„Sei nicht so begriffsstutzig. Ich bekomme ein Kind von ihm."

Sora schien sich über Aleshas Unwissenheit zu amüsieren. „Ich bin fünfzehn und eine Frau. Ich mag den Schamanen."

Alesha schaute Sora böse an und ihre Augen füllten sich mit Tränen.

„Noch kein Jahr ist vergangen und du scheinst unser Dorf schon vergessen zu haben. Warum nur?"

„Das darfst du nicht sagen. Aber unser Stamm existiert nicht mehr und wir leben. Man muss sich mit den Gegebenheiten arrangieren. Akzeptiere dein Schicksal, Alesha. Nur so kannst du weiterleben. Du bist jung und wirst dich schneller einleben als du vermutest."

Alesha begann zu schluchzen: „Nie, niemals. Ich werde nicht meine Familie vergessen, auch wenn sie nicht mehr lebt. Ich werde nicht im nächsten oder im übernächsten Jahr ein Kind bekommen von jemandem, den ich hasse. Niemals werde ich das."

Sie drehte sich um und lief zu Tali zurück, die sich das Zusammentreffen von der anderen Seite des Platzes angeschaut hatte. Auch Setia hatte die beiden mit Interesse beobachtet. Den Mann auf der Talhöhe, der sich das Schauspiel von dort oben betrachtete, sah niemand. Als Alesha wieder bei Tali war, kam er langsam ins Lager hinunter. Es war Fenris.

Am Abend im Zelt wuchs in Alesha immer mehr der Wille zu fliehen. Sie wollte nicht so werden wie Sora, sich nicht mit ihrer Gefangenschaft abfinden und zu einem Mitglied der Alani werden. Dann hätte sie ihren eigenen Stamm mitgetötet. Sie wollte weg, frei sein, auch wenn es ihr Leben kosten würde. Sie hasste Fenris und sie hasste die Alani. Mit diesen Gedanken fiel sie in einen langen, traumlosen Schlaf. Am nächsten Morgen war sie bereits vor den anderen wach und schlich sich lautlos aus dem Zelt. Sie ging langsam zum Seeufer hinunter und setzte sich auf einen großen Stein. Sora hatte recht. Sie würde nie von hier wegkommen. Jede Flucht war aussichtslos und würde ihren sicheren Tod bedeuten. Alesha fiel nicht auf, dass sich ihr jemand näherte. Es war Tali, die bemerkt hatte, dass ihre Freundin aufgestanden war. Sie setzte sich wortlos neben Alesha und schaute mit ihr gemeinsam über den See, dessen Wasser sich im leichten Wind kräuselte. Es war schon empfindlich kühl geworden und der erste Schnee würde nicht mehr lange auf sich warten lassen. Alesha befand sich in einer hoffnungslosen Lage.

In den nächsten zwei Tagen brachte Alesha soviel Nahrung auf die Seite, wie ihr nur möglich war. Als das Dorf am Morgen des dritten Tages erwachte, war Alesha fort. Tali merkte als Erste, dass ihre Freundin nicht mehr im Zelt war und lief hinaus. Sie suchte im ganzen Lager und am Seeufer nach ihr, konnte sie aber nirgends finden. Alesha war weg. Die Erkenntnis traf Tali wie ein Hammerschlag. Wenn Fenris das erfuhr, würde er sie suchen und er würde sie finden. Ihre Freundin war tot und wahrscheinlich würde Fenris' Zorn auch sie treffen. Tali begann, vor Angst zu zittern. Sie setzte sich auf den großen Stein am Ufer, den gleichen, auf dem sie vor einigen Tagen mit Alesha gesessen hatte. Tali wusste nicht, was sie tun sollte. Ihre Pflicht wäre es gewesen, umgehend Alarm zu schlagen. Andererseits wollte sie Alesha einen größeren Vorsprung verschaffen. Was immer sie tun würde, es wäre falsch. Tali ging zurück zu ihrem Zelt. Sie wollte sich wieder hinlegen und so tun, als schliefe sie noch. Als sie zurückkam, merkte sie, dass im Lager große Aufregung herrschte. Ihr Vorhaben hatte sich zerschlagen. Das andere Mädchen aus ihrem Zelt war zwischenzeitlich ebenfalls aufgewacht und hatte sofort Setia alarmiert, als sie sah, das sowohl Alesha als auch Tali fehlten. Vor Fenris' Zelt stand eine größere Gruppe, mitten unter ihnen Setia, die wild gestikulierte. Dem Gesicht des Königs sah man seine Wut an. Er brüllte Befehle in die Menge und innerhalb kürzester Zeit war eine kleine, aber gut bewaffnete Gruppe Krieger auf ihren Pferden zur Stelle, um die Verfolgung der Flüchtigen aufzunehmen. Ein

Krieger brachte Fenris' Pferd und dieser schwang sich sofort auf sein Reittier und galoppierte mit den bewaffneten Verfolgern aus dem Lager. Setia löste sich aus der Gruppe und kam auf Tali zu.

„Wo ist sie? Du weißt, wo sie ist. Sag es sofort, sonst schlage ich dich tot."

Tali zitterte am ganzen Körper und fiel auf die Knie. Sie griff nach Setias Hand und schluchzte angstvoll:

„Ich weiß es nicht. Ich weiß es wirklich nicht. Ich habe heute morgen festgestellt, dass sie weg war und habe nach ihr gesucht. Überall. Aber ich konnte sie nirgends gefunden. Das musst du mir glauben!"

Setia packte Tali an ihren langen Haaren und zerrte sie in ihr Zelt. Tali wehrte sich nicht. Sie wusste, dass ihre Situation dadurch nur noch schlimmer werden würde. Kaum dass die beiden im Zelt der Häuptlingsfrau waren, hörte man Schreie und das Klatschen eines Lederriemens. Setia wollte aus Tali den Aufenthaltsort von Alesha herausprügeln. Erst als sie sicher war, dass Tali diesen wirklich nicht kannte, hörte sie auf. Sie trat vor das Zelt und rief zwei junge Frauen zu sich, die Tali zurück in ihr eigenes Zelt schleiften. Die Umstehenden sahen, dass Setia die zweite Frau des Königs schwer zugerichtet hatte. Ihr entblößter Oberkörper war voller Striemen und auch ihr Gesicht war zerschlagen und geschwollen. Das linke Auge würde in Kürze in allen Farben schillern. Die beiden Frauen trugen Tali, die sich nicht mehr auf ihren eigenen Beinen halten konnte, auf ihr Lager. Eine der Frauen war Sora, die sofort begann, die Striemen mit Wasser zu kühlen. Tali wimmerte vor sich hin.

„Ich weiß nicht, wo Alesha ist", flüsterte sie.

Sora legte ihr einen Finger auf den Mund: „Sprich nicht. Es strengt zu sehr an."

Tali schaute sie an und fiel in eine tiefe Bewusstlosigkeit.

Nach dem Gespräch mit Sora und ihren Gedanken am See hatte Alesha den endgültigen Entschluss gefasst, die Flucht zu wagen. Sie wartete, bis alle schliefen, packte einige Dinge zusammen und schlich sich langsam aus dem Lager. Es grenzte beinahe an ein Wunder, dass sie heil und unentdeckt an den Wachen vorbeigekommen war. Alesha wandte sich zur Nordseite des Sees und lief die ganze Nacht in Richtung Westen. Die Wege nach Süden und Osten wollte sie nicht gehen. Dort gab es nur flaches, weites Land, in dem man schon von weitem zu sehen war. Im Westen wuchsen mehr Wälder, in denen man sich verstecken konnte. Sie glaubte nicht, dass Fenris sie weiter als bis zum großen Fluss verfolgen würde, der mehr als eine Wochenreise von hier entfernt liegen musste. Alesha kannte die Gegend nicht, war aber trotz ihrer Lage sehr zuversichtlich. Sie lief die ganze Nacht hindurch, ohne eine Rast zu machen. Im Morgengrauen sah sie in der Ferne einen Wald, den sie am frühen Vormittag erreichte. Sie versteckte sich im Unterholz und aß etwas. An Schlaf war nicht zu denken. Ihr Fehlen würde im Lager sicher schon bekannt sein und der König würde im Laufe des Vormittags seine Jagd beginnen. Alesha ahnte nicht, dass diese längst in vollem Gange war. Nach einer kurzen Verschnaufpause lief sie ohne Unterlass weiter, bis die Dunkelheit anbrach. Mit dem letzten Licht des Tages fand sie eine kleine Senke, in die sie sich tief hineinduckte. Auf der Ebene war sie nun nicht mehr zu sehen. Das Mädchen schlief sofort ein.

Nachdem Fenris und seine Krieger das Dorf verlassen hatten, wandten sie sich nach Westen. Nach etwa einer Stunde teilte der König seine Männer in zwei Gruppen ein, von denen eine nach Norden und die andere weiter nach Westen ritt. Alle Flüchtigen gingen in eine dieser beiden Richtungen. Diese Erfahrung hatte Fenris im Laufe der Zeit gemacht. Er würde die Kleine finden, das war sicher. Und er würde sie töten, auch das war sicher. Niemand trotzte ihm, ohne dafür zu zahlen. Der Häuptling ritt an der rechten Flanke der westlichen Gruppe, die sich fächerförmig über die Steppe bewegte. Um die Mittagszeit sahen seine Späher am Horizont eine Gestalt nach Süden wandern. Sofort wurde das Tempo verschärft und nach einer kurzen Zeit war die Person eingeholt. Fenris tobte vor Wut, als er merkte, dass dies nicht Alesha war, sondern ein Hirte, der ein einzelnes Schaf, das sich vermutlich verlaufen hatte, bei sich führte.

Durch die Richtungsänderung hatte das Mädchen Zeit gewonnen. Fenris' Zorn war so groß, dass er dem harmlosen Hirten sein Schwert in den Nacken hieb. Seine Wut wurde immer größer, je mehr er darüber nachdachte, dass die Kleine jetzt eine wirkliche Chance hatte zu entkommen. Er trieb sein Pferd an und ritt zurück in die Richtung, aus der sie gekommen waren. Der Ritt dauerte nicht allzu lange. Fenris' Pferd stolperte in einen Kaninchenbau und brach sich beim Sturz das rechte Vorderbein. Fenris fluchte. Er tötete das Pferd und befahl seinen Kriegern, ein Lager aufzuschlagen. Die Sonne war fast untergegangen und bei diesem schlechten Licht konnte man seine Beute leicht übersehen. Fast ein ganzer Tag war ohne Ergebnis vergangen. Er hoffte, dass wenigstens die zweite Gruppe mehr Erfolg gehabt hatte. Fenris war wütend darüber, dass Alesha die Flucht gewagt hatte und darüber, dass er sie noch nicht eingeholt und getötet hatte. Und er würde sie töten. Das hätte er bereits damals in ihrem Dorf tun sollen, als sie gewagt hatte, ihm das Gesicht zu zerkratzen. Ja, er war wütend. Sehr wütend.

Als Alesha erwachte, war es noch tiefe Nacht. Irgend etwas hatte sie geweckt. Im ersten Moment war sie sich nicht im Klaren darüber, was es gewesen sein könnte, doch dann spürte sie es im Gesicht: Schnee. Es hatte in der Nacht zu schneien begonnen. Im Nu war Alesha auf den Beinen, packte ihre Ausrüstung und begann im Laufschritt weiter nach Westen zu wandern. Der Schnee würde sie verraten. Das war ihr bewusst. Aufgeben? Nein! Das kam überhaupt nicht in Frage, also blieb nur die weitere Flucht nach Westen. Als der Morgen graute, machte sie eine kurze Pause, aß zwei, drei Bissen und marschierte weiter. Als die Sonne durchbrach, schmolz die leichte Schneedecke schnell dahin. Das Glück schien Alesha nicht verlassen zu haben. Bis gegen Nachmittag hatte sie eine so große Strecke hinter sich gebracht, dass sie nicht mehr daran glaubte, wieder eingefangen zu werden. Sie war sehr erschöpft und suchte sich eine geeignete Stelle, um die Nacht zu verbringen. An einer Quelle, die von einigen niedrigen Büschen gesäumt war, schlug sie ihr Lager auf. Sie aß ein wenig geräuchertes Fleisch und einige saure Früchte. Jetzt war sie frei, davon war Alesha überzeugt. Den ganzen Tag über hatte sie immer wieder hinter sich geschaut, in der Sorge, am Horizont Reiter zu sehen. Sie schien allein auf der Steppe zu sein. Niemand hatte sie verfolgt, dessen war sie sich jetzt sicher. Vielleicht suchte Fenris sie im Süden oder Osten. Am liebsten hätte sie vor Freude getanzt. Alesha legte sich hin und nahm ihr Amulett in die Hand. Es hatte ihr geholfen. Die Götter waren mit ihr. Sie schloss die Augen und döste, die Hand immer noch fest um den Stein gepresst, als sie glaubte Stimmen zu hören. Sie versuchte, sich auf die Richtung zu konzentrieren, aber die Stimmen schienen aus ihrem Innersten zu kommen. Ihre Konzentration auf das Amulett war sehr stark und von einem Augenblick zum nächsten sah sie wieder Bilder, wie durch eine Nebelwand. Es war wieder der Mann aus ihrer letzten Vision, nur war er dieses Mal nicht mehr alleine. Es waren noch andere in seiner Nähe, vier Männer, die ihn anscheinend begleiteten. Und einen Wolf sah sie, einen weißen Wolf. Ein so schönes Tier hatte Alesha noch nie gesehen. Er schien zu dem jüngsten der Männer zu gehören, denn er lief immer an dessen Seite. Da war noch jemand. Weit hinter der kleinen Karawane war jemand, der sie verfolgte. Sie spürte nur die Anwesenheit, konnte aber keine Einzelheiten erkennen. Fasziniert schaute sich Alesha ihr Amulett an.

„Das Auge der Welt", sagte sie zu sich selbst.

„Es kann sehen. Ich muss mich nur fest genug darauf konzentrieren. Was kann es wohl sonst noch? Das werde ich wohl noch herausfinden müssen."

Alesha ließ den Stein los und versuchte zu schlafen. Sie war müde und hatte so viel zu verarbeiten.

Noch vor dem ersten Morgenlicht ließ Fenris das Lager abbrechen und trieb seine Männer zur Eile. Er musste die Kleine finden, sonst hätte er alle Achtung seines Stammes verloren. Er wusste, welches Schicksal ihm dann drohte. Er war selbst König geworden, weil der alte Häuptling die Achtung des Stammes verloren hatte. Er hatte ihn mit eigenen Händen erwürgt, den Bruder seiner Mutter, der vor ihm König der Alani gewesen war. Er hatte deswegen keine Gewissensbisse. Macht war wichtiger als das Blut der eigenen Familie. Fenris wurde wieder zuversichtlich. Seine Jagd würde Erfolg haben, denn in der Nacht war der erste Schnee gefallen. Jede Spur würde man sehen können. Doch als die Sonne den Schnee zum Schmelzen brachte, wurde er wieder missmutiger. Die Kleine hatte zuviel Glück. Das gefiel ihm überhaupt nicht. Er gab seinen Männern Anweisung, die Gegend besonders aufmerksam zu beobachten. Sie wurden dadurch zwar langsamer, aber Fenris konnte sich keinen Misserfolg leisten. Gegen Abend sahen sie in der Ferne ein einsames Gebüsch mitten auf der Steppe. Er kannte dieses Wegzeichen. Dort war eine Quelle, wo man die Pferde tränken und ein Nachtlager aufschlagen konnte. Es würde schon dunkel sein, bevor sie dieses Ziel erreichen würden.

Alesha träumte. Durch ihre Träume lief der weiße Wolf, den sie gesehen hatte und der junge Mann, der zu diesem Tier gehörte. Sie träumte, der Wolf würde sie anschauen und knurren. Aber sie fürchtete sich nicht. Sie hatte den Eindruck, als ob er ihr nichts tun würde. Dann hörte sie Stimmen durch das Knurren des Tieres. Sie drehte sich um und sah Fenris hinter sich stehen. Alesha rief den Wolf, der sich auf Fenris stürzte und ihm in die Kehle biss. Als der König tot zu ihren Füßen lag, spürte sie ein Schubsen gegen ihre Waden. Sie schaute hinter sich, aber der Wolf war nicht mehr da. Nur das Schubsen hörte nicht auf und sie glaubte auch nicht mehr, dass es zu ihrem Traum gehörte. Alesha schlug die Augen auf und sah Fenris vor sich stehen, sein Schwert umgegürtet, umgeben von seinen Kriegern. Sie wusste, dass dies kein Traum mehr war. Fenris hatte sie gefunden und jetzt stand er vor ihr. Und lachte.

Kapitel 10 – Die kalte Klamm

Die ersten Tage der Reise gingen ohne größere Schwierigkeiten vonstatten. Tu-Ran kannte den Weg bis zur kalten Klamm sehr gut. Mitglieder seines Stammes und auch er selbst gingen oft in diesem Gebiet zur Jagd auf Schneeziegen, die es hier in großen Mengen gab. Obwohl die Gruppe sich bereits relativ weit im Gebirge befand, erweckte die Landschaft kaum den Eindruck einer abweisenden Gegend. Der Passweg war breit, sehr viele Pflanzen und sogar Kiefern wuchsen in Massen. Die Sonne schien und die gesamte Truppe war guter Dinge. Auch Amerus, der anfangs nicht so recht an den Erfolg ihrer Mission geglaubt hatte, war jetzt anderer Ansicht. Es herrschte eine allgemeine Fröhlichkeit, so dass Gilgas anfing Lieder zu singen. Seine Freunde waren einhellig der Meinung, dass er zum Raufen besser geeignet wäre als zum Singen. Selbst Skade, der normalerweise immer gerne in Gilgas' Nähe war, lief jetzt der Gruppe weit voraus. Lorin beobachtete den Wanderer, der sich in den letzten Tagen gut in die Gemeinschaft eingelebt hatte. Lorins anfängliche Annahme, dass ihr Begleiter ohne Ausrüstung im Gebirge unterwegs war, hatte sich als falsch erwiesen. Sein Reittier war zwar kein Pferd, wie es die vier anderen benutzten, sondern ein Maultier, aber dies bremste keineswegs ihre Geschwindigkeit. Des weiteren hatte er nur noch einen großen Sack aus Jute dabei, dessen Inhalt aber recht schwer zu sein schien. Je öfter Lorin den Fremden ansah, desto mehr verstärkte sich in ihm das Gefühl, ihn zu kennen. Nur konnte er sich nicht daran erinnern, woher er ihn kennen sollte. So reiste die kleine Karawane die ersten Tage unbehelligt durch das Gebirge, bis sie am Abend des sechsten Tages den Eingang zur kalten Klamm erreichte. Tu-Ran empfahl, weit vor dem Eingang ihr Nachtlager aufzuschlagen, eine Idee, die von allen anderen begeistert aufgenommen wurde. Als sie zu Abend aßen, überraschte Tu-Ran die Gefährten mit der Mitteilung, dass auch er mit ihnen durch die kalte Klamm gehen würde. Jedes Mitglied mehr würde die Sicherheit aller erhöhen, meinte Tu-Ran und Lorin gab ihm völlig recht. Die Stimmung war entspannt und fröhlich, als alle zum Abendessen um ein Feuer saßen, bis unvermittelt Skade anfing, jemanden anzuknurren, der nirgends zu sehen war. Auch der Wanderer schaute in die gleiche Richtung. Sein Gesicht war angespannt, als konzentriere er sich auf ein weit entferntes Ziel. Genauso schnell, wie er zu knurren angefangen hatte, hörte der Wolf auch wieder auf und legte sich wieder an Lorins Seite. Ebenso schien der Fremde sein Ziel aus den Augen verloren zu haben.

Gilgas brach als erster das Schweigen. „Freunde. Irgend jemand verfolgt uns", sagte er unvermittelt in die einsetzende Stille.
„Den Eindruck habe ich bereits seit einigen Tagen. Es ist mir, als ob uns irgend jemand seit dem Tag, als wir das Lager Tash-Ana-Ma-Rais verlassen haben, verfolgt. Gesehen habe ich nichts, obwohl ich immer wieder auf unserem Weg zurückgeschaut habe. Aber das Gefühl werde ich nicht los. Was meint ihr?"
„Ich habe das gleiche gedacht, Gilgas", sagte Amerus. „Und ihr anderen?"
Tu-Ran und der Fremde verneinten. Lorin schwieg.
„Was ist mit dir, Lorin?"
„Mir ist vorhin etwas ganz anderes durch den Sinn gegangen. Mein Eindruck war auch, als ob uns jemand beobachte. Aber nicht hier, sondern aus einer weiten Ferne. Ich kann das nicht erklären. Es ist nur ein dumpfes Gefühl."
Während er das sagte, schaute Lorin den Wanderer an, konnte aber keinerlei Gefühlsregung feststellen.
Lorin sagte: „Wir sollten uns hinlegen. Wir haben morgen noch einen langen Tag vor uns. Und wir werden ab heute abwechselnd Wache halten. Ich übernehme die erste. Ich kann sowieso noch nicht schlafen."
Er stand auf und setzte sich abseits auf einen Felsbrocken. Skade folgte ihm und legte sich zu seinen Füßen nieder, während die anderen sich rund um das Lagerfeuer zur Ruhe legten.

Am nächsten Morgen, noch vor Sonnenaufgang, war die Gruppe bereit, den Weg durch die kalte Klamm zu wagen. Tu-Ran hatte ihnen in den letzten Tagen viel über diesen Teil ihrer

Wegstrecke erzählt. Obwohl er die Klamm noch niemals in ihrer vollen Länge durchquert hatte, wusste er recht viel über die Gegebenheiten der Landschaft und die Gefahren, die auf sie warteten. Nach den Erzählungen Tu-Rans war der Weg sehr gefährlich. Die Klamm hatte zu beiden Seiten hoch aufragende, steile Wände, die auf ihrer gesamten Länge von herabfließendem Wasser genässt wurden. Der Saumpfad war in seinen meisten Teilen nur etwas mehr als eine Manneslänge breit und schlängelte sich etwa in halber Höhe an den Steilwänden entlang. Tief unten wurde die Schlucht von einem Wildwasser durchflossen. Ein Sturz in die Tiefe würde den sicheren Tod bedeuten. Tu-Ran glaubte, dass der Weg in einer Tagesreise ohne Pause zu bewerkstelligen sei. Eine Möglichkeit zu einem Nachtlager gab es nicht und in der Dunkelheit zu gehen, würde ein zu großes Risiko bedeuten. Aus diesem Grund musste der Durchgang mit dem ersten Licht der Sonne begonnen werden und vor dem Abend beendet sein. In kurzer Zeit war das Lager abgebrochen und die Gefährten waren unterwegs. Es war noch dunkel, als sie die Klamm erreichten und so konnten sie noch eine kurze Pause einlegen. Lorin machte ein ernstes Gesicht, als er den Weg innerhalb der Schlucht sah. Durch das herabfließende Wasser war er nass und an vielen Stellen mit glitschigen Moosen bewachsen. Die Gefahr hier auszurutschen und in die Tiefe zu stürzen, war hoch und Lorin machte sich zum erstenmal wirklich Sorgen, ob alle das Ziel erreichen würden. Die gesamte Ausrüstung, vor allem die Lebensmittel, wurden zu gleichen Teilen auf die Packtiere verteilt, damit im Falle eines Verlustes nicht alles verloren war. Der fremde Wanderer bot sich an, die Spitze zu übernehmen, da sein Maultier trittsicherer sei als jedes Pferd. Niemand hatte dagegen etwas einzuwenden und so begann der Marsch. Die Tiere wurden an ihren Zügeln geführt. Selbst Skade lief nicht mehr ausgelassen, sondern schlich sehr vorsichtig an der Steilwand entlang. Es ging nur sehr langsam vorwärts, da jeder Schritt überlegt werden musste. Ein falscher Tritt konnte das Ende bedeuten. Bei dem Gedanken, dass dies einen ganzen Tag ohne Pause dauern würde, bekam Amerus ein flaues Gefühl in der Magengegend. Gilgas war bester Laune. Ihm gefiel die ungezügelte Wildheit der Landschaft. Er meinte, sie sei ihm sehr ähnlich, was die anderen nur bestätigten. Am Anfang war der Weg noch recht gangbar, aber je weiter man in die Schlucht hineinkam, desto schmaler und abschüssiger wurde er. Am späten Vormittag schien es, als ob alle Götter sich gegen die Gruppe verschworen hätten. Das Wetter wurde diesiger und es zogen Nebelschwaden durch die Schlucht. Die Sicht wurde immer schlechter und die fünf mussten sich ihre Schritte fast ertasten. Gegen Mittag, als der Nebel sich wieder weitgehend aufgelöst hatte, passierte das Unglück. Eines der Packpferde begann zu scheuen und rutschte mit den Hinterhufen über die Wand. Gilgas, der versuchte, das Tier zu halten, musste die Zügel loslassen, sonst wäre er mit dem Pferd in die Schlucht gestürzt. Das Ereignis drückte die Stimmung und der Marsch wurde noch vorsichtiger fortgesetzt. Spät am Tag sah der Wanderer das Ende der Schlucht. Der Weg wurde breiter und trockener und die Steilwände wichen zurück. Eine Stunde später war das Ende der Klamm ohne weitere Schwierigkeiten erreicht. Der Durchgang war besser vonstatten gegangen als die Freunde gedacht hatten. Sie suchten sich einen geschützten Ort und schlugen ihr Lager auf.

„Geschafft." Die Erleichterung in Amerus' Gesicht war nicht zu übersehen.
„Das ging besser als ich dachte. Nur um das Pferd und unsere Ausrüstung tut es mir ernsthaft leid", meinte Gilgas.
„Sie wird uns noch einmal fehlen, glaube ich", sagte Lorin und Tu-Ran nickte.
Gilgas schaute sehnsüchtig auf das Fleisch, das über dem offenen Feuer auf Stangen briet. „Gib mir mal ein Stück rüber. Ich habe seit heute Morgen nichts mehr gegessen."
„Du hast auch schon abgenommen", witzelte Amerus und Gilgas fühlte sofort an seinen Ohrläppchen.
„Stimmt", sagte er. „Also gib schon."
Wanderer, der am nächsten saß, nahm ein Stück Fleisch und reichte es Gilgas hinüber: „Damit du wieder zunimmst", lachte er.

„Du hast mehr Bauch als ich", konterte Gilgas mit einem dezenten Blick auf seinen Gegenüber.

Wanderer schaute ihn an und lachte laut: „Jedes Pfund ehrlich angegessen im Laufe vieler Jahre."

Lorin blickte in die Runde.

„Freuen wir uns. Die erste Hürde ist genommen."

„Es kommen bestimmt noch andere", meinte Tu-Ran. „Aber ich fürchte mich nicht."

„Ich auch nicht", sagte Gilgas. „Wer diese Schlucht überlebt hat, steht jede Strapaze durch."

„Zumindest scheinen wir unseren unsichtbaren Verfolger abgeschüttelt zu haben. Entweder taucht er hier auf oder er muss in der Schlucht übernachten. Beides wird ihm schlecht bekommen."

Lorin lächelte zu Tu-Rans Worten.

„Unterschätzen wir ihn lieber nicht. Wer uns so lange gefolgt ist, ohne sich entdecken zu lassen, wer weiß, was der sonst noch alles kann. Wir sollten heute nacht wieder Wachen aufstellen. Vielleicht ist es besser, wenn neben Skades Augen und Ohren noch andere wach sind."

Die anderen nickten zustimmend.

„Sag Lorin, wie geht es weiter?"

„Ich weiß es noch nicht, Amerus. Keiner von uns war schon jemals hier. Morgen im Tageslicht werden wir uns einen Eindruck über die Landschaft verschaffen", äußerte Lorin und meinte gleich darauf lachend: „Schaut euch Skade an."

Der Wolf lag halb auf dem Rücken, alle viere von sich gestreckt, in tiefem Schlaf. Auch für ihn war es kein leichter Tag gewesen.

„Machen wir es genauso, Freunde."

Gilgas streckte seine Glieder und legte sich etwas vom Feuer entfernt nieder. Die anderen folgten ihm, außer Amerus, der die erste Wache halten wollte.

„Ich wecke dich nachher, Gilgas. Dann kannst du mich ablösen. Schlaft gut."

Am nächsten Morgen, als die Gefährten ausgeruht und voll neuem Tatendrang waren, stiegen Lorin und Tu-Ran auf einen nahen Bergrücken, um sich einen Überblick über die Gegend zu

verschaffen. In der Ferne sahen sie einen langgezogenen Pass, der recht einladend und leicht zu bewältigen aussah. Am Horizont, soweit das Auge reichte, waren mächtige, hohe Berge zu sehen, die Gipfel mit Schnee bedeckt, der teilweise schon bis in die Täler hinabreichte. Es war ein überwältigender Anblick. Die Majestät der Berge beeindruckte Lorin stark und auch Tu-Ran ließ vor Staunen seinen Mund halb offen stehen. Sie benötigten zwölf Tage, um die Passhöhe zu erreichen und das Wetter wurde von Tag zu Tag schlechter. Während anfangs strahlender Sonnenschein herrschte, fiel schon zwei Tage später ein kalter, mit ein wenig Schnee vermischter Regen, der nicht enden wollte. Von ihrem unsichtbaren Verfolger hatten sie nichts mehr gespürt oder gar gesehen. Wenn es ihn denn gegeben hatte, war er wahrscheinlich in der kalten Klamm zu Tode gekommen. Beim Überschreiten des Passes spürte Lorin, dass Schnee in der Luft lag und bald danach fielen die ersten weißen Flocken zu Boden. Knapp unterhalb des Passes fanden die Gefährten eine einladende Stelle, um ihr Lager aufzuschlagen. Unter einem Felsüberhang waren sie vor dem Wetter geschützt und auch der auffrischende Wind wurde durch große Felsbrocken abgehalten. Sie drängten sich eng an die Felswand und deckten sich mit Felldecken zu. Dies hielt zumindest die Kälte ab, die mit fortschreitender Stunde strenger wurde. Lorin wusste, dass ihre Reise jetzt wirklich gefährlich wurde. Tash-Ana-Ma-Rai hatte sie gewarnt. Das Wetter in den Bergen war unberechenbar. Der Schnee konnte morgen wieder dem schönsten Sonnenschein gewichen sein, oder er konnte weitaus schlimmer werden. Lorin befürchtete das zweite, denn es war bereits spät im Herbst.
An diesem Abend aßen die Freunde nicht viel. Ein wenig getrocknetes Fleisch und die letzten Reste des Fladenbrotes, das ihren Proviantvorrat vervollständigt hatte. Die Stimmung war gedrückt und jeder zog sich seine Decken bis über die Ohren und versuchte, etwas Schlaf zu finden. In dieser Nacht stellten sie keine Wachen auf.

Lorin konnte nicht einschlafen. Zu viele Gedanken gingen ihm durch den Kopf. Er trug die Verantwortung, hatte er doch seine

Freunde dazu überredet, dieses Wagnis mit ihm einzugehen. Wenn sie es nicht schaffen würden, wenn sie hier oben erfrieren würden, es wäre seine Schuld. Er dachte nach. Am nächsten Tag mussten sie den Weg in ein Tal, in tiefere, vielleicht wärmere Gegenden finden. Das war ihre einzige Hoffnung. Vielleicht hörte es auf zu schneien. Lorin sah im letzten Dämmerlicht, wie die Schneeflocken dicker und dicker wurden. Es würde nicht aufhören, dachte er. Dann schlief er langsam ein.

Keiner der Freunde konnte einen tiefen, erholsamen Schlaf genießen. Die Gefahr, im Schlaf zu erfrieren, war zu groß. In der Nacht ließ der Schneefall nach. Gegen Morgen hatte er vollständig aufgehört und die Sonne begann zu scheinen. Trotzdem war die Landschaft beinahe knietief eingeschneit. Das Weiterkommen würde beschwerlich werden. Nachdem sie ihre Ausrüstung zusammengepackt und auf den Packpferden verstaut hatten, brachen sie auf. Tu-Ran machte den Anfang, die anderen folgten hintereinander. Gilgas ging als Nachhut. Die weiße Pracht tat nach kurzer Zeit in den Augen weh. Soweit man blicken konnte, lag Schnee. Mühsam bahnte sich die Gruppe einen Weg. Als die Sonne, kurze Zeit durch die Wolken zu sehen, ihren Zenit erreichte, begann es erneut zu schneien. Kurze Zeit darauf kamen die Freunde an ein stark nach rechts abfallendes Plateau, das zudem durch die tiefen Temperaturen, die in der Nacht geherrscht hatten, völlig vereist war. Der Schneefall war wieder stärker geworden und innerhalb weniger Minuten konnte man nicht mehr die Hand vor Augen sehen. Der Wind wuchs zu einem Schneesturm heran. Die kommende Katastrophe war nur noch eine Frage der Zeit.

„Zusammenbleiben", rief Lorin, aber das Heulen des Sturms übertönte seine Worte.

„Wir dürfen uns nicht verlieren", versuchte er sich nochmals, ebenso erfolglos, Gehör zu verschaffen.

Amerus griff nach Wanderers Maultier, das direkt vor ihm ging, erwischte jedoch nur den Schwanz.

‚Auch gut', dachte Amerus. ‚Wenigstens weiß ich jetzt, wo ich bin.'

Lorin ließ Tu-Ran, den er durch den dichten Schnee kaum erkennen konnte, nicht aus den Augen. Er merkte, dass es jetzt langsam, aber stetig, abwärts ging. Tu-Ran suchte seinen Weg über das freiliegende Plateau. Der Wind machte allen zu schaffen, aber es gab wenigstens keine allzu hohen Schneeverwehungen mehr, da das meiste weggeblasen war. Am Nachmittag erreichte die Gruppe die Talsohle und wie durch einen glücklichen Zufall einen ausgedehnten Felsüberhang, direkt an der Stelle, an der sie herunterkamen. Es schneite immer noch stark, aber sie waren an einem einigermaßen trockenen Ort angelangt. Sicher in ihrem Lager, schaute Lorin in die Runde. Er sah die abgekämpften und erschöpften Gesichter seiner Begleiter. Amerus klammerte sich immer noch an Wanderers Maultier fest.

„Wo ist Gilgas?", fragte Lorin laut, um den Wind, der immer noch heftig blies, zu übertönen.

„Er muss hinter mir sein", antwortete Amerus und drehte sich um.

Gilgas war nicht mehr bei der Gruppe. Nach Amerus kam nur noch ein weites, tief verschneites Gebirge. Selbst die Spuren der Karawane waren jetzt schon nicht mehr zu erkennen. Lorin wurde bleich.

„Wir müssen ihn suchen", rief er und machte Anstalten zurückzulaufen.

Tu-Ran und Wanderer hielten ihn fest.

„Nein Lorin", schrie Tu-Ran, „das ist dein sicherer Tod."

„Er hat recht", sagte auch Wanderer, „wir werden ihn bei diesem Wetter nicht finden können."

Lorin erkannte die Aussichtslosigkeit der Lage und sank in sich zusammen.

„Gilgas", flüsterte er. Tränen liefen über sein Gesicht.

Auch Amerus konnte seine Trauer und Verzweiflung nicht verbergen. Ein guter Freund, der sie über einen langen Zeitraum ihres Lebens begleitet hatte, war verschwunden. In dieser Nacht konnte keiner schlafen. Auch Skade lief unruhig hin und her. In der Nacht hörte der Schneefall auf und am darauffolgenden Morgen war herrlichstes Wetter. Lorin und Tu-Ran machten sich mit Skade auf den Weg zurück auf das Plateau, wo Gilgas aller Wahrscheinlichkeit nach verunglückt war. Amerus und Wanderer blieben beim Lager. Erst spät am Abend kamen die zwei wieder und ihren sorgenvollen Gesichtern sah man an, dass sie Gilgas nicht gefunden hatten. Die Zurückgebliebenen bestürmten Lorin sofort mit Fragen.

„Wir sind auf das Plateau zurückgegangen und haben alles abgesucht. Wir sind nochmals unseren gesamten Weg abgelaufen. Die Strecke, die wir gestern zurückgelegt haben, war nicht sehr lang. Es kam uns so weit vor, weil wir durch den Schnee nur langsam vorwärts gekommen sind. Wir fanden etwa auf der Hälfte des Weges das Packtier, das Gilgas geführt hatte. Es war fast ganz eingeschneit und schon steifgefroren. An dieser Stelle war ein steiler Abhang, der fast senkrecht in die Tiefe ging. Wenn Gilgas dort hinuntergestürzt ist, dann ist er tot. Tu-Ran und ich haben weiter gesucht. Auch Skade hat überall herumgeschnüffelt. aber wir haben nichts mehr gefunden. Ich fürchte, wie werden Gilgas nie wiedersehen!"

Lorin setzte sich ans Feuer, zuckte mit den Schultern und einige Tränen flossen lautlos über seine Wangen. Amerus zog sich an die hinterste Felswand zurück und weinte. Gilgas war ein lustiger Begleiter und guter Freund gewesen. Nichts würde jetzt noch so sein wie früher, als sie gemeinsam über die Steppe gewandert waren. Selbst wenn sie ihr Ziel erreichen würden, wäre etwas anders. Am nächsten Morgen brachen sie in bedrückter Stimmung auf.

,Es wird Zeit für mich zu gehen', dachte Thorai.

Er musste die Gruppe verlassen und den Rest des Weges auf seine Art gehen. In den letzten Wochen, seit dem Tag, als sie Gilgas verloren hatten, war die Stimmung immer hoffnungsloser geworden. Ein Unglück löste das andere ab. Sie hatten, bis auf sein Maultier, alle Packtiere verloren. Die Vorräte wurden knapp. Lorin schaute ihn immer öfter und nachdenklicher an. Erinnerte er sich an ihn, an sein helfendes Eingreifen, als Lorin damals über Bord des Schiffes gegangen und an den Strand gespült worden war?

,Ja', dachte Thorai, ,es wird Zeit zu gehen'.

Er war schon zu lange mit den Freunden zusammen. Das war nicht gut. Othal würde ihn vielleicht finden, trotz all seiner Anstrengungen sich zu verbergen. Der Rabe, den er gestern hoch am Himmel hatte fliegen sehen - war er schon einer von Othals Augen? Aber wie sollte er die Gruppe verlassen, ohne Verdacht zu erregen? Ihm würde schon etwas einfallen. Ja, das würde es bestimmt. Es waren jetzt fünfundzwanzig Tage seit jenem verhängnisvollen Schneesturm vergangen. Das Wetter war ruhiger und ausgeglichener geworden und morgen schon würden sie das Land des kleinen Volkes erreichen. Dort konnten die Übriggebliebenen überwintern und ihre Chance, das weite Ziel zu erreichen, würde wieder wachsen. Er musste schon vorher gehen. Im Land, das vor ihnen lag, würde sich keine Gelegenheit mehr bieten, ohne Aufsehen zu erregen zu verschwinden.

,Ja', dachte Thorai, ,es wird Zeit für mich zu gehen.'

Heute schon musste es geschehen.

Sie hatten wieder einen Pass erreicht und begannen mit dem Aufstieg. Dem wievielten? Amerus wusste es nicht mehr. Er hatte aufgehört mitzuzählen. Kaum war ein Bergrücken überwunden, kam der nächste. Es war auf der Steppe und in den Tälern fast Winter und hier oben war es extrem kalt. Er glaubte nicht mehr daran, diese Strapazen zu überleben und jemals wieder Menschen zu begegnen. Warum hatten sie nicht in der Steppe überwintert? Sie mussten blind gewesen sein in ihrem Glauben an den Erfolg. Gilgas war tot. Wie lange war das her? Er wusste auch das nicht mehr. Er wollte sich nur noch hinlegen und schlafen. Ihm war klar, das wäre sein Tod. Lorin und die anderen alleine lassen? Wie konnte er nur solche Gedanken hegen? Weitergehen, nur weitergehen. Er sah die beiden vor sich gehen. Tu-Ran und Wanderer, der das Maultier am Geschirr führte. Ging er nicht viel zu nah am Abgrund, der auf ihrer linken Seite unendlich in die Tiefe zu reichen schien? Amerus sah, wie Wanderer vor ihm anhielt und seinen Jutesack, den er von Anfang an dabei hatte, vom Packsattel des Maultieres nahm und darin kramte.

„Du stehst viel zu nah am Abgrund", rief Amerus Wanderer zu.

Wanderer drehte sich halb um und schaute über seine rechte Schulter zu Amerus hinüber. Dieser sah, wie sich unter Wanderers Füßen ein paar kleine Steinbrocken lösten und in die Tiefe fielen. Er wollte nochmals rufen, aber Wanderer setzte seinen linken Fuß bereits etwas nach vorne. In diesem Augenblick brach ein großer Brocken unter ihm weg – derjenige, auf dem er gestanden hatte. Wanderer fiel wortlos in die Tiefe, seinen Gepäcksack noch immer fest umklammert. Lorin schrie auf und rannte nach vorne, an Amerus vorbei, der wie versteinert dastand. Er warf sich an Rand der Tiefe auf den Bauch und sah hinab. Tu-Ran war von vorne wieder zurückgekommen und hielt Lorin an den Beinen fest, damit dieser nicht auch noch hinunterstürzte.

Tu-Ran sprach auf Lorin ein: „Wir können nichts mehr tun. Er ist tot. Wir müssen weiter."

„Ja", sagte Lorin. „Wir müssen weiter."

Er stand auf, sah Amerus niedergeschlagen an und ging weiter. Bis zum Abend hatten sie den Pass überquert und waren fast im Tal angekommen. Sie suchten sich eine geeignete Lagerstätte und rasteten. An diesem Abend verbrauchten sie ihre letzten Vorräte. Bald würden sie das Maultier schlachten müssen, um nicht zu verhungern. Es schien im ganzen Gebirge nichts Essbares zu geben. Am nächsten Morgen machten sie sich früh auf den Weg weiter ins Tal. Immer weniger Schnee bedeckte die Erde. Aus irgendeinem Grund war dieses Tal fast frei von Schnee. Sie waren noch nicht allzu weit gelaufen, die karge Vegetation wurde von ersten Sträuchern und kleinen Bäumen bereichert, als Lorin seine beiden letzten Gefährten anstieß.

„Riecht ihr das?"

Amerus zog die Luft tief in seine Nase.

„Rauch", meinte er, „oder ich habe schon Halluzinationen. Wo kommt der her?"

Tu-Ran und Lorin zeigten gleichzeitig nach vorne.

„Von dort", riefen sie gemeinschaftlich.

„Da müssen Menschen sein", setzte Lorin hinzu und wie auf Kommando begannen alle zu laufen.

Angeführt von Lorins weißem Wolf stießen sie auf einen kleinen Wasserlauf, an dessen Ufer ein verlassenes Lagerfeuer glühte. Wer immer es angezündet hatte, konnte nicht weit entfernt sein. An der Feuerstelle lag ein Bärenfell auf der nackten Erde und mehrere Fische brieten, auf Stöcke gesteckt, über der Glut.

„Ist hier jemand?", rief Lorin.

„Hallo", brüllten auch die beiden anderen.

Niemand antwortete. Lorin ließ das mitgeführte Maultier los und ging zum Feuer, als Skade anfing, die Zähne zu fletschen und die Rückenhaare hochzustellen. Aus einem nahegelegenen Dickicht kam ein Mann, muskulös, hochgewachsen und strohblond. Seine Hose und sein Hemd bestanden aus grob gegerbtem Leder und hatten die Farbe von dunklem Lehm. In seiner rechten Hand hielt er eine lange Lanze, die er augenscheinlich zum Fischen benutzte, denn an ihrer Spitze steckte noch ein großer Fisch.

„Esst", sagte der Unbekannte. „Esst und haltet euren Wolf fest. Ich tue euch nichts, nur sagt mir, wer ihr seid, dass ihr zu einer solchen Jahreszeit aus dem Gebirge kommt."

„Ich bin Lorin und das sind meine Freunde Amerus und Tu-Ran. Wir waren noch zwei mehr, aber das ist eine lange Geschichte. Wir kommen von der Steppe auf der anderen Seite der Berge. Und wer bist du?"

„Mein Volk wird sich freuen, in diesem Winter neue Geschichten zu hören. Weiter als bis zu meinem Dorf werdet ihr nicht kommen. Die Berge rundherum liegen schon voller Schnee und auch hier wird es in ein paar Stunden anfangen zu schneien. Willkommen im Land des kleinen Volkes. So nennen andere uns. Ich bin Orm vom Volk der Geti. Willkommen."

Lorin dankte Orm für seine Gastfreundschaft und gab ihm die Hand. Als Skade diese Geste sah, hörte er auf zu knurren und legte sich hin. Die Freunde aßen den angebotenen Fisch und Orm führte sie danach zu seinem Dorf, das in der Nähe lag. Lorins Zuversicht war wieder da. Hier konnten sie überwintern und neue Kräfte sammeln.

Kapitel 11 – Gilgas und Kat-Tia

Gilgas schlug seine Augen auf. Sein Kopf schmerzte und die Umgebung konnte er nur verschwommen wahrnehmen. Er stöhnte, während er langsam wieder zu Bewusstsein kam. Er wusste nicht, wo er sich befand. Es könnte eine Höhle sein, aber wie war er hier hergekommen? Er konnte sich nicht erinnern. Das letzte, was er wusste, war, dass er mitten in einem Schneesturm den Halt verlor, zu Boden fiel und ein vereistes Plateau hinunter rutschte. Dann setzte seine Erinnerung aus. Blind tastete er mit seiner Händen um sich. Er spürte ein dickes Fell, auf dem er lag. Ein weiteres war ihm in den Nacken geschoben worden. Dann merkte er, wie jemand einen Becher an seine Lippen hielt und sie langsam mit Wasser benetzte. Er wollte etwas sagen, bekam jedoch keinen Ton heraus. Er blinzelte das verschwommene Gesicht über sich an und wurde erneut bewusstlos. Als er wieder erwachte, wusste er nicht, wie viel Zeit vergangen war, aber er konnte schon wesentlich besser sehen und auch seine Kopfschmerzen waren bei weitem nicht mehr so stark wie anfangs. Er war tatsächlich in einer Höhle, konnte sich jedoch immer noch an nichts erinnern. Die Höhle war nicht sonderlich groß und schien auch nicht sehr tief zu gehen, aber sie war trocken. Ein großes Feuer am Höhleneingang hielt mögliche wilde Tiere von außen ab. Ein kleines Feuer in der Mitte der Höhle diente augenscheinlich als Kochstelle. In einer Ecke war eine Unmenge trockenes Holz gestapelt. Im Hintergrund hörte er ein Geräusch und versuchte sich aufzurichten, wurde jedoch durch einen stechenden Schmerz in seinem Bein wieder auf sein Lager geworfen. Jemand hatte sein rechtes Bein geschient. Anscheinend war er verletzt, wusste aber nicht wie sehr.

„Hallo", rief er krächzend. „Ist jemand hier?"

„Bleib' liegen. Dein Knöchel ist gebrochen", antwortete eine Stimme, die ihm bekannt vorkam, aus dem Hintergrund der Höhle.

„Wer bist du? Komm näher, ich kann dich nicht sehen."

„Warte einen Moment. Ich bringe dir eine heiße Suppe."

Gilgas hörte das typische Klappern einer Holzschüssel, und kurz darauf beugte sich eine Gestalt über ihn. Gilgas erkannte sie sofort und machte aus seiner Überraschung keinen Hehl. Es war Kat-Tia, die Enkeltochter Tash-Ana-Ma-Rais.

„Überrascht?", fragte Kat-Tia.

„Und wie", antwortete Gilgas.

Kat-Tia gab ihm die Holzschüssel mit einer schmackhaften, dicken Suppe. Gilgas war sehr neugierig zu hören, wie er in diese Höhle gekommen war und bat Kat-Tia, ihm alles zu erzählen.

„Von Anfang an wollte ich mit euch gehen und als ihr das nicht wolltet, habe ich beschlossen, euch einfach zu folgen. Meine Ausrüstung habe ich in der Nacht zusammengetragen und bin noch vor euch aus dem Dorf gegangen, als es noch dunkel war, damit man mich nicht sah. Ihr kamt am Mittag an einem Wäldchen vorbei. Dort hatte ich mich versteckt, um euch vorbeiziehen zu lassen, und dann bin ich den ganzen Weg, bis zur kalten Klamm, hinter euch geritten. Manchmal hatte ich Sorge, einer von euch würde misstrauisch und mich entdecken. Aber das war ja nicht der Fall."

„Wie bist du durch die kalte Klamm gekommen?", fragte Gilgas.

„Lass mich doch weiter erzählen und unterbrich mich nicht. Also, ihr seid früh am Morgen durch die kalte Klamm gegangen. Mit euren Pferden. Das konnte ich nicht riskieren. Aus alten Geschichten wusste ich, dass die Klamm sehr lang war, also nahm ich alle Teile, die ich tragen konnte, ließ mein Pferd laufen und ging zu Fuß weiter. Ein Seil hatte ich um den Bauch geschlungen und meine Felldecke um die Schultern geknotet; Vorräte, Bogen und Pfeile auf dem Rücken. So kam ich sehr viel einfacher vorwärts als ihr. Mein Pech war nur, dass ihr euer Lager direkt am Ausgang der Klamm aufgeschlagen hattet. Du weißt ja, wie eng der Weg ist und wie schnell man dort über den Sims abstürzen kann. Ich musste schlafen, das war mir klar. Also habe ich mich an meinem Seil festgebunden und das andere Ende an einem vorstehenden Felsen festgemacht. Wie du siehst, hat das funktioniert. Am nächsten Morgen, als ihr weitergeritten seid, hatte ich allerdings ein Problem. Ihr wart beritten, ich nicht. Das würde mich um einiges langsamer machen. Der Vorteil war jedoch, dass ich über Strecken gehen konnte, die für eure Tiere nicht gangbar waren und so verlor ich euch nicht aus den Augen. Bis zu diesem Schneesturm. Anfangs stolperte ich noch eine Zeitlang weiter, aber aus Angst, die Orientierung zu verlieren, habe ich mich in mein Fell eingewickelt und mich einfach einschneien lassen. Mein Großvater hat mir einmal erzählt, dass dies die sicherste Methode sei, in einem Schneesturm nicht zu erfrieren. Trotzdem habe ich euch am nächsten Tag nicht mehr gefunden. Ich sah nicht eine einzige Spur von eurer Gruppe, obwohl man diese in dem tiefen Schnee eigentlich nicht hätte übersehen dürfen. Ich hatte mich verlaufen. Da ich nicht einfach zurückgehen wollte, marschierte ich weiter und kam später an die Sohle eines Plateaus. Es schneite wieder sehr stark. Ich drückte mich an eine Felswand und wollte mich noch mal einschneien lassen, aber durch eine glückliche Fügung fand ich diese Höhle. In dem Sturm musst du oben auf dem Plateau die Orientierung verloren haben und dann abgerutscht sein. Jedenfalls fand ich dich am nächsten Morgen. Mehr tot als lebendig hast du da gelegen und von deinen Freunden keine Spur. Ich schleifte dich in die Höhle und da bist du jetzt."

„Von den anderen hast du nichts gehört oder gesehen?"

„Doch, später. Erst musste ich deinen Knöchel schienen und die Abschürfungen auswaschen, damit sie später nicht anfangen zu brennen. Die Höhle muss ein Jagdlager sein, denn das Feuerholz, das du hier überall siehst, hat schon hier gelegen, als ich sie fand. Am späten Nachmittag kletterte ich dann auf das Plateau hinauf. Hätte ich das mal früher gemacht. Oben habe ich Fußspuren gefunden, zwei Männer und ein Wolf. Man hatte nach dir gesucht."

„Wann war das?", fragte Gilgas.

„Vor vier Tagen", gab Kat-Tia zur Antwort.

„Ich war die ganze Zeit ohne Bewusstsein?"

„Ja. Ab und an bist du mal aufgewacht und anschließend sofort wieder weggedämmert."

Gilgas schaute Kat-Tia an: „Wir müssen hinterher."

„Das kannst du noch nicht schaffen. Denke daran, wir müssen zu Fuß weiter und dein Knöchel ist gebrochen."

„Aber hier über den Winter bleiben können wir auch nicht. Dafür reichen weder Vorräte noch Holz."

„Du hast recht. Ich glaube, ich habe eine Idee", sagte Kat-Tia und rannte aus der Höhle.

Kurze Zeit danach hörte Gilgas den typischen, dumpfen Klang eines Beiles. Er konnte sich keinen Reim darauf machen, was das bedeuten konnte. Kat-Tia hatte ihm bewiesen, dass sie gut alleine zurechtkam und voller Ideen steckte. Sie würde immer und überall überleben können. Gilgas aß ein wenig von der Suppe und schlief kurz danach wieder ein. Das Schlagen des Beils hatte aufgehört, als er wieder erwachte. Gilgas richtete sich auf und stützte seinen Rücken mit dem Fell, das ihm als Kopfkissen diente. Er sah sich in der Höhle um und bemerkte, wie Kat-Tia in der Nähe des Eingangs an etwas arbeitete. Sie benutzte wieder ihr Beil, als sie sah, dass Gilgas aufgewacht war. Sehr fachmännisch, wie Gilgas feststellte.

„Was machst du?" fragte er.

„Lass dich überraschen", erwiderte sie.

„Ich mag keine Überraschungen."

„Jetzt ja."

„Sag, was baust du?"

„Wir wollen doch weiter, oder? Ohne Hilfe kannst du nicht gehen. Ich habe dir aus zwei kleinen Stämmen Krücken gebaut. Das wird dir beim Gehen helfen. Wir werden zwar nur langsam vorwärtskommen, aber immerhin vorwärts. Eigentlich wollte ich einen Schlitten bauen, aber wer weiß, wie lange der Schnee liegen bleibt und wenn er schmilzt wäre alles umsonst gewesen." Kat-Tia wusste, was sie wollte, stellte Gilgas fest. Sie zeigte ihm ihr Werk. Die Krücken waren grob zurechtgehauen, nur in der Armgabel und hinunter bis etwa zur Hälfte mit einem Messer fein geglättet. Eine gute Arbeit, soweit Gilgas dies beurteilen konnte. Am Abend machte Kat-Tia ein kleines Feuer in der Mitte der Höhle, dort wo Gilgas sein Lager hatte. Sie setzten sich zusammen und aßen den Rest der Suppe.

„Ich habe großes Glück gehabt, dass du mich gefunden hast."

„Das hast du."

„Es hätte mir überhaupt nicht gefallen, hier oben zu sterben, wo ich in meinem Leben schon so weit gereist bin. So weit aus dem

Westen zu kommen, um hier den Tod zu finden, in Eis und Schnee."

Gilgas schüttelte den Kopf.

„Erzähle mir von deiner Heimat", bat Kat-Tia.

„Da gibt es nicht viel zu erzählen. Ich komme von weit aus dem Westen, wo die Wälder so dicht sind, dass das Sonnenlicht den Boden nicht finden kann. Dörfer und Siedlungen gibt es da nur wenige und auch nur auf Lichtungen und an den Ufern der vielen Seen. Die Menschen dort jagen die großen Stiere des Waldes und glauben, dass Bären Götterboten sind. Ganz anders als die Weite der Steppe. Die Siedlungen an den Seen sind auf Pfählen gebaut und sind unangreifbar, da jeder Angreifer durch Morast und tiefen Schlick müsste, um diese Dörfer erobern zu können. Jedenfalls habe ich das immer geglaubt, bis zu dem Tag, als mein Dorf zerstört wurde. Der einzige, der damals davonkam, bin ich, glaube ich. Es war nach der Ernte. Die Vorräte für den Winter waren bereits eingelagert, und wir bereiteten uns auf die kalte Jahreszeit vor. Damals kamen, mitten in der Nacht, Krieger aus einer anderen Gegend und überfielen das Dorf von der Seeseite her. Sie hatten aus kleinen Stämmen Flöße gebaut und stakten sie in einer mondlosen Nacht an das Dorf. Keiner hat sie bemerkt, auch die Wachen nicht. Wir fühlten uns einfach zu sicher. Ich war zu der Zeit nicht im Dorf, sondern jagte in den Wäldern. Am nächsten Morgen sah ich Rauch über den Wipfeln in der Richtung meines Dorfes und machte mich sofort auf den Weg. Als ich es erreichte, sah ich nur noch schwelende Pfähle. Die Angreifer hatten das Dorf geplündert und verbrannt. Alle Männer und Alten waren tot. Lebende habe ich nicht gefunden, so lange ich auch gesucht habe. Junge Mädchen und Kinder habe ich keine gefunden. Möglicherweise wurden sie als Sklaven weggeführt. Meine Eltern fand ich mit eingeschlagenem Schädel. Ich habe sie in Felle gewickelt und auf den Ästen der Bäume festgebunden. Das machen wir mit unseren Toten. Dann habe ich alles zusammengetragen, was ich brauchen konnte, es war nicht viel, und bin nach Osten gewandert. Viele lange Tage und Wochen. Irgendwann erreichte ich die Steppe und traf eines Tages Lorin und seinen Wolf. Wir wurden Freunde und blieben

76

zusammen. Ein gutes Jahr danach traf Amerus zu uns und seitdem sind wir zusammen. Das ist alles."

Gilgas hörte auf zu erzählen und Kat-Tia merkte, dass ihn die Erinnerung an seine Herkunft schmerzte.
„Was werden deine Eltern sagen, dass du uns gefolgt bist?"
„Ich habe keine Eltern mehr. Meine Mutter ist bei meiner Geburt gestorben, und mein Vater ist vor vielen Sommern bei der Jagd umgekommen. Ich wurde von meinen Großeltern aufgezogen, und Großvater wird sich denken können, wo ich bin. Er hat keine Angst um mich, da bin ich sicher. Er wäre selbst so gerne mit euch gezogen. Lass uns jetzt schlafen. Morgen wirst du dich noch ausruhen, und ich werde alles für unsere Reise vorbereiten. Dann können wir in zwei Tagen aufbrechen."
Die Bestimmtheit, mit der Kat-Tia alles regelte, imponierte Gilgas, und er legte sich bereitwillig zum Schlafen. Kat-Tia bereitete auf der anderen Seite des Feuers ihr Lager und lag schon einen kurzen Augenblick später da und schlief.

Der nächste Tag verging wie im Flug. Kat-Tia hatte für Gilgas' Knöchel einen Kräuterumschlag gemacht, der die Heilung beschleunigen sollte und außerdem einen Trank zubereitet, der die Schmerzen betäubte. Früh am Morgen des übernächsten Tages brachen die beiden auf. Es ging langsam, aber stetig vorwärts und die Krücken, die Kat-Tia für Gilgas gebaut hatte, waren ihm eine große Hilfe. Sie gingen am Fuß des Plateaus entlang und fanden nach einigen Tagen ein schmales Tal, in dem sie weiter nach Südosten kamen. Sie gingen, aßen, schliefen und gingen weiter. Tagein, tagaus. Das Wetter hielt sich. Kat-Tia kümmerte sich um Gilgas, der ihr helfen wollte, so gut er konnte. Menschen sahen sie keine. Zwischendurch sammelte Kat-Tia Wurzeln und Gräser, die sie an vom Schnee freigewehten Stellen fand. Damit wurden die Vorräte gestreckt. Sie hatten nur das mitgenommen, was sie unbedingt brauchten. Darunter waren auch Gilgas' Schwert und Kat-Tias Messer. Dies hatte sie mit Lederriemen an die Spitze eines mannshohen Stabes gebunden, um für Notfälle oder wenn sich Gelegenheit zur Jagd ergab, einen Speer zu haben. Und diese Lanze sollte ihnen noch von Nutzen sein. Im Laufe der Wochen wurde es immer kälter, und es konnte nicht mehr lange dauern, bis der Schnee, der immer wieder fiel, endgültig liegenblieb. Im Gegensatz zur Höhe waren die Täler noch verhältnismäßig schneefrei. Gilgas hatte nicht viel Hoffnung, dass sie es schaffen würden, aber Kat-Tias unerschütterlicher Optimismus sorgte dafür, dass er nicht aufgab. Am vierunddreißigsten Tag war es soweit. Der Schnee blieb liegen, der Winter war da, und die beiden hatten nicht die geringste Ahnung, wo sie sich befanden. Nach einiger Zeit sah Gilgas Fährten im Schnee, die er nicht kannte, sagte Kat-Tia jedoch nichts, um sie nicht zu beunruhigen. Es war nicht nötig. An der Vorsicht, die sie walten ließ, erkannte Gilgas, dass auch sie die Spuren gesehen hatte.

Kat-Tia drehte sich zu Gilgas um: „Was kann das für ein Tier sein?", fragte sie.

„Ich weiß es nicht. Solche Spuren habe ich noch nie gesehen."

„Wir müssen vorsichtig sein. Halte die Augen offen."

Kat-Tia beugte sich zu der Fährte hinunter.

„Sie ist sehr frisch, Gilgas. Die Ränder sind nicht abgebröckelt und auch noch nicht vereist. Das Tier muss unmittelbar vor uns sein."

Im gleichen Augenblick hörten die beiden ein Fauchen. Gilgas blickte auf und sah die große Katze. Weiß wie der Schnee, mit kleinen schwarzen und braunen Flecken, war sie kaum zu sehen. Die Raubkatze stand nicht weit vor ihnen und war allem Anschein nach angriffsbereit. In Sekundenbruchteilen stand Kat-Tia wieder auf ihren Beinen und riss den Speer nach oben, bereit, einen Angriff abzuwehren. Gilgas ließ eine seiner Krücken fallen und nahm sein Schwert aus dem Gürtel. Die Muskeln des Tieres spannten sich, und sofort ging es zum Angriff über. In wenigen, kräftigen Sätzen war die Katze bei ihnen und sprang. Kat-Tia warf gleichzeitig ihre Lanze und traf das Tier, das zu Boden stürzte, sich aber wieder aufrappelte und die Waffe abschüttelte. Der erwartete zweite Angriff erfolgte nicht. Gilgas stand immer noch mit seinem Schwert in der Hand und wartete. Kat-Tia nahm die zu Boden gefallene Krücke auf, um einen Angriff notfalls damit abzuwehren. An ihr Beil im

Gürtel dachte sie in diesem gefährlichen Augenblick nicht. Die Katze lief in kurzer Entfernung nervös auf und ab. Dann, genauso unerwartet wie der erste, erfolgte der zweite Ansturm des Tieres. Es sprang und fiel zu Boden. Gilgas und Kat-Tia schauten sich an. Keiner von ihnen hatte etwas getan, aber die Katze lag tot vor ihnen. Kat-Tia nahm ihre Lanze auf und ging auf das tote Tier zu. Ein kurzer Pfeil steckte in seinem Herzen.

„Es lebt nicht mehr. Die Gefahr ist vorbei. Ihr seid in Sicherheit."

Hinter einem Baum, gar nicht weit von ihnen trat ein Jäger vor. Er war jedenfalls gekleidet wie ein Jäger: Hose aus gegerbtem Leder, desgleichen eine Jacke, die Stiefel hochgeschnürt bis zu den Knien. Über die Schulter hatte er einen Köcher voller Pfeile und in der Hand den Bogen, mit der sie beide gerade aus der Gefahr gerettet worden waren.

„Ein Schneeleopard. Es gibt nicht viele davon, aber sie sind gefährlich."

Kat-Tia schaute den Jäger an.

„Wer bist du?", fragte sie.

Der Jäger kam näher und Kat-Tia erkannte, dass es kein Mann, sondern eine Frau war. Durch die kurzen Haare hatte sie sich täuschen lassen.

„Ich bin Marsa, vom Volk der Geti."

„Ich bin Kat-Tia und das...", sagte sie, indem sie auf Gilgas zeigte.

„Das muss Gilgas sein", unterbrach Marsa sie. „Er sieht genauso aus, wie in den Geschichten von Lorin und Amerus."

„Die beiden leben?", rief Gilgas.

„Ja, die beiden und ihr Gefährte Tu-Ran. Sie glauben, dass du tot bist. Das wird eine Überraschung, wenn ich euch mitbringe." Gilgas ließ sich auf den Boden sinken. Sie waren gerettet, und sie würden die Freunde wiedersehen. Kat-Tia half ihm mit seinen Krücken während Marsa dem Leoparden das Fell abzog.

„Ihr werdet viel zu erzählen haben und viel zu hören. Darauf freue ich mich schon. Wir hören gerne gute Geschichten. Es gibt bei uns so wenige. In meinem Dorf werdet ihr in Sicherheit sein. Lasst uns gehen."

Noch bevor es Abend wurde, kamen die drei in Marsas Dorf an.

Kapitel 12 – Die Gefangennahme

Alesha hatte Angst. Ihr Entführer stand mit gezücktem Schwert über ihr, und ihr Leben schien beendet zu sein. Aber Fenris machte keinerlei Anstalten zuzustoßen. Statt dessen beugte er sich zu ihr hinunter und riss sie hoch. Alesha schrie auf.

„Sei still. Schreien wirst du noch früh genug!", fauchte Fenris sie an.

Steif vor Angst ließ Alesha sich widerspruchslos die Hände und Füße fesseln, und zwar so, dass ihre Beine nach hinten gebogen waren. Mit einem anderen Lederriemen wurde sie an einen in den Boden geschlagenen Pflock festgebunden. Fenris stellte einen seiner Männer als Bewachung ab, mit den anderen schlug er sein Lager auf. Die Riemen waren sehr fest gebunden, und schon nach kurzer Zeit ließ das Gefühl in ihren Armen und Beinen nach. Alesha machte sich eigenartigerweise Sorgen, dass der Blutfluss unterbrochen sein könnte, obwohl ihr Tod schon beschlossene Sache war. Trotzdem wollte sie das ändern.

„He, du da", rief sie ihre Wache leise an, jedoch nicht leise genug, denn Fenris stand von seinem Platz auf und kam zu ihr.

„Was ist?", fragte er.

„Die Riemen", antwortete Alesha.

„Was ist mit den Riemen?"

„Sie sind zu fest. Sie schneiden ins Fleisch und meine Glieder sterben ab."

Fenris bückte sich und prüfte die Fesseln. Entgegen aller Erwartung löste er die Riemen ein wenig und ging wortlos weg. Alesha war verblüfft, wie einfach die Angelegenheit erledigt wurde. Und etwas anderes fiel ihr ein. Niemand hatte sie durchsucht. Ihr kleines Messer, nur so lang wie ihr Daumen, war noch immer an ihrem Bein gebunden, aber sie hatte keine Chance, es zu erreichen. Selbst wenn sie es geschafft hätte und sich befreien konnte, wo sollte sie hin? Sie verwarf ihren Gedanken und wollte eine bessere Gelegenheit auf dem Rückweg abwarten.

Am nächsten Tag, noch bevor die Sonne aufging, wurde das Lager abgebrochen. Alesha wurde auf ein Packpferd gesetzt und ihre Beine unterhalb des Pferdebauches zusammengebunden. Ihre Hände blieben auf dem Rücken gefesselt, und ihr Pferd wurde an seinen Zügeln von einem Reiter mitgeführt. Während des ganzen Tages sprach niemand mit ihr ein Wort. Es war ihr eigentlich ganz recht so, denn mit ihren Gedanken war sie bereits im Dorf der Alani und überlegte, was Fenris mit ihr anstellen würde. Die Erzählung ihrer Freundin über das Schicksal eines Flüchtlings kam ihr wieder in den Sinn, was ihre Hoffnung weiter trübte. Unterwegs erlegten die Männer eine kleine Steppenantilope, eine willkommene Bereicherung des Speisezettels. Fenris ließ noch bei hellem Tageslicht das Lager errichten. Es schien, als ob er nicht auf dem kürzesten Weg in das Winterlager zurückwollte. Er ließ trockenes Holz zusammensuchen, was alleine schon eine lange Zeit dauerte, da nicht viel Gebüsch da war und das Holz vom Schnee noch feucht war. Es wurde eine Grube ausgehoben, die ausgenommene, aber nicht aus der Decke geschlagene Antilope hineingelegt und mit Erde bedeckt. Dann schichtete man das Holz auf die zugedeckte Grube und entfachte mit viel Glück ein Feuer, das bis nach Anbruch der Dunkelheit brannte. Alesha war in dieser Zeit wieder auf die gleiche Art wie am Vortag gefesselt. Als die Flammen niedergebrannt waren, wurde das Tier, das noch immer halbroh war, aus der Grube geholt. Fenris schnitt ein Stück für Alesha ab, befreite sie von ihren Handfesseln und ließ sie essen. Sie würgte das Fleisch in sich hinein. Der König wich die ganze Zeit nicht von ihrer Seite und band sie wieder fest, noch während sie den letzten Bissen aß. Die Nacht wurde kalt und Alesha fror erbärmlich. Sie war letztendlich froh, als der Morgen anbrach und man sie wieder auf das Pferd band. Am selben Morgen erreichte der Trupp das Lager.

Als Fenris mit seiner Gefangenen zurückkehrte, kam sofort Leben in den Stamm. Aus allen Zelten strömten die Neugierigen zum Platz vor dem Häuptlingszelt. Auch Tali, die sich noch immer kaum auf den Beinen halten konnte, und von Sora gestützt wurde, war unten ihnen. Etwas abseits stand der

Schamane. Die Reiter hielten vor Fenris' Zelt, der abstieg, Aleshas Fußfesseln löste und sie unsanft auf den Boden warf.

„Kein Gefangener flieht", rief der König der johlenden Menge zu.

„Niemand entgeht meinem Zorn."

Alesha lag während dieser Zeit zusammengekrümmt auf dem nackten, kalten Boden. Sie sah die Gesichter der Menschen, einige voller Hass, andere mitleidsvoll und einige wenige teilnahmslos. Die Gesten der Umstehenden machten ihr ihre aussichtslose Lage klar.

„Soll sie sterben?" rief Fenris.

„Ja, ja", grölten einige der Zuschauer.

„Soll sie brennen?"

Wieder riefen die Umstehenden: „Ja, ja."

In manchen Augen glaubte Alesha die brennende Mordlust zu sehen. Ein paar Voreilige waren bereits dabei, Holz zusammenzutragen, als der Schamane auf den Platz neben Fenris trat. Er war vollständig in Leder gekleidet, behängt mit den verschiedensten Amuletten und Lederbeuteln. Die ihm am nächsten standen, machten bereitwillig Platz. Sein Gesicht war von einer furchterregenden Maske in der Gestalt eines Raubvogels bedeckt. Ein Mann, der sich seiner ganzen Macht bewusst war und sie auch zu nutzen verstand.

„Sie wird sterben", rief er mit einer gewaltigen Stimme.

Er beugte sich zu Alesha herab und zog sie mit einem Ruck auf ihre Beine. Dies geschah mit einer solchen Kraft, die sie dem schmächtigen Schamanen nie zugetraut hätte. Ihr Wildlederhemd rutsche ihr von den Schultern und entblößte ein kleines Muttermal, das sie seit ihrer Geburt hatte. Es war Alesha im Laufe der Jahre so selbstverständlich geworden, dass sie nie einen Gedanken daran verschwendete. Auf den Schamanen jedoch hatte dieses Mal, in Form einer sich windenden Schlange, eine unerhörte Wirkung. Als er es sah, fuhr er so schnell zurück, dass er gegen den König stieß und beinahe das Gleichgewicht verloren hätte.

„Nein", schrie er. „Nein, das kann nicht sein."

Er beugte sich zu Fenris und flüsterte ihm etwas in das Ohr. Die Umstehenden sahen ihren König erbleichen. Etwas von großer

Tragweite musste geschehen sein. Pferdeschwanz ging wieder zu Alesha, die die ganze Zeit über verloren und irritiert dagestanden hatte.

„Das Mal auf deiner Schulter rettet dir das Leben", sagte der Schamane. „Du trägst das Zeichen des Stammes, der unter dem Schutz der Schlange steht. Wir dürfen dich nicht töten."

Und leise fügte er noch hinzu: „Du hast großes Glück. Ohne das Muttermal hätte selbst Thorai dich nicht mehr retten können."

Alesha verstand die Worte im ersten Moment nicht, bis ihr auffiel, dass ihr Amulett auf ihrer Jacke hing. Pferdeschwanz nahm es und ließ es ohne weitere Worte wieder unter ihrer Kleidung verschwinden. Alesha wusste nicht, was sie davon halten sollte. Ganz offensichtlich kannte der Schamane das Auge der Welt. Warum hatte er es nicht an sich genommen? Sie stand immer noch gefesselt inmitten des Stammes und sah, wie Fenris vor Wut rot anlief. Er nahm sein Messer aus dem Gürtel und kam mit zwei langen Schritten auf sie zu. Alesha fürchtete, dass der Häuptling das Wort des Schamanen ignorieren würde, aber er schnitt mit sicheren Schnitten ihre Fesseln durch, drehte sich um und verschwand voller Zorn in sein Zelt. Diese Niederlage würde er ihr nie verzeihen, dessen war sie sich sicher. Pferdeschwanz winkte seiner Frau und Tali, die Alesha in ihre Mitte nahmen und in ihr Zelt brachten.

„Du hast ein riesiges Glück", sagte Tali zu ihrer Freundin.

„Ich kann mir nicht erklären, warum er das getan hat", antwortete Alesha.

„Er ist kein schlechter Mann", sagte Sora. „Aber Fenris ist ein mächtiger König. Er wird meinem Mann ganz sicher Schwierigkeiten machen und auch du wirst kein leichtes Leben haben."

Tali wandte sich an Sora: „Dein Mann ist Schamane. Keiner kann ihm etwas tun. Er ist mächtiger als Fenris."

„Fenris ist ein jähzorniger Mann. Ich habe Angst", gab Sora zur Antwort.

Alesha hörte den beiden Frauen zu und fühlte insgeheim, dass die Macht des Königs auf der Angst seines Volkes beruhte. Sie sah auf Talis Striemen und wusste, dass die Angst eine starke Macht war, die zu brechen fast unmöglichen erscheinen musste.

„Die alte Hexe hat dich übel zugerichtet. Ich schwöre dir, Tali, das wird sie mir büßen."

„Bitte nicht", bat Tali. „Sie wird mit dir dasselbe machen."

„Tali hat recht. Die Alte ist unberechenbar."

Alesha schaute die beiden an. Es würde viel Zeit und Überredungskünste bedeuten, die zwei endgültig auf ihre Seite zu bringen.

Der Winter kam schnell und mit seiner ganzen Kraft. Innerhalb weniger Stunden, nachdem es zu schneien begonnen hatte, war die Steppe weiß bis zum Horizont. Für viele Monate sollte die weiße Decke, die alles Leben verlangsamte, zum gewohnten Anblick werden. Die Kraft der Sonne würde nicht ausreichen, den Schnee zu schmelzen und die Herzen der Menschen zu wärmen. Die Pferde und Rinder, die im Herbst nicht geschlachtet worden waren, suchten sich ihr karges Futter mühsam unter der Schneedecke und fraßen die Rinde der Bäume. Viele von ihnen würden verhungern, bevor der Frühling das Gras der Steppe wieder zum Leben erwecken und für Nahrung sorgen würde. Seit jenem schicksalhaften Tag, der schon so lange zurückzuliegen schien, hatte Alesha den Schamanen nicht mehr gesehen. Er hatte ihr Amulett erkannt, davon war sie fest überzeugt, konnte sich aber nicht vorstellen, warum er es nicht einfach an sich genommen hatte, oder warum er sie gerettet hatte. Alesha konnte mir ihren Freundinnen nicht darüber reden. Das Auge der Welt gehörte ihr. Es musste einen Grund dafür geben, und diesen Grund wollte sie herausfinden. Fenris hatte sie nicht mehr beachtet, was aber nichts heißen musste, sollte sie Soras und Talis Erzählungen glauben.

Kapitel 13 – Im Dorf der Geti

Die Geti waren ein kraftvolles, aber freundliches Volk. Ihr Dorf lag in einem weitläufigen, fruchtbaren Tal. Die großen, für mehrere Familien bestimmten Häuser waren aus behauenen Stämmen gefertigt. Lange, gerade Baumstämme waren auf zwei jeweils gegenüberliegenden Seiten abgeflacht und aufeinandergeschichtet, die Zwischenräume mit Lehm abgedichtet. Innerhalb der Häuser waren einzelne Räume mit Reisiggeflecht abgetrennt. In der Mitte war jeweils eine große, aus Felsplatten gesetzte Herdstelle, die zum Kochen und Wärmen diente. Im Zentrum des Dorfes lag das Versammlungshaus, eine große, aus einem einzigen Raum bestehende Hütte, in der alle Versammlungen des Dorfes abgehalten wurden. Das Volk der Geti kannte keinen Häuptling und keinen König, sondern es hatte einen Ältestenrat, der aus den erfahrensten und ältesten Mitgliedern des Volkes bestand. Der Älteste des Rates, Maituras, war ein Mann von undefinierbarem Alter, von dem man sagte, er hätte fast hundertmal den Wechsel der Jahreszeiten erlebt. Ein Mann mit einem unglaublichen Charisma und großer Weisheit.

Lorin und seine Gefährten waren voller Herzlichkeit aufgenommen worden und genossen die Gastfreundschaft der Geti. Die Freude war riesengroß gewesen, als Gilgas in das Dorf kam. Die Überraschung über Kat-Tia war jedoch ebenso groß. Vor allem Amerus war nicht begeistert, erwähnte er doch bei jeder sich bietenden Gelegenheit, dass die Gruppe im nächsten Frühjahr langsamer würde und Frauen bei solchen Unternehmungen sowieso nichts zu suchen hätten. Auch Gilgas Erzählungen über den Mut und die Kraft Kat-Tias änderten daran nichts. Sie hatten eine leerstehende Hütte bezogen, die zwar kleiner war, als die restlichen Häuser, aber die Gefährten waren froh, eine Möglichkeit zum Überwintern erhalten zu haben. Kat-Tia hatte sofort einen abgetrennten Raum mit Beschlag belegt und sich bereits häuslich eingerichtet, als die Männer noch damit beschäftigt waren, ihre restliche Ausrüstung unterzubringen. Orm und Marsa halfen ihnen, wo sie konnten und innerhalb kürzester Zeit war aus der alten Hütte eine ansehnliche und gemütliche Unterkunft geworden. Einige Zeit nach ihrer Ankunft, es war schon tiefer Winter, lud man die Gefährten in das Versammlungshaus ein, damit sie ausführlich von ihrer Reise und ihren Abenteuern erzählen konnten. Zu Amerus' Überraschung wurde auch Kat-Tia eingeladen, und seine Verblüffung steigerte sich noch, als er sah, dass auch alle Frauen des Dorfes an der Versammlung teilnahmen. Sie saßen mitten zwischen den Männern, und die älteren Frauen waren bei den Plätzen der Ältesten. Es schien in diesem Volk keinen Unterschied zwischen den Geschlechtern zu geben, etwas das Amerus und auch die anderen nicht kannten. Der Innenraum war groß und geräumig und mit einer verschwenderischen Pracht ausgestattet. Das Dach wurde von mächtigen Säulen und Balken getragen, die mit geschnitzten Löwen und Adlern verziert waren. An den beiden Querwänden waren große Regale gebaut, auf denen sich ungeheure Mengen reicher Kunstwerke befanden. Ein großes Gefäß aus getriebenem Gold stach Amerus sofort ins Auge. Rundherum mit Tierbildern verziert, von denen er einige, wie Stiere und Löwen, kannte. Andere, wie ein eigenartiges Tier mit gedrungenem Leib und einer Spitze auf der Nase, waren ihm völlig unbekannt. Die leeren Stellen zwischen den Tieren waren mit Sonnen und Monden ausgefüllt. Eine silberne Platte zeigte einen hethitischen Kampfwagen, gezogen von einem Stier, auf dem eine geflügelte Gottheit als Lenker stand. Darunter waren gefallene Feinde abgebildet, die von Hunden zerrissen wurden. Die schönsten Teile waren jedoch ein riesiger kupferner Kessel, aus dessen oberem Rand vier geflügelte Schlangen züngelten sowie ein mächtiger Löwe aus Bronze, der einen abnehmbaren Kopf besaß und der innen hohl war. Die Teile zeugten von einem hohen Kunstverständnis und einem ausgeprägten Sinn für Schönheit. Amerus erkannte Teile aus der ganzen, ihm bekannten Welt und darüber hinaus. Er sah goldene Becher und Armreifen aus Babylon und Ägypten, aus Silber getriebene Brustpanzer aus Mitanni und perlenbesetzte Ketten aus Qumran. Die Wände waren über und über mit Pelzen und Fellen behängt, seltenen Zobel aus den Eiswüsten des Ostens und großen Decken aus zusammengenähten Silberfuchsfellen. Auch die Decke von Marsas Schneeleopard war aufgehängt worden. Darüber hing, von Lorin sofort entdeckt und bewundert, eine mächtige, doppelt mannshohe Lanze mit einer Stoßklinge aus dem neuen Metall, in der mit silbernen Runai das Wort „Tilarids", das Angreifer bedeutet, eingelegt war. Ein unermesslicher Reichtum. „Der Schatz des Volkes", sagte Orm, der hinter Lorin stand. „Er gehört allen, dem ganzen Volk der Geti."

Lorin nickte. Vor lauter Staunen stand sein Mund offen, und er kam sich arm und wie ein Bettler vor. Solche Kunst hatte er noch nie gesehen. Dann ließ er seinen Blick weiter durch die Versammlungshütte schweifen. Auf großen Tabletts, die auf dem Boden standen, lagen Früchte, Fleisch und Hirsebällchen, die der Versammlung zum Essen dienten. Auch große glasierte Tonkrüge mit Getränken sowie Holzbecher standen bereit. An der Stirnseite gegenüber dem Eingang waren die Plätze der Ältesten, in ihrer Mitte Maituras, der den Freunden mit einer Handbewegung einen Platz an der Querseite zu seiner Rechten anbot. Lorin, Amerus, Gilgas, Kat-Tia und Tu-Ran nahmen Platz. Es fiel ihnen auf, dass nirgendwo ein Schamane zu sehen war. Das hatten sie vorher nie so deutlich gesehen. Einer aus dem Rat der Ältesten stand auf und bat Lorin, seine Geschichte zu erzählen. Lorin begann mit der Entdeckung des zerstörten Hirtenlagers und erzählte die ganze Geschichte bis zu ihrer Ankunft im Dorf. Danach erzählte Kat-Tia ihre Geschichte und wie sie Gilgas gefunden und gerettet hatte, immer wieder von dem Krieger unterbrochen, der hier und da noch einiges an der Erzählung Kat-Tias verfeinern musste. Die Geti hörten gespannt und interessiert zu. Als Kat-Tia und Gilgas geendet hatten, nahm Lorin das kleine beschriebene Stückchen Holz, dass er im Hirtenlager gefunden hatte, aus einem Lederbeutel und reichte es dem Ältestenrat.

„Was bedeutet das?", fragte Lorin. „Ich hoffe, ich könnt mir diese Frage beantworten, denn ihr scheint die Runai zu kennen."
„Ich habe die Schrift in der Stoßklinge gesehen", setzte er erklärend hinzu.

„Wir kennen die Runai", antwortete Maituras, der zum erstenmal in dieser Versammlung das Wort ergriff. Er nahm das Holz, schaute es an und blickte dann zu Lorin.

„Das Auge der Welt ist gefunden. Unsere Zeit wird sich ändern, und nichts wird mehr so sein, wie wir es kennen, wenn die Kraft des Auges erkannt und genutzt wird."

„Was bedeutet das?" fragte Lorin.

Maituras schwieg lange, trank etwas Met und schaute gedankenverloren in die Runde. Im Versammlungshaus kam Gemurmel auf. Dann hob Maituras beide Arme und schlagartig wurde es ruhig. Jeder Anwesende blickte gespannt auf den Ältesten. Dann begann Maituras zu sprechen:

„Die Runai sind heilige Zeichen, obgleich sie heute von vielen als profane Schrift benutzt werden. Jedes Zeichen hat seine Bedeutung für die Menschen. Es kann Leben schenken und Leben nehmen. Das vergessen nur zu viele, denn in unserer Zeit ist kein Platz mehr für die Wahrheit unserer Väter."

Er machte eine kleine Pause und sprach dann weiter: „Lange bevor die Zeit zu zählen begann, als die Welt noch jung war, kamen die Asin und die Vanin in die Welt der Menschen. Sie waren die Diener des namenlosen Gottes, aber sie sind verfeindet und voller Missgunst gegeneinander. Die Obersten beider Gruppen, Othal als Herr der Asin und Thorai als Herr der Vanin, kämpfen seit Beginn gegeneinander, obwohl beide geboren wurden von der großen Esche Ygdrasil, welche die Achse der Welt ist. Othal kam aus einem Blatt des Baumes und hing mit dem Kopf nach unten neun Nächte an einem Ast. Nach der neunten Nacht brach der Tag an, und Othal betrachtete die Erde und sah in den Wurzeln des Baumes die Runai. Daraufhin trennte er sich von der Esche, sammelte seine Kräfte und wuchs zu großer Stärke. Ein Wort von ihm schafft neue Worte, eine Tat schafft neue Taten. Er ging nach Asgard, der großen Festung auf dem Dach der Welt, um Herr über die Asin und die Menschen zu sein. Zur gleichen Zeit, als Othal an seinem Ast hing, brach ein Stück Rinde aus dem Baum heraus und fiel auf die Erde. Aus dieser Rinde formte sich Thorai und fand in den Wurzeln das Auge, das alles sieht. Er nahm es und ging zu den Vanin, um über sie zu herrschen und Meister der

Welt zu werden. Othal erfuhr vom Auge der Welt und wollte es besitzen, aber der namenlose Gott untersagte es ihm. Othal war wütend und gab dem Gott das Licht seiner Augen für die Gabe, alles sehen zu können. Auf seinen Schultern sitzen die Raben der Zeit, die für ihn sehen und ihm alles berichten. Thorai aber ging unter die Menschen und gab das Auge weg. Man sagt, dass der Tag, an dem Thorais Auge nicht mehr sehen kann, den Frieden bringt, zwischen Asin und Vanin. Und ich glaube, dieser Tag rückt immer näher. Wenn das Auge der Welt gefunden ist, und das vermute ich jetzt, dann steht der Tag des Kampfes und des Friedens unmittelbar bevor. Wir werden dir helfen, Lorin, im kommenden Frühjahr den Weg nach Moendai, dem Land der Schmiede, zu finden. Seit den Tagen unserer Vorväter treiben wir Handel mit den Städten am großen Strom, dem Vater aller Flüsse. Ja, wir werden dir helfen, denn ich glaube nach all euren Erzählungen, dass Thorai euch begleitet hat."

Als Maituras geendet hatte, erhob sich Lorin von seinem Platz und verbeugte sich vor dem alten Mann.

„Wir danken dem Volk der Geti, Maituras. Die Geschichte, die du uns erzählt hast, kannte ich nicht. Sage mir, warum der fremde Wanderer auf unserer Reise Thorai gewesen sein soll. Das verstehe ich nicht."

„Seit Anbeginn unseres Volkes wird prophezeit, dass Thorai Boten zu uns senden würde, die über die Pässe aus der großen Ebene kommen würden, um das Volk der Geti wegzuführen, damit sie am großen Kampf teilnehmen können. Aus allen Weltgegenden sollen sie stammen und trotzdem nur zusammen Stärke zeigen können. Du Lorin stammst aus dem Norden der Steppe, Gilgas aus den Wäldern des Westens, Tu-Ran und Kat-Tia aus dem Osten der Steppe und Amerus aus dem Süden, aus der verlorenen Stadt am Meer. Siehst du Lorin, die Prophezeiung bewahrheitet sich. Deshalb glaube ich, dass Thorai euer Begleiter war. Jetzt wollen wir essen und trinken und fröhlich sein."

Das ließen sich die Freunde nicht zweimal sagen und langten mit allen anderen kräftig zu. Anschließend nahm Amerus ein eigenartiges Musikinstrument, das auf einem der Regale lag und begann zu spielen. Es war eine Art Laute, die er kannte, nur dass

hier über einen ausgehöhlten, dicken Ast, drei Saiten aus gedrillten Pferdehaaren gespannt waren. Orm nahm sich eine kleine Trommel und schlug den Takt zu Amerus' Musik. Kat-Tia kramte aus einem kleinen Beutel eine Knochenflöte und fiel in die Töne ein. Amerus schaute sie an und bewunderte insgeheim ihren Sinn für Musik. Lorin, der immer noch neben Maituras saß, betrachtete das Schauspiel und blickte zu dem alten Geti hinüber. Maituras erwiderte seinen Blick und nickte.
„Sie würden gut zusammen passen. Meinst du nicht auch, Lorin."
„Sie mögen sich nicht. Amerus will nicht, dass Frauen bei unserer Reise dabei sind. Ich glaube nicht, dass sie zusammen passen würden."
„Du irrst dich. Auch Amerus wird noch einmal erkennen, dass Frauen unsere Stärke und Weisheit sind."
Die Versammlung war jetzt endgültig in ein großes Fest übergegangen, das bis zum frühen Morgen dauerte.

Mittlerweile war tiefer Winter hereingebrochen. Die umliegenden Berge waren mit einer dicken, weißen Schicht bedeckt. Es war ein wunderschönes Bild. Lorin und seine Freunde halfen den Geti, wo sie nur konnten. Die Vorratsspeicher waren seit dem Herbst mit solchen Mengen gefüllt, dass sie bis zum Ende des kommenden Frühjahres reichen würden. Fleisch war in allen Variationen haltbar gemacht, durch Räuchern, Einpökeln und einer eigenartigen, selbst Amerus nicht bekannten, Methode. In großen, innen glasierten Tonkrügen hatten die Geti Fleischstücke in sauren, ungeharzten Wein eingelegt. Auf großen Brettergestellen lagen die verschiedensten Obstsorten, gedörrt oder durch ihre natürliche Säure lange haltbar. Einkorn und Gerste wurde in Krügen verwahrt. Die Vorratslager gehörten dem Volk gemeinschaftlich, obgleich jeder auch noch einige persönliche Reserven hatte. Amerus schlenderte durch das Dorf und das umgebende Tal. Er sah weite Felder und große Wiesen, dicht mit Obstbäumen bewachsen und durch Nuss- und Beerensträucher begrenzt. Es schien unglaublich, dass in dieser Gegend solche Pflanzen wuchsen. Das Tal lag zwar sehr niedrig, aber immer noch im Gebirge. Er nahm sich vor, Orm oder Marsa bei nächster Gelegenheit danach zu fragen. Als er weiter nach Osten ging, sah er kleine weiße Rauchsäulen, die wie Wasserdampf aussahen, aus dem Boden aufsteigen. Amerus ging auf das neu entdeckte Phänomen zu und betrachtete es genauer. Es war tatsächlich Wasserdampf, hervorgerufen durch kleine Quellen mit heißem Wasser. Das könnte die Lösung des milden Klimas sein, dachte Amerus bei sich. Die Geti waren vom Glück verwöhnt, ein fruchtbares Tal mit guten Ernten und großem Viehbestand und ein unermesslicher Reichtum durch Handel. Niemand brauchte zu hungern, und alle hatten gleiche Rechte. Von einer solchen Zivilisation hatte Amerus noch nie etwas gehört, geschweige denn etwas gesehen. Er hielt vorsichtig einen Finger in das Wasser und zog ihn sofort mit einem Schmerzensschrei zurück. Das Wasser war kochendheiß. Der Luwier stand auf und wollte sich auf den Heimweg machen, als ihn unvermittelt ein Schneeball ins Gesicht traf. Einige Meter vor ihm standen Gilgas, Marsa und Kat-Tia, mit Schneebällen bewaffnet. Gilgas krümmte sich vor Lachen, als er Amerus' verdutztes Gesicht sah und warf erneut. Innerhalb kürzester Zeit war eine ausgelassene Schneeballschlacht im Gange, an der sich auch Lorin und Orm, die den dreien gefolgt waren, beteiligten. Einige Schneebälle und viel Gelächter später wälzten sich alle im frischen Schnee. Seit langem hatte niemand von ihnen Veranlassung zu solcher Ausgelassenheit gehabt.

„Jetzt bist du wenigstens mal richtig sauber", rief Gilgas zu Amerus, nachdem er ihn mit Schnee eingerieben hatte.

„Das sagt der Richtige", erwiderte Amerus. „Zwei Tagesreisen gegen den Wind riecht man dich. Komm her und lass dich säubern."

„Eine gute Idee", meinte Lorin und umgriff Gilgas mit beiden Armen von hinten.

Gilgas spannte seine Muskeln und sprengte Lorins Arme ohne Kraftaufwand auseinander, was zur Folge hatte, dass sich alle gemeinschaftlich auf Lorin stürzten und ihn im Schnee wälzten. Sie tobten wie ausgelassene Kinder durch die winterliche Pracht, als Orm vorschlug, ins Badehaus zu gehen.

„Badehaus?", fragte Lorin. „Was ist das?"

„Kommt mit, dann seht ihr es", sagte Orm und ging in Richtung des Dorfes voraus.

Nach einem kurzen Fußweg erreichten sie eine etwas abseits stehende Hütte und gingen hinein. Die Hütte war auf einer Felsplatte gebaut, in die man mühsam tiefe Löcher für die Eckpfosten geschlagen hatte. Sie bestand aus zwei Räumen, die voneinander durch eine massive Holzwand getrennt waren. Im größeren Teil waren in den Felsen mehrere große Wannen gemeißelt, durch die von außen ständig frisches Wasser floss, das durch ausgehöhlte Stämme von den heißen Quellen und einem kalten Bach hineingeleitet wurde, so dass in den Wannen immer eine angenehme Wassertemperatur herrschte. Der andere Teil, im Gegensatz zum Baderaum fensterlos, wurde nur von heißem Wasser durchflossen, das durch ein Loch im Boden nach außen geleitet wurde. Dadurch war der gesamte Raum voll dichtem Wasserdampf. Orm und Marsa zogen sich sofort aus und glitten in eine der Wannen. Die anderen taten nach kurzem Zögern das gleiche. Amerus kannte so ähnliche Badehäuser aus Wilusa, hatte aber keinesfalls damit gerechnet, eines im Gebirge zu finden. Für Lorin, Gilgas und Kat-Tia war das Erlebnis etwas völlig Neues. Amerus entging nicht, dass Kat-Tia trotz ihrer Jugend einen wunderbar gebauten Körper hatte, und scheinbar auch keine Hemmungen, zusammen mit den Männern zu baden. Der Übermut war durch den Schnee nicht abgekühlt worden, und so dauerte es nicht lange, bis die ganze Gesellschaft begann, sich gegenseitig mit Wasser zu bespritzen, bis schließlich alle erschöpft gegen den Wannenrand lehnten.

„So etwas habe ich noch nie gesehen", sagte Kat-Tia und erntete von Lorin und Gilgas sofort Zustimmung.

„Bei uns baden wir immer im See und im Winter gar nicht", meinte sie.

Marsa war überrascht.

„Ihr badet nicht regelmäßig?" wunderte sie sich.

„Nein", sagte Kat-Tia. „Wir haben so etwas bei uns nicht."

„Dann werdet ihr nachher noch überraschter sein, wenn wir in das Schwitzhaus gehen."

„In Wilusa hatten wir ähnliche Badehäuser. Nur musste das Wasser darin erst mühsam erhitzt werden. Eure Methode ist praktischer", fiel Amerus in das Gespräch ein.

„Man muss alle seine Möglichkeiten nutzen", sagte Orm. „Außerdem ist das im Winter eine schöne Sache."

Gilgas tauchte mit seinem muskulösen Körper unter und sprutzte beim Auftauchen: „Stimmt. Hier könnte ich bleiben."

„Tu es doch", lachte Marsa und stand auf. Sie verließ die Wanne und trocknete sich mit trockenem Stroh ab.

„Kommt mit. Gehen wir schwitzen."

Die anderen verließen die Wannen und folgten Marsa nach dem Trocknen in den Nebenraum. Amerus fiel auf, dass die Geti öfter einige verstohlene Blicke auf Gilgas warf, der dies aber scheinbar nicht bemerkte. Sie blieben nur kurz im Schwitzraum, liefen danach in die winterliche Kälte hinaus und wälzten sich nackt im Schnee. Den Freunden gefiel diese Art, machte sie doch nicht nur sauber, sondern erfrischte gleichzeitig. Nachdem sie alle wieder angekleidet waren, gingen Marsa und Gilgas alleine weg. Amerus machte sich so seine Gedanken, wollte sie aber einstweilen für sich behalten.

Abends aßen alle gemeinsam im Versammlungshaus und zogen sich dann in ihre Hütten zurück. Tu-Ran hatte noch eine Verabredung mit einem Geti, von dem er die Schnitzkunst lernen wollte. Er hatte entdeckt, dass er hierfür ein gewisses Talent besaß. Gilgas war, ebenso wie Marsa, nach dem Essen verschwunden. Kat-Tia wollte sich früh hinlegen, da sie von dem ausgelassenen Tag müde war. Lorin und Orm wollten noch mit Maituras sprechen. So ging Amerus nochmals in die Dunkelheit, um mit sich und seinen Gedanken alleine zu sein. Er war seit dem Bad in einen Zwiespalt geraten. Kat-Tia war eine schöne Frau, das musste er neidlos zugestehen, aber er war immer noch der Meinung, dass Frauen auf ihrer Reise nichts zu suchen hatten. Er würde aber nicht verhindern können, dass sie mitkommen würde. Er hatte Lorins Blick bei der gestrigen Versammlung gesehen. Bei der nächstbesten Gelegenheit würde er darüber mit ihm sprechen müssen. Sicher, er begann Kat-Tia zu mögen, aber das war auch alles und hatte keinerlei Bedeutung für seine Überzeugung. Ja, er musste unbedingt mit Lorin darüber reden, damit keine ungewollten Gerüchte die Runde machten. Obwohl tiefe Nacht herrschte, war es nicht richtig dunkel. Der Schnee strahlte in der Helligkeit des Vollmondes ein verwunschenes Licht aus, das Amerus an die lauen Sommernächte seiner Heimat erinnerte. Amerus lauschte den gurgelnden Geräuschen des nahen Baches und dem sporadischen Glucksen der heißen Quellen, als er ein markerschütterndes Jaulen hörte. Fast unmittelbar vor ihm, durch sein weißes Fell erst im letzten Moment zu erkennen, saß Skade und heulte lautstark den Mond an. In den letzten Tagen war der Wolf kaum zu sehen gewesen. Das war nicht ungewöhnlich, war er doch trotz seiner Zahmheit immer noch ein Wildtier. Er wollte den Wolf nicht stören, weil er nicht wusste, wie das Tier dann reagieren würde. Amerus betrachtete das Schauspiel eine Zeitlang und ging langsam zur Hütte zurück.

Lorin und Orm hatten sich am frühen Abend zur Hütte von Maituras begeben. Sie wollten auf jeden Fall noch einmal ein intensives Gespräch führen. Die Rede des Ältesten hatte für Lorin mehr Fragen aufgeworfen, als sie beantwortet hatte. Er brauchte Wissen und Klarheit. Die Hütte war sehr karg eingerichtet und hatte keinerlei Möbelstücke. Geschlafen und gesessen wurde auf Fellen, die auf dem Boden lagen. Maituras bot seinen Gästen Platz an.
„Du hast noch viele Fragen, nicht wahr Lorin." Es war keine Frage, sondern eine Feststellung.
„Ja, erzähle mir mehr von den Asin und den Vanin. Sind sie gut oder böse?"
„Gut oder Böse? Lorin, niemand ist nur gut oder böse. Jeder, ob Othal oder Thorai, hat seine guten und schlechten Seiten. Es ist eine Eigenart der Menschen, dass sie immer nur hell und dunkel sehen, aber niemals die Vielzahl der Zwischentöne. Denke daran, das Auge der Welt ist gefunden. So sagen es jedenfalls die Worte auf dem Holz, das du gefunden hast. Ich hoffe nur, das Auge ist in den richtigen Händen, denn seine Macht ist unermesslich groß."
„Weißt du mehr darüber, Maituras?"

„Nicht viel. Man sagt, es kann die Zukunft und die Vergangenheit sehen und weit in die Ferne blicken. Wenn der Richtige das Auge besitzt, kann er alles sehen. Es gibt keine Geheimnisse vor dem Träger. Die Geschichten erzählen, dass das Auge nur solange sehen kann, wie Thorai und Othal verfeindet sind. Eines Tages aber, so heißt es, werden die beiden Frieden schließen und gemeinsam herrschen. Dann wird das Auge blind werden. Ich glaube, dass der Lauf der Welt vorherbestimmt ist und dass die Zeit näher rückt, an dem die beiden Kontrahenten zusammenstehen werden. Das neue Volk in der Steppe, von dem du erzählt hast, meiner Meinung nach ist dies der Schlüssel zum Verständnis. Du willst das neue Metall, damit das Volk besiegt werden kann. Siehst du, auch du willst Krieg führen, um Frieden zu erringen. Das ist irrational, aber das Schicksal der Menschen. Man muss seinen einmal beschrittenen Weg zu Ende gehen. Auch du, Lorin."

„Ich verstehe, Maituras."

„Tust du das wirklich? Hast du nicht geglaubt, den fremden Wanderer auf eurer Reise zu kennen? Du wusstest nicht mehr, woher und du wirst ihn wieder treffen und wieder wirst du ihn kennen und doch nicht kennen. Er muss einen guten Grund haben, dich auf deiner Reise zu begleiten. Also wird er auch an deinem Ziel wieder bei dir sein. Halte meine Worte gut in deinem Gedächtnis, denn wenn der Tag kommt, wirst du Thorai erkennen müssen."

Lorin schaute Maituras an, während der alte Mann fortfuhr.

„Dein Weg ist noch weit. Seit alten Zeiten treiben wir Handel mit den Städten am großen Strom. Aber seit Jahren schon kommen immer mehr fremde Stämme in das fruchtbare Land am Fluss. Sie siedeln überall zwischen Moendai am Delta und Harappa im Norden. Es sind junge Stämme, kriegerisch, wie alle jungen Völker. Eines Tages werden sie sich das Land der beiden Städte nehmen. Die Welt ist im stetigen Wandel. Nichts währt ewig, Lorin."

Die Dinge, die ihm der alte Mann gesagt hatte, würde er nicht vergessen. Sie saßen noch eine Zeitlang zusammen und unterhielten sich über weitaus belanglosere Dinge, bevor Orm und Lorin sich auf den Heimweg machten.

Die Monate verstrichen, und der Winter ging seinem Ende entgegen. Überall spürte man schon die Anwesenheit des Frühlings. Die Tage wurden länger, und die wachsende Kraft der Sonne ließ die Schneedecke von Tag zu Tag schwinden. Die ersten Krokusse bahnten sich ihren Weg. Die Gefährten hatten die kalte Jahreszeit genutzt, sich beim Volk der Geti heimisch zu fühlen. Tu-Ran war inzwischen ein kleiner Meister der Schnitzkunst geworden und verehrte seinen Freunden hölzerne Löffel und Schüsseln. Gilgas und Marsa waren fast die ganze Zeit über unauffindbar. Amerus hatte lange Tage bei Maituras verbracht, der ihn in die Geheimnisse der Runai einweihte. Lorin machte sich oft Gedanken über die Worte des Ältesten und versuchte, die Weiterreise so gut wie möglich zu planen. Kat-Tia und Skade hatten sich angefreundet, und der Wolf wich dem Mädchen so gut wie nie von der Seite. Lorin wunderte das ein wenig, war der Wolf doch ansonsten den Menschen gegenüber vorsichtig. Orm war ein guter Freund der Gefährten geworden und unterstütze Lorin, wo er nur konnte. Das Fest der Sonnenwende hatte das ganze Volk vor einigen Wochen mit einem großen Fest gefeiert, in dessen Verlauf nicht nur gut gegessen und getrunken, sondern auch große Holzstapel abgebrannt wurden, um die stärker werdende Sonne zu grüßen. Der Tag der Abreise kam immer näher, als Maituras die Gefährten zu sich rief. Gilgas ergriff als erster das Wort.

„Marsa und ich wollen zusammenleben."

„Ja, wir wollen heiraten", sagte Marsa.

Maituras verzog keine Miene: „Habe ich mich doch nicht geirrt. So oft, wie ihr den Winter über beisammen wart. Nun gut. Orm, hole einen neuen Tonkrug."

„Wozu das denn?", fragte Gilgas.

„Tradition, mein Liebster", flüsterte Marsa ihm zu. „Wir essen beide ein Stück Brot, mit Salz bestreut. Als Symbol für Reichtum und Glück. Dann trinken wir beide aus dem Krug einen Schluck Wasser. Der Krug wird danach auf den Boden geschleudert. Dann zerbricht nur der Krug, aber nie unsere Liebe. Das ist so Sitte bei uns."

Zwischenzeitlich hatte Orm einen Krug geholt und mit Wasser gefüllt. Kat-Tia besorgte Brot und Salz und die Zeremonie begann. Amerus war gerührt. Das hatte er dem großen Krieger nicht zugetraut. Maituras gab den beiden Brot und Salz, und Kat-Tia reichte anschließend den Krug. Gilgas und Marsa fassten ihn zusammen am Henkel, tranken einer nach dem anderen und warfen den Krug so auf den Boden, dass die Scherben bis in die letzte Ecke von Maituras Hütte flogen.

„Es ist vollbracht. Jetzt seid ihr vor dem Gesetz der Geti Mann und Frau", rief der Älteste.

Kat-Tia begann zu klatschen, und alle fielen ein. Als die Hochzeit vorbei war, setzen sich alle und Maituras nannte ihnen den Grund ihrer Anwesenheit.

„Der Schnee schmilzt, und in ein paar Wochen sind die Pässe frei. Lorin, Amerus und Gilgas müssen ihre Reise fortsetzen. Tu-Ran und Kat-Tia wollen sie begleiten. Von unserem Volk sollte Orm mitgehen, um euch über die Pässe bis Moendai zu führen. Jetzt, da Gilgas und Marsa verheiratet sind, wird auch sie mitgehen, denn es ziemt sich nicht, dass ein Mann seine Frau und eine Frau ihren Mann alleine lässt. Durch die Gefahren des Lebens muss man zusammen gehen. Es werden sieben Männer und Frauen sein, die Lorins Weg beschreiten. Das ist eine heilige Zahl und deshalb meine ich, ist es auch ein gutes Zeichen. Wenn wir von hier sehen, dass der Schnee zwischen den beiden Bergen im Osten geschmolzen ist, werdet ihr gehen. Ihr werdet das Land der Schmiede erreichen, das neue Metall holen und wieder hierher zurückkehren. Dann wird das Volk der Geti mit euch aufbrechen. Ich werde bis dahin nicht mehr hier sein. Meine Zeit geht zu Ende, das fühle ich. Mehr ist nicht zu sagen. Geht und bereitet euch vor."

Maituras wandte sich um, ohne irgendwelche Reaktionen abzuwarten und verließ seine Hütte. Die Freunde schauten sich wortlos an und gingen ebenfalls hinaus zu ihrer Hütte. Zwei Wochen später sah man vom Tal aus, dass der Schnee auf den Pässen soweit geschmolzen war, dass man die Reise wagen konnte. Die Geti hatten die Gruppe mit allem, was man brauchte, ausgestattet. Der Weiterreise stand nun nichts mehr im Weg, alle verabschiedeten sich von ihren neu gewonnenen Freunden und ritten in einer langen Karawane das Tal hinauf auf die Pässe.

Kapitel 14 – Winterlager

Es war fast schon Frühling. Vor einigen Wochen hatte das Dorf das Fest der Sonnenwende gefeiert. Fenris hatte Alesha seit jenem denkwürdigen Tag keines Blickes mehr gewürdigt, aber auch die anderen Stammesmitglieder, mit Ausnahme von Tali und Sora, schnitten sie. Setia beauftragte sie, obwohl im Winter wenig Arbeit anfiel, immer wieder mit allerlei Laufgängen und Arbeiten. Manchmal musste sie die gleichen Tätigkeiten mehrmals hintereinander ausführen, bevor die alte Hexe mit ihr zufrieden war. Alesha ließ jegliche Schikane ohne zu murren über sich ergehen. Noch trug sie das Lederband, das Fenris ihr an ihrem ersten Tag im Dorf umgebunden hatte, um ihren Hals. Jetzt saß sie zusammen mit Tali in ihrem kleinen Zelt und hörte dem Rauschen des Windes zu, der seit Monaten ruhig und ohne Änderung aus Richtung Osten blies. Es war ein typisches Winterwetter auf der Steppe, so wie sie es seit vierzehn Jahren kannte. Bald würde der Tag ihres fünfzehnten Geburtstages kommen. Soras Schwangerschaft war weit vorangeschritten, und sie rechnete jeden Tag mit der Geburt ihres Kindes. Alesha und Tali freuten sich auf das bevorstehende Ereignis. Beide standen auf und verließen ihr Zelt. Sie gingen zum See hinunter, breiteten eine Lederdecke über einen Stein und setzten sich. Nicht weit von ihnen spielten einige Kinder des Dorfes. Es war ein friedlicher Anblick. Der See war noch zugefroren, obwohl das Eis bereits brüchig wurde. Die beiden Mädchen unterhielten sich angeregt über die bevorstehende Geburt. Beide freuten sich auf Soras Nachwuchs. Es würde Abwechslung, aber auch viel Arbeit geben. Weder Alesha noch Tali achteten weiter auf die spielenden Kinder, die sich immer weiter am Seeufer entlang entfernten. Plötzlich wurde das Gespräch der beiden Mädchen durch einen lauten, entsetzten Schrei unterbrochen. Ein kleiner Junge war auf das Eis gelaufen und eingebrochen. Alesha und Tali sprangen auf und liefen wie Wiesel das Seeufer entlang. Tali erreichte als erste die Stelle. Unmittelbar danach traf Alesha ein, die auf dem Weg einen langen Ast aufgehoben hatte und sich jetzt auf das Eis wagte. Sie legte sich auf den Bauch und robbte sich langsam an den eingebrochenen Jungen heran, der verzweifelt versuchte, sich an der Bruchkante festzuhalten. Tali lag ebenfalls schon auf dem Eis und hielt Aleshas Füße fest, die dem Jungen den Ast hinhielt.

„Nimm den Ast", rief Alesha.

Die anderen Kinder waren in Panik zurück zum Dorf gelaufen. Der Junge griff nach dem Ast, verfehlte ihn aber und sank unter Wasser, tauchte jedoch kurze Zeit später wieder auf und versuchte es erneut.

„Halte dich mit einer Hand am Eis fest und versuche, mit der anderen den Ast zu greifen."

Alesha unterdrückte die langsam aufkeimende Panik. Der Junge probierte es erneut und griff daneben. Alesha robbte ein kleines Stück weiter vor und versuchte, das bedrohlich knackende Eis zu überhören.

„Versuch es", flehte sie den Jungen an.

Sie hielt den Ast so weit wie nur irgend möglich an die Bruchkante und rutschte wieder etwas vor. Der Junge versuchte, den Ast zu packen und bekam ihn mit einer Hand zu fassen. Schnell ließ er mit der anderen das Eis los und griff den Ast jetzt mit beiden Händen. Mittlerweile waren die ersten Dorfbewohner an der Unglücksstelle eingetroffen. Alesha spürte, dass Talis leichter Griff an ihren Füßen durch starke Hände ersetzt wurden. Sie zog den Jungen mit ihrer ganzen Kraft aus dem Wasser. Als er auf dem Eis lag, bekam sie seine Hände zu fassen und hielt sie fest. Gleichzeitig zogen sie kräftige Hände vom Eis an das sichere Ufer. Ein Mann packte den Jungen, wickelte ihn in ein Fell und brachte ihn weg. Alesha lag erschöpft auf dem Schnee am Ufer. Ihre Kleidung war nass und dreckig geworden, und sie wollte nur in die Wärme. Sie fror und hatte die Augen geschlossen. Als sie ihre Augen öffnete, sah sie Fenris vor sich stehen. Der Häuptling blickte sie an. In seinen Augen war kein Hass und kein Zorn, nur Dankbarkeit. Ohne ein Wort drehte er sich um und ging zum Dorf zurück. Tali half Alesha auf die Beine und stützte sie auf dem Weg zurück ins Dorf. Tali brachte Alesha in ihr Zelt und half ihr, die nasse Kleidung auszuziehen, packte sie in warme Felle und saß neben ihr, bis sie eingeschlafen war. Spät am Abend, Alesha war gerade erst aufgewacht, kam Sora in das Zelt und brachte den beiden Mädchen eine heiße Suppe und etwas Fleisch.

„Es war Fenris' jüngster Sohn", sagte Sora.

Alesha blickte Sora erstaunt an.

„Hast du ihn nicht erkannt?"

„Nein. Ich konnte sein Gesicht nicht erkennen. Es war zu verschmutzt, und ich war zu aufgeregt."

„Du hast jetzt den Häuptling zum zweitenmal getroffen. Einmal, als der Schamane dich vor dem Tod bewahrte und jetzt wieder. Er ist gezwungen, dir dankbar zu sein. Ich weiß nicht, was er tun wird."

Sora und Tali gingen aus dem Zelt und ließen Alesha alleine. Sie lag zwischen den Fellen und dachte nach. Mit der Hand packte sie ihr Amulett, das ihr immer Kraft und Stärke gegeben hatte. Es strahlte eine eigenartige Wärme aus. Alesha schloss die Augen und sah plötzlich ein helles Licht, das aus ihrem Inneren zu kommen schien. Durch einen dichten Nebel erkannte sie feste, weiße Mauern. Eine mächtige Stadt, die unangreifbar zu sein schien. Trotzdem stimmte etwas nicht, das spürte sie. Sie sah, wie die mächtigen Mauern zusammenfielen und die fruchtbaren Felder rundherum von Unkraut überwuchert wurden. In den Ruinen der Stadt lebten nur noch wenige Menschen, das wusste sie intuitiv. Sie hatte noch nie eine Stadt gesehen. Der Nebel lichtete sich, und sie erkannte Menschen. Ein muskulöser Krieger, der laut zu lachen schien und einen jungen, nachdenklich wirkenden Mann. Diesen hatte sie schon einmal gesehen, aber sie konnte sich nicht an Zeit oder Ort erinnern. Dann sah sie noch einen dritten, älteren, aber feingliedrigen Mann, der sich über eine junge Frau beugte. Der Nebel wurde dichter, und die Bilder verschwammen. Plötzlich sah Alesha wieder klar. Ein großer Mann mit einem mächtigen Steinhammer auf der Schulter, schaute in ihre Augen. Er sprach. Sie sah, wie sich seine Lippen bewegten, konnte aber keinen Laut hören. Auch das Bild verschwand und sie sah den klaren, wolkenlosen Himmel, der die Steppe im Sommer überspannte. Hoch am Himmel flogen zwei Raben. Alesha schien es, als flöge sie mit ihnen und eine unsichtbare Kraft zöge sie nach Osten.

Sie verspürte Angst und ließ ihr Amulett los. Das Licht erlosch und sie lag wieder im Halbdunkel des Zeltes. Sie nahm den Stein von ihrem Hals und schaute ihn konzentriert an. Die Bilder waren aus dem Amulett gekommen, aber was hatten sie zu bedeuten? Sie konnte sich keinen Reim darauf machen. Der Schamane hatte es das Auge der Welt genannt und wie durch ein Auge hatte sie alle diese Bilder sehen können. Auch Becka hatte ihr erzählt, dass das Amulett große Kräfte besitzen würde. Sie umfasste den Stein wieder fest mit ihrer Hand und schloss die Augen. Sofort war der Nebel wieder da, und sie sah eine Gruppe von Frauen und Männern in einem Boot fahren. Auch ein weißer Wolf war dabei. Sie erkannte ihn aus dem Traum, den sie in der Nacht hatte, in der Fenris ihre Flucht vereitelte. Sie ruderten gegen den Strom, das konnte Alesha erkennen. Am Ufer bemerkte sie eigenartige Tiere. Flache, echsenähnliche Tiere mit furchterregenden Zähnen. Solche Wesen hatte sie noch nie zuvor gesehen. Sie ließ den Stein los, und die Bilder verschwanden genauso plötzlich wie sie gekommen waren. Alesha legte ihr Amulett wieder um und sank auf ihr Lager zurück. Der Stein hatte eine eigenartige Macht, dessen war sie sich bewusst. Aber sie konnte die Bilder nicht verstehen. Was hatten sie zu bedeuten?

Am nächsten Morgen, als Tali und Alesha ihr Zelt verließen, waren die Stammesmitglieder wie ausgewechselt. Alesha, die bisher alle geschnitten hatten, wurde von allen Seiten freundlich begrüßt. Die Abneigung und das Misstrauen, das ihr die meisten nach ihrer misslungenen Flucht entgegengebracht hatten, waren verschwunden. Die Frauen lächelten Alesha an, und auch die Männer nickten ihr wohlwollend zu. Die beiden Mädchen gingen zu Soras Zelt und traten ein. Sora lag auf ihrem Lager und strahlte die beiden an.
„Es ist bald soweit. Ich freue mich so, obwohl ich auch eine wahnsinnige Angst habe"
„Mach dir keine Sorgen", meinte Alesha.
„Es sind genügend Frauen im Dorf, die Erfahrung mit Geburten haben. Und schließlich werden Tali und ich auch noch da sein", sagte Alesha, wohl wissend, dass sie

wahrscheinlich mehr eine Belastung, als eine Hilfe darstellen würden.

Sora lächelte.

„Ich weiß eure Hilfe zu schätzen", sagte sie. „Aber mein Mann hat schon für alles gesorgt. Eine erfahrene Hebamme wird mir helfen. Schließlich ist das meine erste Geburt. Und die kann lange dauern."

Tali und Alesha blieben noch eine Zeitlang bei Sora und gingen dann, um ihre tägliche Arbeit zu erledigen.

„Sie hat deinem Sohn das Leben gerettet."

Der Schamane war zornig. Er stand in Fenris Zelt und fuchtelte mit einer Knochenrassel vor Fenris' Gesicht.

„Du bist ihr etwas schuldig. Das will das Gesetz des Stammes."

„Ich bin das Gesetz!", schrie Fenris den Schamanen an. „Sie ist geflohen, und ich musste sie leben lassen. Beinahe hätte ich mein Gesicht verloren. Und ihr jetzt noch öffentlich dankbar sein. Das kannst du von mir nicht erwarten."

„Du musst!", beharrte der Schamane. „Das Gesetz unseres Volkes verlangt es."

Fenris schritt wütend in seinem Zelt auf und ab. Er warf dem Schamanen böse Blicke zu, die dieser völlig ungerührt übersah.

„Was soll ich tun?" Fenris blieb vor Pferdeschwanz stehen und sah ihm tief in die Augen.

„Setz dich", sagte der Schamane und setzte sich ebenfalls.

Dann beugte er sich weit vor und flüsterte dem Häuptling einige Worte ins Ohr. Fenris schaute zunächst ungläubig, begann dann jedoch zu lächeln.

„Gut. Das werde ich tun", sagte er zum Schamanen und lachte laut los. Sein Lachen war weithin zu hören, so dass die Menschen erstaunt stehen blieben.

Am nächsten Morgen liefen Ausrufer durch das Lager und die Stammesmitglieder versammelten sich auf dem freien Platz vor dem Häuptlingszelt. Fenris kam aus seinem Zelt, begleitet von Setia und dem Schamanen. Als sie auf den Platz traten, verstummten alle Geräusche. Das Gesicht des Schamanen wurde von seiner Raubvogelmaske verdeckt, und in seiner Hand hielt er einen langen Stab, besetzt mit den Klauen eines Adlers. Er machte einen furchterregenden Eindruck. Seine Kleidung zeigte die ganze Unnahbarkeit seiner Würde als heiliger Mann. Bei diesem unmenschlichen Aussehen konnte man den Respekt und die Furcht vor ihm verstehen. Der Häuptling trug einen goldenen Reif, verziert mit einer sich windenden Schlange als Zeichen seiner Königswürde. Über seine Schultern lag eine wertvolle Lederdecke, bestickt mit verworrenen Ornamenten und drapiert mit Fellen des weißen Zobels. Setia stand, in einen einfachen Lederrock gekleidet, hinter ihrem Mann und schaute ausdruckslos in die Runde. Fenris trat vor und hob beide Arme, obwohl die Zuschauer bereits totenstill waren. Im Lager kläffte irgendwo ein Hund, der aber auch schnell verstummte.

„Großes ist geschehen im Volk der Alani", begann Fenris.

„Die Götter haben uns ein Zeichen geschickt", fuhr er fort.

Er ließ seine Blicke suchend in die Runde schweifen und fand Alesha, die zusammen mit Tali und Sora inmitten der Alani stand. Ihre Blicke trafen sich, und Alesha ahnte nichts Gutes.

„Dieses Zeichen", rief Fenris und deutete mit seinem rechten Arm auf Alesha.

Sofort traten die Umstehenden, auch Tali und Sora, von Alesha weg. Sie stand jetzt alleine und zog alle Blicke auf sich. Der Schamane trat vor und ging zu Alesha hin. Sie bekam Angst und wusste nicht, was geschehen war.

„Sie trägt das Zeichen der Schlange", sagte Fenris.

Alesha dachte an ihr kleines Muttermal, das ihr nach ihrer misslungenen Flucht das Leben gerettet hatte. Der Schamane stand vor ihr und lächelte.

„Die Götter haben ihr das Zeichen des Stammes geschenkt", rief der Häuptling seinem Volk zu.

„Und auf dem Bauch liegend, sich windend wie eine Schlange, hat sie meinem Sohn das Leben gerettet, als er im eisigen Wasser des Sees um sein Leben bangte."

Fenris hatte die letzten Worte voller Pathos in die Menge gerufen, die in Jubelrufe ausbrach. Pferdeschwanz schüttelte eine Rassel vor Aleshas Gesicht, die sich immer noch keinen Reim darauf machen konnte, was hier geschah.

„Deshalb gehört sie ab heute zu uns, zum Stamm der Alani."

Aleshas Herz klopfte, als ob es zerspringen wollte. Sie wurde eine Alani. Sie war frei, und sie konnte gehen, wohin sie wollte. Niemand würde sie mehr aufhalten können. Am liebsten hätte sie vor Freude laut gejubelt. Aus den Reihen der Frauen und Krieger kamen zustimmende Rufe.

Fenris erhob seine Arme, und es wurde wieder still. Ein hämisches Lächeln zuckte über sein Gesicht.

„Sie hat das Alter, einen Mann zu nehmen. Und aus diesem Grund gebe ich, als ihr Ziehvater, sie dem Schamanen zur Frau."

Die Worte des Häuptlings drangen an Aleshas Ohr. Sie konnte es nicht glauben. So kurz vor der Freiheit und doch nicht frei. Von einer Gefangenen des Stammes wurde sie zur Gefangenen eines einzelnen Menschen. In kürzester Zeit zerbrach all ihre Hoffnung. Alesha spürte, wie sich alles um sie drehte und merkte nicht mehr, dass der Schamane sie im Fallen auffing. Sie hörte nicht mehr das boshafte Lachen der alten Hexe Setia. Und sie bekam auch nicht mit, dass der Schamane sie aufhob und in ihr Zelt brachte, wo er sie auf ihr Lager legte.

Als Alesha erwachte, schaute sie in Soras Augen. Tali saß neben ihr und hielt ihr Hand.

„Du brauchst dir keine Sorgen zu machen", sagte Sora.

Alesha schaute sie an: „Für so kurze Zeit war ich frei." Ihr liefen langsam zwei Tränen die Wangen herab.

„Du brauchst dich vor dem Schamanen nicht zu fürchten. Er ist ein guter Mensch. Du kannst mir glauben."

Die Lederdecke, die als Tür diente, wurde zurückgeschlagen und Pferdeschwanz betrat das Zelt. Er winkte kurz, und die beiden Frauen verließen das Zelt. Der Schamane setzte sich neben Aleshas Bett zu Boden.

„Du bist in Sicherheit, Alesha. Fenris wird dir nichts mehr tun können. Du trägst das Zeichen des Volkes und hast seinen Sohn gerettet. Er hat dich in meine Obhut gegeben, weil er dich nicht töten oder freilassen konnte, ohne sein Ansehen im Stamm zu verlieren."

Die Stimme des Schamanen war von großer Sanftheit und Einfühlsamkeit, wie sie Alesha noch nicht gehört hatte. Die

Stimme drang in ihr Innerstes, und sie begann, ihre Angst vor ihrer Zukunft langsam zu verlieren. Trotzdem hatte sie das unbestimmte Gefühl, vorsichtig sein zu müssen. Sie hatte das dringende Bedürfnis, ihr Amulett in die Hand zu nehmen, aber irgend etwas ließ sie davor zurückschrecken.

„Das Auge der Welt ist nicht mehr in seiner Reichweite", fuhr Pferdeschwanz fort.

„Keine Angst", sagte er, „ich will es nicht haben. Seine Macht ist zu groß für mich, und Thorais Zorn würde mich treffen, wenn ich es nähme. Es ist dein Amulett und dein Schicksal, nicht meines."

Alesha begann Pferdeschwanz zu vertrauen.

„Ich habe seine Kraft schon gespürt", sagte sie zu dem Schamanen. „Ich habe Bilder gesehen."

„Ja", sagte der heilige Mann, „du wirst die Kraft des Steines schon zu nutzen wissen. Dessen bin ich mir sicher. Aber du darfst nie vergessen, dass das Auge auch seinen Träger treffen kann. Denn wirkliche Macht über das Amulett hat nur Thorai. Er kann es aus der Ferne lenken und zu ihm wird das Auge eines Tages zurückkehren. Aber habe keine Angst. Ich werde dir helfen, wenn ich es kann."

Der Schamane stand auf und verließ das Zelt. Im Halbdunkel lag Alesha und dachte über das Gehörte nach. Sie erinnerte sich an die gestrigen Bilder und an den Mann mit dem steinernen Hammer. Sie war sich plötzlich sicher, dass es Thorai gewesen war, der versuchte, mit ihr Kontakt aufzunehmen. Sie hatte ihn nicht gehört. Das musste sie lernen. Sie musste lernen, mit dem Stein auch die Worte zu hören. Sie empfand eine nie gekannte Zuversicht und begann, Vertrauen zu dem Schamanen zu haben. Vielleicht war es besser so. Sie würde mit Sora sprechen. Und vor dem Frühjahr würde Pferdeschwanz sie nicht in sein Zelt holen, hoffte das Mädchen. Alesha schloss die Augen und fiel in einen tiefen, traumlosen Schlaf.

Es war windig geworden, und hatte leicht zu nieseln begonnen. Die Äste der umstehenden Bäume bewegten sich im Wind. Bald schon würden die warmen Winde des Frühjahrs den Schnee und das Eis endgültig zum Tauen bringen. Die ersten

Schneeglöckchen kündigten bereits zaghaft den Frühling an. In Kürze würde die Steppe ein Meer aus Krokussen sein und die Vögel würden aus dem warmen Süden zurückkehren. Pferdeschwanz saß am Ufer des Sees und dachte nach. Das Auge der Welt war jetzt bei ihm. Er würde es nicht benutzen können. Thorais Macht würde ihn vernichten. Aber Alesha konnte durch das Auge sehen. Und sie würde für ihn sehen. Sie würde Thorai finden. Das Mädchen war jung und formbar. Bald würde sie vollends Vertrauen zu ihm haben. Er mochte die Kleine und sie war sein Weg zur vollkommenen Macht. Der Schamane blickte nach oben. Hoch am Himmel sah er zwei Raben fliegen.

,Othals Augen', dachte er.

Er schaute auf den vereisten See. Alesha würde Thorai finden und dann würden Othals Augen ihn entdecken. Der Schamane lächelte. Wenn das geschehen war, würde Othals Macht ins Unermessliche wachsen. Denn Othal würde Thorai finden, mit seiner Hilfe. Und die Überraschung würde auf Othals Seite sein. Der Schamane stand auf und ging zum Lager zurück. Mit Othals Sieg würde auch seine Macht wachsen. Es war alles so einfach.

Kapitel 15 – Über den Fluss

Der Fluss bot ein majestätisches Bild der Ruhe. In seinem breiten, ab und zu von kleinen Baumgruppen und Schilf gesäumten Bett, bewegte er sich träge auf das Meer zu. Große, gut bewässerte Felder lagen zu beiden Seiten des Flusses. Die Sonne warf durch die kleinen Wolken, die am Himmel trieben, ein interessantes Spiel von Licht und Schatten auf den Boden. Der Blick reichte weit über den Strom, bis tief in das Hinterland der großen Stadt. Nicht umsonst wurde der Fluss als Vater der Wässer bezeichnet. Hier, kurz vor dem Meer, bot der Strom das Bild eines alten, weise gewordenen Mannes, der in tiefer Ruhe seinem letzten Ziel zustrebte. Er fütterte das ihn umgebende Land mit angeschwemmter Erde und machte es zum fruchtbaren Ackerland. Das Delta war die Quelle des Reichtums, bewachsen von bestem Getreide. Weinfelder und Weizen soweit das Auge reichte. Lorin und seine Freunde waren überwältigt von dem sich bietenden Anblick. Von der Sonne verwöhnt, war das Land am Fluss die Kornkammer Moendais. Die Stadt und das Land Moendai lagen keine Tagesreise mehr entfernt. Weit oben im Norden, wo das Wasser von den Bergen in das Land kommt, war der Fluss wild und ungestüm. Dort, wo fünf Flüsse die Wasser des Landes sammelten und einem gemeinsamen Punkt zustrebten, wo der Fluss seine Jugend auslebte, lag die andere große Stadt, Harappa. Sie war die Konkurrentin Moendais, die, ähnlich reich und von der Natur gesegnet, den Norden des Landes ebenso beherrschte wie Moendai den Süden.

Von der Höhe der Vorgebirge schaute die Gruppe in das fruchtbare Tal hinab. Lorin und seine Freunde Amerus und Gilgas sowie Orm, Marsa, Kat-Tia und Tu-Ran hatten den Weg über die Pässe ohne Probleme und Verluste geschafft. Skade lag im weichen Gras und leckte seine Pfoten. Der weiße Wolf schien völlig desinteressiert zu sein, aber sein wacher Blick ließ die Freunde nicht aus den Augen.
Lorin schaute Orm an: „Wie kommen wir über den Fluss? So breit wie er ist, werden wir wohl keine Furt finden."

„Eine Furt gibt es hier nicht. Dafür ist der Fluss zu tief", sagte Orm. „Und zu gefährlich", fügte er hinzu.

„Gefährlich?" Lorins Gesicht nahm einen bedenklichen Ausdruck an. Auch die anderen, mit Ausnahme von Marsa, schauten zu Orm hinüber.

„Ja", sagte dieser. „Im Fluss leben die Menschenfresser. Große Tiere, mit riesigen Zähnen. Sie tragen Zacken und einen Panzer auf dem Rücken und jeder, der ihnen zu nahe kommt, ist verloren. Was sie einmal in ihrem Maul haben, lassen sie nicht mehr los. Sie ziehen Menschen und Tiere in den Fluss, ertränken und zerreißen sie. Wir können also nicht durch das Wasser. Wir müssen einen Fährmann finden, der uns übersetzt."

„Eine Fähre? Mit den Pferden und der Ausrüstung?"

„Ja. Das ist kein Problem. Wir haben bei Handelszügen immer mit Fährbooten übergesetzt."

„Dann lasst uns endlich losreiten", rief Gilgas, ungeduldig wie immer.

Er drängte sein Pferd zu Marsa und schaute sie verliebt an.

„Ich will das Ziel unserer Reise sehen," meinte er.

Als Lorin sein Pferd antrieb, sprang Skade sofort auf und lief ein Stück voraus, sich immer wieder umschauend, ob seine Freunde nachfolgten. Die Reisenden machten sich auf den Weg hinunter in das Schwemmland des Flusses, ihr Ziel greifbar vor Augen. Sie ritten auf von blühenden Obstbäumen gesäumten Wegen durch fruchtbare Felder. Das Land hatte ein gesegnetes, warmes Klima. Die Freunde blickten immer wieder in das Land, begeistert von seiner Schönheit und seinem landschaftlichen Reichtum. Nur Orm und Marsa schauten mit jedem Schritt ihrer Pferde sorgenvoller. Marsa beugte sich zu Orm hinüber und flüsterte ihm etwas zu. Dann ritt sie an Gilgas' Seite und sprach auch mit ihrem Mann. Das Gesicht des Kriegers verdüsterte sich und er ließ seine Blicke aufmerksam durch die Gegend schweifen. Lorin bemerkte, dass Gilgas seinen Pfeilköcher etwas zurechtrückte, so dass die Pfeile schnell zu erreichen waren. Dann ritt Gilgas langsam zu Amerus und Tu-Ran, die kurz darauf auch unmerksam ihre Waffen richteten. Lorin blieb ein wenig zurück, bis er auf gleicher Höhe mit Orm war.

„Was ist passiert?"

„Fällt dir auf, dass keine Menschen zu sehen sind? Das Land war früher dicht bevölkert und man sah überall Bauern, die auf den Feldern arbeiteten. Es sind keine zu sehen", erwiderte der Geti.

Lorin schaute sich vorsichtig um. Erst jetzt fiel ihm auf, dass weit und breit niemand zu sehen war. Aber auch Kat-Tia war nicht in der Gruppe. Lorin schaute über seine Schulter und sah das Mädchen, dass ihnen in weitem Abstand folgte. Skade war an ihrer Seite und Lorin sah, dass Kat-Tia sich aufmerksam umschaute und ebenfalls ihre Waffen griffbereit hatte. Sie hatte es also auch gemerkt.

„Wir werden hier rasten", rief Lorin und zügelte sein Pferd.

Orm, Amerus und Tu-Ran, die die Packpferde mitführten, hielten ebenfalls an und stiegen von ihren Pferden. Marsa blieb im Sattel und schaute den Weg, den sie gekommen waren, zurück. In kurzer Zeit hatte Kat-Tia zu ihnen aufgeschlossen und stieg ab, ließ ihre Waffe jedoch keinen Augenblick los. Die Freunde richteten ihr Lager und Orm übernahm die Wache.

Kat-Tia lief zu Lorin: „Keine Menschen, Lorin. Ist das nicht eigenartig? So ein Land und dann keine Menschen."

„Du hast es auch gemerkt?", sagte Lorin. „Orm ist es ebenfalls aufgefallen."

Amerus und Gilgas kamen näher. Man sah ihnen ihre Besorgnis sofort an.

„Ein schlechtes Zeichen", sagte der Krieger. „Es könnte gefährlich werden."

„Wir hätten die Frauen nicht mitnehmen sollen", sagte der Luwier.

Kat-Tia und Marsa blickten zu Amerus hinüber.

„Ich kann kämpfen", meinte Marsa und legte sich ohne ein weiteres Wort hin.

Kat-Tia lief vor Wut rot an.

„Ich kann auch kämpfen, und ich weiß mir zu helfen, Amerus", zischte sie den Luwier an. „Schließlich habe ich auch im Gebirge mit Gilgas überlebt. Du wolltest doch von Anfang an nicht, dass ich mitkomme. Dabei habe ich dir gar nichts getan. Was hast du eigentlich gegen mich?"

Amerus wurde verlegen.

„Gar nichts habe ich gegen dich. Aber in meiner Heimat kämpfen nur die Männer. Ich kenne das gar nicht anders."

Kat-Tia schaute Amerus böse an.

„Das ist nicht deine Heimat. Bei uns in der Steppe kämpfen auch die Frauen. Das hättest du lernen sollen in der langen Zeit, die du schon mit Lorin und Gilgas umherziehst."

Sie wandte sich ab und schlug ihr Lager neben Marsa auf. Amerus schaute verlegen auf seine Zehen und beschäftigte sich dann ausgiebig mit den Packpferden. Lorin hatte die ganze Zeit über zugehört und lächelte still in sich hinein. Er dachte an die Worte des alten Maituras auf dem Fest der Geti.

Orm hatte die erste Wache und wurde dann von Gilgas abgelöst. Die letzte Wache hatte Amerus übernommen. Er mochte die Stunden der langsam aufgehenden Sonne. Die ganze Nacht über war nichts geschehen und die Gruppe beschloss weiterzureisen, ohne es jedoch an erhöhter Aufmerksamkeit fehlen zu lassen. Noch am selben Tag wollten sie die Stadt Moendai erreichen. Orm und Marsa hatten viel vom Reichtum der Stadt erzählt. Inmitten vieler Wohn- und Lagerhäuser erhob sich die Stadtfestung, die auf einem künstlichen Hügel angelegt war. Die Straßen der Stadt waren gepflastert und alle Häuser hatten einen Anschluss an die Zisternen, so dass sie über fließendes Wasser verfügten. Außerdem hatte jedes Haus eine Badestelle und eine eigene Toilette. Selbst Wilusa konnte mit solcher Pracht nicht aufwarten. Amerus kannte nur in Ägypten Häuser mit fließendem Wasser und Toiletten. Aber auch da verfügten nur die Reichen und Mächtigen über solch einen Luxus. Er war neugierig auf Moendai. Die weitere Reise ging langsam voran. Fast kein Wort wurde gewechselt. Amerus und Kat-Tia gingen sich aus dem Weg, was von Lorin mit Aufmerksamkeit beobachtet wurde. Gegen Mittag erreichten sie eine kleine Anhöhe. Orm und Lorin lenkten ihre Pferde hinauf und schauten auf den majestätischen Fluss, der sich nur wenige hundert Meter von ihnen in seinem Bett dem Meer entgegenwälzte. Sein Anblick war überwältigend. Die anderen, die zwischenzeitlich auch den Hügel erreicht hatten, schauten andächtig auf die mächtigen Wasser. Seine Breite war mit nichts zu vergleichen, was sie jemals, mit Ausnahme Orms und Marsas, gesehen hatten.

„Wunderschön", entfuhr es Amerus.

„Gigantisch", setzt Gilgas hinzu.

Kat-Tia schaute den Fluss mit offenem Mund an. So etwas Schönes hatte sie noch nie gesehen. Auch Tu-Ran blickte begeistert auf den Strom, dessen Wellen leicht gegen die Ufer schwappten. Im Hintergrund, nicht weit vom Fluss entfernt, sah man die Silhouette einer riesigen Stadt, die sich im Sonnenlicht vom Hinterland abhob. Moendai, das Ziel ihrer Reise war fast erreicht.

„Das ist Moendai", sagte Marsa.

Lorin nickte: „Jetzt müssen wir nur noch über den Fluss kommen."

„Wir werden ein Boot suchen und selber rudern", sagte Gilgas.

Sie verließen den Hügel und ritten zum Ufer hinunter. Orm zeigte in Richtung Meer. Am Ufer stand eine kleine Hütte, die bis auf eine Seitenwand niedergebrannt war.

„Das war die alte Fährstation", sagte er. „Etwas Furchtbares muss hier geschehen sein."

Das große Fährboot aus Schilf lag halb auf das Ufer gezogen. Die Spannseile, die die Schilfballen zusammenhielten, waren zerhackt und das Schilf war angesengt, so als ob man erfolglos versucht hatte, das Boot zu verbrennen. Orm und Gilgas stiegen von den Pferden und gingen zu den Überresten der Hütte. Kurz danach winkte Orm den Gefährten. Beim Näherkommen sah Lorin, dass neben der Hütte die halbverbrannten Überreste eines Menschen lagen, der ganz offensichtlich erschlagen worden war und schon seit längerer Zeit tot sein musste. Amerus spürte ein Ziehen in seiner Magengegend. Der Anblick erinnerte ihn an den Untergang Wilusas. Marsa und Tu-Ran waren zurückgeblieben und hielten Wache. Kat-Tia schaute ungerührt auf den Leichnam und ging dann zu den Resten des Schilfbootes.

Lorin folgte ihr, zusammen mit Orm und Gilgas.

„Schauen wir es uns an. Vielleicht können wir es ja soweit herrichten, dass wir damit über den Fluss kommen", meinte er.

„Die Packtiere werden wir dann zurücklassen müssen", meinte Orm.

Lorin nickte. „Das heißt, nur die notwendigsten Vorräte mitzunehmen. Auf die Waffen können wir keinesfalls verzichten. Wir wissen nicht, was vor uns liegt."

„Vielleicht waren das umherstreifende Räuber", sagte Gilgas.

„Das glaube ich nicht", sagte Orm. „Die Soldaten Moendais haben die Fähren immer bewacht. Das Land hier ist immer sicher gewesen. Es muss etwas anderes gewesen sein und wir wissen nicht, ob diese Feinde noch da sind."

Das Schilfboot einigermaßen fahrtüchtig zu gestalten, erwies sich schwieriger als gedacht. Marsa, Orm, und Gilgas wechselten sich als beste Bogenschützen immer mit der Wache ab und halfen die restliche Zeit beim Bootsbau mit. Amerus übernahm die Leitung, da er von allen die meiste Erfahrung mit Schiffen hatte. Aus seinen Besuchen in Ägypten kannte er ein wenig von Schilfbooten, da diese auch im Land am Nil als Flussboote benutzt wurden. Lorin und Tu-Ran, der den Toten beerdigt hatte, halfen nach Kräften. Kat-Tia versorgte die Pferde und arbeitete dann ebenfalls mit. Lorins Wolf war den ganzen Tag über nicht mehr zu sehen. Wahrscheinlich streifte er in der weiten Umgebung umher. Wenn Skade in der Nähe war, würde sich niemand unbemerkt anschleichen können. Das wussten die Freunde aus Erfahrung. Als das Tageslicht soweit verschwunden war, dass eine weitere Arbeit unmöglich wurde, schlug die Gruppe ihr Nachtlager auf.

„Wir werden noch mehr als einen Tag zu arbeiten haben", sagte Amerus.

Orm nickte. „Aber das Boot ist nicht groß genug, alle Pferde mitzunehmen. Und mehr als einmal werden wir nicht fahren können."

„Die Tiere, die nicht auf das Boot können, werden schwimmen", erwiderte Lorin.

„Schwimmen?" Marsa schaute Lorin verwundert an.

„Hier kann man nicht schwimmen. Im Fluss leben die Menschenfresser." Orms Gesichtsausdruck war vielsagend.

Lorin nickte. „Das hast du gesagt. Aber sie werden nicht alle fressen können. Und jedes Pferd, das durchkommt, wird uns helfen. Das ist immer noch besser als sie hier zurückzulassen, wo sie uns nichts mehr nützen können."

„Wir sind sieben Personen mit Pferden, dazu noch zwei Packtiere. Und Skade nicht zu vergessen. Das Boot wird uns alle tragen können. Sieben Menschen, den Wolf und zwei Pferde. Die restlichen sieben Tiere werden schwimmen."

Amerus sagte es mit einer Bestimmtheit, die keinen Widerspruch zuließ.

Nachdem sie etwas gegessen hatten, legten sich alle nach und nach schlafen. Amerus hatte die erste Wache übernommen. Er setzte sich etwas abseits vom Feuer und horchte angestrengt in die Nacht hinaus. Es waren keine Geräusche zu hören, außen denen, die eine Nacht so eigenartig machen konnten. Er hörte mehrmals den Ruf einer Eule und das ferne Fauchen eines Raubtieres. Dann hörte Amerus es im Gras rascheln. Sofort war er hellwach auf den Beinen. Es war Skade, der von seinem Streifzug zurückkehrte und Amerus ansah. Dann legte er sich bei Lorin hin und schloss die Augen. Amerus war wieder alleine mit der Nacht und betrachtete seine Gefährten, mit denen er bereits viele Gefahren überstanden hatte. Nah am Feuer lag Kat-Tia, zusammengerollt wie eine Katze.

‚Ein schönes Bild', dachte Amerus bei sich, als er sie so liegen sah. Er mochte Kat-Tia, obwohl er immer noch gegen Frauen auf dieser Reise war. Aber sowohl Kat-Tia als auch Marsa hatten bewiesen, dass sie den Strapazen und den Gefahren gewachsen waren. Beide hatten am Bootsbau nach Kräften und ohne Murren mitgeholfen. Und es war noch viel zu tun. Das Boot bestand aus vielen zusammengebundenen Schilfrollen, die mit Hanfseilen aneinander befestigt waren. Einige dieser Seile waren durchschnitten. Es würde sehr schwer werden, das Boot wieder einigermaßen herzurichten. Ob sie damit den ganzen Fluss überqueren konnten, war noch fraglich, aber Amerus hütete sich, dies den anderen zu sagen. Vor allem würde das Boot viel Wasser aufnehmen, denn der gesamte Bug, der normalerweise aus den hochgezogenen Schilfbündeln bestand, war total zerstört. Die Löcher, die in den Rumpf geschlagen waren, konnte man notdürftig mit kleinen Schilfbündeln zustopfen, eine Maßnahme, die nicht lange anhalten würde. Wie man es auch immer sah, die Fahrt über den Fluss würde lebensgefährlich. Das war sicher. Amerus würde es den anderen nicht sagen. Es reichte, wenn er sich Sorgen machte.

Sie hatten länger benötigt als ursprünglich gedacht. Drei Tage arbeiteten sie ohne Unterlass am Boot, bis es einigermaßen fahrtüchtig war. Mit vereinten Kräften und der Hilfe aller Pferde zogen und schoben sie den Schilfhaufen in das Wasser. Von Orms Menschenfressern hatten sie noch nichts gesehen. Es war später Vormittag, als alle an Bord gingen. Bis auf zwei Pferde, die auf dem Boot Platz fanden, wurden die Tiere an langen Leinen hinter das Schiff gebunden. Aus langen, schlanken Bäumen hatte Tu-Ran Ruder gebaut. Amerus stand am Heck und würde steuern. Auf seinen Ruf hin begannen alle zu rudern und das Schilfboot bewegte sich langsam in den Strom. Es ging besser voran als erwartet und schon nach kurzer Zeit war die Mitte des Flusses erreicht. Die Wasser flossen gemächlich und die Strömung war nicht besonders stark. Sie hatten das andere Ufer fast erreicht, als Gilgas einen großen Baum den Fluss hinuntertreiben sah. Mit seiner riesigen Krone Flussabwärts floss er genau auf sie zu. Sein Warnruf alarmierte die anderen und mit vereinten Kräften versuchten sie, das Boot aus der Gefahrenzone zu rudern. Ein zweiter Ruf, diesmal von Orm, lenkte die Blicke auf das gegenüberliegende Ufer. Die Freunde sahen, wie vom flachen Strand aus große Echsen in das Wasser krochen.

„Menschenfresser", rief Marsa.

Sie hatte das Wort noch nicht ausgesprochen, als der große Baumstamm mit dem Boot kollidierte. Die Wucht des Aufpralls war so stark, dass sich die ganze Schilfkonstruktion zur Seite neigte und mit dem Baum Flussabwärts getrieben wurde. Die beiden Pferde an Bord kamen ins Straucheln und Kat-Tia wurde über Bord geworfen. Gilgas, Tu-Ran und Lorin reagierten sofort und begannen, die in das Boot verkeilten Äste mit ihren Schwertern abzuschlagen, während Orm ein Seil über Bord warf, an dem Kat-Tia sich festhalten sollte. Amerus sah, wie einer der Menschenfresser zielstrebig auf das Boot zuhielt.

„Nimm das Ruder", rief er Marsa zu, die sofort seine Stelle einnahm.

Amerus riss sein Kurzschwert aus der Scheide und sprang in den Fluss. Mit einigen Schwimmbewegungen war er bei Kat-Tia angelangt und half ihr, sich am Seil festzuklammern. In seinen Augenwinkeln sah er den Menschenfresser immer näher kommen. Das Tier schwamm unmittelbar unter der Wasseroberfläche, nur die Nasenlöcher und die Augen schauten hervor. Amerus tauchte ab, sein Schwert immer noch in der Hand.

„Schneller, Kat-Tia", rief Orm von Bord aus.

„Schneller, du schaffst es."

Kat-Tia zog sich mit aller Kraft am Strick entlang bis zur Bordwand, wo Orm versuchte, sie an das Deck zu ziehen. Der Menschenfresser kam immer näher an das Mädchen heran, während von Amerus nichts mehr zu sehen war. Kat-Tia hing noch halb im Wasser, als das Tier mit seinem gewaltigen Maul versuchte, ihr Bein zu greifen. Instinktiv riss sie ihre Beine hoch und fiel, von Orm gleichzeitig gezogen, über die Bordwand an Deck. Im selben Augenblick kochte förmlich das Wasser an der Stelle, wo Kat-Tia sich noch kurz zuvor befunden hatte. Der Menschenfresser schlug seinen kraftvollen Schwanz hin und her. In diesem aufgewühlten Wasser war Amerus zu sehen. Der Luwier umklammerte halb den Hals des Tieres und stach mit seinem Schwert in dessen ungeschützte weiche Unterseite. Das Schlagen des Schwanzes wurde schwächer und das Wasser färbte sich rot vom Blut. Amerus ließ das Tier los und schwamm mit wenigen Stößen zum Boot, wo Orm ihm hineinhalf. Während der Rettungsaktion hatte Skade an der Bordwand gestanden und wild das Wasser angeknurrt. In der Zwischenzeit hatten die anderen die verkeilten Äste soweit abgeschlagen, dass der Baum sich vom Boot löste und alleine weitertrieb. Trotz aller Mühe Marsas, das Fahrzeug auf Kurs zu halten, waren sie weit abgetrieben. Die schwimmenden Pferde hatten die Kollision gut überstanden und die Freunde begannen sofort, ihr Schiff weiter an das andere Ufer zu rudern.

„Danke, Amerus", sagte Kat-Tia. „Ohne deine Hilfe, wäre ich jetzt tot."

Amerus schaute etwas verlegen zu ihr hin.

„Das war doch selbstverständlich. Ich hätte für jeden von uns so reagiert."

Er wandte sich wieder ab und konzentrierte sich auf sein Ruder.

„Das war knapp", warf Orm ein und ruderte weiter. „Was du getan hast, Amerus, war sehr mutig."

Das rettende Ufer war fast erreicht, als die schwimmenden Pferde anfingen, laut zu wiehern. Amerus blickte hinter sich und sein Herz stockte. Von allen Seiten schwammen die Menschenfresser auf die Pferde zu. Innerhalb kürzester Zeit verfärbte sich das Wasser vom Blut der Tiere rot. Die Freunde ruderten mit der Kraft der Verzweiflung, aber nach einigen Minuten war von den Pferden nichts mehr zu sehen. Die zerrissenen Ende der Seile hingen ins Wasser und es herrschte eine gespenstische Ruhe. Kurz danach knirschte es unter dem Kiel und das Schilfboot stieß an das Ufer. Schnell wurde die Ausrüstung und die zwei überlebenden Pferde, die auf dem Boot gewesen waren, an das Ufer auf eine höhergelegene Stelle gebracht. Minuten später lag das Boot verlassen am Flussufer. Von der kleinen Anhöhe sah Lorin, dass aus dem Wasser und dem Uferschilf mehrere der großen Menschenfresser auf ihr Schiff zukrochen. Erst jetzt hatte er Zeit, sie in Ruhe zu betrachten. Ihre Länge betrug etwa das doppelte eines Menschen und sie waren mit einem gezackten, grünlichen Panzer bedeckt. Ihre Beine standen im rechten Winkel aus ihrem Rumpf und das Maul war mit langen, scharfen Zähnen besetzt, die die Tiere zu gefährlichen Feinden machten. Ihre Augen schienen vor Mordlust zu glühen. Lorin schauderte bei dem Gedanken, welcher Gefahr sie, vor allem Kat-Tia und Amerus, gerade entronnen waren.

Mittlerweile war es später Nachmittag geworden und man beschloss, in einem nahen Gehölz das Lager aufzuschlagen. Nachdem man etwas gegessen und die Wachen eingeteilt hatte, fielen alle in einen tiefen, erholsamen Schlaf. Der Wolf verzichtete auf seinen üblichen Streifzug und lag zusammengerollt in Lorins Nähe. Ab und an bewegte er seine Pfoten, rieb sich über die Schnauze und knurrte leise im Schlaf, ganz so, als ob er von dem gerade überstandenen Abenteuer träumen würde. Lorin lag noch lange wach und dachte über die vergangenen und die noch kommenden Strapazen nach. Es glich einem Wunder, dass sie alle heil und unverletzt bis hierher gekommen waren. Am nächsten Tag wollten sie sich in aller Frühe auf den Weg in die Stadt Moendai machen und niemand wusste, was sie dort erwarten würde. Das Land hatte sich seit Orms letztem Besuch bis zur Unkenntlichkeit verändert. Das einstmals dicht bewohnte und bebaute Gebiet war menschenleer geworden und die Felder waren von Unkraut überwuchert. Voller Sorge über die Zukunft schlief Lorin endlich ein.

Kapitel 16 – Tronto

Tronto wälzte sich auf seinem Lager hin und her. Er konnte keinen Schlaf finden. Seit wie vielen Jahren war er jetzt hier? Zwölf, vierzehn? Er wusste es nicht mehr. Er erinnerte sich vage. Damals, nach dem Geburtsfest von Gores Tochter hatte er sich aufgemacht, das neue Metall zu suchen. Lang und beschwerlich war der Weg gewesen. Aber er hatte es geschafft, war bis Moendai, dieser herrlichen Stadt, gekommen und hatte die Schmiede gefunden. Der erste Kontakt hatte sich damals als sehr schwierig herausgestellt. Die Schmiede waren darauf bedacht, keine Fremden in ihre geheimnisvolle Kunst einzuweihen. Das einzige, was er sah, war, dass das neue Metall nicht wie Bronze gegossen, sondern in Glut erhitzt und dann in seine Form gehämmert wurde. Lange hatte er gebraucht, bis die Schmiede langsam Vertrauen zu ihm fassten. Fast zwei Jahre war er jeden Tag zu den Schmieden gegangen, hatte gefleht, gebettelt, vor ihnen auf den Knien gelegen, nur um teilhaben zu können an ihrer Kunst. Er hatte so oft gesagt, dass er der beste Schmied der Steppe war, dass niemand so schöne Bronze gießen konnte, wie er. Die Schmiede ließen ihn nicht, alle Mühe schien vergeblich, bis zu dem Tag, als er seine Hani kennenlernte. Die altjüngferliche, schwergewichtige Tochter eines Schmieds hatte ein Auge auf ihn geworfen und er erwiderte ihre Liebe. Wahrscheinlich vor allem ihrer Kochkünste wegen, die seinen ohnehin schon stattlichen Bauch im Laufe der Zeit noch mehr wachsen ließen. Sie erhielten die Erlaubnis ihres Vaters und heirateten. Dann endlich, nach langer Zeit, bekam er die Gelegenheit, die Kunst des neuen Schmiedens zu erlernen. Sein Schwiegervater brachte ihm alle Geheimnisse der Kunst bei und heute war er selbst ein geachteter Schmied, der alle Geheimnisse des neuen Metalls kannte. Er lernte den Umgang mit Hammer, Zange und Amboss, die Hauptwerkzeuge der Schmiedekunst. Um wie viel anders war es als das Gießen der Bronze, die flüssig in vorgefertigte Formen gegossen wurde. Immer wieder wurde jetzt das Eisen in der Holzkohle zum Glühen gebracht und in Form gehämmert. Wieder aufgeglüht und wieder gehämmert und in Ochsenblut abgeschreckt. Das Blut gab dem Metall die

Stärke und Härte, die es unbesiegbar machten. Tagein, tagaus stand er am Schmiedefeuer und schmiedete den Stahl. Als sein Schwiegervater vor einigen Jahren starb, übernahm er als hochgeachtetes Mitglied der Schmiedezunft sein eigenes Feuer. Er stieg in der Hierarchie der Schmiede auf und wurde der dritte Schmiedemeister. In Moendai waren die Schmiede eine respektierte Gemeinschaft, mit eigenem Wohnviertel, Schulen, Tempel und eigener Gerichtsbarkeit. Ein Volk inmitten eines Volkes. Seinen ursprünglichen Wunsch, irgendwann mit seinen Kenntnissen in die Steppe zurückzukehren, hatte er vergessen. Er lebte glücklich und geachtet in Moendai, bis zu dem Tag, der sein ganzes Leben veränderte.

Moendai war eine schöne, große Stadt. Reich geworden durch das fruchtbare Land im Delta des Flusses und durch den Handel mit der ganzen Welt. Bis nach Dilmun fuhren die großen, hochseetüchtigen Schilfboote der Stadt, den Strom hinauf bis nach Harappa und nach Osten um den großen Kontinent bis zur Insel der tausend Götter. Die Mauern der Stadt waren aus gebrannten Ziegeln gebaut und hoch wie fünf Männer. In kurzen Abständen waren Wehrtürme gebaut. Die aus Ziegeln gebaute Zitadelle erhob sich auf einem künstlichen Hügel hoch über die Wohnviertel. In ihr waren der Tempel der Muttergöttin und der Palast des Königs, sowie viele Getreidespeicher und tiefe Brunnen, die in Notzeiten die Bevölkerung ernähren sollten. Südlich der Burg lag die große Versammlungshalle, in der der König Hof hielt und die Abgesandten der tributpflichtigen Völker empfing. Hier versammelte sich einmal im Jahr das ganze Volk von Moendai, um dem König zu huldigen und von der Göttin eine ertragreiche Ernte zu erbitten. Die Viertel der Unterstadt waren schachbrettartig angelegt und streng nach den Berufen der Bewohner unterteilt. Die Schmiede hatten ebenso ein eigenes Viertel wie die Gerber, Weber, Töpfer und alle anderen. Die Abwässer flossen durch eine gemauerte Kanalisation in den Fluss und alle Häuser hatten Bad und Toilette. Alles Dinge, die Tronto nie zuvor gesehen hatte, aber an die er sich schnell gewöhnte. Es gab viele Künstler in Moendai, die aus Bronze, Gold und anderen Metallen wunderschöne, kostbare Skulpturen schufen. Trotz aller Macht war die Stadt dem Untergang geweiht. Der Luxus und Reichtum hatte die Menschen träge gemacht. Das hatte Tronto vom ersten Tag an gesehen. Die Waffen aus dem neuen Metall hatten keinen Wert bei Menschen, die nicht mehr zu kämpfen verstanden und so kam, was kommen musste. Moendai hatte zur großen Konkurrentin Harappa geschaut, sich gerüstet, um der vermeintlichen Gefahr aus dem Norden begegnen zu können. Doch der Untergang kam aus dem Osten.

Seit Jahren schon kamen immer wieder fremde Menschen in das schöne Land am großen Strom. Hochgewachsene, furchterregende Krieger, bewaffnet mit Lanzen, Bronzeschwertern und mächtigen Holzschilden, die mit Leder bezogen waren. Einzelne erst, dann in kleineren Gruppen. Manche zogen weiter nach Westen, in Richtung der großen Wüste, die das Land Moendai von den Städten im Land der zwei Flüsse trennte. Dann wurden die Fremden mehr und mehr, die Gruppen immer größer, bis zuletzt ganze Dorfgemeinschaften und Stämme nach Moendai kamen. Trotz ihres wilden Aussehens und ihrer Kampfkraft blieben sie friedlich. Sie handelten mit der Stadt und durften sich am Rand des Landes ansiedeln. Aber sie blieben unter sich, assimilierten sich nicht. Sie bauten Hütten aus Schilf und Holz, keine mächtigen Ziegelbauten wie die Bewohner der Stadt. Die Schmiede verkauften ihnen Schwerter und Lanzenspitzen aus dem neuen Metall. Tronto sah dies gar nicht gerne, aber es waren gute Geschäfte. Die Fremden bezahlten mit Gold und Edelsteinen und der König nahm es gerne. Genauso gerne wie er die jährlichen Tributzahlungen entgegennahm. Sein Reichtum mehrte sich und damit auch der Reichtum der Stadt. Schwerfällig und dekadent waren die Bewohner Moendais. Der Tag, an dem sie dafür bezahlen mussten, kam schnell und überraschend.

Es war ein schöner Morgen im Frühsommer des vergangenen Jahres. Tronto lag, entgegen seiner Gewohnheiten, bei Sonnenaufgang noch auf seinem Lager. Es waren die wenigen

Minuten, in denen man noch nicht unterscheiden kann, ob man noch schläft oder schon wach ist, als Kampfgeräusche durch die langsam erwachende Stadt schallten. Er hörte die Schläge von Schwertern, die auf Schilde prallten. Die Rufe und Schreie der Getroffenen. Dann, Tronto hatte sich, so schnell es ihm möglich war, von seinem Lager erhoben, schwirrten gellende Rufe durch die Stadt. Aus seiner Zeit in der Steppe kannte er die Stimmen des Krieges. Er weckte Hani mit aller Gewalt. Gemeinsam rafften sie in hektischer Eile einige Dinge zusammen und liefen zum hinteren Ausgang ihres Hauses. Tronto zerrte seine noch schlaftrunkene Frau hinter sich her. Sie liefen vorsichtig von Deckung zu Deckung, immer auf die langsam leiser werdenden Geräusche des Kampfes hinter sich hörend. Dazwischen das knisternde Geräusch von brennendem Holz. Der Schmied trieb seine Frau an. Er wusste, dass ein Kampf von der Stadtwache nicht gewonnen werden konnte. Die kampferprobten Fremden würden die Stadt nehmen, dessen war Tronto sich sicher. Die beiden liefen durch enge Gassen, die breiten Straßen meidend, zur Stadtmauer. Ihnen begegneten nur wenige Menschen, die in Angst und Panik in die verschiedensten Richtungen liefen. Einige schlossen sich ihnen an und so erreichte eine kleine Gruppe von vielleicht dreißig Überlebenden die Stadtbefestigung. Überall in der Mauer waren kleine Türen eingelassen, damit die Bauern ohne Umwege zu ihren Feldern gelangen konnten. Nirgendwo waren Wachen zu sehen, die sonst überall die Pforten bewachten. Eine dieser Türen war ihr Ziel. Sie schlüpften hindurch und befanden sich außerhalb der Ummauerung. Vorsichtig bewegten sie sich die Mauer entlang bis zu der Stelle, an der der Sumpf recht nahe war. Sie erreichten den Beginn des Sumpfes, ohne aufgehalten worden zu sein und zogen sich auf verborgenen Schleichwegen tiefer in das schilfbewachsene Gebiet zurück. Als Tronto zurückschaute, sah er die Rauchwolken über der brennenden Stadt. Dem Schmied traten die Tränen in die Augen. Seine neue Heimat verging vor seinen Augen.

Die kleine Gruppe Überlebender schlug sich tief in die Sümpfe. Hierhin würde ihnen kein möglicher Feind folgen. Im Schutz

der kommenden Abenddämmerung schlichen sich einige
Männer nah an die Stadt. Sie sahen Trümmer und rauchende
Ruinen. Die Dunkelheit war erfüllt von den Geräuschen
grölender Menschen. Überall liefen Krieger durch die Straßen
und plünderten, was ihnen in die Hände fiel. Die Männer
schlichen sich zurück in den Schutz des Schilflandes. In der
Nacht und den nächsten Tagen stießen weitere Flüchtlinge zu
Trontos Gruppe, die bald auf einige hundert Menschen
anwuchs. Im Laufe der folgenden Tage und Wochen
durchquerten sie die Sümpfe und wandten sich nach Norden. In
der schlechten, moskitoverseuchten Luft starben viele aus der
Gruppe am Fieber und nach einer fast dreimonatigen,
anstrengenden und gefährlichen Reise erreichte nur die Hälfte
der Geflüchteten die rettenden Mauern Harappas. Die meisten
hatten nicht mehr als das nackte Leben gerettet und nur wenige
trugen Wertsachen bei sich. Es waren jedoch einige Schmiede
unter ihnen, die wie Tronto zuerst einen Teil ihrer Werkzeuge
gerettet hatten. So trug Tronto seinen Hammer, Zange und
Stößel mit sich. Ein anderer Schmied, dessen gewaltige
Oberarme von einer immensen Kraft zeugten, schleppte seinen
schweren Amboss auf der Schulter quer durch die Sümpfe bis in
den Norden. Abgerissen und entkräftet erreichten sie die Stadt
im Norden. Harappas König nahm sie mit offenen Armen auf.
Tronto schien, dass dies nicht unbedingt Freude über den
Zuwachs war, sondern eher daran lag, dass die Schmiede ihre
Kunst jetzt in Harappa ausführen würden. Ihm war es
gleichgültig. Er bekam ein neues Haus und eine neue Werkstatt.
Wie in Moendai lebten die Schmiede wieder in nahe beieinander
liegenden Häusern zusammen. Lange würde es dauern, bis sie
ihre Werkstätten in der alten Güte aufgebaut hätten. Aber sie
waren am Leben und würden weiter ihrer Kunst nachgehen.
Nur Trontos Bauch war durch die Strapazen merklich
geschrumpft und seine alten Kräfte waren zurückgekehrt. Die
Flucht aus Moendai hatte ihn jünger und kräftiger gemacht, so
schien es ihm. Es war gleichgültig, für welchen König sie die
Schwerter schmiedeten. Die Schmiede waren immer schon ein
eigenes Volk in einem Volk gewesen und so würde es auch in
der Zukunft sein. Nun war Frühling und die Zukunft sah wieder

rosiger aus. Vom Untergang Moendais waren den ganzen vergangenen Herbst und Winter Gerüchte in den Norden gedrungen. Die Einwanderer hatten die Stadt geplündert und zerstört, die meisten Einwohner abgeschlachtet und waren dann weiter nach Westen gezogen. Moendais König war mit seinem gesamten Hofstaat und den vielen Menschen, die sich zu ihm geflüchtet hatten, in den Flammen seines brennenden Palastes umgekommen. Es gab nicht mehr genug Menschen im Süden, die die Siedlung hätten wiedererrichten können. Die goldene Stadt Moendai lebte nicht mehr. Tronto ahnte nicht, dass der Untergang seiner Stadt nur der Beginn einer großen Wanderung war, deren Wellen bis an das andere Ende der Welt schlagen würden.

Kapitel 17 - Moendai

Gilgas erwachte vor Morgengrauen und schaute sich um. Der Morgentau bedeckte glitzernd den Boden. Außer Marsa, die bei den beiden letzten Pferde Wache hielt, lag das ganze Lager noch in tiefem Schlaf. Er stand auf, reckte sich und ging zu seiner Frau hinüber. Er merkte, dass Lorins Wolf ihn die ganze Zeit mit seinen wachen Augen verfolgte. Gilgas lächelte und setzte sich zu Marsa.

„Wir werden heute einen schweren Tag haben", sagte er.

Marsa nickte.

„Nach unserer Fahrt über den Fluss und den Zerstörungen, die wir gesehen haben, ahne ich nichts Gutes."

„Ja, Marsa. Ich glaube, wir werden in Moendai eine Überraschung erleben. Eine, die uns nicht gefallen wird."

Gilgas blickte zu den Schlafenden hinüber und bemerkte, dass langsam das Aufwachen begann. Lorin war bereits aufgestanden und brachte das Feuer wieder in Gang. Skade trottete an den Rand des Lagerplatzes. Lorin setzte sich an das Feuer und beobachtet den Wolf. Manchmal wünschte er sich, dass das Tier sprechen könne. Zuviel hatten sie und ihre Freunde schon miteinander erlebt und steckten jetzt gemeinsam im größten Abenteuer ihres Lebens. Lorin sah zu Gilgas und Marsa hinüber. In den Augen seines Freundes erkannte er die Ungewissheit des heutigen Tages. Sie hatten das entvölkerte Land gesehen und die zerstörte Fährhütte. Wie würde Moendai sie empfangen? Inzwischen waren auch die anderen aufgewacht, nur Amerus lag noch schnarchend auf seinem Lager und ließ sich auch durch die zunehmende Geschäftigkeit nicht in seinem Schlaf stören. Kat-Tia betrachtete ihn und stellte sich an sein Lager. Sie lächelte und trat Amerus heftig in die Seite.

„Wach auf. Du verschläfst noch den ganzen Tag. Wir haben nicht die Zeit, auf dich zu warten."

Mit einem Satz sprang Amerus auf seine Beine.

„Was soll das? Warum trittst du mich?"

„Du solltest aufwachen. Das war die einzige Möglichkeit dich aufzuwecken. Hast du etwa erwartet, dass ich dir liebevoll ins Ohr säusele?"

„Dafür musstest du mich nicht treten", fauchte Amerus.

„Du ungehobeltes Biest", setzte er hinzu.

Kat-Tia grinste, drehte sich um und ließ Amerus stehen. Lorin und Gilgas schauten sich an und begannen gleichzeitig zu lachen.

„Was lacht ihr? Findet ihr das auch noch lustig?", rief Amerus.

„Wenn du dich sehen würdest, könntest du auch lachen", erwiderte Lorin.

Amerus kniete sich nieder und kramte in seiner Ausrüstung. Man sah ihm an, dass ihm diese Szene peinlich war. Die ständigen Reibereien mit Kat-Tia machten ihm mittlerweile auch Sorgen. Bisher hatte sie keinen Anlass zu Beschwerden gegeben, ebenso wie Marsa. Aber er konnte jetzt nicht plötzlich seine Meinung ändern. Das wollte er nicht. Der Luwier sortierte seine Ausrüstung und legte seine Waffen zurecht. Auch ihm war klar, dass der heutige Tag über ihre weitere Zukunft und das Gelingen ihrer Mission entscheiden würde. Kurze Zeit später machte sich die Gruppe auf den Weg in die Stadt. Lorin und Orm machten die Vorhut, danach folgten Amerus, Tu-Ran und Kat-Tia mit den beiden Pferden. Marsa und Gilgas gingen weit hinter ihnen als Nachhut. Skade hatte sich irgendwo in die Büsche geschlagen und war nicht mehr zu sehen. Sie kamen ohne Probleme vorwärts und sahen niemanden. Das ganze Land schien menschenleer zu sein. Die angrenzenden Felder waren mit Wildkräutern überwuchert, die Bewässerungsgräben auf weiten Strecken aufgerissen und zerstört. Einzelne, kleine Hütten auf den Feldern, die zur vorläufigen Aufbewahrung der Ernte dienten, waren niedergerissen. Das Land machte einen niederschmetternden Eindruck. Je näher die Gruppe der Stadt kam desto mehr Spuren der Zerstörung waren auszumachen, aber immer noch keine Menschen zu sehen. Von weitem sahen die Mauern der Stadt relativ unversehrt aus. Aber je näher sie kamen, desto mehr war das Ausmaß der Zerstörung zu sehen. Große Teile der Ziegelmauern waren niedergerissen, dunkle Brandspuren allerorten zu sehen. Die hölzernen Dächer der Wachtürme waren nur noch verkohltes Holz. Die stolze und reiche Stadt Moendai war tot. Die großen Stadttore, die den Eingang in die Stadt ermöglichten, waren überflüssig geworden.

Durch viele Mauerbreschen waren die Überreste der Siedlung offen für alle. Orm schaute mit großen Augen auf die Zerstörung. Er konnte nicht glauben, was er da sah. Als er vor einigen Jahren auf einer Handelsfahrt das letzte Mal hier war, bot Moendai noch den Anblick einer stolzen, wehrhaften und unzerstörbaren Stadt. Jetzt war sie nicht einmal ein Schatten ihrer selbst. Das Werden und Vergehen einer Zivilisation lag hier offen vor aller Augen. Lorin und Orm setzten sich vor ein stehengebliebenes Stückchen Mauer und warteten auf die anderen, die kurz hinter ihnen die Stadt erreichten. Als letzte kamen Gilgas und Marsa zu der Gruppe, begleitet von Lorins Wolf.

Orm schaute mit traurigen Augen auf die Zerstörungen.

„Unsere Mission ist gescheitert", sagte er. „Hier ist nicht mehr viel."

Lorin antwortete: „Du kannst recht haben, Orm. Ich glaube nicht, dass wir die Schmiede noch hier finden werden. Wenn sie noch leben sollten, dann sind sie bestimmt nicht mehr hier."

„Sei nicht so pessimistisch, Lorin", sagte Amerus.

„Ja", meinte Gilgas. „Wir sind nicht soweit gewandert, um jetzt aufzugeben. Und wenn die Schmiede in Thorais Welt sein sollten, wir werden sie finden."

„Da ist jemand."

Tu-Ran stand auf und ging in Richtung eines alten Stadttores. Er sah aufmerksam in Richtung der Stadt, als er sich plötzlich an die Kehle griff und mit einem würgenden Ton nach vorne fiel. Die anderen hatten im gleichen Augenblick das Singen des Pfeils gehört und sich in Deckung gebracht. Gilgas und Orm sprangen auf und liefen geduckt, immer wieder Deckung suchend, zu der Stelle, an der Tu-Ran von dem Pfeil getroffen worden war. Ihr Freund lag mit durchschossener Kehle im Staub des Weges. Nicht weit von ihm stand ein kleiner Junge und bemühte sich, ein zweites Geschoß auf die Sehne zu bringen. Gilgas sah ihn und wollte zum Schützen hinüberlaufen, als ein weißes Fell an ihm vorbei hechtete. Skade brachte die Strecke in kurzer Zeit hinter sich und setzte zum Sprung an. Der Junge sah den springenden Wolf mit vor Entsetzen geweiteten Augen, doch über seine Lippen kam kein Laut.

Skade fiel mit seinem ganzen Gewicht auf den Schützen und warf ihn zu Boden. Sein Knurren erstickte jeden Widerstand im Keim. Kurz danach kam Gilgas, gefolgt von seinen Gefährten. Lorin rief Skade zurück, der widerwillig gehorchte. Gilgas stellte den Jungen auf seine Füße und hielt ihn fest, während Orm die Waffen vom Boden aufhob.

„Tu-Ran ist tot", sagte Marsa, die mittlerweile dazugekommen war.

„Der Pfeil hat ihn durch die Kehle getroffen."

Gilgas schüttelte den Schützen.

„Wer bist du? Warum hast du geschossen?"

Der Kleine sah Gilgas an und presste die Lippen zusammen.

Gilgas schüttelte ihn wieder.

„Rede!"

Der Junge sah ihn in einer Mischung aus Hass und Furcht an, gab jedoch keinen Ton von sich..

Gilgas wurde ungeduldig.

„Wir sollten ihn dem Wolf überlassen", sagte er.

Aus den Augen des Jungen sprach jetzt die blanke Angst, aber noch immer kam kein Laut über seine Lippen.

„Lass mich mal."

Kat-Tia schob sich an Gilgas vorbei und kniete sich vor dem kleinen Jungen hin. Sie betrachtete ihn genauer. Er schien etwa zehn Jahre alt zu sein und sah recht ungepflegt aus. Seine braunen Haare hingen ihm wirr ins Gesicht und seine Kleidung, die nur aus einer Art Tunika bestand, war zerrissen und dreckig. Kat-Tia strich ihm die Haare aus dem Gesicht.

„Du brauchst keine Angst zu haben. Der große, wilde Kerl tut dir nichts", sagte sie mit einem Seitenblick auf Gilgas.

„Wie heißt du denn? Ich bin Kat-Tia."

Der Junge schaute sie mit seinen wachen Augen an.

„Bran", sagte er leise.

„Wir tun dir nichts, Bran", sagte Kat-Tia und legte eine Hand zärtlich auf seinen Haarschopf.

„Sag mir doch, warum du geschossen hast."

In Brans Augen traten ein paar Tränen.

„Ihr habt alle getötet. Meine Mama und meinen Papa habt ihr getötet und alles verbrannt. Jetzt seid ihr gekommen, um mich auch zu töten."

Die Worte kamen gebrochen aus seinem Mund und er begann leise zu weinen.

„Alles habt ihr kaputtgemacht", schrie er, immer wieder von Weinkrämpfen unterbrochen.

„Warum habt ihr das getan?"

Brans Stimme brach und er warf sich weinend um Kat-Tias Hals, die ihn zärtlich in ihre Arme nahm. Die anderen sahen der Szene wortlos zu. Amerus betrachtete die beiden. Kat-Tias Umgang mit dem Jungen rührte ihn. Tu-Ran war tot. Daran konnte man nichts mehr ändern, aber der Junge hatte aus blanker Angst geschossen. Jetzt lag er in Kat-Tias Armen und weinte. Amerus beugte sich zu den beiden hinab, nahm Bran vorsichtig auf seine Arme und trug ihn zu den Pferden. Kat-Tia folgte ihm und kümmerte sich wieder um den Kleinen, während die anderen Tu-Rans Leichnam aufhoben und unter einen Baum legten. Orm und Gilgas begannen, große Steine zusammenzutragen, um den toten Körper damit zu bedecken. Nach kurzer Zeit war von ihrem Gefährten nichts mehr zu sehen. Als Lorin und die anderen zu Kat-Tia und Amerus zurückkamen, sahen sie, dass Bran sich ein wenig beruhigt hatte. Amerus sprach leise auf den Jungen ein.

„Wir haben die Stadt nicht zerstört, Bran. Wer immer es gewesen ist, wir gehören nicht dazu. Du bist ganz alleine und wir werden dir helfen und uns um dich kümmern. Von jetzt an bist du unser Freund. Du brauchst keine Angst mehr zu haben. Wir werden dich beschützen."

Lorin beobachtete erstaunt, dass Skade unmittelbar neben Bran lag, der seine Hand im Fell des Wolfes vergraben hatte. Skade machte keinerlei Anstalten aufzustehen oder zu knurren. Es schien Lorin sogar, dass es dem Wolf gefiel, von Bran gekrault zu werden. Kat-Tia hatte einen Arm um seine Schulter gelegt.

„Wo lebst du jetzt?"

„In einem alten, zerfallenen Haus", sagte Bran.

„Sind noch andere am Leben?", fragte Amerus.

„Nur wenige", antwortete Bran. „Und die streifen auch nur nachts durch die Ruinen, um Essen zu suchen."

„Kannst du uns zu deinem Versteck führen?"

„Ja. Ich nehme euch mit. Es tut mir so leid, dass ich euren Freund getötet habe. Ich wollte es nicht."

„Der Wille der Götter", sagte Orm und ging zu den Pferden.

„Ja", sagte Gilgas und folgte dem Geti.

Lorin setzte sich hin.

„Wir werden mit dir in die Stadt gehen und du kannst bei uns bleiben, solange du willst. Bist du damit einverstanden, Bran?"

„Ja", sagte der Junge.

Die Gefährten nahmen ihre Ausrüstung. Amerus und Kat-Tia gingen mit Bran vorneweg, Gilgas und Marsa kümmerten sich um die Pferde. Lorin sah, dass Skade neben Bran herlief. Es wunderte ihn, dass der Wolf so schnell Vertrauen zu dem Jungen gefasst hatte. Vorsichtig, nach allen Seiten sichernd, gingen sie durch eine Mauerbresche in die Stadt. Hier bot sich ihnen ein Bild der totalen Zerstörung. Die festen Ziegelhäuser waren nur noch verbrannte und niedergerissene Ruinen. Der Schutt lag weit auf den Straßen und erschwerte das Durchkommen. Bran führte sie durch ein paar begehbare Straßen zu einem Haus, das einem Schutthaufen glich. Über eine niedergerissene Mauer kamen sie in einen Innenhof, der relativ sauber aussah. Gilgas nahm den Pferden die Packsättel ab und pflockte sie an. Dann folgte er den anderen, die inzwischen das Haus betreten hatten. Die hinteren Räume waren unzerstört, was von der Straßenseite nicht zu erkennen war. Hier waren sie einstweilen sicher.

Trotz der Zerstörungen konnte man noch genau erkennen, dass das Haus in der für Moendai typischen Weise gebaut war. Die Mauern bestanden aus luftgetrockneten Ziegeln, die aus einer Art Lehm, vermischt mit Stroh, hergestellt worden waren. Das Dach, gedeckt mit halbrunden Ziegeln aus Ton, war nur leicht abgeflacht, so dass Regenwasser ungehindert abfließen konnte. Die Räume lagen um einen offenen Innenraum angeordnet, in dessen Zentrum ein Brunnen gebaut war. Es war auffallend, dass es keinerlei Fensteröffnungen zu den Straßenseiten gab.

Die Mauern waren mit einem Lehmputz verschmiert, der mit Kalk weiß getüncht war. An einer durchbrochenen Stelle war erkennbar, dass die Fußböden aus zwei Schichten bestanden, zwischen denen ein Hohlraum war. Hierdurch wurde an kälteren Tagen, die auch in dieser Gegend öfter vorkamen, als man vermuten konnte, heiße Luft geleitet, die von einem Brennkeller durch Tonröhren bis unter die Wohnräume stieg. Es war wohl die Aufgabe von Sklaven gewesen, das Feuer in Gang zu halten. Orm erzählte, dass selbst in Moendai eine solche Fußbodenheizung ein ausgesprochener Luxus gewesen war. Aber jedes Haus hatte fließendes Wasser. Die Wände waren mit prachtvollen Malereien, die Szenen aus dem Leben der Bewohner und der Geschichte der Stadt zeigten, verschönt. In einem Raum bestanden die Wände aus einem harten, völlig glatt polierten rötlichen Stein, dessen Maserung wunderschöne Muster ergab. Die wenigen Möbel, die noch vorhanden waren, zeugten von hoher Kunstfertigkeit und dem Schönheitssinn der ehemaligen Bewohner. Im größten Raum waren Bänke aus Ziegeln, verkleidet mit dem gleichen glatten roten Stein, entlang der Mauern gebaut. Bran erklärte, dass dieser Raum als Treffpunkt aller Hausmitglieder diente. Hier wurde gelebt und gegessen, hier empfing die Familie Gäste und feierte Feste, hier wurde den Göttern gehuldigt und Opfer dargebracht. Dieser Raum war das Zentrum ihres Lebens. Die Gefährten suchten sich einzelne Räume aus, in denen sie während ihrer Zeit in Moendai leben wollten. Amerus nahm ein kleines Zimmer am nördlichen Ende des Innenhofes. Er fand dort einen grasgefüllten Sack, der ihm als Nachtlager willkommen war. Ansonsten war der Raum schlicht gehalten. Es gab keine Wandmalereien und außer dem alten Sack keinerlei Mobiliar. Amerus brachte seine Sachen unter und ging dann zu seinen Freunden in den roten Raum, wie sie ihn jetzt nannten, nahm jedoch sein Bronzeschwert mit. Auch die anderen hatten mittlerweile ihre Räume bezogen. Lorin, Orm und Bran hatten sich zusammen einen Raum ausgesucht, ebenso Gilgas und Marsa. Kat-Tia wollte lieber draußen im Innenhof schlafen. Die Mauern würden sie einengen, meinte sie. Skade lag auf dem Boden und schlief. Als Amerus den Raum betrat, war nur der schlafende Wolf zu sehen. Er ließ sich auf dem Boden nieder und wartete. Nach und nach kamen seine Freunde in das Zimmer und setzen sich zu Amerus auf den Boden.

„Sie haben so lange in der Nähe der Stadt gewohnt", begann Bran unvermittelt zu erzählen.

Bran erzählte, wie die Fremden vor vielen Jahren die Erlaubnis erhalten hatten, in der Nähe der Stadt zu siedeln und wie die Stimmung eines Tages, ohne jede vorherige Ankündigung umgeschlagen war.

„Dann kamen sie eines frühen Morgens zu Beginn des letzten Sommers. Sie haben die Wachen überwältigt und sind in die Stadt eingedrungen. Alle haben sie niedergemetzelt, auch meine Mama und meinen Papa. Die letzten Krieger haben sich im Palast des Königs verschanzt und versucht, die Angreifer abzuwehren. Das hat anfangs auch funktioniert, aber dann haben die Fremden den Palast angezündet. Alle, die darin waren, sind umgekommen. Als keine Gegenwehr mehr da war, begann das Plündern. Sie haben alles Wertvolle mitgenommen. Die überlebenden Frauen und Mädchen waren nicht sicher vor ihnen."

„Was wurde aus den Schmieden?", fragte Lorin.

„Die wenigen, die das Gemetzel überlebt haben, wurden von den Angreifern weggeführt. Sie sind bald nach dem Angriff weiter nach Westen über den Fluss in Richtung der großen Wüste gezogen", antwortete Bran.

„Sind keine Schmiede mehr hier?"

Lorin Stimme war die Enttäuschung anzuhören.

„Nein", sagte Bran. „Niemand mehr. Aber vielleicht waren einige bei den wenigen, die während des Kampfes aus der Stadt fliehen konnten."

„Wo sind diese Leute denn jetzt?", fragte Amerus.

„Sie sind in die Sümpfe geflohen und dann wahrscheinlich nach Norden gegangen. Nach Harappa."

„Sümpfe?"

„Ja, die großen Sümpfe nördlich der Stadt. Sie ziehen sich vom Fluss bis weit in das Landesinnere und weit nach Norden. Sie sind sehr gefährlich. Wer zu lange in den Sümpfen bleibt, wird krank und stirbt an einem hitzigen Fieber", sagte Bran.

Lorin dachte nach.

„Wir werden morgen früh zum Königspalast gehen und uns in der Stadt umschauen. Vielleicht finden wir noch Dinge, mit denen wir unsere Ausrüstung verbessern können. Finden wir hier irgendwo noch Pferde?"

Bran schaute Lorin an.

„Nein. Pferde gibt es hier nicht mehr. Die wenigen Menschen, die noch in der Stadt sind, haben schon im letzten Winter alle Tiere geschlachtet und gegessen."

„Dann werden wir unseren Weg wohl wieder zu Fuß fortsetzen müssen", meinte Orm.

„Ich glaube auch", sagte Gilgas. „Es steht wohl außer Zweifel, dass wir sobald wie möglich nach Norden gehen."

Lorin nickte.

„Ja. Das werden wir. Wenn alle zustimmen. Gilgas und Orm sind schon dafür. Was ist mit den anderen?"

„Ich gehe dahin, wohin Gilgas geht", sagte Marsa.

„Meine Freunde lasse ich nicht im Stich", meinte Amerus.

Kat-Tia nickte.

„Kein Problem. Ich bin dabei."

Bran schaute in die Runde.

„Darf ich mit?", fragte der Junge.

„Sicher", sagte Kat-Tia. „Ich lasse dich doch hier nicht alleine zurück."

Bran strahlte Kat-Tia mit großen Augen an. Jeder sah, wie sehr er sich freute, nicht mehr alleine zu sein. Lorin dachte darüber nach, was der Junge im letzten Jahr alles durchgemacht haben musste, so alleine und ohne Hilfe.

„Ich ziehe mich jetzt zurück", sagte Amerus und stand auf.

Auch die anderen machten Anstalten, sich schlafen zu legen.

„Warte einen Moment, Amerus. Ich wollte noch mit dir reden", sagte Lorin.

„Komm mit. Das können wir auch in meinem Zimmer", antwortete Amerus.

Die beiden verließen das Zimmer und gingen hinaus.

„Du liebst Kat-Tia", stellte Lorin fest, als er mit Amerus den Innenhof überquerte.

„Ich? Dieses Biest? Nein, niemals", entrüstete sich Amerus.

„Gib's zu, alter Freund. Ich sehe doch, wie du sie vorhin betrachtet hast. Der alte Maituras hat es schon auf dem Fest der Geti gesehen. Er meinte, ihr würdet gut zusammenpassen. Ich denke, er hat recht."

„Lorin, keinesfalls. Sie ist widerspenstig und hat keinerlei gute Erziehung. Tash-Ana-Ma-Rai hat in dieser Beziehung die Zügel zu sehr schleifen lassen. Außerdem hasst sie mich, das merkt ein Blinder."

„Der Blinde bist du, Amerus. Sie hasst dich keinesfalls. Aber du musst ihr ja immer vorwerfen, dass sie eine Frau ist und deshalb nichts bei uns zu suchen hat. Du irrst gewaltig, mein Freund. Sie ist tapferer als mancher Krieger, den ich gesehen habe. Wer mit ihr unterwegs ist, braucht keine Angst zu haben."

„Nein und nochmals nein, Lorin. Ich liebe sie keineswegs und jetzt will ich nicht weiter darüber reden", zischte Amerus ungehalten.

„Nun, lasse dir meine Worte nochmals durch den Kopf gehen", sagte Lorin und grinste. Dann drehte er sich um und ging zielstrebig auf das Zimmer zu, das er mit Orm und Bran teilte.

Amerus hatte sich nach dem Gespräch mit Lorin in sein Quartier zurückgezogen. Lorin konnte nicht recht haben. Aus welchem Grund hätte er sich in diese kleine Wildkatze verlieben sollen. Sie war frech, vorlaut und ungezogen. Es gab überhaupt keinen vernünftigen Grund, sie zu mögen. Wirklich keinen? Schließlich hatte sie seinem Freund Gilgas das Leben gerettet. Sie hatte bewiesen, wie mutig sie war, als sie alleine durch die kalte Klamm gegangen und ihnen den ganzen Weg, bis in das Land des kleinen Volkes, gefolgt war. Sie hatte ihm aber auch damals, in Tash-Ana-Ma-Rais Lager, gegen das Schienenbein getreten. Er fluchte, als er sich daran erinnerte, aber er lächelte auch. Er mochte sie nicht, das war ihm klar. Warum hatte er dann sein Leben riskiert, als er ihr in den Fluss der Menschenfresser nachgesprungen war, ohne nachzudenken? Gleichzeitig hatte sie sich aber auch sehr behutsam und liebevoll um Bran gekümmert, als sie ihn draußen vor der Stadt aufgelesen hatten, nachdem sein Pfeil ihren Gefährten Tu-Ran getötet hatte.

„Ich werde nicht schlau aus ihr. Mal ist sie kratzbürstig und verursacht mir Magenschmerzen, ein anderes Mal ist sie lieb und äußerst anziehend. Kaum glaubt man, mit ihr auszukommen, tritt sie einem wieder auf die Füße oder gegen das Schienenbein. Nein, Amerus. Sie ist eine Wildkatze mit äußerst schlechten Manieren", sagte er halblaut zu sich selbst.

„Ich sollte ihr einmal kräftig den Hosenboden versohlen."

„Wenn du das machst, kratze ich dir die Augen aus", sagte jemand.

Kat-Tia war in den Raum getreten, ohne dass er es bemerkt hatte und aller Wahrscheinlichkeit nach hatte sie auch noch seine Selbstgespräche belauscht.

„Wie lange bist du schon hier?", fragte Amerus.

„Lange genug. Ich bin aufgewacht, als Lorin ging und habe dich reden gehört. Da bin ich einfach hineingegangen."

„Dann werde ich jetzt die Gelegenheit nutzen, Kat-Tia, und dich wirklich über das Knie legen."

Amerus machte Anstalten, auf sie zuzugehen, als sich Kat-Tia mit einem Aufschrei auf ihn stürzte und ihn mit beiden Armen umklammerte. Durch die Wucht des Aufpralls fielen die beiden zu Boden und führten ihren Ringkampf dort weiter. Amerus versuchte, Kat-Tia ein wenig auf Abstand zu halten, während diese ihn mit einer Hand würgte und mit der anderen Ohrfeigen verteilte. Es schien Amerus, als ob er ganz gewaltig in der Defensive wäre. Kat-Tia hatte ihn überrascht. Der Gedanke schoss ihm durch den Kopf, dass er schließlich angefangen hatte. Jetzt lag er hier und steckte ihre Prügel ein. Er hoffte inbrünstig, dass jetzt keiner seiner Freunde hereinkommen würde. Er musste eine äußerst lächerliche Figur abgeben. Durch seine Gedanken abgelenkt, gab er Kat-Tia die Gelegenheit, ihn mit beiden Handflächen zu bearbeiten. Er versuchte sich zu befreien, schaffte es aber nur, mit dem Hinterkopf auf dem Boden aufzuschlagen.

„Aua", schrie er.

Kat-Tia hörte mit ihren Schlägen auf.

„Was ist? Habe ich dir weh getan? Das wollte ich nicht. Ist etwas passiert? Sag doch was", sprudelte es aus ihr heraus. Sie umfasste mit beiden Händen, die ihn vor wenigen Sekunden noch traktiert hatten, seinen Kopf und gab ihm einen festen Kuss. Eine einzelne Träne rollte aus ihrem Augenwinkel.

„Ich wollte dir nicht weh tun", flüsterte Kat-Tia. „Ich wollte doch nur, dass du mich magst."

Amerus schaute sie an: „Ich mag dich ja. Aber dafür musst du mich nicht verprügeln."

„Du magst mich? Du magst mich wirklich?" Kat-Tia strahlte.

„Ja", gab Amerus jetzt endlich zu.

Er lag immer noch auf dem Boden, während Kat-Tia rittlings über ihm saß. Er versuchte sich aufzusetzen, aber Kat-Tia beugte sich weit vor und bedeckte sein Gesicht mit Küssen. Er umarmte sie und erwiderte ihre Zuneigung. Eine ganze Zeitlang lagen die beiden so auf dem Boden und küssten sich. Dann stand Kat-Tia auf und ließ ihr Kleid langsam über ihre Schultern zu Boden gleiten. Sie stand in ihrer ganzen, nackten Schönheit vor Amerus und ihre schwarzen Haare hingen ihr wild und ungeordnet bis weit über die Schultern. Amerus setzte sich auf und betrachtete Kat-Tia. Ihr schlanker, gut gebauter Körper faszinierte ihn und ihre kleinen, festen Brüste fesselten seinen Blick. Sie schaute ihm fest in die Augen und bewegte sich nicht. Amerus stand gänzlich auf, nahm Kat-Tia in seine Arme und trug sie zu seinem Lager. Langsam glitt sie aus seinen Händen auf den grasgefüllten Sack, der ihm als Matratze diente. Er schaute ihr lange in ihre großen, neugierigen, aber keineswegs ängstlichen Augen. Dann kniete er sich nieder und küsste Kat-Tia, während sie sich daran machte, seinen um den Leib geknoteten Gürtel zu öffnen. Sie streifte ihm seine Kleidung ab, was einige Schwierigkeiten mit sich brachte, da Amerus nicht mit dem Küssen aufhörte und begann, seine leicht behaarte Brust mit ihren Fingerspitzen zu kneten.

„Ich liebe dich", flüsterte er ihr in das Ohr.

„Ich weiß", kam es zurück. „Ich weiß."

Sie legte sich zurück und Amerus begann, ihre Brüste zu streicheln, wobei er sich immer wieder unterbrach, um sie mit seinen Küssen zu bedecken und an ihren Ohrläppchen zu knabbern. Seine Zunge ließ er zärtlich um ihre Brustwarzen kreisen, während Kat-Tia ihre Hände in seinen Haaren vergrub und seine Küsse zu erwidern versuchte. Er suchte ihren Mund

und ihre Zungen fanden sich. Währenddessen strichen ihre Hände über seinen Rücken, entlang seiner Wirbelsäule, bis zu deren Ende. Als er in sie eindrang, stöhnte sie leicht auf und merkte, wie ihr Körper ein ungeahntes Eigenleben entwickelte. Wellen nie erlebter Hitze durchwallten ihren Körper und sie umklammerte ihn mit ihren Beinen, als ob sie ihn nie wieder loslassen wollte. Lange Zeit danach lagen beide erschöpft und verschwitzt nebeneinander auf dem Lager und schauten sich an.

„Bin ich froh, dass du mir die Augen nicht ausgekratzt hast", sagte Amerus leise. „Dann könnte ich jetzt nicht deine Schönheit bewundern und deine glänzenden Augen sehen."

Kat-Tia legte ihren Zeigefinger auf seinen Mund.

„Sag jetzt nichts."

Dann setzte sie sich auf ihn und spürte, wie erneut Leben in ihn kam. Sie stützte sich auf seinen Schultern ab und nahm Amerus erneut in sich auf. Diesmal aber gab sie den Rhythmus vor und nahm Amerus, der dies ohne Widerspruch mit sich geschehen ließ. Immer wieder warf sie ihren Körper nach hinten und hörte das nicht enden wollende Stöhnen unter sich. Nachdem sie beide fast gleichzeitig ihren Höhepunkt erreicht hatten, ließ Kat-Tia sich auf seinen festen Bauch gleiten und presste sich an ihn. Sie legte ihren Kopf auf seine Brust und schlief, Amerus als Kissen benutzend, ein.

Amerus erwachte mit dem Beginn der Morgendämmerung. Er ließ seine Blicke durch den Raum schweifen und betrachtete Kat-Tia, die zusammengerollt wie eine Katze an ihn gekuschelt dalag. Ihr rechter Arm lag halb über seiner Brust, so als ob sie ihn festhalten wollte. Behutsam nahm er den Arm und streichelte ihn. Er mochte Kat-Tia sehr, das war ihm jetzt klargeworden. Vorsichtig und leise, um Kat-Tia nicht aufzuwecken, stand er auf, kleidete sich an und ging in den Innenhof. Marsa war bereits dabei, die Pferde zu versorgen. Gras wuchs in den Ruinen überall. Sie schaute Amerus an, lächelte und beschäftigte sich weiter mit den Tieren. Orm saß am Brunnen, den Blick fest auf den einzigen Zugang gerichtet und sagte nichts. Amerus hatte den Eindruck, als ob auch Orm schon Bescheid wüsste über das, was diese Nacht geschehen war. Er nickte dem Geti zu und ging in den roten Raum, in dem Skade immer noch lag und schlief. Amerus setzte sich zu Boden und betrachtete von seinem Platz aus die Wandgemälde im Nebenraum. Sein Blick fiel auf einige, unzweifelhaft eindeutige Szenen, die ihn an die vergangene Nacht erinnerten und er musste lachen. Die aufgehende Sonne weckte seine übrigen Gefährten und recht schnell füllte sich der rote Raum, nur Kat-Tia war noch nirgends zu sehen. Lorin kam mit Bran und setzte sich zu dem Luwier.

„Sag nichts, Lorin. Du hattest mal wieder recht", begann Amerus.

„Ich sage ja gar nichts, alter Freund", entgegnete Lorin und lächelte vielsagend.

„Ich wollte es ja auch nur gesagt haben", meinte Amerus grinsend.

Bran ging zu Skade und legte sich neben den Wolf, sein Gesicht fest in das Fell des Tieres gepresst. Skade ließ das ohne Widerstand mit sich geschehen. Es überraschte Lorin, wie schnell Bran und sein Wolf sich miteinander angefreundet hatten. Lorin wollte etwas sagen, als Kat-Tia den Raum betrat. Sofort hörten die Gespräche auf und alle schauten auf Kat-Tia, die zielstrebig zu Amerus ging und ihm einen Kuss gab.

„So", sagte sie. „Jetzt wissen es alle, obwohl ihr es wahrscheinlich schon seit dieser Nacht wusstet. Amerus und ich lieben uns."

„Endlich", sagte Gilgas. „Das war ja nicht mehr auszuhalten."

Marsa stieß ihren Mann in die Seite.

„Sei still, du großer Grobian. Es ist schön, dass die beiden sich gefunden haben."

Gilgas schaute Marsa erstaunt an.

„Was ist? Was habe ich denn getan?"

„Du bist taktlos", sagte Marsa und verzog das Gesicht.

Kat-Tia musste lachen und ihr heiteres Lachen steckte die anderen an. Selbst Skade hob den Kopf und schaute sich um. Als er merkte, dass von nirgendwo Gefahr drohte, legte er sich wieder hin. Die Gefährten begannen ausgiebig zu frühstücken, immer wieder von Lachen und schlüpfrigen Bemerkungen unterbrochen. Vor allem Gilgas konnte sich mit zweideutigen

Anspielungen nicht zurückhalten, hatte aber nur den Erfolg, dass Amerus errötete. Nachdem sie gegessen hatten, machte sich die Gruppe auf den Weg zur zerstörten Königsburg. Die Pferde ließen sie im Innenhof ihres Versteckes zurück. Sie mitzunehmen, war unmöglich, da nach Brans Erzählungen die Straßen voller Schutt lägen und für Pferde unpassierbar seien. Sie konnten schnell feststellen, dass das noch untertrieben war. Die Wege waren fast gänzlich von den Überresten der zerstörten Häuser bedeckt und wuchsen langsam mit Unkraut zu. Nach einem mühsamen Fußweg erreichten sie als erstes die südlich der Zitadelle gelegene Versammlungshalle, die völlig zerstört war. Nur noch einige der mächtigen Steinsäulen standen aufrecht, wie mahnende Finger gegen den Himmel gestreckt. An den Trümmern sah man gut, dass die hölzerne Dachkonstruktion in Flammen aufgegangen und in die Halle gestürzt war. Die Freunde hielten sich nicht lange an diesem Ort auf, sondern versuchten, über die Ziegeltrümmer steigend, die Königsburg zu erreichen. Der Burgplatz war mit riesigen Steinquadern begrenzt und mit Ziegeln aufgemauert, so dass der Palast auf einem künstlichen Hügel über der Stadt stand. Der westliche Teil der zentral gelegenen Zitadelle bestand ursprünglich aus den Vorratsspeichern für Getreide. Direkt nördlich davon schlossen sich die weitläufigen Bäder des Hofstaates an. Diese Bereiche waren völlig geplündert und zerstört. Die kostbaren Wandbehänge waren verschwunden und überall lagen zerschlagene Statuen. Sie wandten sich innerhalb der Burg nach Osten, querten dabei zwei von Unkraut überwucherte Straßen und erreichten die Empfangshalle, das eigentliche Zentrum der Macht Moendais. Trotz der Zerstörungen war immer noch die Schönheit und Größe erkennbar. Das aus altem Zedernholz gebaute, und von mächtigen, geschnitzten Stämmen getragene Dach war, bis auf wenige Lücken, noch völlig intakt. Die gekalkten Wände waren über und über mit Malereien bedeckt, die von der Größe Moendais kündeten. Lorin sah tanzende Menschen in bunten Kleidern und Szenen aus dem Leben der Stadt und des Königs. Jagdbilder wechselten mit solchen, die Bauern bei der Getreideernte zeigten. Andere wiederum boten Darstellungen der mächtigen Flotte aus Schilfbooten, die Handel mit der ganzen Welt trieben und Bilder der tributpflichtigen Völker. Die westliche Wand, direkt hinter dem ehemaligen Hochsitz des Herrschers war den Bildern der Stadtgötter vorbehalten. Die Freunde sahen vor Freude strahlende Menschen, die als Opfer für die mächtigen und blutrünstigen Götter der Stadt vorgesehen waren. Allem Anschein nach gingen diese Menschen vertrauensvoll in den Tod, eine Tatsache, die Bran bestätigte. Lorin war fasziniert von der Größe und der bildlichen Ausstattung des Raumes, der jedoch außer diesen Wandmalereien und dem gemauerten Thron völlig leer war.

„Da gehen diese Leute mit Freude in den Gesichtern in den Tod", sagte Amerus.

„Das kann ich nicht verstehen", meinte Gilgas. „Sterben, ohne zu kämpfen."

„Wer geopfert wurde, ging direkt zu den Göttern", erwiderte Bran.

Lorin schaute seine Freunde an: „Ein Glaube kann sehr stark sein. Wir glauben, dass wir das neue Metall finden und in die Steppe bringen können. Auch dieser Glaube hat uns durch alle Gefahren bis hierher gebracht und wird uns auch noch weiter führen."

Er wandte sich an Bran.

„Wo wohnten die Schmiede?"

Bran ging zum Eingang der Halle und zeigte nach Osten.

„Dort unten. Da war das Viertel der Schmiede. Ich glaube nicht, dass da noch irgend etwas steht. Dort haben die Angreifer als erste geplündert."

„Schauen wir nach", sagte Orm.

Die Freunde verließen die Halle und kletterten den Burgplatz hinunter in die Stadt. Auf ihrem bisherigen Weg hatten sie keinen Menschen gesehen, obwohl Lorin manchmal den Eindruck hatte, sie würden beobachtet. Sie mussten ihre Wachsamkeit erhöhen, denn außer Bran kannte niemand von ihnen die Stadt. Selbst Orm, der bereits hier gewesen war, verlor in den Trümmern die Orientierung.

Gegen Mittag erreichte die Gruppe das Wohnviertel der Schmiede. Hier waren die Zerstörungen am größten. Kein Haus war mehr unbeschädigt, keine Schmiede unzerstört. Die Angreifer hatten ganze Arbeit geleistet. Die Flammen, die auch den Rest der Stadt vernichtet hatten, schienen hier ihren Anfang genommen zu haben. Bran erzählte, dass in den Schmieden immer offene Feuer und heiße Glut gewesen sei, die man brauchte, um das Metall bearbeiten zu können. Die Freunde begannen, in den Trümmern nach brauchbaren Überresten zu suchen. Es war bereits einige Zeit der erfolglosen Suche vergangen, als Gilgas ein Stück Holz, das unter einem heruntergestürzten Dachbalken lag, als Hebel benutzen wollte. Er packte mit beiden Händen das Ende der Stange an und versuchte, den Balken nach oben zu drücken, als er rücklings hinfiel, das Holz immer noch in den Händen. Gilgas fluchte und betrachtete es genauer. Es war keine Stange, wie er geglaubt hatte, sondern eine Schwertscheide. Länger als alle, die er bisher gesehen hatte. Er warf einen Blick auf die Stelle, wo sie ursprünglich gelegen hatte und glaubte, seinen Augen nicht zu trauen.

„Hierher", rief er. „Kommt alle hierher."

Seine Gefährten stiegen so schnell sie konnten über die Trümmer und sahen, was Gilgas so in Erstaunen versetzt hatte. Halb unter dem Dachbalken verborgen lag ein langes Schwert aus dem neuen Metall. Silberglänzend und doppelt so lang wie ein Bronzeschwert lag es blitzend in der Mittagssonne.

„Unglaublich", entfuhr es Lorin.

„Zieht es raus", sagte Gilgas, der versuchte, den Balken mit seinen Kräften ein Stück nach oben zu heben.

Amerus kam ihm zu Hilfe und stemmte mit, während Lorin und Orm das Schwert vom Geröll befreiten und herauszogen.

„Ein Kriegerschwert für einen mächtigen Mann", sagte Bran.

Die Freunde betrachteten den Fund ausgiebig und voller Neugier. Eine solche Waffe hatte noch niemand von ihnen je gesehen. Die lange Waffe war auf beiden Klingenseiten scharf geschliffen. In der Mitte der Klinge war eine leichte Wölbung, in die eine schmale Rinne eingeschliffen war. Der Knauf bestand aus schwarzem, poliertem Holz und war rund geschliffen, so dass er gut in der Hand lag. Zwischen Klinge und Knauf war eine Parierstange aus vergoldeter Bronze angebracht. Wer dieses Schwert besaß, wäre auf der Steppe ein unbesiegbarer Krieger. Alleine durch seine Länge konnte man jeden Feind auf Abstand halten.

„Wer soll das Schwert tragen", fragte Marsa.

„Gilgas", antwortete Lorin ohne Zögern.

„Ja, Gilgas. Er ist der Stärkste von uns und wird die Waffe am besten führen können. Außerdem hat er sie gefunden", sagte Orm mit einer Bestimmtheit, die keinen Widerspruch duldete.

Gilgas setzte sich hin und begann die Schwertscheide zu säubern und an seinem Gürtel zu befestigen. Dann steckte er das lange Schwert hinein und löste seine alte Bronzewaffe vom Schwertgehänge.

„Bran, komm mal her", rief er.

„Nimm mein Bronzeschwert."

Bran nahm Gilgas' Waffe und befestigte sie an seinem Gürtel. Skade kam herbeigetrottet, schnüffelte an Brans neuer Waffe und fing an, seine Hand zu lecken. Die Freunde begannen, weiter die Trümmer zu durchsuchen, fanden jedoch nichts mehr. Als die Sonne langsam am Horizont sank, trieb Lorin seine Gefährten zur Heimkehr in ihr Versteck an. Er wollte nicht in der Dunkelheit über die Geröllhaufen in dieser Stadt gehen. Bran führte die Truppe über versteckte Wege quer durch Moendai. Für die wenigen Menschen, die noch in Moendai vegetierten, wären sie eine willkommene Beute gewesen. Kurz vor Sonnenuntergang erreichten die Freunde ihr Versteck.

Marsa sah es als erste. Die Pferde, die sie zurückgelassen hatten, waren weg. Bevor sie zu ihrem Streifzug durch die Stadt aufgebrochen waren, hatten Lorin und Marsa die Pferde im Innenhof angepflockt. Nun war von den Tieren nichts mehr zu sehen. Amerus rannte zu seinem Zimmer und sah voller Bestürzung, dass sein Lager durchwühlt und der grasgefüllte Sack aufgeschnitten war. Auch in den anderen Räumen sah man die Spuren der Durchsuchung. Von den Dieben war keine Spur mehr zu finden.

„Verdammt. Jetzt haben wir nicht einmal mehr Pferde", fluchte Orm.

„Das ist egal", sagte Lorin ruhig. „Durch den Sumpf hätten wir sie sowieso nicht mitnehmen können."

„Aber sie wären eine gute Ergänzung unserer Vorräte gewesen", sagte Orm.

„Den Göttern sei Dank, dass wir unsere Ausrüstung wenigstens vorher versteckt haben", sagte Gilgas und ging zum Brunnen.

Der Krieger beugte sich weit hinein und zog ein Seil aus dem Brunnen, an das die Freunde ihre kärgliche Ausrüstung und die Lebensmittelvorräte gebunden hatten. Es stellte sich heraus, dass sie außer den Pferden nichts verloren hatten.

„Wir haben durch das große Schwert sogar noch etwas gewonnen", sagte Lorin zu den anderen.

„Alleine dieses Schwert ist wertvoller als unsere gesamte Ausrüstung zusammen. Damit können wir jeden Kampf wagen."

Sie gingen zusammen in den roten Raum. Lorin setzte sich und begann zu reden.

„Wir werden heute nacht alle hier zusammen bleiben, bis auf diejenigen, die Wache haben. Für den Fall, dass unsere Besucher wiederkommen, werden wir Doppelwachen aufstellen. Orm und ich übernehmen die erste, Kat-Tia und Gilgas die zweite, Marsa und Amerus die letzte. Morgen früh werden wir die Stadt verlassen und nach Norden gehen. Durch die Sümpfe. Wir haben keine andere Wahl."

Bran, der zusammen mit dem Wolf auf dem Boden lag, richtete sich auf.

„Die Sümpfe sind sehr gefährlich Lorin. Ich weiß nicht, wie weit sie sich nach Norden ziehen und wie lange wir brauchen werden, um sie zu durchqueren. Ich bin noch nie drin gewesen, aber manche Leute, die in den Sümpfen gewesen sind, wurden danach krank und starben."

„Was ist das für eine Krankheit?", frage Amerus.

„Ich weiß es nicht. Sie bekamen ein hitziges Fieber und sprachen wirr. Dann wurde das Fieber weniger, aber wenn man dachte, die Kranken hätten es überstanden, kam die Hitze zurück und sie starben sehr schnell. Ein Nachbar von uns hatte diese Krankheit bekommen, als er im Sumpf war, um Menschenfresser zu jagen."

„Menschenfresser? Diese Untiere gibt es auch im Sumpf?" Amerus schauderte bei dem Gedanken.

„Ja, aber sie sind kleiner als die großen Tiere am Fluss. Auch ihr Kopf ist viel kleiner und sehr schmal. Sie greifen Menschen nur selten an. Nicht so, wie die Menschenfresser am Fluss. Und nur manchmal verirren sich die großen, gestreiften Katzen aus dem Dschungel in den Sumpf."

Bran schien die Tiere im Sumpf nicht für gefährlich zu halten. Viel mehr fürchtete er sich vor dem Fieber. Lorin dachte, dass der Junge im vergangenen Jahr ganz alleine hier gelebt hatte. Seine Kindheit war durch den Fall Moendais zerstört worden. Morgen würde er mit ihnen gehen und sie würden auf ihn aufpassen.

„Können wir die Sümpfe nicht umgehen?", fragte Amerus.

„Nein, sie ziehen sich weit nach Osten in das Landesinnere. Und an ihrem Ende werden sie von einem undurchdringlichen Urwald abgelöst. Das war immer ein natürlicher Schutzwall nach Norden. Der einzige ungefährliche Weg geht den Fluss entlang. Aber wir können nicht gegen den Strom fahren", sagte Bran.

Gilgas hatte den Gesprächen aufmerksam zugehört.

„Gut. Gehen wir durch den Sumpf. Wir haben eine Aufgabe und die müssen wir erfüllen. Wenn das bedeutet, diesen gefährlichen Weg zu gehen, dann gehen wir ihn."

Auch die anderen stimmten zu. Lorin und Orm nahmen ihre Waffen und gingen in den Innenhof, um ihre Wache zu beginnen. Die anderen schlugen im roten Raum ihr Nachtlager auf. Kat-Tia hatte während der ganzen Zeit an Amerus' Schulter gelehnt und war eingeschlafen. Nun nahm er sie, legte sie vorsichtig hin und deckte sie mit einer leichten Decke zu. Dann legte er sich ebenfalls schlafen, sein Bronzeschwert griffbereit. Die Nacht würde kurz genug werden und der morgige Tag lang und beschwerlich. Keine der Wachen bemerkte während der Dunkelheit etwas Außergewöhnliches. Trotzdem ließ es niemand an erhöhter Wachsamkeit fehlen.

Am anderen Morgen weckte Marsa sehr früh die Gefährten. Der Weg, den sie vor sich hatten, war lang und niemand wusste genau, wie lang er werden würde. Je schneller man die Sümpfe hinter sich brachte, desto besser war es. Nach einem kurzen Frühstück, das Marsa und Amerus schon vorbereitet hatten, brach die Gruppe auf. Alle hatten ihre Waffen bei der Hand. Außer Gilgas, der das große Schwert trug und Marsa, die nur ihren Bogen hatte, trugen alle Bronzeschwerter. Auch Bran hatte neben dem kurzen Schwert seinen treffsicheren Bogen mitgenommen. Der Weg durch die Stadt bis zur Mauer verlief ohne Schwierigkeiten. Nirgendwo sahen sie Menschen oder wurden aufgehalten. Als sie durch das Stadttor gingen, wandten sie sich nach Osten und gingen an den Überresten der Mauer entlang, bis sie abknickte und nach Norden wies. Auf diese Weise kamen sie zur nördlichen Seite der Stadt. Hier stieß der Sumpf fast bis an die Mauer. Zwischen der ehemaligen Befestigung und den Sümpfen lag nur eine kurze Wegstrecke, die schnell übergequert wurde. Der vor ihnen liegende Weg war überaus gefährlich, nicht durch eine Bedrohung seitens wilder Tiere, sondern wegen der Gefahr des hitzigen Fiebers. Der Sumpf baute sich wie eine schwarze Mauer vor ihnen auf. Große Bäume, mit gewaltigen Luftwurzeln, wuchsen hier in Massen. Wasserpflanzen bedeckten die Oberfläche und das Summen von Myriaden von Mücken und Fliegen war zu hören. Lorin ging vor und setzte den ersten Schritt in den Sumpf. Entgegen seiner Erwartung sank er nicht tief ein. Das Wasser reichte ihm bis zu seinen Knöcheln. Er ging weiter. Seine Gefährten folgten ihm. Der lange Weg in den Norden, nach Harappa, hatte begonnen.

Kapitel 18 – Der Treck

Seit einigen Tagen waren sie unterwegs. Der Frühling war, entgegen allen Erwartungen, schnell gekommen und die Sonne brachte die Steppe innerhalb kurzer Zeit zum Blühen. Anfangs brachen nur vereinzelt Krokusse durch die restliche Schneedecke. Aber die wärmenden Strahlen der Sonne machten das Land zu einem blühenden Feld voll von den verschiedensten Frühlingsblumen. Alesha liebte den Frühling in der Steppe über alles. Die Sonne hatte noch nicht die brennende Kraft des Sommers erreicht, aber sie wärmte und brachte neues Leben in das Land. Vor einigen Tagen war sie fünfzehn Jahre alt geworden und mit ihrem Geburtstag begann der Kreislauf der Jahreszeiten von neuem. Mit dem Schmelzen des Schnees hatte Fenris, gegen den erbitterten Widerstand des Schamanen, den Abbruch des Winterlagers befohlen und das Volk hatte seinen langen Weg nach Süden begonnen. Das Ziel war das große Binnenmeer im Süden, fruchtbares Land für das Volk. Sie hatten das Lager abgebrochen und alle Dinge auf riesigen zweirädrigen Karren verstaut, die von zwei Ochsenpaaren gezogen wurden. Die Männer trieben die Herden nach Süden, andere waren von Fenris als Spähtrupp vorausgeschickt worden. Wieder andere begleiteten den Treck, ritten entlang des Zuges und achteten darauf, dass niemand zurückblieb. Alesha war aufgeregt. Noch nie hatte sie eine lange Wanderung in neues Land mitgemacht und es machte ihr großen Spaß, obwohl die Frauen und Kinder die Wagen bei jeder kleiner Steigung schieben mussten. Mit den riesigen Scheibenrädern versanken sie oft bis fast an die Achse im aufgeweichten Boden und viele Hände mussten helfen, die Wagen wieder fahrtüchtig zu machen. Seitdem der König sie an Pferdeschwanz verschenkt hatte, war ihr Leben erträglicher geworden. Der Schamane behandelte sie überaus gut und gab ihr nur leichte Arbeiten. Fenris und die alte Hexe hatten sie keines Blickes mehr gewürdigt. Sie begann, ihre Herkunft zu vergessen und sich beim Stamm wohlzufühlen. Für Sora, die jeden Tag ihr Kind erwartete, war die Fahrt eine große Strapaze. Tali und Alesha waren immer in ihrer Nähe und auch der Schamane kam oft vorbei, um nach ihr zu sehen. Sora lag auf einem der Wagen auf einem weichen Fell, trotzdem spürte sie jede Unebenheit des Bodens.

Fenris ritt weit vor dem Treck. Er trug eine lange, riemengebundene Hose aus buntgefärbter Wolle und einen langen, quergestreiften Leinenmantel, der weit zu beiden Seiten seines Pferdes herabhing. Sein kurzes Bronzeschwert hatte er am Sattel befestigt, ebenso Wasserbeutel und sein Signalhorn. Er hatte sein Pferd auf eine kleine Anhöhe gelenkt und betrachtete von dort aus den Zug seinen Volkes. Der Stamm war groß geworden. Raubzüge und Plünderungen hatten die Zahl der Sklaven, die meist wie Freie behandelt wurden und in die Familien aufgenommen wurden, anschwellen lassen. Er hatte gar keine andere Wahl, als sein Volk nach Süden, in die fruchtbaren, dünn besiedelten Länder am großen Binnenmeer zu führen. Sie mussten sesshaft werden und ihre Raubzüge über die Steppe von einem festen Ort aus durchführen, sollte sein Traum in Erfüllung gehen. Von Händlern hatte er von den großen Reichen jenseits der Berge erfahren. In diese Länder wollte er vordringen, Eroberungszüge führen und ein eigenes Reich errichten, das die Zeiten überdauern sollte. Vielleicht würde ihn sein Weg sogar bis Babylon und Ägypten führen, von deren Reichtum und Macht die Geschichten erzählten. Unermesslicher Ruhm wartete dort auf ihn. Er sah hinab auf den Lindwurm aus Karren, Reitern und Herden, der sich langsam die kleine Anhöhe entlang bewegte. Bald würde die Sonne unter den Horizont versinken und es war Zeit, ein Nachtlager aufzuschlagen. Der Spähtrupp hatte einen passenden, gut geschützten Ort ausfindig gemacht, an dem die Wagenburg errichtet werden konnte. Reiter streiften weit zu allen Seiten des Zuges über die Steppe, um jeden möglichen Feind rechtzeitig ausfindig zu machen. Die lange Karawane brauchte gut geschützte Flanken. Fenris betrachtete von seinem erhöhten Platz aus sein Volk und war zufrieden. Diese Menschen würden die Keimzelle seines Reiches bilden, mit ihnen würde er die Welt erobern und seinen Namen für alle Ewigkeit unsterblich machen.

Die Wagen wurden in einem weiten Kreis zusammengefahren, die Ochsen abgeschirrt und die Karren weiter zusammengeschoben. Die Herden wurden außerhalb des Lagers zusammengetrieben, von berittenen Wärtern beaufsichtigt. In der Mitte der riesigen Wagenburg wurden Feuer entzündet und es begann ein reges Leben. In kürzester Zeit brieten mächtige Fleischstücke über offenen Feuern und in großen Kesseln kochten die Frauen einen Eintopf aus Fleisch, Wurzeln und verschiedenen Kräutern. Der Duft des gebratenen Fleisches zog durch das Lager und ließ Alesha das Wasser im Mund zusammenlaufen. Sie saß mit Tali bei Sora, der sie mit einer Lederdecke und einigen Holzstangen ein provisorisches Zelt gebaut hatten. Die Mädchen machten sich große Sorgen um ihre Freundin. Der Tag ihrer Niederkunft stand unmittelbar bevor. Alesha und Tali holten für sich und Sora etwas zu essen und hatten gerade den ersten Bissen genommen, als Sora laut aufschrie.

„Es fängt an. Holt die Hebammen", befahl sie mit lauter Stimme den Mädchen.

Tali erfasste sofort die Situation, sprang auf und lief zur anderen Seite des Lagers, an der sie die Hebammen wusste. Alesha setzte sich neben Sora und ergriff ihre Hand. Etwas anderes wusste sie nicht zu tun. Noch nie hatte sie eine Geburt so nah miterlebt, wie es ihr jetzt bevorstand. Nach wenigen Minuten kam Tali mit den beiden Hebammen des Stammes angelaufen, gefolgt von Pferdeschwanz. Der Schamane beugte sich zu seiner Frau hinunter, erfasste die Lage und rief zwei kräftige Krieger zu sich, denen er halblaut einen Befehl erteilte. Die Krieger packten Sora an den Armen und zogen sie, ohne ihre Schreie zu beachten, durch die Wagenwand aus dem Lager heraus. Die Hebammen folgten.

„Was macht ihr?", schrie Alesha die Krieger an.

„Lasst sie los."

Sie spürte, wie der Schamane sie fest an den Oberarm packte.

„Sie darf das Kind nicht innerhalb des Lagers bekommen. Das würde Unglück für den ganzen Stamm bedeuten.", sagte Pferdeschwanz.

Alesha versuchte, sich loszureißen, doch Pferdeschwanz verstärkte den Druck seiner Faust.

„Bleibe hier. Du kannst nicht helfen. Sie ist bei den beiden Hebammen in besten Händen. Lege dich schlafen."

Die Stimme des Schamanen hatte einen hypnotischen Klang, der Alesha beruhigte. Tali hatte während der ganzen Zeit daneben gestanden und kein Wort gesagt. Pferdeschwanz lockerte leicht seinen Griff, bereit, jederzeit wieder fest zuzupacken.

„Besorgt euch ein paar Stangen und Decken. Damit baut ihr eine Bahre, die von einem Pferd gezogen werden kann."

Alesha schaute den Schamanen erstaunt an.

„Warum?", fragte sie.

„Es ist ihre erste Geburt. Es kann lange dauern und Fenris wird den Aufbruch morgen früh nicht verschieben. Also muss Sora nachkommen. Du wirst sie dann dabei begleiten."

Der Schamane ließ Alesha los.

„Geh jetzt. Tu, was ich dir aufgetragen habe."

Alesha und Tali liefen zu einem Karren und zogen zwei lange Zeltstangen, von denen immer ein Vorrat mitgeführt wurde, herunter. Sie legten die beiden Stangen auf doppelte Armeslänge nebeneinander und banden mit Lederriemen kürzere Hölzer als Querstreben fest. Sie brauchten recht lange dafür, da es für beide eine Arbeit war, die sie noch nie getan hatten. Vor allem die Querstreben so festzubinden, dass sie nicht verrutschen konnten, gestaltete sich als äußerst schwierig. Endlich war die Bahre fertig und die Mädchen legten warme Felle darauf, denn Sora und das Kind sollten es weich und sicher haben. Alesha war mit dem Ergebnis sehr zufrieden und sie stellte fest, dass die Arbeit sie abgelenkt hatte. Sie trug mit Tali die Bahre zu ihrem Nachtlager und legte sich hin, konnte aber nicht schlafen, da sie in Gedanken immer bei Sora war. Sie nahm ihren Talisman in die Hand, schloss fest die Augen und konzentrierte sich auf ihre Freundin. Alesha wartete auf die Bilder, die das Auge ihr immer schickte, aber sie sah nichts. Enttäuscht ließ sie den Stein los und versuchte es erneut. Kaum hatten ihre Finger das Auge berührt, sah sie Bilder wie durch einen fernen Nebel aufsteigen. Sie sah Sora, umgeben von den beiden Frauen, die über einer flachen Grube hockte, um ihr Kind zur Welt zu bringen. Aber dieses Bild verschwand sehr plötzlich und sie sah wieder diesen weißen Wolf, den sie schon oft in ihren Träumen gesehen hatte. Das Tier schaute sie mit wachen Augen an. Alesha spürte keine Angst vor dem Wolf. Dann verschwand auch dieses Bild und die Landschaft im Hintergrund änderte sich. Sie sah einen großen, starken Krieger mit einem Schwert von einer Länge, wie sie es noch nie gesehen hatte. Er schien in einen harten Kampf verwickelt zu sein. Alesha versuchte sich auf dieses Bild zu konzentrieren, als es plötzlich verschwand und sie eine schnelle Abfolge der unterschiedlichsten Visionen sah. Eine mächtige Stadt mit starken Mauern und vielen Menschen, dann wieder einen Wald der scheinbar im Wasser wuchs, eine große gestreifte Raubkatze, die zum Sprung ansetzte und einen kleinen Jungen, der einen Bogen in der Hand hielt. Immer wieder sah sie zwei Raben in den Bildern und hatte das Gefühl, als ob die Vögel sie suchen würden. Alesha ließ den Stein los und sofort verschwanden auch die Bilder wieder. Zurück blieb ein Gefühl unerklärlicher Verlassenheit. Sie glaubte, dass der Stein ihr etwas zeigen wollte, aber sie hatte nicht mehr den Mut, ihn heute noch auf die Probe zu stellen. An Sora denkend, schlief Alesha ein.

Am nächsten Morgen erwachten die beiden Mädchen durch das geschäftige Treiben im Lager. Überall wurden die Schlafstätten abgebaut und auf den Karren verstaut. Aleshas Blick fiel auf Soras Fellunterlage, die immer noch leer war. Sie stand auf, wusch sich kurz über das Gesicht und wollte sich gerade auf den Weg machen, um Sora zu suchen, als sie eine der beiden Hebammen auf sich zukommen sah. Das Mädchen wartete auf die Frau und fragte sofort nach Sora.

„Es geht ihr gut. Sie ist noch sehr schwach, aber Mutter und Kind leben", sagte die Frau.

„Wer ist bei ihr?", fragte Alesha.

„Niemand. Sie muss von jetzt an alleine zurechtkommen", sagte die Hebamme und ging in das Lager.

„Wo ist sie?", rief Alesha hinter ihr her.

„Vor dem Lager. In nördlicher Richtung. Etwa zweihundert Schritte", rief die Frau zurück.

Alesha rief Tali und gemeinsam liefen die beiden Mädchen in die angegebene Richtung, die am Vortag gebaute Bahre zwischen sich tragend. In einer Bodensenke fanden sie Sora. Sie lag flach auf dem nackten Gras und hatte ihr Kind auf dem Bauch liegen.

„Es ist ein Junge", flüsterte sie erschöpft, aber glücklich.

„Pst", flüsterte Alesha. „Streng dich nicht zu sehr an."

Tali machte die Bahre bereit und gemeinsam halfen die beiden Mädchen Sora, sich darauf zu legen. Dann schleppten sie die Trage zurück in das Lager, wo sich der Stamm bereits mitten im Aufbruch befand. Die Mädchen standen etwas verloren im Lager, als Pferdeschwanz auf sie zukam, ein Pferd an einer Leine hinter sich führend.

„Macht die Bahre am Sattel fest. Dann kann das Pferd sie ziehen."

Alesha stellte fest, dass der Schamane keinerlei Anstalten machte, sich nach Soras Zustand und dem des Kindes zu erkundigen. Er drückte Tali die Zügel in die Hand und ging wieder weg. Gemeinsam befestigten sie die Bahre am Sattel des Pferdes und führten es langsam zur Seite. Sora und ihr Kind waren eingeschlafen. Alesha hatte vor, ganz am Ende des Zuges zu gehen. Die Karrenräder würden den Weg vor ihnen aufreißen und über den entstehenden Schlamm könnte das Pferd die Bahre leichter und erschütterungsfreier ziehen.

Fenris blies in sein Signalhorn, dessen Ton weit über das Lager schallte und ritt dem Zug in Begleitung einiger Krieger voraus. Langsam setzte sich die Karawane aus Wagen und Menschen in Bewegung. Die Spitze des Wagenzuges war bereits losgezogen, während die letzten Karren noch beladen wurden. Die Herden zogen in einigem Abstand von den Wagen Richtung Süden. Während der ganzen Zeit wartete Alesha geduldig auf den Weiterzug des letzten Karrens. Tali beugte sich zu Sora hinab, die fest schlief und vom Aufbruch nichts mitbekam. Ihr Kind lag neben ihr auf der Bahre, warm in Leintücher eingepackt und mit einer Decke umwickelt.

„Ein friedliches Bild", sagte Tali.

Alesha nickte.

„Ja, ein schöner Junge", entgegnete sie.

Dann wurde es Zeit, sich der Karawane anzuschließen. Alesha trieb das Pferd sachte an, damit es in einen leichten Tritt fiel. Ein weiterer, langer Tag auf dem Weg in eine neue Heimat hatte begonnen.

Die sechs Hütten am Seeufer waren aus festen Stämmen gebaut, die in einigem Abstand in den Boden gerammt waren. Die Lücken zwischen den einzelnen Pfosten waren mit Flechtwerk verbunden, das wiederum mit Lehm verstrichen war. Die Häuser waren sehr lang und boten mehreren Familien Platz. Im Winter wurden auch die Schafe und Schweine in die Hütten getrieben, um mit ihrer Körperwärme die Räume zu heizen. In der Mitte der Langhäuser war nur jeweils eine Kochstelle, die sich die Bewohner teilten. Der Rauch zog durch ein Loch im Dach ins Freie. Draußen war ein reges Treiben. Die warmen Strahlen der Frühlingssonne hatte die Menschen zu neuem Leben geweckt. Auf dem freien Platz zwischen den Häusern spielten die Kinder inmitten von Schlamm und Tieren. Die Frauen bereiteten das Essen zu und die Männer reparierten Schäden, die der strenge Winter hinterlassen hatte. Niemand bemerkte den einsamen Reiter auf der nahegelegenen Anhöhe, der lange das Dorf betrachtete, sein Pferd wendete und langsam wegritt. Am Fuße des Hügels zügelte er bei einer Gruppe weiterer Reiter sein Pferd und stieg ab. Er sprach einige Worte und zeigte immer wieder auf die Anhöhe. Dann nahm er einen Lederbeutel von seinem Sattel und entnahm ihm einige rote und gelbe Stoffbänder, die er seinem Pferd sorgfältig in die Mähne band. Seine Begleiter taten das gleiche. Nach kurzer Zeit bestiegen die Reiter wieder ihre Tiere und trabten langsam die Anhöhe hinauf. In einer langen Linie ritten sie auf der anderen Seite des Hügels hinunter, erst langsam, dann immer schneller und plötzlich in gellendes Geschrei ausbrechend. Erst in diesem Moment bemerkten die Dorfbewohner die drohende Gefahr, aber es war für jede Gegenwehr zu spät. Die Pfeile der Angreifer machten die Männer des Dorfes in wenigen Minuten nieder. Auch Frauen, die sich wehrten oder zu Waffen griffen, wurden rücksichtslos getötet. So schnell, wie die Reiter gekommen waren, so schnell war der Spuk vorbei. Die Männer und ein Teil der Frauen waren getötet und die Überlebenden mit langen Lederriemen an den Hälsen zusammengebunden. Nach dem Massaker trieben die Krieger die Tiere und Gefangenen zusammen und die Anhöhe hinauf. Ein größerer Teil der Reiter blieb mit ihrem Anführer im Dorf zurück und nach kurzer Zeit sahen die Überlebenden dichte Rauchwolken über ihren Hütten aufsteigen. Der Führer des Kriegertrupps betrachtete voller Zuversicht das brennende Dorf. Fenris würde sehr zufrieden mit ihm sein, da er neue Sklaven brachte und Nahrung für das Volk. Seine Reiter brachten die Gefangenen auf die andere Seite des Hügels, wo sie noch vor Beginn der Dämmerung auf den Wagenzug treffen würden. Er trieb sein Pferd an und verließ hochzufrieden mit seinen Kriegern das zerstörte Dorf in südlicher Richtung. Seine Aufgabe und die anderer Spähtrupps war es, Sklaven und Nahrung für das Volk zu beschaffen und den Weg nach Süden frei zu machen. Diese Aufgabe hatte der König ihm gegeben und er würde sie erfüllen.

Der Weg war beschwerlicher als Alesha und Tali es sich vorgestellt hatten. Immer wieder blieben die Stangen der Bahre im aufgewühlten Boden stecken. Sora war schon kurz nach Beginn der Fahrt wieder aufgewacht und lag jetzt erschöpft auf ihrem Fell. Alesha hatte den Anschluss an den Wagenzug noch nicht verloren, aber der Abstand zwischen ihnen und dem letzten Karren wurde immer größer. Bald würden sie eine Pause machen müssen, damit Sora ihr Kind stillen konnte. Es wunderte die Mädchen, dass noch niemand zu ihnen zurückgekommen war, um auf sie aufzupassen. Aber Alesha dachte nicht an Flucht. Sie wollte ihre Freundinnen jetzt nicht im Stich lassen. Ihre Aufgabe war es, Sora zusammen mit Tali zu beschützen und sicher nach Süden zu begleiten.
„Lass uns hier anhalten", bat Sora.
Alesha hielt das Pferd an und pflockte es am Boden fest. Dann beugte sie sich zu Sora hinunter. Tali nahm in der Zwischenzeit den Wasserbeutel und reichte ihn Sora.

„Trink etwas", sagte sie.

Sora nahm das Wasser, trank in langen Schlucken und stillte danach ihr Kind.

„Wie soll er eigentlich heißen?", fragte Tali.

„Ich weiß nicht", meinte Sora. „Darüber habe ich mir noch keine Gedanken gemacht."

„Überlegen wir uns doch einen Namen", sagte Alesha, während sie das Pferd losmachte.

„Ja", sagte Sora, „vielleicht fällt uns unterwegs ein passender Name ein."

Alesha schaute den Weg entlang, den der Wagenzug genommen hatte. Außer den tiefen Spuren der Karrenräder war nichts mehr zu sehen. Sie mussten sich beeilen, wollten sie den Stamm noch einholen. Sie trieb das Pferd so schnell sie konnte, ohne dass es Sora schadete. Gegen Mittag, die Sonne hatte ihren Zenit gerade überschritten, legten die Mädchen nochmals eine kurze Pause am Fuß eines kleines Hügels ein. Überall auf der Anhöhe waren Pferdespuren im Gras zu sehen. Tali und Alesha wurden neugierig und folgten den Spuren bis zum Scheitelpunkt des Hügels. Von oben sahen sie auf ein ausgebranntes Dorf herab, dessen Trümmer noch schwelten. Überall in den rauchenden Trümmern lagen Tote. Der Angriff, der die Siedlung getroffen hatte, konnte nicht allzu lange her sein. Alesha setzte sich in das Gras und begann zu weinen. Urplötzlich kamen die Erinnerungen an ihr Heimatdorf und den Angriff durch Fenris' Krieger zurück. So musste es auch hier gewesen sein. Die Hütten lagen genau am Weg des Volkes. Für Alesha war es keine Frage, dass Fenris einen Vernichtungsfeldzug gegen alle am Reiseweg liegenden Dörfer führte. Tali versuchte, ihre Freundin zu trösten und brachte sie zurück zu Sora. Alesha nahm die Zügel des Pferdes und führte es schweigsam weiter bis die Mädchen nach Anbruch der Dunkelheit das Nachtlager des Stammes erreichten. Als sie die Wagenburg betraten, sah Alesha Pferdeschwanz. Sein Gesicht, das durch den Schein eines Feuers erhellt wurde, war fest auf die Mädchen gerichtet. Der Blick des Schamanen sagte Alesha, dass sie am heutigen Tag auf die Probe gestellt worden war und dass sie diese Probe bestanden hatte.

Sie ging zu Tali und Sora an den Rand eines Karren und half, die Schlafstätten zu bauen.

Eine Woche später war Sora wieder soweit auf den Beinen, dass sie nicht mehr mit der Bahre gezogen werden musste. Einen großen Teil des Weges legte sie mit Alesha und Tali zu Fuß zurück. Wenn ihr das zu beschwerlich wurde, stieg sie mit ihrem Sohn auf einen Wagen, auf dem Alesha ihr einen Platz besorgt hatte. Das Kind war gesund und hielt Sora auf Trab. Einen Namen hatten die Mädchen immer noch nicht gefunden, da jede von ihnen einen anderen Namen favorisierte. Die erfolglose Namenssuche brachte jedoch viel Abwechslung in die sonst eintönige Wanderung und das Lachen der Freundinnen lockerte auch die Stimmung ihrer unmittelbaren Umgebung auf. Einzig die Spuren der vielen zerstörten Dörfer und Hütten, die den Weg des Wagenzuges säumten, drückten die Laune. Die Zahl der Sklaven, die sich dem Zug anschließen mussten, wuchs von Tag zu Tag. Die meisten Frauen und Mädchen wurden an verdiente Krieger des Stammes gegeben. Kleinere Kinder wurden in Familien eingegliedert, in der Hoffnung, sie zu vollwertigen Mitgliedern des Volkes zu erziehen. Jeder Fluchtversuch eines Gefangenen wurde mit dem Tode bestraft und viele der Sklaven starben durch das Schwert eines Kriegers. So bewegte sich der Zug des Volkes langsam aber stetig in Richtung Süden.

Die Jungen tobten um die Wagen herum, krochen zwischen die Achsen und spielten bei den Ochsen und Zugpferden. Alesha betrachtete belustigt das wilde Treiben. Sie saß an einem kleinen Lagerfeuer und überlegte, welchen Namen man Soras Kind geben könnte. Pferdeschwanz hatte entgegen aller Erwartung nicht darauf bestanden, Namensgeber für seinen Sohn zu sein. Er hatte die Angelegenheit seiner Frau überlassen. Alesha hatte sich jetzt zurückgezogen, um in Ruhe nachdenken zu können. Es machte ihr Spaß, mit verschiedenen Namen zu spielen und sie Sora vorzuschlagen, die aber alle Vorschläge ablehnte. Zwischen Tali und Alesha war ein richtiger kleiner Wettstreit ausgebrochen, welcher Vorschlag von Sora akzeptiert würde.

Während das Mädchen dasaß, überlegte und den Kindern beim Spielen zusah, bemerkte sie, dass der vorwitzigste der Jungen viel zu nah bei den Reitpferden war. Die Tiere wurden bereits unruhig und das war kein gutes Zeichen. Alesha wollte ihm eine Warnung zurufen, als das Unglück auch schon geschah. Eines der Tiere schlug mit den Hufen aus und traf den Jungen, der mit einem lauten Schmerzensschrei stürzte, gegen das rechte Bein. Das Kind lag mitten zwischen den Pferden, die immer unruhiger wurden. Alesha sprang auf und rannte zur Koppel. Die Hufe der nervösen Tiere traten unmittelbar neben den Kopf des Jungen, der wie durch ein Wunder nicht getroffen wurde. Langsam und vorsichtig kroch das Mädchen in das Gatter, griff das Kind unter den Achseln und zog es hinaus. Mittlerweile waren andere auf das Geschehen aufmerksam geworden und kamen Alesha zu Hilfe. Als sie sich außerhalb der Koppel über den bewusstlosen Jungen beugte, erkannte sie ihn. Es war Fenris' Sohn, den sie im Frühjahr aus dem See am Winterlager gerettet hatte. Der Schamane, der ebenfalls eingetroffen war, beugte sich über den Königssohn und untersuchte seine Beine.

„Das rechte Knie ist zerschmettert", sagte er.

Alesha schaute ihn an.

„Wenn er je wieder gehen kann, wird er humpeln", meinte der Schamane.

„Bringt ihn zu meinem Lager", befahl er einigen Umstehenden.

Ein kräftiger Mann nahm den Jungen, ohne auf sein herabhängendes, verdrehtes Bein zu achten und trug ihn weg.

„Du hast ihm jetzt das Leben zum zweiten Mal gerettet", sagte Pferdeschwanz zu Alesha und drehte sich um.

„Wie heißt er noch? Ich habe seinen Namen wieder vergessen", fragte Alesha.

„Völlung", sagte Pferdeschwanz und ging dem Krieger mit dem Jungen nach.

Alesha lief zu Tali und Sora. Sie wollte jetzt nicht alleine sein, sondern ihr Erlebnis ihren Freundinnen erzählen. Die Mädchen hörten ihrer Erzählung gebannt zu.

„Jetzt hast du Völlung schon wieder gerettet", meinte Tali.

„Ja", sagte Sora, „langsam wird es bei dir zur Gewohnheit, anderen zu helfen."

„Fenris wird mir das nie verzeihen", erwiderte Alesha.

„Da hast du recht", sagte Tali. „Wenn der Junge nicht mehr laufen kann, wird Fenris ihn verstoßen. Das ist schlimmer als der Tod."

„Warum?" fragte Alesha.

„Der Sohn des Königs wird kein Krieger werden können."

„Hätte ich ihn von den Pferden zertrampeln lassen sollen?"

„Ja. Das wäre für euch beide besser gewesen", sagte Tali.

Alesha wandte sich ab und legte sich auf ihr Lager. Sie hatte Angst vor dem Zorn des Königs. Immer, wenn sie etwas Gutes getan hatte, war es falsch. Aber der Junge lebte und das war wichtig. Sie machte die Augen zu und versuchte zu schlafen, fand aber erst spät in der Nacht, als das Lager schon in tiefem Schlaf gesunken war, ihre Ruhe. Am darauffolgenden Morgen wurde sie von Pferdeschwanz geweckt.

„Der Junge wird leben", sagte er. „Aber sein rechtes Knie ist zerschmettert. Er wird nie wieder richtig gehen können."

„Er lebt. Das ist doch wunderbar", entgegnete Alesha.

Der Schamane lächelte.

„Halte dich lieber in der nächsten Zeit weit von Fenris weg. Das ist besser so."

Alesha achtete in den nächsten Tagen darauf, Fenris oder Setia nicht über den Weg zu laufen. Der König war unberechenbar. Jetzt, da sein Sohn kein Krieger mehr werden konnte, war auch ihre Tat aus dem Winterlager nichts mehr wert. Für Fenris war Völlung gestorben und er würde seinen Sohn bei der nächsten Gelegenheit verstoßen. Tali berichtete ihr, dass viele aus dem Volk hinter vorgehaltener Hand von ihrer Tapferkeit sprachen. Alesha nützte das nicht viel. Sie hatte sich Fenris jetzt endgültig zum Feind gemacht. Für ihn wäre es besser gewesen, wenn sie seinen Sohn nicht aus der Pferdekoppel gerettet hätte. Jetzt würde der Junge den König tagtäglich an seinen Hass erinnern. Sie würde auf der Hut sein müssen.

Mehrere Wochen später war das Ziel des Trecks fast erreicht. Die Landschaft wurde fruchtbarer und das trockene Gras der Steppe abgelöst durch üppige Wiesen und Felder, durchsetzt von vereinzelten kleinen Baumgruppen und Wäldern. Dieses Land sah aus wie ein Paradies. Aber auch die Zahl der zerstörten Dörfer wuchs. Alesha hatte sich mit Tali und Sora in den letzten Wochen weit im hinteren Teil des Wagenzuges gehalten. Dort war die Gefahr, dem König über den Weg zu laufen, am geringsten. Völlung lag auf einem Wagen des Schamanen, der sich um ihn kümmerte. Fenris hatte sich die ganze Zeit nicht bei seinem Sohn sehen lassen, ebenso wenig wie Setia. Trotzdem ging Alesha jeden Tag zu dem Jungen, kümmerte sich um ihn und gab ihm seine Arzneien, die Pferdeschwanz angerührt hatte, um die Schmerzen zu besiegen. Sein rechtes Bein war geschient und mit Leinenstreifen fest umwickelt. Völlung war trotz seiner jungen Jahre sehr tapfer und ließ sich seine Schmerzen nicht anmerken. Die restliche Zeit verbrachte Alesha damit, sich die Gegend fest in ihr Gedächtnis einzuprägen. Trotz der Gefahren war sie nach wie vor fest zur Flucht entschlossen. Dabei entdeckte sie immer wieder die Reize des unbekannten Landes. In der Ferne sah sie jetzt öfter Herden von wilden Pferden und die Schönheiten der Natur. Über drei Monate nach dem Aufbruch aus dem Winterlager, es war zwischenzeitlich Sommer geworden, erreichte der Wagenzug sein Ziel. Von einem Höhenzug ging der Blick weit in das fruchtbare Land, fern am Horizont der Widerschein einer riesigen Wasserfläche, das große Binnenmeer. Alesha war von dem Anblick überwältigt. So schön hatte sie es sich nicht vorgestellt. Das war also ihre neue Heimat.

Fenris lenkte sein Pferd auf die Hügel und ließ seine Augen über das Land schweifen. Seine Spähtrupps hatten die Dörfer und Siedlungen zerstört und jeden Widerstand im Keim erstickt. Von hier aus würde er sein Reich errichten und seine Welt erobern. Auf dieser Höhe würde er seine feste Siedlung errichten, von der aus er seinen Aufbruch in die Welt wagen könnte.

‚Meine Zeit ist gekommen. Das nahe Meer wird mich und mein Volk schützen', dachte er. ‚Und hier werde ich endlich Gelegenheit haben, dieses Mädchen zu bestrafen, das es wagte, sich gegen mich aufzulehnen.'

Er zupfte seine Kleidung etwas zurecht und trat seinem Pferd leicht in die Seiten. Es trabte los. Fenris lenkte die Zügel auf den Treck zu. Fern über dem Meer ging die Sonne unter und warf ihr rotgoldenes Abendlicht über das Wasser. Der König war zufrieden. Eine neue Zeit würde kommen und ihn auf Adlerflügeln zu Ruhm und Macht tragen. Er wäre der Schöpfer dieser Zeit und seinem Willen würde er die Welt unterwerfen. Ja, er war zufrieden.

Pferdeschwanz sah Alesha mit Tali und Sora.

‚Die Steinträgerin wird hier ihr Schicksal finden', dachte er. ‚Das Auge der Welt wird wieder versuchen, seinen Herrn und Meister zu finden und wenn das geschieht, wird er Othals Macht nicht entkommen können. Ja, er wird sich auf die Seite des Siegers schlagen und das kann nur Othal sein. Mit dem Sieg des Herrn der Welt über den Wanderer werde ich zu unermesslicher Macht gelangen. Dann wird Fenris wie ein Schneeball in meiner Hand schmilzen. Die Macht, die der König sich erträumt, werde ich besitzen.'

Der Schamane wandte sich lächelnd ab. Er war zufrieden. Es war alles so einfach.

Kapitel 19 - Harappa

Der Sumpf war ganz anders, als Gilgas die Moore seiner Heimat
in Erinnerung hatte. Hohe Bäume, die mit ihren scheibenartigen
Wurzelausläufern tief im Morast verankert waren; mit
Luftwurzeln und Schlingpflanzen bewachsen, die ein
Weiterkommen erschwerten. Eigentlich war es kein richtiger
Sumpf, sondern ein, vom Flutwasser des Stromes
überschwemmter Urwald. Der dichte Bewuchs verhinderte fast
jegliches Durchdringen des Sonnenlichtes, so dass ein ewiges
Zwielicht herrschte. Das Spiel von Licht und Schatten warf
eigentümliche Figuren auf die Umgebung, die wahrscheinlich
dazu beitrugen, die Menschen an Geister des Sumpfes glauben
zu lassen. Zu Beginn kam die Gruppe recht schnell vorwärts. Je
tiefer sie jedoch in das unbekannte Gelände eindrangen, desto
dichter wurden Bäume und Gestrüpp. Die Tierwelt des Terrains
war den Freunden unbekannt. Es gab viele verschiedene Arten
von Wasserschlangen, von denen einige nach Brans Auskunft
giftig waren. Außerdem war die Luft durchdrungen von Mücken
und Fliegen unterschiedlichster Größe. Die Freunde waren nach
kurzer Zeit bereits völlig zerstochen. Am Abend fanden sie eine
einigermaßen trockene Stelle, an der sie ihr Nachtlager
aufschlagen konnten. Am Fuß zweier riesiger Bäume war ein
kleiner Hügel, der über das Wasser hinausragte.
„Ich bin froh, wenn wir diese Tortur hinter uns haben", sagte
Lorin.
Gilgas nickte. „Dann lieber in Eis und Schnee im Gebirge."
Amerus merkte, dass Kat-Tia sehr ruhig war.
„Wie geht es dir?", fragte er.
„Ich bin müde und die Mücken haben mich total zerstochen",
antwortete sie.
Amerus half ihr auf den kleinen Hügel und legte ihr einige
Decken auf den Boden. Kat-Tia sah wirklich nicht gesund aus.
Er befürchtete, dass sie jenes geheimnisvolle Fieber bekommen
könnte, von dem Bran erzählt hatte, hoffte aber inbrünstig, dass
dies nicht der Fall sein würde. Durch die Feuchtigkeit war jeder
Versuch, ein Feuer anzufachen, zum Scheitern verurteilt. Marsa
verteilte an jeden eine kleine Portion Essen. Ihre Vorräte waren

fast aufgebraucht und in Moendai hatten sie keine Gelegenheit gehabt, sie aufzufüllen. Nachdem sie ihr Essen langsam und mit Bedacht zu sich genommen hatten, wickelten sich alle in Decken und versuchten Schlaf zu finden. Lorin hielt in dieser Gegend eine Wache für überflüssig. Kat-Tia und Bran schliefen sofort ein. Skade hatte sich zu Bran gelegt und wärmte den Jungen. Nach und nach fielen auch die anderen in den Schlaf, nur Gilgas hatte ein eigenartiges Gefühl und blieb lange wach. Erst nach Stunden fiel auch er in einen unruhigen Halbschlaf, der von vielen Träumen begleitet wurde. Er glaubte, aus der Ferne ein Fauchen zu hören. Erst nach einiger Zeit begriff Gilgas langsam, dass das Fauchen nicht aus seinen Träumen kam. Er öffnete halb seine Augen und war sofort hellwach. Nicht weit vor ihm stand eine gewaltige Raubkatze, gelblichbraun mit schwarzen Querstreifen, von einer imposanten Kraft und Größe. In sicherem Abstand zu dem Tier stand Skade und knurrte leise, immer bedacht, aus der Reichweite der Katze zu bleiben. Mit einem Satz war Gilgas auf den Beinen und riss sein Langschwert hoch und sprang in kurzen Schritten auf das Tier zu. Sein Schrei weckte die Gefährten, die die Situation schnell erfassten. Bevor jemand zu den Waffen greifen konnte, hatte Gilgas die Katze bereits erreicht, die von dem unerwarteten Angriff völlig überrascht schien. Den Schwertgriff mit beiden Händen umgriffen, stand er vor dem Tier, das versuchte, mit seinen Vorderpfoten den Angreifer abzuwehren. Das Maul der Katze war weit aufgerissen, ihre Reißzähne respekteinflößend. Gilgas wich den Schlägen geschickt aus und nutzte eine günstige Gelegenheit, sein Schwert vorzustoßen. Er verfehlte das Tier nur knapp, das begann, ihn mit vorsichtigen Schritten zu umkreisen. Bran hielt den Wolf an seinem Fell fest, da er befürchtete, dass Skade sich auf den Angreifer stürzen würde. Orm hatte sein Schwert ergriffen und kam Gilgas zur Hilfe. Lorin und Marsa standen mit gezückten Schwertern bei ihrem Lager. Die Katze war durch den unerwarteten Widerstand überrascht. Gilgas schrie sie an, sein Schwert hin und her schwingend. Orm stand etwas abseits und tat das gleiche. Das Tier war verwirrt und fauchte mal den einen, dann wieder den anderen an, als Orm plötzlich einige

Schritte vorlief und sein Schwert schwang. Die Katze schlug danach und Gilgas fand eine Lücke. Mit beiden Händen stieß er mit seinem Langschwert zu. Das Tier war getroffen, fauchte laut, drehte sich um und lief mit weiten Sätzen davon. Die Wunde war nicht tief, aber sie hatte gereicht, den Angreifer in die Flucht zu schlagen. Orm und Gilgas gingen zum Lager zurück. In dieser Nacht würde niemand mehr ruhig schlafen können.

In den nächsten zwei Tagen kam die Gruppe ohne Probleme und ohne weitere Begegnungen mit der Katze weiter. Am Ende des dritten Tages wurde der Baumbewuchs lichter und es drang mehr Sonnenschein durch die Zweige und Äste. Das Ende des Sumpfes war erreicht. Die Freunde konnten endlich wieder ein Nachtlager auf trockenem Boden aufschlagen und ein Feuer machen. Am nächsten Morgen betrachteten sie die veränderte Landschaft. Bis zum Horizont war fruchtbares, aber unbebautes Land zu sehen, ab und zu mit Bäumen bewachsen. Sie würden noch eine ganze Zeitlang unterwegs sein, bis sie die Stadt Harappa erreichen würden. Es musste ihnen gelingen, Pferde aufzutreiben, damit der Weg dorthin kürzer und bequemer würde.

„Ein schönes Land", sagte Gilgas. „Nach dem Weg durch den Sumpf."

„Es wäre ein viel schöneres Land, lieber Mann, wenn wir Pferde hätten, um nach Norden zu reiten. Oder willst du mich den ganzen Weg auf deinen breiten Schultern tragen?", lachte Marsa.

„Das würde ich gerne sehen. Gilgas als Packesel", lästerte Amerus.

Gilgas warf den beiden einen vielsagenden Blick zu. Amerus musste lachen und die anderen fielen ein.

„Lacht nicht", sagte er und setzte einen beleidigten Gesichtsausdruck auf.

„Wir müssen jetzt los", sagte Lorin.

Die Freunde nahmen ihre Gepäckstücke auf und gingen langsam in nordöstliche Richtung. Lorin fiel auf, dass Kat-Tia nicht allzu gesund aussah, aber er sagte nichts. Auch Amerus schien es gemerkt zu haben, denn er hatte einiges von ihrer

Ausrüstung an sich genommen und warf immer wieder besorgte Blicke in Kat-Tias Richtung. Bran lief mit Skade ein weites Stück voraus. Zwischen dem Jungen und dem Wolf hatte sich eine Freundschaft entwickelt, die Lorin immer wieder verblüffte. Bisher war der Wolf nur selten zutraulich zu Fremden gewesen. Es hatte auch bei Gilgas und Amerus eine lange Zeit gedauert, bis Skade das erstemal zu ihnen gekommen war. Zu Bran jedoch war er von Anfang an gekommen. Seit er ihn nach Tu-Rans Tod angesprungen hatte. Lorin beobachtete die beiden schon eine ganze Zeit und es freute ihn, dass Bran und Skade sich offensichtlich mochten.

Er wartete. Lorin und seine Gefährten würden kommen, dessen war er sicher. Sie brauchten Pferde, um den Weg nach Harappa in kurzer Zeit hinter sich zu bringen. Die Stadt im Land der fünf Ströme war ihr Ziel, nachdem Moendai nur noch ein Ort der Trauer und der Toten war. Ja, er brauchte nur zu warten, er war geduldig. Er schaute hinüber auf die Weide. Prächtige Pferde hatte er da. Lorin würde sie haben wollen, und er würde sie bekommen. Es war in seinem ureigensten Interesse, dass die Gruppe Harappa erreichte. Dort würde er später wieder auf sie warten. Würde Lorin ihn erkennen oder zumindest erahnen, wer er war? Was hatte der alte Maituras ihm erzählt? Er wusste es nicht. Der alte Gete war ein kluger Mann, und sein Wissen übertraf das vieler anderer. Er hatte großen Respekt vor dem alten Häuptling, der seine Geschichte und die Othals kannte. Er ging zu den Pferden, pflückte etwas frischen Klee und hielt ihn den Tieren hin. Prächtige Pferde, wie geschaffen für eine große Aufgabe. Auf ihrem Rücken würden die Gefährten Harappa erreichen. Er wäre vor ihnen dort. Die Zeit wurde knapp. Das Auge der Welt hatte ihn gerufen. Alesha hatte die Kraft des Auges gespürt, war aber noch nicht bereit, sie wirklich zu nutzen. Sie sah bisher nur die Ereignisse aus einer großen Ferne, aber sie sah noch nicht die Zeit, die erst kommen würde. Das Auge schützte sie. Er hatte versucht, über das Amulett Kontakt mit ihr aufzunehmen; es war ihm nicht gelungen. Sie hatte ihn gesehen, nein, vielmehr gespürt. Und Othal hatte ihn gespürt. Die Raben hatten Alesha gefunden und mit ihr das Auge. Es war ihm gleichgültig. Othal wollte nicht das Auge, sondern ihn. Die Auseinandersetzung mit Othal war unausweichlich. Der Tag würde kommen, an dem sie sich gegenüber standen. Das war jetzt zweitrangig. Viel wichtiger war Lorins Erfolg. Er brauchte ihn und seine Freunde, um die große Schlacht in der Steppe schlagen zu können, um Othals Helfer vernichten zu können. Aus diesem Grund musste Lorin die Stadt im Norden erreichen. In einigen Tagen wird er zu mir kommen, die Pferde nehmen und nach Norden reiten. Das war gut so. Nichts konnte ihn dann noch aufhalten. Lorin wird sein Ziel nie aus den Augen verlieren, dachte er. Ja, sein Plan war gut und er würde aufgehen. Thorai setzte sich zu den Pferden ins Gras. Er war zufrieden. Es war alles so einfach.

Sie waren jetzt seit fast einer Woche zu Fuß unterwegs. Kat-Tia ging es von Tag zu Tag schlechter. Seit heute morgen konnte sie sich kaum auf den Beinen halten. Gilgas und Orm hatten die Ausrüstung von Kat-Tia und Amerus übernommen, der das Mädchen stundenlang auf seinem Rücken getragen hatte. Sie hatte Fieber bekommen und Bran meinte, es sei das hitzige Fieber aus dem Sumpf. Jetzt lagerten sie an einer kleinen, sprudelnden Quelle. Kat-Tia lag fiebernd auf einer Decke. Marsa hatte verschiedene Kräuter gesucht, sie in heißem Wasser zu einem Brei zerkocht und in ein Tuch eingewickelt, das sie Kat-Tia auf die Stirn gelegt hatte. Amerus saß bei ihr, hielt ihre Hand und kühlte immer wieder ihr glühendes Gesicht. Er machte sich große Sorgen, das sah man ihm an. Lorin kam zu ihm.
„Leg dich etwas hin, alter Freund", sagte er.
Amerus schüttelte den Kopf.
„Nein, ich kann sie jetzt nicht alleine lassen, Lorin. Sie braucht mich."
„Lass mich ihr helfen."
„Nein. Ich muss ihr helfen. Soll ich sie jetzt verlieren, wo wir uns gerade erst gewonnen haben?"
Lorin nickte.
„Du hast Recht. Wenn ihr einer helfen kann, dann nur du mit deiner Liebe zu ihr. Aber lass mich wenigstens bei euch sitzen."

Amerus schaute Lorin an, der den Blick richtig deutete und sich setzte. Gemeinsam saßen sie bei Kat-Tia bis die Nacht hereinbrach. Marsa kam immer wieder und wechselte den Breiumschlag aus, aber das Fieber ging nicht herunter. Amerus hatte den Eindruck, dass es eher noch zunahm. Am nächsten Morgen saßen sie alle zusammen und berieten, was sie weiter tun wollten. Mit Kat-Tia weiterzugehen war unmöglich, sie zurückzulassen ebenso.

„Ich werde mich auf den Weg machen und Menschen suchen", sagte Orm.

„Ich komme mit", sagte Lorin. „Hier kann ich nicht helfen."

„Gut", sagte Orm.

„Vielleicht finden wir eine Ansiedlung und einen Heilkundigen", meinte Lorin.

„Ich bleibe hier", sagte Gilgas bestimmt.

Lorin und Orm nahmen einen Teil ihrer Ausrüstung und machten sich auf den Weg. Schon nach kurzer Zeit erreichten sie einen kleinen Wald. Sie drehten sich nochmals um und sahen ihre Freunde in weiter Ferne. Dann begannen sie, schnellen Schrittes in den Wald hineinzugehen. Er war klein und schnell durchquert. Auf der anderen Seite erwartete die beiden eine große, weite Landschaft bis zum Horizont. Lorin hob seinen Arm und zeigte auf einen weit entfernten Schatten.

„Eine Hütte."

„Ich sehe nichts", sagte Orm.

„Warte bis wir näherkommen."

Die beiden gingen darauf zu. Nach und nach erkannte man die einfach gebaute Holzhütte besser und schon nach kurzer Zeit war sie erreicht. Vor dem Eingang saß ein kräftig aussehender Mann. Lorin glaubte, ihn schon einmal irgendwo gesehen zu haben, konnte sich aber nicht daran erinnern, wo dies gewesen sein mochte.

„Ich grüße euch", sagte Lorin.

„Einsame Wanderer in einer einsamen Gegend?", erwiderte der Mann fragend.

„Wir sind nicht alleine. Fünf von uns warten einige Stunden von hier auf uns".

„Ihr seid zu Fuß unterwegs?"

„Ja. Wir haben in Moendai unsere letzten Pferde verloren."

„Ihr kommt aus Moendai, Fremde? Durch den Sumpf?"

„Ja", erwiderte Lorin. „Und jemand aus unserer Gruppe ist krank geworden durch den Sumpf. Gibt es hier in der Gegend einen Heilkundigen?"

„Hier gibt es außer mir nichts."

Lorin schaute ihn enttäuscht an.

„Aber ich kann euch auch helfen. Hier draußen muss man vieles können", sagte der Mann.

Er stand auf und ging in seine Hütte, kam kurz danach wieder hinaus und trug eine Flasche aus glasiertem Ton bei sich, verschlossen mit einem Pfropfen aus Wachs.

„Das ist ein Mittel, das eurer Gefährtin helfen wird. Sie muss eine Hälfte sofort bei eurer Rückkehr trinken. Dann wird sie schlafen. Wenn sie aufwacht, gebt ihr die andere Hälfte zu trinken. Dann wird sie nochmals schlafen. Wenn sie dann aufwacht, wird sie das Fieber besiegt haben."

Der Mann gab Lorin die Flasche. Lorin nahm das Gefäß und steckte es vorsichtig in einen Beutel an seinem Gürtel.

„Wohin wollt ihr?", fragte der Mann.

„Nach Harappa", sagte Lorin.

„Zu Fuß?"

„Uns bleibt nichts anderes übrig. Wir haben keine Pferde mehr."

„Das kann man ändern. Kommt mit."

Der Mann ging hinter die Hütte, gefolgt von Lorin und Orm. Etwas weiter weg war eine Wiese, auf der die schönsten Pferde weideten, die Lorin je gesehen hatte. Er ging nahe an das Gatter heran.

„Wunderschöne Tiere", staunte er.

„Ihr könnt sie haben", sagte der Mann.

„Wir haben nicht viel, das wir dafür geben könnten", sagte Lorin.

„Das macht nichts. Nehmt sie so und wenn ihr Harappa erreicht habt, lasst die Pferde laufen. Sie finden allein den Weg zu mir zurück."

Lorin und Orm schauten den Mann erstaunt an.

„Ja", sagte dieser. „Ihr habt richtig gehört. Ich benötige so viele Pferde nicht."

„Wir werden neun Tiere brauchen", sagte Orm.

„Gut", erwiderte der Mann. „Nehmt sie mit."

„Ich weiß nicht, wie wir euch danken sollen."

Lorin war glücklich. Ihre Probleme schienen sich gelöst zu haben.

„Ihr solltet euch beeilen, damit eure Gefährtin die Medizin bekommt."

Lorin und Orm suchten sich gute Tiere aus der Herde, legten ihnen Zügel an und ritten zurück zum Lager, nicht, ohne sich vorher noch mehrmals bei dem fremden Mann bedankt zu haben. Während des ganzen Ritts überlegte Lorin, woher er den Mann kannte, aber es wollte ihm nicht einfallen. Irgend etwas war nicht richtig gewesen, aber was? Spät am Abend, die Sonne war schon vor geraumer Zeit hinter den Horizont gesunken, erreichten die beiden das Lager. Die Freude bei allen war groß, dass Lorin und Orm Pferde mitbrachten. Amerus nahm sofort die kleine Flasche und flößte Kat-Tia langsam und vorsichtig die Hälfte des Getränks ein. Kurz danach schlief sie ein. Marsa meinte, dass das Fieber schon zurückging. Am nächsten Morgen wachte Kat-Tia auf, trank den Rest aus der Flasche und schlief bis zum Mittag. Dann war das Fieber verschwunden. Kat-Tia stand auf und ging zu Lorin, um sich zu bedanken. Als sie vor Lorin stand und ihn ansah, wusste er plötzlich, was falsch gewesen war. Es war ihm nicht aufgefallen, aber der Mann hatte von einer kranken Gefährtin geredet, obwohl Lorin nie gesagt hatte, dass der Kranke eine Frau war. In dem Moment, als er diese Erkenntnis hatte, wusste er auch, woher er den Fremden kannte. Es war Thorai, ihr Begleiter auf dem Weg durch die kalte Klamm und im Gebirge. Orm hatte ihn nie gesehen, aber warum hatte er Thorai nicht erkannt. Lorin erinnerte sich an die Worte des alten Maituras. Der Gete hatte gewusst, dass Thorai nicht im Gebirge gestorben war. Er hatte ihm gesagt, dass er den Wanderer wiedersehen würde. Lorin war überzeugt, dass es nicht das letzte Mal gewesen war. Diesmal hatte er Thorai nicht erkannt, aber für das nächste Mal war er gewarnt. Dann würde er ihn erkennen, wenn er ihn sah. Die Freunde verbrachten den

Rest des Tages und die folgende Nacht im Lager und begannen am nächsten Morgen ihren langen Ritt nach Norden, nach Harappa. Die Pferde waren ausdauernd und schnell. Je weiter sie in den Norden kamen, desto bewohnter und bebauter wurde das Land. Auch hier gab es gewaltige, künstlich bewässerte Weizenfelder die voller Frucht standen. Pfirsichbäume säumten die Feldraine und überall waren Bauern mit der Ernte und der zweiten Saat beschäftigt. Wahrhaft ein von den Göttern gesegnetes Land. Drei Wochen nach ihrem Aufbruch aus Moendai sahen die Gefährten in der Ferne die mächtigen, wehrhaften Mauern von Harappa. Überall waren Menschen und Tiere in den umgebenden Feldern zu sehen. In der Nähe des Flusses sah man eine große Fläche, auf der Lehmziegel hergestellt wurden. Nirgendwo Spuren der Zerstörung wie in Moendai. Selbst Amerus war überwältigt von der Stadt. Nicht einmal Wilusa, Hattussa oder eine andere Hethiterstadt war so groß und stark. Spielende Kinder tobten vor der Stadtmauer. Lorin betrachtete das friedliche Bild. Sie hatten ihr Ziel erreicht. Nun galt es, die überlebenden Schmiede von Moendai zu finden. Wieviele überhaupt den Weg bis Harappa gefunden hatten, wusste er nicht. Jeder einzelne, der das neue Metall schmieden konnte, war für ihn ungeheuer wichtig. Er sprach mit Gilgas, der das lange Schwert in eine große Decke rollte, um sie vor neugierigen Blicken zu verstecken. Es sollte niemand sehen, dass er im Besitz einer neuen Waffe war. Lorin trieb sein Pferd an und die Gefährten machten sich auf den Weg zur Stadt.

Die Thronhalle war ausgestattet mit einem verschwenderischen Prunk und Reichtum. Goldene und silberne Gefäße reihten sich Stück an Stück. Gewaltige Stoßzähne aus Elfenbein stapelten sich zu beiden Seiten des Eingangs. Ebenso seltene Stoffe aus fernen Reichen und edelsteingefüllte, goldene Kannen aus dem nördlichen Gebirge, Kupferbarren aus den Minen der westlichen Wüste und unermessliche Reichtümer aus allen Teilen der Welt. Inmitten dieser Pracht, auf einem erhöhten Thron aus geschnitztem, goldbelegtem und perlengefasstem Holz, saß Scha-Pan-Schur, der Herrscher der mächtigen Stadt Harappa. Zu seiner rechten Seite der allmächtige Minister Sar-

Tschan-Ra, der mit ausgreifenden Handbewegungen die Audienz der tributpflichtigen Völker leitete. Hochgewachsene, langbärtige Männer aus dem Westen brachten Kupfer und Gold. Aus dem Osten gekommene, braunhäutige Abgesandte trugen Stoßzähne der mächtigen Elefanten und Schüsseln mit den seltenen, weißen Edelsteinen. Aus dem unüberwindlichen Gebirge des Nordens brachte man Wolle aus den Haaren der Yaks und feuerrote Rubine. In einem nicht enden wollenden Zug zogen die Botschafter der tributpflichtigen Länder zum Thron des Königs. Mit unbewegter Miene saß der König auf seinem erhöhten Thron und schaute dem Schauspiel zu. Er war ein mächtiger Mann. Seine Macht und sein Einfluss reichten weit in die Länder aller Himmelsrichtungen. Und jetzt, nachdem seine Boten die Nachricht vom Untergang der großen Konkurrentin Moendai gebracht hatten, war seine Macht ins unermessliche gewachsen. Mit offenen Armen hatte er die Überlebenden der Tragödie aufgenommen. Nicht seiner Menschlichkeit wegen. Dieser Gedanke war ihm fremd. Nein, jetzt gehörte das Geheimnis des Eisens ihm. Scha-Pan-Schur nahm die Gesandten der tributpflichtigen Länder kaum wahr. Mit seinen Gedanken war er längst bei seinem Harem. Die Sklaven trugen schon die Speisen und Getränke aus allen Ländern auf. Nachher würden alle hier im Thronsaal essen und trinken. Dann wäre er bereits in seinen Privatgemächern. Ein Gottkönig speiste nicht mit seinen Untertanen. Er würde nachher, wenn dieses Schauspiel endlich vorbei sein würde, mit seinem Harem speisen und sich vergnügen. Er langweilte sich entsetzlich. Seit er den Thron vor zwei Jahren von seinem Vater geerbt hatte, mochte er diese öffentlichen Auftritte nicht. Sein erster Minister nahm ihm alle Aufgaben ab und hinderte ihn daran, Fehler zu machen. Sein Nimbus durfte keinen Schaden nehmen. Wenn das hier doch nur schon endlich vorüber wäre! Nach den Tributen hatte das gewöhnliche Volk noch das Recht, ihn als Richter anzurufen. Das gefiel ihm. Er konnte Recht sprechen, wie es ihm gefiel. Sar-Tschan-Ra beugte sich zu seinem König hinunter und flüsterte ihm einige Worte ins Ohr. Das riss ihn aus seinen Gedanken.

„Das Volk wartet darauf, dass du Recht sprichst", flüsterte sein Minister ihm zu.

„Ja, ja. Sie sollen kommen."

Sar-Tschan-Ra klatschte in die Hände. Der erste Bittsteller trat vor und warf sich flach auf dem Boden.

„Ehrwürdiger Scha-Pan-Schur, mein König."

„Erhebe dich und sprich", sagte Sar-Tschan-Ra.

Der Mann stand auf, verbeugte sich tief vor dem König und begann zu erzählen.

„Vor einiger Zeit habe ich mit meinen Ochsen ein Feld gepflügt und nach getaner Arbeit wollte ich die Tiere nach Hause führen. Es geht nur ein schmaler Weg an den Feldern vorbei zu meinem Haus und ich musste auch an Feldern meines Nachbarn vorbeigehen. Dieser stand auf dem Weg und führte seine Ochsen zum Feld. Seine Tiere versperrten den ganzen Weg und so konnte ich meine Ochsen nicht weiterführen. Er verlangte von mir, meine Tiere auf die Seite zu führen, damit er vorbeikomme. Da der Weg so eng war, traten meine Tiere auf einen kleinen Teil seines Feldes und zertraten einige Getreidegarben. Daraufhin hat mein Nachbar meine Tiere als Wiedergutmachung genommen. Jetzt kann ich meine Felder nicht mehr bebauen und meine Ernte nicht einholen. Ich bitte hier vor dir, mein König, um Gerechtigkeit."

Scha-Pan-Schur runzelte die Stirn und dachte nach. Er winkte seinem Minister und sprach leise zu ihm. Sar-Tschan-Ra räusperte sich und wandte sich an den Bittsteller.

„Dein Nachbar hat Recht gehandelt, dass er Schadenersatz von dir verlangt, da er mit seinen Tieren auf dem Weg zum Feld war und du von jenem gekommen bist."

Der Mann erbleichte und Sar-Tschan-Ra fuhr fort.

„Aber dir deine Ochsen zu nehmen ist zuviel, da die Tiere nur einige Garben zertreten haben. So spricht der König nun Recht für alle Zeiten. Dein Nachbar gibt dir deine Ochsen in gutem und gesundem Zustand zurück. Dafür, dass die Tiere einige seiner Garben zertreten haben wirst du ihm zwei Krüge Weizen geben. Des weiteren zwei für das Futter, das er für deine Ochsen ausgelegt hat. Dies soll noch heute geschehen, damit du morgen beginnen kannst, deine Ernte einzuholen. Jetzt soll der Nachbar dieses Mannes vor den König treten."

Der Mann stand auf und trat zur Seite, damit sein Nachbar seinen Platz einnehmen konnte.

„Du wirst vier Krüge Weizen erhalten, wie du gehört hast. Gleichzeitig wirst du zehn Krüge Weizen an die königlichen Speicher liefern."

Der Nachbar war erschrocken.

„Warum, mein König muss ich mehr bezahlen als ich als Bußgeld bekomme?"

„Du hast die Ochsen des Mannes genommen, ohne die königlichen Richter anzurufen. Damit hast du das Recht und das Gesetz in deine eigenen Hände genommen. Das kann der König nicht dulden, der oberster Richter der Stadt und der Erde ist. Aus diesem Grund wirst du die Strafe von zehn Krügen Weizen begleichen, damit es dir und allen eine Lehre sei."

Sar-Tschan-Ra winkte und der Nachbar trat mit hochrotem Kopf zur Seite. So wurden noch einige Rechtsfälle durch den König geklärt, bis dieser sich in seine Gemächer zurückzog. Hinter dem Thron führte eine Türe in einen gewaltigen Innenhof, der von vielen Zimmern gesäumt war. Hier lagen die königlichen Räume. Der Minister begleitete Scha-Pan-Schur bis zu den verbotenen Gemächern und ging dann zurück in die Thronhalle, um mit allen anderen zu speisen. Sklaven trugen auf riesigen Tabletts nie gesehene Köstlichkeiten aus allen Enden des Reiches auf. Musiker unterhielten die Gäste mit Zimbeln und Trommeln. Heller Gesang eigens dazu ausgebildeter Sklavinnen durchdrang den riesigen Raum. Bis spät in die Nacht waren die Abgesandten der tributpflichtigen Völker und die Vertreter der einzelnen Stadtviertel im Thronsaal. Auch Tronto saß mitten unter ihnen, zusammen mit dem starken Schmied, der Rollo genannt wurde und der seinen Amboss bis Harappa getragen hatte. Tronto fühlte sich in seinem Element. Er trank mehr von dem köstlichen, geharzten Wein als ihm gut tat, und so musste Rollo ihn spät in der Nacht zu seinem Haus und seiner Frau tragen.

Die gewaltigen Mauern von Harappa bestanden aus gebrannten Ziegeln, die mit bunten Szenen aus dem Leben der Stadt und ihrer Götter bemalt waren und boten einen imposanten Eindruck. In der Nähe des Haupttores der Stadt stiegen die Freunde von ihren Pferden, nahmen ihre kärgliche Ausrüstung und ließen die Tiere laufen. Lorin hatte sein Versprechen gehalten und sah, wie die Pferde in die Richtung zurück galoppierten, aus der sie gekommen waren. Das Stadttor war stark bewacht. Überall standen mit Bronzeschwertern und langen Lanzen bewaffnete Soldaten in kupfernen Brustpanzern. Jeder, der in die Stadt hinein wollte, wurde genauestens kontrolliert. Die Gefährten standen etwas abseits, außerhalb des Blickwinkels der Wachen. Lorin suchte nach einer Möglichkeit, in die Stadt zu gelangen, ohne von den Soldaten aufgehalten und kontrolliert zu werden. Zu groß war die Gefahr, dass das lange Schwert entdeckt und möglicherweise konfisziert wurde. Er suchte noch nach einem Weg, als vor dem Tor ein großer Lärm begann. Orm schaute vorsichtig in die Richtung und stieß Lorin an.

„Unsere Chance", sagte er grinsend.

Lorin schaute zum Tor und sah einige Bauern, die lautstark eine große Rinderherde in Richtung der Stadt trieben.

„Wunderbar."

„Eine bessere Gelegenheit bekommen wir nicht mehr", sagte Amerus.

„Verteilt euch ein wenig und mischt euch unter die Bauern mit den Rindern", sagte Lorin.

„Bran, du bleibst bei mir und Marsa", sagte Gilgas zu dem Jungen.

Durch die dreckige Kleidung, der man die lange Reise ansah, hatten die Freunde eine gewisse Ähnlichkeit mit den Rinderhirten. Lorin schmierte seinem Wolf noch schnell ein wenig Schmutz in das Fell, damit er nicht sofort als weißer Wolf erkannt wurde. Sie verteilten sich und gingen ohne zu zögern auf die Rinder zu, mischten sich unter die Hirten und gingen zusammen mit ihnen zum Stadttor. Die Wachen fluchten, als die ganze Herde durch das Tor getrieben wurde. Orm nahm sich einen Zweig, den er auf dem Boden liegen sah, schlug den

Rindern auf ihr Hinterteil und trieb sie direkt an den Wachen vorbei.

„Fleisch für den König", rief einer der Hirten den Wachen zu.

„Passiert. Aber macht schnell. Ihr versperrt den ganzen Durchgang", rief einer der Posten zurück.

Die Gefährten gingen schnell durch das Tor und bogen direkt vom Hauptweg in eine schmale Gasse ein. Als sie sich wieder gesammelt hatten, begann Kat-Tia zu lachen.

„Das war wohl einfach. Die haben uns überhaupt nicht gesehen."

„Hereinkommen war einfach", sagte Lorin. „Aber hier ein Quartier finden und später wieder herauskommen wird schwieriger."

„Wir sollten uns aufteilen und getrennt gehen. Ein paar Grüppchen fallen weniger auf, als wir alle zusammen", meinte Amerus.

„Gute Idee", nickte Marsa.

„Ich gehe mit Marsa und Bran", sagte Gilgas.

„Amerus, du gehst am besten mit Kat-Tia zusammen. Ich werde mit Orm und dem Wolf gehen. Wir können ohne weiteres als Jäger durchgehen", sagte Lorin.

„Wo treffen wir uns?", fragte Amerus.

„Im Viertel der Schmiede wäre es am besten. Bran, kennst du die Schmiede?"

„Nur einen", sagte Bran. „So einen etwas dickeren. Er ist vor vielen Jahren über die Berge aus einer Steppe gekommen, genau wie ihr. Er war immer nett zu den Kindern und hat oft was zugesteckt. Aber ich weiß nicht, ob er noch lebt."

„Wir finden es heraus", meinte Gilgas bestimmt.

Die Freunde teilten sich auf und gingen mit etwas Abstand in das Gewirr der Gassen hinein. Anders als in Moendai gab es hier nur zwei breite Straßen, die sich kreuzförmig durch die Stadt zogen. Lorin und Orm machten den Anfang. Zwischen ihnen lief Skade, vor dem einige Leute zurückwichen. Danach gingen Amerus und Kat-Tia, in weiterem Abstand von Gilgas, Marsa und Bran gefolgt. Einige Passanten drehten sich zu Lorin und Orm um, die anderen wurden kaum beachtet. In diesem Teil der Stadt schienen viele ärmere Leute zu wohnen. Die

Häuser waren bei weitem nicht so groß und luxuriös wie in Moendai. Es waren mehr Hütten aus Ziegeln, die Wand an Wand gebaut waren und keine Höfe besaßen. Das gesamte Leben der Bewohner schien sich auf den Gassen abzuspielen. Frauen wuschen Wäsche und kochten, Kinder spielten, viele kleine Handwerker hatten ihre Werkstatt auf der Straße vor ihrem Haus. Fliegende Händler und Garküchen boten ihre Waren an. Überall in der Luft lag der Geruch von in Öl gebratenem Fisch und Fleisch, gebackenen Weizenklößen und anderen Speisen, die den Freunden fremd waren. Kat-Tia war überwältigt von der Fülle neuer Eindrücke, die ihr die Stadt bot. Amerus hingegen machte einen leicht gelangweilten Eindruck. Für ihn war Harappa nicht viel anders als die Unterstadt von Wilusa. Die Menschen schienen, trotz der herrschenden Enge, keineswegs unglücklich zu sein. Überall war Lachen zu hören und die ansteckende Fröhlichkeit förmlich zu spüren. Bran schien das Gewimmel zu genießen, so sehr erinnerte es ihn an seine alte Heimat. Gilgas hingegen fühlte sich ausgesprochen unwohl. Die vielen Menschen irritierten ihn sehr. Viel lieber war er auf dem freien Land. Hier in der Stadt waren ihm zu viele Leute, zu groß die Enge. Kat-Tia schmiegte sich an Amerus, der zärtlich einen Arm um ihre Schultern legte.

„Wunderschön ist es in einer Stadt", sagte sie.

„Alle Städte, die ich gesehen habe, waren gleich. Viele Menschen, Enge, Gestank." antwortete Amerus.

„Hast du schon viele Städte gesehen?"

„Ja, Kat-Tia. Sehr viele. Auf Kreta, in Ägypten, vom Land der Hethiter bis nach Babylon."

„Ich liebe die Stadt. So viele Menschen, soviel Neues."

„Glaube mir, das wird sich ändern. Dann wirst du zuviel von der Enge einer Stadt haben und dich zurücksehnen in die Steppe."

Gilgas hatte sein langes, in eine Decke eingeschlagenes Schwert eng an seinen Körper gedrückt. Neben ihm ging Marsa, deren Gesicht man ansah, dass sie ebenfalls die Stadt nicht allzu sehr mochte. Orm und Lorin hingegen sogen alle neuen Eindrücke förmlich in sich auf. Bran fragte unterwegs ein kleines Mädchen nach dem Wohnviertel der Schmiede und bekam sofort den

Weg gewiesen. So erreichten sie durch das Gewirr der engen Gassen eine der breiten Hauptstraßen. Sie überquerten den breiten Weg. Das Viertel, in das sie dann eintraten, hatte wesentlich breitere Gassen und schien reicher und vornehmer zu sein. Hier waren auch kaum Menschen auf der Straße und keine Händler und Handwerker zu sehen. Stattdessen gab es einen großen Marktplatz, auf dem allerlei Waren angeboten wurden; von den täglichen Lebensmitteln über tönernes und kupfernes Geschirr bis zu Sklaven aus allen Teilen der Welt. Die Gefährten mussten das vornehmere Wohngebiet bis zum Ende durchqueren. Dann, beinahe an der Stadtmauer, erreichten sie das Wohnviertel der Schmiede. Es war bei weitem nicht so groß, wie in Moendai und es gab nur wenige Werkstätten. Bran trat auf einen der Bewohner zu und unterhielt sich mit ihm. Der Mann wies mehrmals mit seinem Arm in eine Richtung. Bran lachte, bedankte sich und lief zu seinen Freunden zurück.

„Der dicke Schmied lebt und ist hier. Tronto heißt er. Er wohnt am Ende des Viertels und ist einer der beiden Schmiedemeister, die überlebt haben und den Weg bis Harappa geschafft haben", rief er freudestrahlend.

„Dann gehen wir hin", meinte Lorin und folgte Bran, der vorausging.

Tronto stand in seiner Schmiede, als er den Jungen kommen sah. Er kannte ihn. In Moendai hatte er ihn oft gesehen. Er ließ seinen Hammer sinken und legte das Eisen, das er gerade schmiedete, beiseite. Sein Blick fiel über die Schulter des Jungen und er sah weitere, ihm unbekannte Menschen, die auf seine Schmiede zukamen. Der Junge kam auf ihn zugelaufen.

„Tronto", rief er.

„Bran?"

Tronto ließ seinen Hammer aus der Hand fallen und lief auf den Jungen zu, der ihm in die Arme fiel. Tronto riss ihn mit seinen Bärenkräften nach oben und schwang ihn der Luft hin und her.

„Bran. Woher kommst du?"

„Aus Moendai. Mit meinen Freunden", jauchzte der Junge.

Die anderen waren mittlerweile nähergekommen und standen um die beiden herum. Skade drückte sich an Lorins Beine. Tronto stellte den Jungen wieder auf seine Beine.

„Kommt herein. Beeilt euch."

Tronto winkte die Freunde in seine Schmiede und verschloss die große Türe.

„Wie seid ihr in die Stadt gekommen? Und dann bis hier, ohne angehalten worden zu sein?"

„Wie meinst du das?", fragte Bran.

„Es kommen keine Fremden mehr in die Stadt, seit Moendai zerstört wurde. Überall sind Wachen unterwegs. Ich wundere mich wirklich, dass ihr unbehelligt durch die ganze Stadt bis hierhin gekommen seid. Aber jetzt kommt erst mal ins Haus. Man soll euch nicht unbedingt hier sehen."

Tronto brachte die Freunde in sein Haus, das direkt an die Werkstatt angebaut war. Er ging zu seiner Frau und sprach mit ihr. Hani verschwand in ein Nebenzimmer und kam kurze Zeit mit zwei großen Tabletts voller Essen zurück.

„Esst. Ihr seid ja völlig ausgehungert", sagte sie.

Die Freunde nahmen das Angebot begeistert an und fingen an zu essen. Selbst Skade bekam von Hani eine große Schüssel voller Fleischbrocken auf den Boden gestellt, die der Wolf mit Heißhunger verschlang. Zwischendurch erzählte Lorin dem Schmied von ihrer Reise über die Steppe und das Gebirge bis Moendai und weiter bis Harappa, immer wieder unterbrochen von seinen Freunden. Am Ende der Geschichte stand Tronto auf und ging, die Arme auf dem Rücken verschränkt, in der übervollen Stube auf und ab.

„Ihr müsst eine Berechtigung bekommen, damit ihr euch hier aufhalten dürft", sagte er.

„Berechtigung?", fragte Lorin.

„Ja. Ihr seid ohne Genehmigung in der Stadt. Wenn man euch hier findet, werden wir alle in die Bergwerke gebracht."

„Was sollen wir tun", fragte Amerus.

„Wir gehen zum ersten Minister des Königs."

„Wir?"

„Ja. Ich gehe mit euch. Der Minister kennt mich und er weiß, dass die Stadt die Schmiede braucht. Ihr bekommt die königliche Genehmigung, da bin ich sicher."

„Wann sollen wir gehen?", fragte Lorin.

„Morgen. Heute ruht ihr euch erst mal ein wenig aus. Es ist schließlich schon spät und die Sonne geht bald unter. Aber ihr müsst im Hause bleiben, damit man euch nicht sieht. Auf der Straße sind viele Ohren und viele Augen."

Tronto und Gilgas räumten die wenigen Möbel auf die Seite und die Freunde schlugen inmitten des Zimmers ihr Nachtlager auf, während sich Tronto und seine Frau in ihren eigenen Raum zurückzogen. Kat-Tia lag eng an Amerus gekuschelt und hatte ihre Arme um seinen Oberkörper gelegt. In kurzer Zeit lag das ganze Haus in tiefem Schlaf.

Lorin wurde unsanft aus dem Schlaf gerissen. Anfangs glaubte er, schlecht zu träumen, aber das Stimmengewirr und das Rütteln an seiner Schulter belehrten ihn eines Besseren. Er schlug die Augen auf und war hellwach. Im durch Fackeln erhellten Raum sah er viele fremde Soldaten. Ihre Brustpanzer aus Bronze oder gehämmertem Kupfer und ihre kurzen Schwerter vermittelten einen gefährlichen Eindruck. Einer von ihnen, wahrscheinlich der Anführer, trug einen Panzer aus getriebenem Silber, mit Goldornamenten belegt und ein Schwert aus dem neuen Metall. Lorin sah, dass seine Freunde und der Schmied bereits gefesselt im Zimmer standen. Raue Hände rissen ihn von seinem Lager und kurze Zeit später stand auch er, mit auf dem Rücken gefesselten Händen, im Raum. Ein Wink des Anführers gab den Befehl zum Abmarsch und die Soldaten trieben sie aus dem Haus. Durch die beginnende Dämmerung wurden sie quer durch die Stadt bis zu einem großen Platz geführt und von dort weiter in den Palast des Königs. Inmitten eines riesigen, prunkvollen Saales, der in seiner Leere eine bedrückende Stimmung ausstrahlte stand ein Mann mittlerer Größe, dessen Ausstrahlung zeigte, dass er es gewohnt war, Befehle zu erteilen und auch wusste, dass man sie befolgte.

„Sar-Tschan-Ra. Der Minister des Königs", flüsterte Tronto.

Die Soldaten trieben sie in die Mitte des Raumes und stellten sich im Halbrund hinter die Freunde. Lorin war gespannt, was jetzt auf sie zukommen würde.

„Ihr seid die Fremden, die es geschafft haben, meine Wachen zu überlisten und in die Stadt zu gelangen."

Es war eine Feststellung und der Minister erwartete keine Antwort.

„Woher kommt ihr und was sucht ihr in Harappa?"

Lorin trat einen Schritt vor.

„Du scheinst der Anführer zu sein", musterte ihn Sar-Tschan-Ra.

„Ja", antwortete Lorin.

„Erzähle."

Lorin begann die Geschichte der Reise zu erzählen. Von ihrem Anfang auf der Steppe und dem Weg über das Gebirge bis zum Volk der Geti und der weiteren Reise bis nach Moendai und weiter bis Harappa. Aus einem unbestimmten Grund erwähnte er weder Thorai noch das lange Schwert, das sie in Moendai gefunden hatten. Als er geendet hatte, sah er in das nachdenkliche Gesicht des Ministers.

„Bis jenseits der Berge weiß man schon von dem neuen Metall?"

Sar-Tschan-Ras Gesicht hatte einen sorgenvollen Ausdruck. Dann drehte er sich um und ging im Raum auf und ab. Nach einigen Minuten stellte er sich vor den Freunden hin.

„Ich habe entschieden. Das Geheimnis des neuen Metalls darf unser Land nicht verlassen. Aus diesem Grund und aus keinem anderen werdet ihr in den königlichen Kerker gebracht, wo ihr eure Zeit verbringen sollt, bis zu dem Tag, an dem man euch nach Norden in die Bergwerke bringt. Tronto wird wieder in seine Schmiede zurückkehren und auch den Jungen aus Moendai mitnehmen, der bei ihm das Handwerk des Schmiedes lernen wird. Die beiden Frauen werden dem Harem des Königs zugeführt, wo sie dem Herrscher von Harappa Freude bereiten werden. Das ist das Urteil, welches ich im Namen unseres Königs spreche."

Sar-Tschan-Ra wandte sich um und verließ den Saal durch eine Tür im hinteren Teil des Raumes. Lorin spürte die Spitze eines

Schwertes in seinem Rücken. Vier Soldaten sprangen vor, griffen Marsa und Kat-Tia und schleppten sie durch eine Seitentür aus dem Saal. Ungläubig starrte Amerus ihnen nach.

„Kat-Tia", schrie er.

„Amerus."

Kat-Tias Schrei hallte durch den Raum und Amerus hörte ihn noch, als sie bereits von den Soldaten aus dem Saal geschleppt wurden. Über lange, dunkle Gänge und Treppen ging es tief in den Bauch des Palastes bis zu Kerkern, die aus dem rohen Stein geschlagen und mit schweren Holztüren verschlossen waren. Die vier Männer wurden jeweils zu zweit in eine fensterlose Zelle geworfen. Lorin und Orm sowie Gilgas und Amerus. Als die mächtigen Türen hinter ihnen zufielen, schien es Lorin, dass auch das Ziel ihrer Reise mit ihnen eingesperrt wurde. Ihre Reise war zu Ende.

Kapitel 20 – Der Wolf und das Auge

Die Wolken jagten sich am Himmel im aufziehenden Sturm. Bald würde es regnen, vielleicht sogar ein Gewitter geben. Das Land war in ein merkwürdiges Zwielicht getaucht, so wie es immer war, wenn die Luft von der Hitze des Sommers genügend erwärmt war und Gewitter und Regen aufzogen. Nicht mehr lange und der Regen würde einsetzen und die ausgedörrte Erde tränken. Der trockene Boden könnte das Wasser nicht so schnell aufnehmen, wie es vom Himmel käme und Überschwemmungen bis weit den Fluss hinauf würden folgen. Der Wanderer liebte dieses Wetter und war trotz allem nicht zufrieden. Thorai war entsetzt. Sollten alle seine ausgeklügelten Pläne zunichte gemacht worden sein? Lorin und seine Freunde gefangen oder in den Harem des Königs gebracht. Wieviel Hoffnung hatte er in sie gesetzt? Sollte der große Plan jetzt verloren sein? Das konnte nicht sein. Das durfte nicht sein. Zum erstenmal war Thorai jetzt in die Defensive gedrängt. Er überlegte. Was sollte er tun? Es gab nur eine einzige Möglichkeit. Er musste nach Harappa gehen und den Dingen eine Wendung geben. Aber welche? Seine Zeit drängte. Die Entscheidung des Ministers hatte ihn überrascht. Niemals hätte er das für möglich gehalten. Lorin, Amerus, Gilgas und Orm waren eingekerkert. Auf sie warteten die Bergwerke im Norden, in denen Kupfer und Erze geschürft und nach Edelsteinen gesucht wurde. Kat-Tia und Marsa im Harem des Königs. Thorai lehnte sich zurück und schloss seine Augen. Ein neuer Plan reifte in seinem Kopf. Ein Plan, den auszuführen seine ganze Kraft und seine ganze Macht erfordern würde. Er sah auf den Strom, an dessen Ufer sich kleine Wellen brachen. Thorai stand auf, nahm seinen gewaltigen Steinhammer und ging. Sein Weg führte hinaus in den beginnenden Regen und er wandte sich nach Norden. Der Plan war gut und er würde gelingen, dessen war sich der Wanderer sicher. Am Ende wird mein Sieg stehen, dachte er bei sich. Thorai lächelte still in sich hinein. Trotz aller Schwierigkeiten und Problemen war doch alles so einfach.

Zur gleichen Zeit brannten weit entfernt, am großen Binnenmeer die Wachtfeuer der Alani und die Dörfer und Lager der ansässigen Hirten und Bauern. Innerhalb kurzer Zeit hatten Fenris' Krieger die Dörfer am Meer unterworfen und alle Bewohner, die sich nicht bedingungslos unterwarfen, getötet. Bereits zwei Monate nach ihrer Ankunft waren die Alani die uneingeschränkten Herrscher des Landes. Die Gefangenen bauten seit einiger Zeit an einer festen Burg für den König. Aus Lehm, Steinen und Flechtwerk wurden Hütten errichtet und mit einer gewaltigen Mauer aus Steinen, die sich jetzt im Baubeginn befand, umgrenzt. Zum ersten Male sollte das Volk eine feste Heimat haben, von der aus es sich ausbreiten und herrschen konnte. Das war Fenris Wille und damit sein Gesetz. Andere Sklaven legten Felder und Gärten an, nur die großen Herden wurden von den Alani bewacht. Alesha sah alles mit großer Sorge, aber sie fühlte sich trotz allem wohl. Fenris schien sie völlig zu ignorieren und das war ihr recht. Sie lebte immer noch in einem kleinen Zelt, jedoch ohne Tali, die in das große, neue Haus des Königs hatte ziehen müssen. Alesha vermisste ihre Freundin, freute sich aber auch darüber, jetzt endlich einen Ort zu haben, an dem sie auch alleine sein konnte. Sie wusste, dass es nur noch eine Frage der Zeit sein würde, bis sie zu Pferdeschwanz würde ziehen müssen. Spätestens im nächsten Frühling würde der Schamane sie rufen. Sie fürchtete sich vor diesem Zeitpunkt.

Seit langem hatte sie nicht mehr an ihr Amulett gedacht. Alesha lag am Ufer und schaute verträumt und nachdenklich auf das Wasser. Heute an diesem sonnigen und warmen Tag schien ihr alle Furcht und Erinnerung weit weg. Trotzdem war irgend etwas anders als in den Wochen zuvor. Der dringende Wunsch, das Auge zu verwenden, wurde in ihr wach. Sie wusste nicht warum, aber ihre Finger griffen instinktiv nach dem Amulett. In der Tiefe ihrer Seele empfand sie eine unbestimmte Angst. Ihre Hand umschloss mit festem Griff den Stein und Alesha bemerkte eine eigenartige Veränderung der Umgebung. Alles schien in eine tiefe Dämmerung getaucht, die Sonne wie aus flüssigem Gold und das Wasser des Meeres wie aus Blei. Ein bläulicher Schimmer überdeckte das Licht der Steppe. Alesha glaubte, aus weiter Ferne eine Stimme zu hören, die ihren Namen rief. Sie umfasste das Auge der Welt fester und konzentrierte sich. Die Stimme wurde klarer und lauter.

„Komm", hörte sie. „Hilf ihm."

Die Stimme wurde leiser, bis sie völlig verschwunden war. Alesha wusste nicht, wer sie gerufen hatte und wem sie helfen sollte. Sie ließ erneut ihre Gedanken schwimmen und genauso plötzlich wie all' die Male vorher sah sie Bilder und Menschen. Der weiße Wolf, den sie damals nach ihrer Flucht in die Steppe zum ersten Mal gesehen hatte, war wieder da. Das Tier schaute sie an, drehte sich um und lief ein Stück weg. Dann wurde sie von Bildern überschwemmt. Sie sah einen hochgewachsenen Mann mit einem mächtigen Steinhammer, einer sehr alten Waffe, die er geschultert hatte. Sie spürte die Macht dieses Mannes und hatte Angst, gleichzeitig aber das Gefühl einer enormen Vertrautheit. Dann glaubte sie, sich in einer tiefen Höhle zu befinden, bis sie merkte, dass die Wände aus massivem Stein geschlagen waren. Sie sah feste Türen zu allen Seiten und spürte Gefangenschaft und den Tod. Sie ging durch eine der Türen und sah einen jungen, starken Mann auf einem Grassack liegen und einen anderen, etwas älteren auf der anderen Seite. Alesha verließ die Zelle und ging in eine andere. Auch dort waren zwei Männer. Sie erinnerte sich, den einen schon einmal gesehen zu haben, erinnerte sich aber nicht, an welchem Ort dies gewesen war. Nur eines war ihr bewusst, sie hatte ihn mit Hilfe des Steines erblickt. Dann überschlugen sich die Bilder. Der Mann mit dem Hammer tauchte wieder auf und verschwand, ebenso der Wolf und ein kleiner Junge, den sie nie zuvor gesehen hatte. Sie sah zwei Raben, die hoch am Himmel ihre Kreise zogen und Alesha bekam Angst. Sie fürchtete sich vor den Vögeln, die sie in ihren Visionen schon einmal zu sehen glaubte. Es kostete sie eine große Anstrengung, den Stein loszulassen. Irgendwie ahnte sie, dass die Raben sie suchten und fast gefunden hatten. In dem Moment, da sie den Stein aus ihren Händen rutschen ließ, war das Land wieder so, wie es vorher gewesen war. Nur die Erinnerung an das Gesehene blieb in ihrem Gedächtnis.

Skade träumte. Sein Herr und Freund war weg. Auch alle anderen. Nur der kleine Junge war noch da und der Mann, der nach Schweiß und Feuer roch. Er lag in einer Ecke und streckte seine Pfoten steif von sich. Seine Träume waren in der letzten Zeit so eigenartig. Er sah Menschen, die er nie zuvor gesehen hatte. Ein junges Mädchen, das ihn ansah und wieder verschwand und einen großen, starken Mann, der einen Hammer aus Stein schulterte. Dieser Mann war ihm unheimlich. Die Pfoten des Wolfes zuckten. In seinen Träumen sah er auch andere Dinge. Die beiden Raben, die hoch über ihm in der Luft flogen und etwas suchten. Er wusste nicht, was die Vögel suchten, aber er glaubte, dass es mit dem Mädchen aus seinen Träumen zusammenhing. Skade mochte das Mädchen, genau wie den Jungen, der in der zerstörten Stadt gelebt hatte und mit ihnen weitergewandert war. Skade träumte. Er lief durch eine weite Landschaft, voll mit fettem Gras und vielen Blumen. Das Land erinnerte ihn an die Steppe, in der er geboren war und wo er Lorin gefunden hatte. Weit im Hintergrund schimmerte der silberne Spiegel eines großes Sees. Er spielte mit dem Jungen und lief mit ihm um die Wette. Er hörte Geräusche aus weiter Ferne und lief darauf zu. Durch das Gras, einen Hügel hinauf. Der Junge lief hinter ihm her. Auf der Hügelkuppe hielt er im Lauf inne. Unter ihm wogte eine gewaltige Schlacht. Er sah das Mädchen aus seinen Träumen und den Jungen, der an ihm vorbei hinunter lief, mitten in das Getümmel. Die Krieger im Tal verschwanden aus seinem Traum und neue Bilder überschwemmten ihn. Er sah den Mann mit dem Hammer, der mit einem Mann kämpfte, den er noch nie gesehen hatte. Er sah den steinernen Hammer die Luft durchschneiden. Die beiden kämpften gegeneinander. Die Erschöpfung des Gefechtes war ihnen anzusehen. Der Wolf schaute zu, dann verschwand auch dieses Bild.

Skade träumte. Er spürte eine kleine Hand, die sein Nackenfell streichelte und die Stelle hinter seinen Ohren, an der er so gerne gekrault wurde. Er wälzte sich ein wenig zur Seite und öffnete seine Augen. Skade merkte, das dies kein Traum mehr war. Neben ihm saß Bran und streichelte ihn. Der Wolf begann, dem

Jungen die Hand zu lecken. Seinen Traum hatte er schon vergessen. Skade genoss Brans Streicheln. Er mochte den Jungen.

Kapitel 21 – Der König

Die Dunkelheit war erdrückend. Kaum ein Lichtschimmer fand den langen Weg in die Kellergewölbe des Palastes, in dem sich die Kerker befanden. Die fensterlosen Zellen waren aus dem massiven Felsen geschlagen, versperrt mit dicken Türen aus Eichenholz. Als Lager dienten den Gefangenen große Hanfsäcke, die mit Stroh gefüllt waren. Der Kerker war jedoch trocken, ganz im Gegensatz zu denen, die Amerus aus Wilusa kannte. Wie oft hatten seine Beauftragten Schuldner einkerkern lassen, bis ihre Angehörigen die Schuld bezahlt hatten. Jetzt waren er und seine Freunde in einer ähnlich misslichen Lage. Am Abend des ersten Tages in Gefangenschaft hatte man die Freunde zusammen in eine größere Zelle gebracht, wo sie jetzt wenigstens zusammen waren. Lorin saß auf einem Strohsack und grübelte die ganze Zeit darüber nach, wie man entkommen könnte. Er wollte sich hierdurch nicht von seinem eigentlichen Ziel abbringen lassen. Aber ohne Fenster und mit Wänden aus massivem Felsen war eine Flucht nicht zu realisieren. Die einzige Öffnung in die Freiheit war die Türe, deren feine Ritzen die einzigen Lichtschimmer hineinließen, wenn einer der Wächter mit seiner Lampe vorbeiging. Täglich kam ein Wächter und brachte den Gefangenen etwas zu essen, meistens ein undefinierbares Fischgericht in Tonschalen. Die Gefangenen sahen die Wächter nur selten. Das Essen wurde einmal am Tag unter der Türe, die nicht ganz bis zum Boden reichte, durchgeschoben. In der Dunkelheit verloren die Freunde schnell jegliches Zeitgefühl, nur das Hereinreichen der Nahrung half, die Dauer der Gefangenschaft wenigstens zu schätzen.

„Wir müssen hier raus", sagte Gilgas, der am meisten unter der Bewegungslosigkeit litt.

„Wie?", fragte Lorin. „Es gibt keine Möglichkeiten."

Amerus saß zusammengekauert auf seinem Lager. Er vermisste Kat-Tia ebenso wie Gilgas seine Frau.

„Das stimmt. Irgendwie müssen wir hier aber wieder raus", sagte er.

„Ich gebe euch ja Recht", meinte Lorin. „Aber wie können wir es schaffen?"

Orm hatte die ganze Zeit wortlos dagesessen.

„Wir locken den Wächter herein, überwältigen ihn und fliehen."

„Und dann?", fragte Lorin. „Wie wollen wir den Weg aus diesem Palast finden?"

„Irgendeinen Weg gibt es", erwiderte Gilgas.

„Und wir müssen sehen, dass wir die Frauen finden", sagte Amerus.

Lorin verschränkte die Arme und dachte nach. Jeder Versuch zu fliehen war aussichtslos, aber immer noch besser, als hier unten auf den Weg in die nördlichen Bergwerke zu warten. Sie mussten es wagen, soviel stand fest.

Die Torwächter sahen ihn nicht, obwohl er direkt unter ihren Augen an ihnen vorbeiging. Thorai kannte seinen Weg, den er gehen musste. Er mochte die Stadt nicht. In Städten waren zu viele Menschen, zuviel Unberechenbares, zu viele Unwägbarkeiten. Trotzdem musste er hinein. Er musste den Freunden helfen, denn ohne sie war sein Ziel verloren. Er hatte einen Plan. Sein Weg führte quer durch die Stadt in das Viertel der Schmiede. Niemand schien ihn zu sehen oder zu beachten, und er bewegte sich wie ein Fisch im Wasser. Das quirlige Leben der Stadt begann ihn zu amüsieren. Menschen, dachte er bei sich. Sie sind so blind gegenüber allem, was sie nicht kennen. Im Viertel der Schmiede war weniger Hektik und Betriebsamkeit als in der übrigen Stadt. Es gab nur wenige Werkstätten. Die Schmiede waren eine eigene Kaste in der Stadt und hatten wenig Kontakt zu den übrigen Einwohnern. Thorai lenkte seine Schritte zu einer Schmiede an der Kreuzung zweier Straßen. Er trat durch den Torbogen in den Hof und sah den Schmied an seinem Amboss stehen. Neben ihm ein kleiner Junge, der neugierig zuschaute. Thorai sah den weißen Wolf, der im Schatten döste. Noch hatte niemand seine Anwesenheit bemerkt. Er schaute das Tier an. Der Wolf sprang auf und begann zu knurren. Seine Rückenhaare sträubten sich. Ein schönes Tier, dachte Thorai. Das Verhalten des Wolfes erweckte die Aufmerksamkeit des Jungen und des Schmiedes. Die beiden wandten sich um und sahen ihren Besucher. Der Junge lief zu dem Tier und legte ihm die Arme um den Hals.

Das Knurren des Wolfes hörte auf. Der Schmied ging auf den Besucher zu und sprach ihn an.

„Wer bist du?"

„Eine Hilfe, auf die ihr nicht verzichten könnt", sagte Thorai.

„Was meinst du damit?", fragte Tronto.

„Unsere gemeinsamen Freunde brauchen unsere Hilfe."

Tronto schaute Thorai verständnislos an.

„Du weißt, wen ich meine. Unsere Freunde sind eingekerkert."

„Und du willst sie befreien?" Tronto lachte schallend los. „Das ist unmöglich."

„Nicht ich", erwiderte Thorai. „Wir."

Trontos Lachen erstarb.

„Wir?", fragte er.

Thorai lächelte. „Ja. Wir."

Der Schmied wurde ernst.

„Lasst uns ins Haus gehen," sagte er.

Er drehte sich um und ging zum Wohnhaus. Thorai folgte ihm. Als sie an Skade vorbeikamen, bückte sich Thorai. Der Wolf kam langsam auf ihn zu und begann Thorais Hand zu lecken. Bran schaute wortlos zu.

„Ein kluges Tier", sagte Thorai.

„Er kennt seine Freunde", setzte er hinzu und folgte Tronto ins Haus.

Bran stand auf und folgte ihnen. Wenn Skade den Fremden akzeptierte, konnte er kein Feind sein, obwohl der Wolf anfangs geknurrt hatte. Im Wohnraum sah er den Schmied und den Fremden auf dem Boden sitzen und sich unterhalten. Bran zog sich in eine Ecke zurück und hörte aufmerksam zu. Der Fremde begann ihm zu gefallen. Er schien wirklich ein Freund zu sein. Jedenfalls war er der erste, der sich ernsthaft um die Befreiung der Freunde kümmern würde.

„Nur der König oder sein Minister können das Urteil rückgängig machen", sagte der Schmied.

„Gut," erwiderte Thorai.

„Aber das wird keiner von ihnen tun. Der Minister nicht, sonst würde er sein Gesicht verlieren. Und ebenso wenig der König. Er macht niemals eine Entscheidung des Ministers rückgängig. Was willst du also tun?"

„Der König wird sie freilassen, Tronto. Das kannst du mir glauben."

„Und welche Aufgabe haben wir dabei?", fragte Tronto.

„Ihr müsst alles für eine schnelle Abreise vorbereiten."

„Abreise?", fragte Tronto.

„Ja. Wir werden Harappa schnell verlassen."

„Wir? Wohin?"

„Über die Berge zurück in die Steppe. Dorthin muss Lorin."

„In die Steppe zurück", flüsterte Tronto gedankenverloren.

„Du kommst mit", sagte Thorai in einem Ton, der keinen Widerspruch zuließ.

„Ja. Ich komme mit. Ebenso meine Frau und Bran."

Bran stand auf.

„Wohin?", fragte er.

Tronto schaute den Jungen an.

„In das schönste Land der Welt werden wir dann gehen. In die Steppe jenseits der Berge. Dorthin, wo ich herkomme."

Er wandte sich an Thorai.

„Wann wirst du zum Palast gehen?"

„Morgen früh", antwortete der Wanderer. „Bis dahin wirst du alles vorbereitet haben."

Thorai stand auf und ging zum Eingang.

„Wohin gehst du?", fragte der Schmied.

„Nachdenken. Ein wenig an meinem Plan feilen", antwortete Thorai.

„Was ist, wenn man dich verhaftet?"

„Das wird nicht geschehen."

„Willst du nicht lieber hier bleiben?"

„Nein. Bereitet ihr nur alles vor. Morgen Mittag werden unsere Freunde schon frei sein. Dann muss alles fertig sein."

Thorai verließ das Haus und Bran lief zur Eingangstüre, aber von dem Fremden war weit und breit nichts mehr zu sehen. Bran lief zur Straße, aber auch dort war Thorai nirgends mehr zu sehen. Bran ging langsam zum Haus zurück. Der Mann machte ihm Angst und trotzdem vertraute er ihm. Er ging ins Haus und setzte sich neben Skade auf den Boden. Bei ihm fühlte Bran sich sicher. Aus der Küche hörte er den Schmied laut auf seine Frau einreden. Der Junge hatte den Eindruck, als ob Trontos Frau nicht unbedingt aus Harappa weg wollte. Nur vereinzelte Wortfetzen drangen an sein Ohr.

„... schon wieder unterwegs sein? ...“

„... neue Heimat verlieren ...“

„... müssen hier morgen weg ...“

Bran hatte den Eindruck, als ob Hani nicht gerne aus Harappa weggehen wollte. Er konnte sie verstehen. Auch er war in einer Stadt aufgewachsen und alles außerhalb der Mauern war für ihn ein fremdes, wildes Land. Mit dem Gedanken, schon morgen auf dem Weg in die Berge zu sein, konnte er sich nicht anfreunden. Nur die Hoffnung, dass seine Freunde dabeisein würden, stimmte ihn froh. Bran saß neben dem Wolf und legte seinen Kopf an das weiche Fell des Tieres. Er hoffte, dass der Fremde es wirklich schaffen würde, seine Freunde zu befreien. Es war einsam ohne sie. Im Nebenraum war es leiser geworden. Tronto schien seine Frau umgestimmt zu haben, zumindest hoffte Bran das. Kurz danach sah er den Schmied, wie er das Haus verließ und über den Hof auf die Straße ging. Bran stand auf und packte die Sachen seiner Freunde zusammen. Er wollte am nächsten Morgen nicht viel Zeit damit verlieren. Er wusste, dass sie davon nicht viel haben würden. Einige Stunden später kam Tronto zurück.

„So, das wäre geschafft“, sagte er zu Bran.

„Die Pferde haben wir“, setzte er hinzu.

Bran schaute auf den Hof.

„Wo?“

„Nicht hier, Junge. Draußen vor der Stadt. Bei einem Bauern habe ich sie untergestellt. Der Mann ist vertrauenswürdig.“

„Und deine Frau? Kommt sie mit uns?“

„Es war schwierig, sie zu überzeugen, aber sie kommt mit. Hani liebt mich viel zu sehr, als dass sie ohne mich hier bleiben würde. Sie bereitet die Vorräte vor, die wir mitnehmen. Und noch jemand wird mit uns kommen.“

„Wer?“, fragte Bran.

„Rollo. Ein Schmied wie ich. Ein starker und mutiger Mann. Er hat seinen Amboss den ganzen Weg von Moendai hierher getragen“, sagte Tronto voller Respekt.

„Warum kommt er mit?“

„Ihm gefällt es hier nicht. Moendai war schöner, sagte er mir. Und er will Abenteuer erleben."

„Ich glaube, die werden wir erleben."

Hani betrat den Raum und stellte eine große Tonschüssel voller Fleisch auf den Tisch und frisch gebackene Fladenbrote. Der Duft erfüllte den Raum in kürzester Zeit und Bran merkte, wie hungrig er war. Auch Skade schnupperte nach dem Fleisch und stieß Hani mit seiner Schnauze an. Sie ging zurück in den Nebenraum und kam kurz danach mit einer großen Schüssel voll rohem Fleisch zurück, die sie dem Wolf hinstellte. Nach dem Essen ging Tronto nochmals weg. Er wollte mit Rollo die letzten Vorbereitungen treffen. Es war schon spät in der Nacht, als der Schmied zurückkam. Seine Frau und Bran schliefen schon und auch Tronto legte sich hin. Morgen würden sie alle ausgeschlafen sein müssen.

Die aufgehende Sonne hatte die Mauerkrone der Stadtwälle noch nicht überschritten, als Thorai sich auf den Weg zum Königspalast machte. Die Straßen waren trotz der frühen Stunde schon voller Menschen. Bauern brachten ihre Waren zum Verkauf in die Stadt. Handwerker arbeiteten schon in ihren Werkstätten, welche die meisten Straßen säumten. Die Stadt pulsierte vor Leben. Heute würde Scha-Pan-Schur viel lernen. Thorai musste so heftig loslachen, dass einige Leute sich zu ihm umdrehten. Die Menschen hörten sein Lachen, aber sie konnten nicht erkennen, woher es kam. Nur wenige Menschen waren in der Lage, ihn auch dann zu sehen, wenn er unerkannt bleiben wollte. Er zog seinen Umhang fester um sich, nicht nur, um sich vor den Blicken dieser Menschen zu verbergen, sondern auch, um sich vor der Morgenkühle zu schützen und ging schneller. Kurz danach erreichte er die langen Treppen, die zum Palast hinauf führten. Thorai ging ohne zu zögern an den Wachen vorbei, die ihn keines Blickes würdigten und trat durch das hohe Eingangstor in die große Versammlungshalle. Bis auf wenige Wachen, an den Seitenwänden postiert, war die große Halle menschenleer. Thorai ging in die Mitte des Raumes, stellte seinen mächtigen Steinhammer auf den Boden, hielt seine

Hände trichterförmig vor den Mund und rief den Namen des Königs.

„Scha-Pan-Schur."

Seine Stimme hallte durch den hohen Raum.

„Scha-Pan-Schur."

Die Wachen bewegten sich langsam, die Schwerter gezückt, auf Thorai zu. Der Wanderer drehte sich halb zu einem Posten um und starrte ihn an.

„Hol mir deinen König", sagte er.

Die Wache schüttelte den Kopf.

„Das kann ich nicht. Der König schläft noch. Er will keine Störung."

„Bist du der Wachhabende?"

„Ja."

„Dann hole mir deinen König", wiederholte Thorai eindringlich und schaute dem Posten tief in die Augen.

Die Wache konnte den Blick nicht abwenden. Thorai hob langsam seine Hand und legte sie dem Mann auf die Schulter.

„Hol mir Scha-Pan-Schur", sagte er erneut. Es war so einfach, diesen Menschen seinen Willen aufzuzwingen.

Der Mann drehte sich um und ging wie in Trance zu einer Türe, die vom hinteren Teil der Halle in die Gemächer des Königs führte. Die anderen Wächter standen regungslos und wie geistesabwesend da. Thorai nahm seinen Hammer wieder auf und ging langsamen Schrittes auf den Thronsessel zu. Er hatte ihn kaum erreicht, als er laute Schritte und Stimmen hörte. Der Wächter, den er losgeschickt hatte, kam mit hochrotem Kopf und tief gebückt in die Halle gestolpert, gefolgt vom mächtigen Ersten Minister des Reiches.

„Wer wagt es?", schrie er in die Halle und ging zornig auf Thorai zu, als er ihn erblickte.

„Du. Was willst du, Fremder? Wie kannst du es wagen, den König wecken zu lassen? Ich werde dich köpfen lassen."

Thorai lachte laut los. Eigentlich war das nicht seine Absicht gewesen, aber Sar-Tschan-Ra amüsierte ihn. Der erste Minister des Königs schien seine ganze Macht ausspielen zu wollen, ohne zu wissen, wen er vor sich hatte.

„Was lachst du?"

Thorai ignorierte sein Gegenüber, der ihn, vor Wut rot angelaufen, anschrie.

„Du bist nicht der König. Hole ihn.", erwiderte er statt dessen.

„Der König ist nicht für jeden dahergelaufenen Vagabunden zu sprechen!", schrie Sar-Tschan-Ra.

Thorai starrte ihn an.

„Hole den König."

Sar-Tschan-Ra blickte irritiert auf den Wanderer. Er war es nicht gewohnt, dass man ihm die Stirn bot. Wer war dieser Mann, fragte er sich.

„Hole den König", sagte Thorai erneut mit ruhiger Stimme.

Der Minister schaute in die Runde und sah, dass die Palastwächter mit geistesabwesenden Blicken wie unbeteiligt dastanden. Er drehte sich wieder zu Thorai um und sah ihm in die Augen, die ihn fixierten.

„Du wirst den König zu mir bringen", sagte der Wanderer mit fester Stimme.

„Dann wirst du hören, was ich zu sagen habe."

Sar-Tschan-Ra wusste, dass er einen Fehler machte, aber er konnte gegen den Blick und die Stimme nicht ankämpfen. Er rief einen der Wächter zu sich und befahl ihm, den König in die große Halle zu begleiten.

Scha-Pan-Schur fand es entwürdigend, dass ihm, dem König, dem mächtigsten Mann des Landes, Befehle erteilt wurden. Voller Wut ging er schnellen Schrittes in die große Halle, fest entschlossen, diesem anmaßenden Menschen zu zeigen, wer er war. Als er ihn sah, verschwand seine Zuversicht. Der Mann war hochgewachsen und seine Augen glühten wie die eines Dämons, wie sie in der Nacht lebten. Der König konnte seinen Blick nicht abwenden und wie aus weiter Ferne hörte er die Stimme des Mannes, ohne seine Worte zu verstehen. Um ihn herum lösten sich die Wände des Palastes auf und seine Wachen verschwanden aus seinem Blick. Es war, als ob sie erst durchsichtig wurden und dann ganz verschwanden. Was geschah hier? Er war verwirrt. Sein Palast war weg. Spurlos verschwunden. Scha-Pan-Schur war verwirrt. Wo war er? Wohin hatte der fremde Mann ihn geschickt? Er sah nur den Staub der

Wüste und Dreck, ein kleines Zeltlager rund um eine Wasserstelle. Er wollte wieder nach Hause, zurück in seinen Palast, zu seinen Frauen. Vor allem zu den beiden Neuen. Vor allem die Kleine hatte es ihm angetan. Eine Katze war sie. Er seufzte, als er daran dachte. Er wollte zurück. In der Nähe des Nomadenlagers trieben zwei Kinder einen mit Holz hochbepackten Esel. Frauen trugen große Tonkrüge mit Wasser vom Brunnen weg. Scha-Pan-Schur gefiel das alles nicht. Er war alleine. Keine Diener und keine Wachen, selbst sein Minister war weg. Was für Gefahren ihm hier drohen konnten. Ihm, dem König von Harappa. Er würde Sar-Tschan-Ra zur Rechenschaft ziehen. Dafür, dass er ihn hier alleine ließ und auch dafür, dass er den Fremden zu ihm gelassen hatte. Wütend und schnellen Schrittes ging Scha-Pan-Schur auf das Lager zu. Die Leute mussten ihn sofort zurück in die Stadt bringen. Je näher er aber dem Lager kam, desto freudiger wurde er. Er vergaß, wer er war und hatte den festen Glauben, schon immer hier gelebt zu haben. Als er das Nomadenlager erreicht hatte, war das Wissen über sein Königreich vollständig aus seinem Gedächtnis verschwunden. Er strebte auf eine alte, kleine Behausung mit zerrissenen Zeltwänden zu, vor der eine junge Frau das Essen bereitete. In der Nähe spielten Kinder, viele Kinder. Seine Kinder. Er hatte zwölf Söhne und Töchter, die für ihn im Alter sorgen würden. So war es Brauch. Auch jetzt hatten alle schon ihre festen Aufgaben. Wasser holen und Brennholz suchen, das alte, halbblinde Dromedar versorgen, auf dem kargen, steinigen Feld arbeiten. All diese Aufgaben mussten seine Kinder erledigen. Er war schließlich der Mann der Familie. Er war nicht der reichste oder wichtigste Mann des Lagers. Nein, eher ein unbedeutender, sogar das ärmste Mitglied der Gemeinschaft. Aber er hatte eine Frau, die im viele gesunde Kinder geschenkt hatte. Er setzte sich vor den Eingang seiner armseligen Behausung und schaute selbstzufrieden seiner Frau beim Anrichten des Essens zu.

Die Krankheit kam leise, ohne Warnung, wie ein Dieb in die Zelte und Hütten geschlichen. Die Menschen starben nicht einfach, sie siechten dahin. Sie verließen ihre Behausungen nicht mehr, zogen sich zurück um dem unvermeidlichen Tod auszuweichen, der sich mit Pusteln unter den Achseln und schwarzen Verfärbungen der Haut bemerkbar machte. Die wenigen, die von der Krankheit nicht gezeichnet waren, mieden jeden Kontakt zu den Kranken. Die heilkundigen Männer und Frauen konnten die Krankheit, einmal ausgebrochen, nicht stoppen und die Menschen starben wie die Fliegen zum Beginn der kalten Jahreszeit. Scha-Pan-Schur blieb von der Krankheit verschont, seine Familie aber sah er sterben. Langsam und ohne Hast holte sich der Tod erst seine Kinder, dann seine Frau. Seinen großen, schönen Palast in Harappa hatte er längst vergessen. Ihm war so, als sei er Zeit seines Lebens hier. Und jetzt vergingen sein Leben und seine Zukunft. Nach dem Tod seines letzten Kindes, das Dorf war ausgestorben und entvölkert, begann er, die Kranken zu pflegen und zu helfen, wo er nur konnte. Er hoffte, dass ihn der Tod nicht übersehen würde und sein Bitten wurde erhört. Scha-Pan-Schur wurde krank. In seinen Achselhöhlen wucherten dunkle Pusteln und er wurde schwächer und schwächer. Er zog sich in seine armselige Hütte zurück, um dem Tod entgegenzusehen. War es ein Wunder oder eine Strafe? Er wurde gesund, merkte von Tag zu Tag die Besserung, aber er stand nicht auf, sondern fiel eines Tages in einen Dämmerzustand, von dem er hoffte, das er ewig dauern würde. Und er begann zu träumen.

Scha-Pan-Schur saß auf seinem Thron inmitten der großen Halle seines Palastes. Er musste geschlafen und geträumt haben. Ein eigenartiger Traum, den er aber angesichts des unbekannten Mannes vor ihm schnell wieder vergaß. Wer war der Mann? Was wollte er? Dann erinnerte er sich. Ja, er sollte die Gefangenen frei lassen. Ja, das würde er tun. Schade, die kleine Wildkatze hätte ihm gewiss Spaß bereitet. Sie gab er überhaupt nicht gerne frei. Es sollte wohl nicht so sein, dass sie mit ihm das Bett teilen würde. Denn der große Mann vor ihm bereitete ihm Angst. Wie sehnte er sich danach, ihn endlich loszuwerden. Er wollte nicht die ganze Zeit angestarrt werden. Weder von dem Unbekannten noch von seinem Vertrauten oder den Wachen. Warum starrten sie ihn eigentlich die ganze Zeit an? Er würde sie zur

Rechenschaft ziehen. Ja, das würde er. Köpfe würden rollen. So ein ungehöriges Benehmen darf ich nicht durchgehen lassen, dachte er bei sich.

„Holt die Gefangenen", befahl Scha-Pan-Schur.

Sein befehlsgewohnter Ton ließ keinen Widerspruch zu. Sar-Tschan-Ra blickte seinen König an. Er konnte nicht glauben, was er hörte und noch viel weniger konnte er glauben, was er sah. Wie sehr hatte sich sein König in den wenigen Minuten verändert, seit er dem Fremden in die Augen geschaut hatte. Sar-Tschan-Ra zögerte, dem Befehl Folge zu leisten.

„Hast du meine Worte nicht gehört?", fuhr ihn der König an.

„Hole die Gefangenen. Und auch die Frauen."

Der Minister war irritiert. Mit unendlicher Langsamkeit drehte er sich um und gab den Wachen den Befehl, die Gefangenen aus dem Kerker in den Thronsaal zu bringen. Dann wandte er sich wieder seinem König zu, konnte die Augen nicht abwenden, von dem, was er sah. In der Zwischenzeit brachten die Wachen die gefangenen Freunde über die gleichen endlosen Treppen nach oben, die sie erst vor einigen Tagen in den Kerker gegangen waren. Als man sie holte, dachte Lorin, dass jetzt jede Möglichkeit zur Flucht vergangen war und um so erstaunter waren die Gefährten, als man sie in den Thronsaal brachte und Lorin Thorai sah. Zum erstenmal erkannte er den Wanderer sofort. Auch Marsa und Kat-Tia waren schon dort. Amerus und Kat-Tia fielen sich in die Arme.

„Geht", sagte Thorai.

„Was ist geschehen?", fragte Lorin.

„Später", erwiderte der Wanderer. „Geht. Draußen warten Tronto und die anderen, die mit uns gehen werden. Beeilt euch. Wir haben nur wenig Zeit."

Mit schnellen Schritten verließen die Freunde den Palast, Kat-Tia und Marsa in ihre Mitte nehmend. Thorai folgte ihnen in einigem Abstand. Keine der Wachen beachtete sie auch nur im geringsten. Nachdem sie die breite Eingangstreppe hinter sich gelassen hatten, wandte sich die Gruppe dem Viertel der Schmiede zu, das sie auch nach kurzer Zeit erreichten. Im Hof der Schmiede herrschte bereits hektische Betriebsamkeit.

Tronto hatte, zusammen mit Bran und Rollo, die Packpferde in die Stadt geführt und alles zur Flucht vorbereitet. Die Tiere waren aufgeschirrt und beladen. Skade lief freudig auf Lorin zu und ließ sich von ihm das Fell kraulen. Man sah dem Wolf seine Freude über die Rückkehr an. Amerus betrachtete die Packpferde. Er hatte den Eindruck, als sei der gesamte Hausstand des Schmiedes verladen worden. Er schaute Kat-Tia, die neben ihn getreten war, an und nahm sie fest in den Arm. Es war also wahr. Sie würden Harappa mehr oder weniger unverrichteter Dinge wieder verlassen. Nur die Tatsache, dass neben Tronto auch der Schmied Rollo sich entschieden hatte, sie zu begleiten, stimmte den Luwier hoffnungsvoller. Nur wenig später verließen die Gefährten das Viertel der Schmiede und bewegten sich auf das westliche Stadttor zu, das sie unbehindert passierten. Außerhalb der Stadtmauer standen die Reitpferde, die Tronto dort zurückgelassen hatte, fertig gesattelt. Weit vor ihnen lag der mächtige Fluss, den sie überqueren würden und ein langer Weg über das Gebirge zurück in die Steppe. Nachdem sie die Stadt verlassen hatten, warf Bran als einziger nochmals einen Blick zurück. Die wuchtigen Stadtmauern schienen unzerstörbar und die Macht Harappas für alle Ewigkeit Bestand zu haben. Hoch über der Stadt sah der Junge zwei Raben fliegen, die sich mit lautlosem Flügelschlag nach Nordosten wandten, einem unbestimmten Ziel entgegen.

Sar-Tschan-Ra konnte die Blicke nicht von seinem König abwenden und starrte ihm unverhohlen ins Gesicht, wohl wissend, dass er durch diese Frechheit seinen Kopf verlieren konnte. Was hatte der Fremde mit ihnen gemacht? Diese Frage ging ihm nicht aus dem Kopf. Wie Marionetten hatte er sie behandelt, seine Befehle erteilt und alle hatten ihm gehorcht. Selbst der König war bei seinem Anblick in nie gekannte Untertänigkeit verfallen und schließlich sogar auf seinem eigenen Thron eingeschlafen. Nicht lange, aber die kurze Zeitspanne hatte ausgereicht, ihn zu verändern. Nicht nur geistig, sondern auch körperlich. Der Verfall war wie im Zeitraffer vor sich gegangen. Sein einst glattes, jugendliches Gesicht wurde älter, faltiger und mit einemmal wie von dunklen

Flecken und Pusteln bedeckt. Er hatte die Gefangenen ohne Widerstand freigelassen, obwohl die Wachen den Fremden jederzeit hätten überwältigen können. Aber es kam kein Befehl dazu, weder vom König noch von ihm selbst. Und jetzt saß auf dem Thron ein Mann, der nur noch ein Schatten seiner selbst war. Sar-Tschan-Ra drehte sich langsam um, ging erhobenen Hauptes zu einer Wache, entriss ihr den blankpolierten Schild und hielt den Spiegel seinem König vor. Scha-Pan-Schur griff danach und starrte mit vor Entsetzen geweiteten Augen auf sein Spiegelbild. Sar-Tschan-Ra hatte sich bereits abgewandt und verließ langsam und traurig den Thronsaal. Als er die Türe erreichte, die in die hinteren Gemächer führte, hörte er noch den Schrei seines Königs, der voller Abscheu und Angst, nach dumpfer Erkenntnis und verlorener Jugend klingend, durch den fast leeren Thronsaal hallte. Der erste Minister Harappas drehte sich nicht mehr um, sondern ging ohne zu zögern in seine eigenen Räume. Hier wartete das Gift auf ihn, das er immer parat hielt, für den Fall, dass er die Gunst seines Königs verlieren sollte. Heute war dieser Tag gekommen und er wusste, dass er dessen Ende nicht mehr erleben würde.

Sie erreichten den Fluss am späten Nachmittag, als die Sonne im Westen bereits tief über den Gipfeln der fernen Berge stand. Hier gab es eine Fähre, mit der sie unbedingt über den Strom setzen mussten. Eine Überquerung wie vor Moendai wollte niemand mehr machen. Thorai und Lorin ritten vorneweg. Während des ganzen Weges hatten sie kaum ein Wort gewechselt. Es war, als ob der Wanderer gar nicht anwesend wäre, als ob Lorin neben einem Schatten ritte. Den ganzen Tag überlegte Lorin, wie es weitergehen sollte. Sie hatten nichts erreicht, gar nichts. Alle seine hochfliegenden Pläne hatten sich in Luft aufgelöst, waren vergangen, wie der Morgennebel der Steppe in der wärmenden Sonne. Nur zwei Schmiede waren bei ihm. Zu wenige, um die Stämme der Steppe mit Waffen aus dem neuen Metall auszurüsten und das fremde Volk zu besiegen. Neben dem Wanderer waren sie noch zehn, Lorin, Amerus und Gilgas, die Freunde aus so lange zurückliegenden Tagen; dazu Marsa und Orm aus dem Volk der Geti; Kat-Tia,

Tash-Ana-Ma-Rais Enkelin; Bran, der Junge aus Moendai; Tronto der Schmied und Hani, seine Frau; dazu Rollo, auch er ein Schmied aus Moendai, ein Mann mit gewaltigen Körpermaßen und unermesslichen Kräften. Allein seine Oberarme waren so muskulös, wie Lorins Oberschenkel. Neben Brans Pferd lief Skade, Lorins Wolf, der dem Jungen nur noch selten von der Seite wich. Manchmal war Lorin ein wenig eifersüchtig, aber dann lächelte er wieder, denn noch nie hatte sein weißer Wolf so enge Freundschaft mit einem anderen Menschen als Lorin geschlossen. Während Lorin tief in Gedanken versunken war, erreichte die Gruppe die Fähre über den Fluss. Sie war von Soldaten aus Harappa bewacht und Lorin machte sich große Sorgen. Sollten sie jetzt doch noch aufgehalten werden und ihre kostbare Fracht verlieren? Sie waren alle mit eisernen Schwertern aus Trontos und Rollos Schmieden bewaffnet und führten auf ihren Packtieren neben dem Proviant noch vierundzwanzig weitere eiserne Schwerter und Hunderte von Pfeilspitzen mit. Sie wussten, dass es strengstens verboten war, solche Waffen aus Harappa fortzuschaffen, aber Thorai hatte gemeint, es ginge nicht anders. Wenn man die Ware finden würde, wäre ihr Tod besiegelt. Aber die Soldaten hielten sie weder an noch durchsuchten sie die Gruppe. Es war, als ob man sie gar nicht wahrnehmen würde. Thorais Macht schien unendlich zu sein. Die Reiter stiegen von ihren Pferden und führten sie vorsichtig auf das riesige Fährboot, das vollständig aus Holz gebaut war, ganz anders, als die Boote aus Schilf weiter im Süden. Während der ganzen Überfahrt stand Lorin am Bug und schaute auf das Wasser, sich ab und zu umdrehend, um seinen Gefährten zuzuschauen. Marsa und Gilgas, die bei den Pferden standen und Kat-Tia und Amerus, die engumschlungen auf den Fluss schauten und all den anderen. Als die Fähre am gegenüberliegenden Ufer anlegte, fiel Lorin auf, dass er Thorai nicht mehr gesehen hatte, seit sie auf der Fähre waren. Suchend schaute er sich um, konnte ihn aber nirgends entdecken. Es war außer ihnen und der Besatzung nur noch ein Passagier an Bord; eine alte gebeugte Frau, die einen aus Binsen geflochtenen Käfig mit zwei Hühnern in der Hand hielt und Lorin mit ihrem verhutzelten Gesicht zulächelte.

Die Freunde brachten ihre Tiere von Bord und stiegen auf, als Gilgas sich zu Lorin wandte.

„Wo ist Thorai?", fragte er.

„Weiter gewandert", antwortete Lorin und trieb sein Pferd an.

Gilgas und die anderen folgten ihm, ohne noch Fragen zu stellen. Er lenkte sein Tier auf einen kleinen Hügel und betrachtete die Gruppe. Von jetzt an, bis sie die Steppe erreichten, würden sie auf sich gestellt sein. Das wusste er und schaute hinab zum großen Strom. Die alte Frau humpelte langsam am Ufer entlang nach Norden und als ob sie merkte, dass Lorin sie aus der Ferne beobachtete, drehte sie sich um und schaute in seine Richtung. Lorin lächelte und hob langsam seine Hand und grüßte. Da hob auch die alte Frau ihre Hand zum Gruß und Lorin verstand. Thorai war überall und doch nirgends. Lorin schaute noch eine Zeitlang hinunter zum Ufer, wandte dann sein Pferd nach Nordwesten und galoppierte seinen Freunden hinterher. Ihr Ziel war die Steppe, ihre Heimat.

Kapitel 22 – Erneute Flucht

Der Sommer ging seinem Ende entgegen. Während der letzten Wochen hatte sich eine ungeheure Hitze über die Steppe gelegt und es schien, als ob die Erde verbrannte. Das Gras verdorrte und die Herden litten unter der heißen Sonne. Trotzdem ließ Fenris mit unverminderter Kraft die große Mauer um die Siedlung seines Volkes errichten. Die Steine und das Bauholz mussten von weit her, aus den Steinbrüchen am südlichen Seeufer, geholt werden und der Bau ging dementsprechend langsam voran. Fenris duldete keine Verzögerungen und trieb die Bauarbeiter mit großer Härte an. Die Häuser der Siedlung und die steinerne Burg, beides auf einem Hügel errichtet, waren bereits fertig. Alesha sah dem Fortgang der Arbeiten mit großer Sorge zu. Wenn die Mauer errichtet sein würde, würde ihr jede Möglichkeit zur Flucht genommen sein. Und diesen Gedanken hatte sie nie wirklich aufgegeben. Die täglichen Arbeiten hielten sie einstweilen vollauf beschäftigt, so dass kaum Zeit blieb, hinunter an die See zu gehen oder ihre knapp bemessene Freizeit anderweitig zu verbringen. Sie musste den Haushalt des Schamanen führen und kümmerte sich um Völlung, der inzwischen zwar wieder gesund war, aber nur humpeln konnte. Fenris hatte seinen Sohn seit dem Unglück ignoriert und keines Blickes mehr gewürdigt. Alesha kümmerte sich um den Jungen und freute sich, dass er überlebt hatte. Völlung hingegen schien mit seinem Schicksal, niemals ein großer Krieger und König wie sein Vater sein zu können, zu hadern. Es hatte ihn tief getroffen, dass sein Vater ihn verstoßen hatte. Nun lebte er beim Schamanen und Alesha, die ihn gesund gepflegt hatte. Er mochte das Mädchen sehr, das ihm zweimal das Leben gerettet hatte und er spürte den Hass, den sein Vater ihr entgegenbrachte. Er merkte aber auch, dass sie sich trotz der langen Zeit, die sie beim Volk lebte, noch nicht von ihren Fluchtgedanken getrennt hatte. Völlung beobachtete Alesha fast auf Schritt und Tritt. Er hatte den Gedanken gefasst, mit ihr zu gehen, wenn sie fliehen würde. Gesagt hatte er ihr nichts. Er hatte Angst, sie würde ihn nicht mit auf ihrem Weg nehmen wollen, da er sie nur behindern würde. Aber er würde da sein, sobald er merkte, dass Alesha das Volk verließ, und dann würde sie ihn mitnehmen - weg von seinem zornigen, grausamen Vater. Das hatte er sich geschworen.

Alesha saß am Ufer des Binnenmeeres und schaute auf die unendliche Wasserfläche. Sie ließ ihre Gedanken schweifen und erinnerte sich an ihre Kindheit und die Gefangennahme durch Fenris. Immer öfter und klarer dachte sie wieder an Flucht, je näher der Tag rückte, an dem sie die Frau des Schamanen werden sollte. Das war etwas, das sie auf gar keinen Fall wollte und es kostete sie große Mühe, sich das nicht anmerken zu lassen. Pferdeschwanz gab sich zwar große Mühe, ihr zu gefallen, aber Alesha hatte den Eindruck, das es ihm gar nicht um sie ging, sondern dass andere Pläne ihn leiteten. Sie glaubte, dass es irgend etwas mit ihrem Amulett zu tun haben müsste und vor allem deswegen musste sie die Flucht wagen. Das Auge durfte dem Schamanen nicht in die Hände fallen, darüber war sie sich im klaren. Die nächste Flucht musste besser geplant werden als ihre erste, die so jämmerlich geendet hatte. Auf den Wellen bildeten sich kleine Schaumkrönchen. Alesha merkte, dass langsam Wind aufkam und sie machte sich auf den Weg zurück. Der Himmel begann, sich mit Wolken zu bedecken und es sah danach aus, als ob es nachher regnen würde. Sie freute sich auf den Regen, welcher der Dürre der letzten Wochen ein Ende setzen würde. Der Wind wurde stärker und die Luft deutlich kühler und als Alesha das Dorf fast erreicht hatte, fielen die ersten dicken Regentropfen schwer auf die ausgetrocknete Erde. Sie breitete ihre Arme aus und lief laut lachend durch die kühle Nässe. In kurzer Zeit war ihr Leinenkleid durchnässt und klebte an ihrem Körper. Alesha lief an einer Stelle, an der die Mauer noch nicht vollendet war, in das Innere der Siedlung, schnurstracks auf die kleine Hütte zu, die sie zusammen mit Völlung bewohnte. Die Behausung war äußerst karg eingerichtet, eine kleine Feuerstelle zum Kochen und zwei grasgefüllte Leinensäcke, die als Schlafplatz dienten. Pferdeschwanz lebte in einer etwas größeren Hütte, die weder Alesha noch Völlung betreten durften, direkt daneben. Hier wohnte der Schamane und bewahrte gleichzeitig auch all' jene geheimnisvollen Utensilien auf, die er zur Ausübung seiner Stellung benötigte. Die Wände der Hütte waren behängt mit den unterschiedlichsten Masken, deren grausige, verzerrte Gesichter den Menschen und auch den Geistern Angst einjagen sollten. Das Mädchen drängte sich an der Wohnung des Schamanen vorbei zu ihrer eigenen Hütte und schlüpfte durch die Türöffnung, die zum Schutz gegen die blutsaugenden Mücken mit einer geflochtenen Grasmatte zugehängt war. Im Innern war es dunkel. Nur durch ein winzig kleines Fenster fiel Licht herein. Aleshas Augen gewöhnten sich langsam an das Zwielicht. Sie sah Völlung, der sie anschaute, auf seinem Lager sitzen. Er schien geweint zu haben. Alesha ging zu ihm hin und legte ihre Arme um seine Schulter.

„Was ist mit dir?", fragte sie.

„Du gehst weg", antwortete Völlung mit tränenreicher Stimme.

Alesha erschrak. Sie hatte mit niemandem über ihre Gedanken gesprochen, erneut eine Flucht zu wagen.

„Wie meinst du das?"

„Ich glaube, du gehst weg."

Völlung begann erneut heftig zu weinen. Die Tränen liefen ihm die Wangen herab und sammelten sich an seinem Kinn.

„Ich habe davon geträumt, dass du weglaufen willst. Nimm mich mit", sagte er.

Alesha drückte den Jungen fest an sich.

„Niemals würde ich dich alleine lassen. Das darfst du nicht denken."

„Versprichst du mir das?"

Alesha zögerte. Ein Versprechen war wie ein Schwur. Man musste es halten und ein Versprechen zu brechen, war schlimmer als alles andere, was sie sich vorstellen konnte. Die Geister der Ahnen würde sie bestrafen, wenn sie ein Versprechen brechen würde. Sie wischte dem Jungen mit ihren Fingern die Tränen aus den Augen.

„Ja, Völlung. Ich verspreche es dir. Du brauchst nicht mehr zu weinen. Aber du darfst niemanden davon erzählen. Das musst du mir versprechen. Dein Vater würde mich sonst sofort töten."

Völlung nickte.

„Ich werde niemandem davon erzählen. Das ist unser Geheimnis. Mein Vater darf dir nichts tun."

Der Junge beugte sich vor und gab Alesha einen schüchternen Kuss auf die Wange. Das Mädchen drückte ihn noch einmal fest an sich und gab auch ihm einen liebevollen Kuss. Völlung wandte sich schnell ab und Alesha merkte, dass sein Gesicht sich leicht rot färbte. Sie musste lächeln. Der Junge war so anders als sein Vater und irgendwie mochte sie ihn wirklich gerne. Alesha stand auf und ging zur Feuerstelle. Es wurde Zeit, das Essen zu richten. Sie wollte nicht, dass Pferdeschwanz ihr vorwarf, ihre Aufgaben zu vernachlässigen. Trotzdem machte sie sich Sorgen, ob Völlung sein Versprechen halten würde. Jetzt hing alles von dem Jungen ab, ob ihr die Flucht gelingen könnte. Sie machte sich gedankenverloren an ihre Arbeit und kurze Zeit später, als der Schamane ihre Hütte betrat, war das Essen fertig. Nachdem alle gegessen hatten, räumte Alesha noch ein wenig auf und legte sich dann zum Schlafen hin. Draußen stürmte es mittlerweile und der Wind peitschte den Regen gegen die Wände. Kurz bevor Alesha einschlief, hörte sie in weiter Ferne den ersten Donner eines nahenden Gewitters.

Fenris tobte innerlich. Er sah das Mädchen, das seiner Rache entkommen war, lachend durch den Regen laufen. Er hasste es, wenn die Menschen so fröhlich waren. Er würde seine Autorität, die er so mühsam errungen hatte, verlieren. Ihr Leinenkleid klebte an ihrem Körper und Fenris erkannte, das die Kleine langsam zur Frau reifte. Der König stand auf dem hölzernen Wehrturm seiner Burg, der bereits fertiggestellt war. In seinem Innersten glühte das unbändige Verlangen, das Mädchen besitzen zu wollen und sei es nur für eine Nacht. Aber er hatte sie damals, nach ihrer ersten Flucht, dem Schamanen geschenkt. Trotzdem wollte er sie haben, er wollte sie unbedingt. Langsam stieg er die Stufen hinunter in den Innenhof. Der Regen hatte ihn mittlerweile durchnässt. Fenris fluchte. Seine Wollkleidung wurde durch das aufgesogene Wasser schwer und unbequem. Er betrat seine Wohnstatt und rief seine Frau, damit sie ihm neue, trockene Kleidung brachte.

Während er sich umzog, reifte in seinem Kopf eine Idee. Heute Nacht würde er sich holen, was ihm zustand.

Das Gewitter tobte immer heftiger. Donner folgte auf Donner und Blitze erhellten die Nacht. Es war ein furchtbares Wetter und Fenris schien, als ob alle Götter zornig auf die Menschen waren. Das helle Licht der Blitze warf seinen Schatten wild zuckend auf die Wände der Hütten. Langsam, immer darauf bedacht, nicht allzu nass zu werden, schlich er die Reihe der Häuser entlang. Sein Ziel war die kleine Hütte neben der Behausung des Schamanen. Es war tiefe Nacht und er hoffte, dass Alesha schlief und nicht durch das Unwetter aufgewacht war. Über seinen Sohn, der in der gleichen Hütte wohnte, machte er sich keine Sorgen. Völlung konnte immer und bei jedem Lärm schlafen, da war er ganz wie seine Mutter. Er würde auch jetzt tief im Schlaf versunken sein. Dann erreichte er sein Ziel. Leise schlug er den Vorhang beiseite und betrat die Hütte. Die beiden Kinder lagen in tiefem Schlaf auf ihren Strohsäcken, Völlung mit dem Daumen im Mund. Oh, wie sehr er das hasste. Seine Hand zuckte schon, um seinem Sohn den Daumen aus dem Mund zu reißen, aber er unterließ es. Später würde er ihn bestrafen, jetzt noch nicht. Jetzt hatte er etwas anders vor. Langsam ging Fenris auf Aleshas Lager zu, beugte sich hinab und presste ihr blitzschnell seine Hand auf den Mund, um sie am Schreien zu hindern.

Tali konnte nicht schlafen. Das Gewitter machte ihr Angst. Setia neben ihr schnarchte laut und schien vom Lärm draußen nichts mitzubekommen. Vor einiger Zeit hatte Fenris das Haus leise, fast wie ein Dieb, verlassen. Tali hatte sich fest in ihre Decke eingewickelt, damit die bösen Geister, die allem Anschein nach draußen umgingen, ihr nichts anhaben konnten. Leise flüsterte sie Sprüche, die gegen die bösen Mächte helfen würden. Sie fror. Der Wetterumschwung hatte die Luft schnell abkühlen lassen. Sie zitterte ein wenig, nicht nur vor Kälte, sondern auch vor einer unbestimmten Angst, die nichts mit dem Donnern und Blitzen zu tun hatte. Die Tatsache, dass Fenris das Haus verlassen hatte, machte ihr Sorge. Wohin war er zu dieser späten

Stunde wohl gegangen? Tali erhob sich von ihrem Lager und schlich nach draußen. Ihre Neugierde war stärker als ihre Angst. Draußen stürmte es so sehr, dass der Regen fast waagerecht durch die Siedlung peitschte. Angestrengt schaute sie durch die Nacht, die nur von den grell aufleuchtenden Blitzen erhellt wurde. Sie konnte Fenris nirgends entdecken. Der Ort schien wie ausgestorben. Selbst die Wachen, die sonst immer ihre wachsamen Blicke über das Dorf und die nahe Umgebung schweifen ließen, waren nirgendwo zu sehen. Die Wachposten hatten sich anscheinend vor dem Unwetter in ihre Unterkünfte zurückgezogen. Fenris würde toben, wenn er das sah. Tali zog die Kapuze ihres Wollmantels tief in ihr Gesicht und lief geduckt durch die Nacht. Sie wollte zu Alesha. Dort würde sie keine Angst mehr haben. Sie hatte nie Angst in der Gegenwart ihrer Freundin. Fenris würde sie morgen früh schlagen, dessen war sie sich sicher, aber das war immer noch besser als aus lauter Angst vor den bösen Geistern zu sterben.

Alesha spürte tief in ihrem Unterbewusstsein eine Gefahr. Schlagartig war sie hellwach und schlug ihre Augen auf. Gleichzeitig presste sich eine starke Hand auf ihren Mund, während die zweite Hand ihren rechten Arm auf die Bettstatt drückte. Voller Entsetzen blickte sie in das verzerrte Gesicht des Königs. Sie wollte schreien, bekam jedoch keinen Ton heraus.
„Wenn du schreist, töte ich dich", sagte Fenris leise.
Alesha hatte Angst. Sie wusste, dass Fenris sie hasste und sie ohne Zögern töten würde, falls auch nur ein Laut über ihre Lippen kam. Sie schüttelte leicht den Kopf. Der König nahm seine Hand von ihrem Mund und stopfte eine Stückchen Leinen hinein. Alesha hatte Angst, nicht mehr atmen zu können und musste würgen. Dann drückte Fenris unsanft ihre Arme zusammen und fesselte sie an den Handgelenken. Mit einem zufriedenen Gesicht kniete er über dem Mädchen und grinste sie an.
„Jetzt gehörst du mir und ich nehme mir, was ich will und was mir zusteht. Hast du verstanden?"
Alesha nickte. Fenris nahm sein Messer aus dem Gürtel und zerschnitt Aleshas Unterkleid, in dem sie immer schlief. Sie fing

leise an zu weinen, während der König ihre Nacktheit betrachtete. Das Mädchen presste seine Beine fest zusammen. Fenris lachte leise.

„Das wird dir nichts nützen, du kleine Hexe."

Dann zog er hastig seine wollene Hose aus und kniete sich erneut vor Alesha. Mit seinen starken Händen spreizte er ihre Beine und kicherte vor sich hin. Alesha wandte ihr Gesicht ab und blickte in die entgegengesetzte Ecke der Hütte, dorthin, wo Völlung sein Lager hatte. Es war leer. Dort, wo der Junge geschlafen hatte, war niemand mehr.

Völlung öffnete seine Augen. Was er sah, erschreckte ihn zutiefst. Sein Vater kniete über seine Lebensretterin und hielt ihr den Mund zu. Ihn schien er völlig zu übersehen. Leise, um nicht die Aufmerksamkeit auf sich zu lenken, rutschte er von seinem Bett und drückte sich an die Wand, unfähig, seine Augen von Alesha und Fenris abzuwenden. Er trug nur eine weite Leinenhose. Völlung wusste nicht, was zu tun war. Verzweifelt suchten seine Augen die kleine Hütte ab, in der Hoffnung, einen Ausweg zu finden, während sein Vater Aleshas Kleid zerschnitt und seine Hose auszog. Der Junge wusste, was jetzt kam. Oft genug hatte er es bei seinen Eltern gesehen, als diese glaubten, er schliefe fest. Er musste seiner Freundin helfen, darüber war er sich im klaren, nur wusste er noch nicht wie.

Eigenartigerweise dachte Alesha nicht daran, was ihr jetzt bevorstand, sondern nur, wo Völlung sein mochte. Sie spürte nicht, wie Fenris' grobe Hände ihre Schenkel abtasteten und ihre Brüste kneteten. Unentwegt dachte sie nur an Völlung und daran, dass ihr das Amulett, das sie immer wieder zu Rate gezogen hatte, nicht helfen konnte. Zum ersten Male in ihrem Leben wurde ihr bewusst, dass sie dem König gegenüber vollkommen wehrlos war und es immer gewesen war. Sie merkte nicht mehr, wie ihr die Tränen die Wangen hinunterliefen. Sie spürte nicht mehr die fordernden Hände ihres Feindes, die ihre Schenkel auseinander drückten. Alesha weinte, vor Zorn und Angst, vor Hilflosigkeit und Ekel. Sie begann, Fenris aus der Tiefe ihrer Seele heraus zu hassen, mehr als sie es je getan hatte.

Tali erreichte Aleshas Hütte. Der Regen hatte dermaßen zugenommen, dass sie dachte, durch eine Wasserwand zu laufen. Tief geduckt brachte sie die letzte Strecke des Weges hinter sich, schlug den Türvorhang zur Seite und blieb wie angewurzelt stehen. Sie sah Fenris, der halbnackt über Alesha kniete und sah die Tränen in den Augen ihrer Freundin. Und sie sah Völlung. Sofort erfasste sie, was geschah und ohne dass sie es wollte oder verhindern konnte, löste sich ein leiser Schrei von ihren Lippen. Schlagartig drehte sich der König um, sah Tali und auch Völlung, der mit erhobenen Armen hinter ihm stand. Noch bevor Fenris reagieren konnte, ließ Völlung seine Hände blitzartig sinken und zerschmetterte den schweren Tonkrug, den er hielt, auf dem Kopf seines Vaters. Fenris sank, wie vom Blitz getroffen in sich zusammen. Völlung beugte sich nieder, nahm das Messer, mit dem Fenris Aleshas Kleid zerschnitten hatte und befreite das Mädchen von seinen Fesseln. Alesha griff sich die Überreste ihrer Kleidung und hielt sie vor sich. Tali stand immer noch bewegungslos im Eingang.

„Hilf Alesha", rief Völlung Tali zu.

Tali bewegte sich nicht, sondern starrte immer noch voller Entsetzen in die Hütte.

„Komm endlich."

Tali kam näher und verlor schließlich ihre Starre. Sie half Alesha aufzustehen und führte sie zur anderen Seite der Unterkunft. Zwischenzeitlich suchte Völlung einige Lederriemen zusammen, mit denen normalerweise die Krüge mit den Nahrungsmittelvorräten zur Decke gezogen wurden, um sie vor Nagetieren zu schützen. Dann kniete er sich vor seinem Vater nieder und begann, ihn sorgfältig zu fesseln. Die Unterarme band er fest auf dem Rücken zusammen, beugte dann die Beine des Königs nach hinten und fesselte auch diese, wobei er beide Fesseln nochmals mit Riemen verband. Damit war Fenris völlig bewegungslos gemacht. Alesha hatte in der Zwischenzeit ihre alten Wildlederhosen und ein Leinenhemd angezogen, wobei Tali ihr half. Dann ging sie auf Völlung und ihren Peiniger zu.

„Ist er tot?", fragte sie.

„Nein", antwortete Völlung. „Aber ich wünschte, er wäre es. Wir müssen weg von hier. So schnell wie möglich."

„Ja", sagte Alesha und ging in den hinteren Teil der Hütte, wo sie anfing, verschiedene Vorräte in Lederbeuteln zu verpacken. Tali half ihr dabei.

„Komm mit." Alesha schaute Tali an.

„Ich kann nicht", antwortete sie.

„Warum? Er wird seinen Zorn an dir auslassen. Komm mit."

„Nein", sagte Tali mit einer Bestimmtheit, die Alesha nicht von ihr erwartet hätte.

„Nein. Hier ist meine Heimat und wenn ich auch gehe, dann sind Sora und ihr Kind ganz alleine. Nein, ich bleibe hier. Mir wird schon nichts geschehen."

Alesha schaute Tali tief in die Augen und sah, dass sie ihre Freundin nicht umstimmen konnte. Dann trat sie vor und umarmte Tali. Völlung hatte sich in der Zwischenzeit angezogen, das Messer in seinen Gürtel gesteckt und seinen kleinen Bogen genommen.

„Wir müssen weg, Alesha. Wir haben nicht mehr viel Zeit."

Alesha drückte Tali noch einmal fest an sich und drehte sich dann zu Völlung um.

„Ich bin fertig. Gehen wir."

„Wohin werdet ihr gehen?", fragte Tali.

„Nach Norden. In meine alte Heimat. Da wird er uns nicht vermuten. Fenris wird nicht glauben, dass wir nach Norden gehen werden. Deshalb ist das der beste Weg."

Tali nickte und schaute den beiden traurig hinterher, als sie die Hütte verließen und in den strömenden Regen hinausliefen. Sie sah ihnen nach, bis sie die Pferdekoppel erreicht hatten.

Bei den Pferden war nicht ein einziger Wachposten zu sehen. Es schien, als ob die beiden vom Glück begünstigt wären. Alesha öffnete die Koppel, legte zwei Pferden die Zügel an und führte sie hinaus. Sie half Völlung auf ein Pferd und drückte ihm die Zügel des zweiten in die Hände. Dann ging sie nochmals hinein und holte zwei weitere Tiere.

„Warum vier Pferde?", fragte Völlung.

„Wir haben einen weiten Weg vor uns und werden die ganze Nacht und den morgigen Tag reiten müssen. Es ist besser, wir können unterwegs die Pferde wechseln."

Dann nahm sie die Leine ihres Pferdes und führte es langsam, um keinen Lärm zu verursachen, zur Mauer. Das Gewitter war schwächer geworden und nur noch vereinzelt erhellten Blitze die Nacht. Ohne entdeckt zu werden, erreichten die beiden die noch nicht geschlossene Lücke in der Mauer und verließen die Siedlung. Ohne sich noch einmal umzuschauen ritten sie nach Norden. Die Mitte der Nacht war bereits vorüber, als Alesha ihr Pferd zügelte. Völlung brachte sein Tier neben dem Mädchen zum Stehen.

„Warum halten wir?", fragte er.

„Wir sind lange genug nach Norden geritten", antwortete Alesha.

Völlung schaute sie fragend an, sagte aber nichts.

„Wir werden jetzt in diese Richtung weiterreiten."

Alesha zeigte mit ihrem Arm nach Südosten.

„Warum?"

„Fenris wird Tali so lange ausfragen, bis sie ihm alles sagt. Und er hat seine Mittel, sie zum Sprechen zu bringen. Tali wird solange schweigen, bis sie nicht mehr kann. Und dann wird Fenris nach Norden reiten. Aber wir nicht."

„Wohin reiten wir dann?", fragte Völlung.

„Zur Hochebene, von der euer Volk gekommen ist. Dort wird Fenris uns niemals suchen."

Alesha wandte ihr Pferd nach Südosten und Völlung folgte ihr in einigem Abstand.

Fenris tobte. Sein eigener Sohn hatte ihn niedergeschlagen. Ein Kind, welche Demütigung. Völlung hatte ihn seines Triumphes beraubt. Fast eine Stunde hatte er bewusstlos dagelegen. Als er endlich erwachte, merkte er, dass er gefesselt dalag und sich kaum bewegen konnte. Er drehte seinen Kopf, von dem er das Gefühl hatte, er würde platzen, und sah Tali schräg hinter sich sitzen.

„Binde mich los", brüllte er. „Sofort."

Tali rührte sich nicht.

„Weib, binde mich endlich los. Hörst du nicht?"

Fenris zerrte an seinen Fesseln. Tali erhob sich langsam und ging auf den König zu. Mit ihren Fingern versuchte sie, die straff gezogenen Riemen zu lösen.

„Es klappt nicht", sagte sie teilnahmslos.

Fenris lief vor Zorn im Gesicht rot an.

„Dann nimm ein Messer!", schrie er Tali an.

Tali ging in den vorderen Teil des Raumes und suchte an der Kochstelle nach einem Messer. Nach längerer Suche, Fenris hatte den Eindruck, als ob sie absichtlich langsam machte, fand sie ein kleines Bronzemesser. Sie nahm es und kam zu ihrem gefesselten Mann zurück. Äußerst vorsichtig und bedächtig schnitt sie erst die Fußfesseln und dann die Handfesseln durch. Mit einem Satz war Fenris auf den Beinen. Sein Schlag traf Tali unvorbereitet ins Gesicht.

„Das wirst du mir büßen", fauchte er sie an.

Talis Gesicht begann sich bereits zu verfärben.

„Wo sind die beiden?"

Seine Stimme zitterte vor Zorn und der erlittenen Demütigung.

„Sprich jetzt. Wo sind sie?"

„Weg. Sie sind weg."

Man hörte Talis Stimme an, dass sie mit aller Gewalt die Tränen unterdrückte.

„Wohin, Weib? Wohin?"

Fenris schlug sie erneut.

„Ich weiß es nicht. Sie sind einfach weg."

Der König packte Tali an ihren Haaren und zerrte sie aus der Hütte. Dann schlug er den Weg zu seinem Haus ein, Tali noch immer hinter sich herziehend.

„Du weißt, wohin die beiden geflohen sind."

Tali schluchzte, während Fenris sie in sein Haus zog. Dort warf er sie auf den Boden, nahm eine kurze Peitsche und schlug zu. Tali konnte einen Schrei nicht unterdrücken.

„Wohin, Weib?", schrie der König, während er erbarmungslos weiter auf Tali einschlug.

Das Mädchen schrie vor Schmerzen.

„Nach Norden. Sie wollten nach Norden."

Setia war von dem Lärm und den Schreien aufgewacht und stand von ihrem Lager auf. Fenris erklärte ihr kurz, was geschehen war, wobei er jedoch seine unrühmliche Rolle verschwieg.

„Kümmere dich um sie!", befahl er seiner Frau.

Dann nahm er seine Waffen und verließ das Haus. Er würde sich sofort auf den Weg machen. Die kleine Hexe und sein missratener Sohn würden ihm nicht entkommen. Wenn er sie gefunden hatte, und das würde er, würde er sie töten. Alleine der Gedanke daran, sich zu rächen, verschaffte ihm eine gewisse Befriedigung. Fenris ging schnellen Schrittes zum Wachhaus, das direkt an die Mauer grenzte. Seine Laune wurde noch schlechter, als er sah, dass die Wachen vor dem Unwetter in das Wachhaus gegangen waren und ihre Posten im Stich gelassen hatten. Er wollte sofort mit einem Trupp die Verfolgung aufnehmen, als er sich darauf besann, dass die Spuren, welche die Flüchtenden zweifellos hinterlassen würden, bei Tageslicht besser zu sehen waren und es nur eine Frage der Zeit war, bis die beiden wieder eingefangen wären. Mit dem ersten Licht des Tages verließen Fenris und zwanzig Berittene die Siedlung und begannen die Verfolgung von Alesha und Völlung.

Seit drei Tagen waren Alesha und Völlung unterwegs. Die erste Nacht und den darauf folgenden Tag waren sie ohne Unterbrechung geritten. Anfangs nordwärts und dann Richtung Südosten. Am Abend des ersten Tages machten sie eine kurze Rast, wechselten die Pferde und ritten weiter. Alesha wusste, dass Fenris die Verfolgung längst aufgenommen hatte, und sie war bestrebt, soviel Entfernung wie nur irgend möglich, zwischen die Verfolger und sich zu bringen. Der Ritt war strapaziös, aber Völlung hielt sich gut. Aleshas anfängliche Befürchtung, der Junge könne den anstrengenden Weg, den sie vor sich hatten, nicht durchhalten, schien sich nicht zu bewahrheiten. Trotz seines lahmen Beines und der Belastung ließ er keine Anzeichen von Müdigkeit erkennen. Die beiden Flüchtenden rasteten bei einer kleinen Baumgruppe, die von einem niedrigen, langgezogenen Hügel begrenzt wurde. Völlung suchte einiges Reisig zusammen und machte ein Feuer, wobei er darauf achtete, dass die Flammen von der Steppe her nicht sichtbar waren. Alesha und Völlung waren froh, einen geschützten Ort gefunden zu haben, an dem sie sich ein wenig von dem anstrengenden Ritt erholen konnten. Sie wollten hier die Nacht verbringen und im Morgengrauen ihren Weg fortsetzen. Alesha pflockte die Pferde auf der anderen Seite des Hügels an und verteilte einen Teil der kargen Vorräte. Sie hatte nicht viel an Essbarem mitnehmen können, nur getrocknetes Obst und Fleisch, das durch Räuchern haltbar gemacht war, dazu noch einen kleinen Sack mit Einkorn und einen mit Nüssen. Die beiden aßen ein wenig und machten sich ein Nachtlager bereit. Alesha hatte beschlossen, die erste Wache zu übernehmen, notfalls die ganze Nacht, denn sie wollte Völlung auf jeden Fall ausschlafen lassen. Noch waren sie nicht in Sicherheit und sie wusste nicht, wann sie ihr Ziel erreichen würden. Aber eines wusste Alesha genau: Fenris würde nicht aufgeben, bevor er sie gefunden hatte. Sie lehnte sich mit dem Rücken gegen einen alten, vom Blitz gefällten Baumstumpf und schaute angestrengt in die Dunkelheit. Kurz danach schlief Alesha ein.

Fenris konnte ein anerkennendes Lächeln nicht zurückhalten. Die Kleine war schlau. Zuerst führte die Spur eine ganze Zeitlang Richtung Norden, bog dann völlig unvorhergesehen nach Osten und später nach Südosten ab. Die beiden hatten ein Ziel, aber welches. Der König schickte seine Kundschafter fächerförmig weit vor die eigentliche Suchtruppe. Seine Opfer würden ihm nicht entkommen, obwohl Alesha und Völlung einen unbestreitbaren Vorteil hatten. Sie konnten die Nacht durchreiten, während Fenris und seine Männer die Verfolgung nur bei Tageslicht durchführen konnten, da sie ansonsten die Spuren schnell verloren hätten. Jetzt war Fenris sicher, fast am Ziel zu sein. Vor einiger Zeit hatten Kundschafter gemeldet, die beiden bei einem Wäldchen gesichtet zu haben. Der König hatte ihnen ausdrücklich untersagt, irgend etwas zu unternehmen. Den Triumph der Gefangennahme wollte er selber genießen. Ja, er freute sich sogar schon auf diese Stunde und auf die Gesichter der beiden Flüchtlinge, wenn er sie an seinem Pferd gebunden wieder in die Siedlung zurückbrachte, wo sie dem sicheren Tod entgegensehen würden. Fenris konnte seine Freude kaum verbergen.

‚Ja‘, dachte er bei sich: ‚Es ist alles so einfach.‘

Aleshas Schlaf war unruhig. Sie träumte von einem Mann, den sie irgendwo schon einmal gesehen hatte. Immer wieder wurde der Traum durch andere Bilder unterbrochen. Sie sah sich selbst, wie sie ihr Amulett in den Händen hielt und über die Steppe wanderte. Sie erkannte die Landschaft, durch die sie kurz vorher mit Völlung gekommen war und dann wieder das Gesicht des Fremden. Sie hörte ihn sprechen, erst undeutlich, dann immer klarer und deutlicher.

„Ihr müsst gehen."

Die Stimme war von hypnotischer Eindringlichkeit.

„Jetzt sofort müsst ihr aufbrechen. Er hat euch gefunden. Reitet nach Süden, bis zum steinernen Feld."

Aleshas Traum war wie die Wirklichkeit, fast greifbar. Instinktiv griff sie im Schlaf nach ihrem Amulett und spürte eine bisher nicht gekannte Hitze, die das Auge der Welt ausstrahlte. Noch einmal hörte sie die warnende, fast flehend gewordene Stimme des Fremden, dann wachte sie auf. Sie war hellwach, ohne den schläfrigen Zustand, den sie normal nach dem Aufwachen hatte. Der Traum kam ihr so real vor, dass sie sich vorsichtig umschaute, in der Erwartung, den Fremden zu sehen. Aber die Umgebung hatte sich nicht verändert, niemand war in der Nähe. Trotz allem machte sich Alesha große Sorgen und sie beschloss, sofort aufzubrechen. Sie weckte Völlung und zusammen rafften sie ihre Habseligkeiten zusammen. Der Junge stellte keine Fragen, als Alesha ihm eröffnete, dass sie jetzt weiterreiten würden. Sein Vertrauen in das Mädchen war grenzenlos. Er löschte sorgfältig das niedrig brennende Feuer, indem er es mit Erde erstickte. Kurze Zeit später war sie wieder unterwegs. Alesha schlug, ohne nachzudenken, den Weg nach Süden ein, so sehr vertraute sie ihrem Traum. Sie ahnte, dass der Fremde, den sie gesehen hatte, Thorai gewesen war, von dem ihr die alte Becka erzählt hatte. Ihm vertraute sie, obgleich sie ihn nur aus ihren Visionen kannte. Aber er war der eigentliche Herr ihres

Amuletts und alleine aus diesem Grund hatte sie keine Angst vor ihm. Sie vertraute seinen Worten und wusste, dass er Recht hatte. Fenris war in ihrer Nähe und hatte sie bereits entdeckt. Vielleicht, nur vielleicht, konnten sie ihm doch noch entkommen. Auf gar keinen Fall wollten die beiden dem König in die Hände fallen. Lieber wollte Alesha sterben und sie war sich sicher, dass Völlung genauso dachte. Sie kamen schnell vorwärts. Die Furcht vor Fenris trieb sie unerbittlich weiter nach Süden. Alesha dachte die ganze Zeit über nach. Was hatte der Wanderer mit dem steinernen Feld gemeint? Sie konnte es sich nicht erklären, aber sie war zuversichtlich. Wenn die Zeit gekommen war, würden sie es verstehen.

Im Morgengrauen des folgenden Tages hatte Fenris seine Männer in Position gebracht. Er war sich seiner Sache so sicher gewesen, dass er es nicht für nötig gehalten hatte, das Wäldchen bewachen zu lassen. Seine Männer hatten das kleine Wäldchen umzingelt. Jetzt würden die Verfolgten seiner Rache nicht mehr entkommen. Der König trieb sein Pferd an und ritt über die Hügelkuppe in das provisorische Lager. Was er sah, entsetzte ihn zutiefst. Das Lagerfeuer war gelöscht und die Stelle, an der er Alesha und Völlung vermutet hatte, war verlassen. Er sah noch das flachgedrückte Gras, wo die beiden genächtigt hatte. Wie hatten sie gemerkt, dass er in der Nähe gewesen war? Womit hatte er sich bloß verraten? Es wäre besser gewesen, hätte er die beiden schon in der Nacht gefangen. Fenris stieg vom Pferd und kniete vor der Feuerstelle und vergrub seine Hände in der erkalteten Asche. Der Schrei des Zorns, der sich aus seiner Brust quälte, ließ seinen Männern einen Schauder über den Rücken fahren.
‚Die Jagd ist noch nicht zu Ende‘, dachte Fenris, ‚und je länger sie dauert, um so erbarmungsloser wird sie werden.‘
Er ließ seine Männer die nähere Umgebung absuchen, aber er hatte keine Hoffnung, dass sie die beiden hier noch finden würden. Kurze Zeit später kamen die ersten Kundschafter zurück. Die Spuren der Flüchtenden führten schnurstracks nach Süden. Fenris stieg wieder auf sein Pferd. Auch sein Weg führte jetzt nach Süden.

Aleshas Zuversicht schwand mit jeder Stunde, die sie weiter nach Süden kamen. In der Ferne sah sie die Silhouette des hochaufragenden Gebirges, das für sie ein unüberwindliches Hindernis sein würde. Und weit und breit war nichts von dem steinernen Feld zu sehen. Mittlerweile war sie überzeugt, ihr Traum sei nur ein Trugbild ohne Bedeutung gewesen, aber er war so real gewesen, dass sie sich jetzt noch an jede Einzelheit erinnerte. Nein, das steinerne Feld musste irgendwo vor ihnen liegen. Sie wollte nicht daran denken, was geschehen würde, wenn sie es nicht finden könnte.

„Wohin reiten wir?" fragte Völlung.

Alesha wurde aus ihren Gedanken geschreckt.

„Nach Süden, Völlung", antwortete sie.

Der Junge schaute sie an: „Was ist denn im Süden?"

„Unsere Freiheit."

„Das hoffe ich wenigstens", fügte sie hinzu.

Alesha ließ die Hand unter ihr Leinenhemd gleiten und umfasste ihr Amulett. Das Gefühl des glatten Steines vermittelte ihr Wärme und Zuversicht und sie vergaß für kurze Zeit ihre Umgebung und die Gefahr, in der sie immer noch schwebten. Statt dessen sah sie wieder den Wolf, der ihr in ihren Visionen schon einmal begegnet war. Während ihre Finger das Auge der Welt umfassten, wünschte sie sich aus ganzem Herzen, dass Fenris die Verfolgung abbrechen oder zumindest aufhalten würde.

Im gestreckten Galopp jagten die Reiter über die Steppe, dem Mittagspunkt der Sonne entgegen. Fenris hatte nie gekannte Hochgefühle. Heute noch würden sie die Flüchtenden eingeholt haben und dann wäre die Stunde gekommen, in der Völlungs Knochen in der Steppe bleichen würden und Alesha zurück in seine Hauptstadt gebracht würde. Wenn er daran dachte, war ihm zum Jubeln zumute, aber noch war das Wild nicht gefangen. Der erste Reiter, der stürzte, ritt nicht weit neben Fenris' rechter Seite. Unmittelbar danach stürzte auch der zweite und dann Fenris selbst. Noch im Fall sah er den Grund. Kaninchenbauten, überall, soweit das Auge reichte. Die ganze

Ebene schien von ihren Bauten unterhöhlt zu sein. Das weiche Gras fing seinen Sturz auf und ließ ihn unverletzt bleiben. Er erhob sich, schüttelte seine Kleider und sah sich um. Nur zwölf seiner Männer saßen noch auf ihren Pferden, hatten aber gehalten, um ihren Kameraden zur Hilfe zu kommen. Einige schienen verletzt zu sein, vielleicht sogar tot. Er schaute zu seinem Pferd, das mit gebrochenen Vorderbeinen dalag. Er nahm sein Schwert und tötete das Tier. Es sollte nicht leiden. Genauso verfuhr er mit den anderen verletzten Pferden. Währenddessen kümmerten sich andere um die gestürzten Reiter. Fast zwei Stunden waren vergangen, ehe der Trupp die Verfolgung wieder aufnehmen konnte. Obwohl sie einige Ersatzpferde mitführten, mussten vier der Krieger zurückbleiben. Fenris tobte. Welche Götter halfen den beiden Flüchtenden? Ein paar kleine Tiere hatten ihn aufgehalten. Kostbare Zeit war verloren, auch dadurch, dass sie jetzt eine ganze Zeitlang langsam reiten mussten, bis sie die Kaninchenbauten hinter sich gelassen hatten.

Alesha bemerkte die Veränderung als erste. Fast unmerklich ging die grasbewachsene Ebene in eine steinerne Landschaft über. Zuerst waren es nur vereinzelte kleinere Steine, dann wurden es immer mehr, bis der Boden zu einer einzigen, riesigen Steinplatte wurde.
„Ich glaube, das ist das steinerne Feld", sagte Alesha und konnte einen Jubelschrei nicht unterdrücken.
Sie hatten es wirklich erreicht. Ihr Traum war Wirklichkeit geworden und Thorais Auge hatte ihnen den Weg gewiesen.
„Sind wir in Sicherheit?" Völlungs Frage war voller Hoffnung.
„Bald, Völlung. Bald. Wenn wir das hier hinter uns haben, dann sind wir in Sicherheit", antwortete Alesha und setzte fast unhörbar hinzu: „Das hoffe ich von ganzem Herzen."
Den ganzen Tag über waren sie nach Süden geritten, hatten unterwegs einmal die müden Pferde gewechselt. Jetzt beschloss Alesha, die Richtung zu ändern und wandte ihr Tier nach Osten. Völlung schaute sie erstaunt an: „Wohin reiten wir jetzt?"

Alesha drehte sich halb zu dem Jungen hin: „Nach Osten. Auf diesem Untergrund kann Fenris unsere Spuren nicht mehr sehen. Wenn wir jetzt nach Osten reiten, wird er uns verlieren." Die beiden stiegen ab und führten die Pferde über das glatte Gestein. Sie dürften keinesfalls das Risiko eingehen, dass ein Pferd stürzte und sie es möglicherweise verlieren würden. So gingen sie einige Stunden schweigsam nach Osten und hofften, dass Fenris von ihrer Spur abkommen würde.

Zuerst die Verzögerung durch die Kaninchenbauten und jetzt das. Fenris konnte es nicht glauben. Die Spuren der Flüchtenden waren anfangs im Grasland noch gut zu sehen, dann aber veränderte der Boden seine Beschaffenheit, wurde steinig und ging dann in eine unendlich scheinende Steinplatte über. Niemand würde hier noch Spuren finden können.
„Sind denn alle Götter gegen mich?"
Ein Schrei verließ Fenris' Kehle. Er hatte sie fast erreicht. Sollten sie ihm jetzt doch noch entkommen? Er konnte es nicht glauben. Der König verteilte seine Männer und ließ sie alles absuchen. Doch nicht die kleinste Spur war zu entdecken.
„Ihr entkommt mir nicht! Ich werde euch finden und wenn ich das ganze Land erobern muss. Eines Tages sehen wir uns wieder", schrie er, wandte sein Pferd und ritt langsam und enttäuscht wieder nach Nordwesten, in einer langen Reihe gefolgt von seinen Reitern.

Völlung sah die dünne Rauchsäule zuerst. Kaum sichtbar kringelte sich der Rauch eines Lagerfeuers in den Himmel. Alesha stieg aus dem Sattel, drückte dem Jungen die Leinen ihrer beiden Pferde in die Hände und wollte die Herkunft des Feuers erkunden.
„Wo Rauch ist, sind auch Menschen", sagte sie zu Völlung, als urplötzlich, wie aus dem Nichts, ein hochgewachsener Mann vor ihr stand. Seine wohl ehemals helle Hose aus gegerbtem Leder war im Laufe der Zeit dunkel und speckig geworden. Darüber trug er nur eine Jacke aus Schafwolle mit einem abgewetzten Bronzemesser im Gürtel. In der Hand hielt er

einen kurzen Bogen und einen Köcher mit mehreren Pfeilen. Alesha erschrak.

„Ihr braucht keine Furcht zu haben", sagte der Mann. „Ich bin Wulf-Ila aus dem Stamm der Heruler. Seid willkommen und genießt unsere Gastfreundschaft."

Die Stimme des Fremden war freundlich und Alesha schaute ihn neugierig an. Auch Völlung kam näher.

„Ich habe keine Angst", sagte er.

„Ich auch nicht", meinte Alesha, die das Gefühl hatte, endlich in Sicherheit zu sein.

„Dann kommt mit uns", meinte Wulf-Ila. „Meine Gefährten und ich brechen gerade das Jagdlager ab, um zu unserem Stamm zurückzukehren. Wenn ihr wollt, könnt ihr uns begleiten."

Alesha und Völlung schauten sich an und nickten gleichzeitig. Sie begleiteten den Heruler in das Lager, in dem sich mindestens dreißig Männer aufhielten. Überall sahen sie Zeichen der Geschäftigkeit. Auf großen Wagen war Fleisch gelagert, das in einer provisorischen Räucherhütte haltbar gemacht worden war. Außerhalb des eigentlichen Lagers sah man die blutgetränkte Stelle, an der die Jäger ihre Beute gehäutet und zerlegt hatten. Sie waren unmittelbar vor dem Aufbruch gekommen. Die anderen Jäger nahmen sie genauso freundlich auf wie zuvor Wulf-Ila. Einige Zeit später brach die Gruppe auf und am Abend des folgenden Tages erreichten sie Tash-Ana-Ma-Rais Lager. Ihre Flucht war zu Ende.

Kapitel 23 – Othal

Die Raben, seine Augen, waren zurück und sie hatten seinen Feind gefunden. Nicht nur das; sie hatten auch das Auge der Welt entdeckt. Othal lachte voller Zufriedenheit. Nun würde er Thorai besiegen, und das Auge würde ihm gehören und damit alle Macht. Nichts und niemand würde ihn jetzt noch aufhalten können, nicht einmal der namenlose Gott, der ihm das Auge verwehrt hatte. Er war glücklich. Er würde den Herrn der Vanin besiegen, sie mit den Asin vereinen und Herr über die Welt sein. ,Nichts und niemand kann mich aufhalten', dachte Othal. ,Meine Macht wird wachsen und unermesslich werden.'
Othal lehnte sich entspannt zurück und genoss seinen Triumph, während die Raben rechts und links auf seiner Schulter saßen.

Lorin hatte den Wanderer unter seiner Schale als altes Mütterchen erst sehr spät erkannt. Das war gut so. Die Zeit war noch nicht gekommen, aber das würde sie. Niemand konnte die große Auseinandersetzung zwischen den Stämmen der Steppe aufhalten, nicht die Probe, die Lorin bevorstand und auch nicht die Entscheidung zwischen Thorai und Othal. Vielleicht würde das Treffen mit seinem großen Widersacher früher als von ihm geplant stattfinden. Er hatte die Raben am Himmel über dem großen Fluss gesehen und er wusste wohin sie flogen.
,Das macht nichts', dachte Thorai. ,Ich bin bereit.'
Er schulterte seinen schweren, steinernen Hammer und ging langsam und bedächtig, fast schwerfällig, auf die fernen Berge zu. Unwillkürlich musste er lachen, so sehr, dass er den Hammer absetzte und sich darauf stützte.
,Ja', dachte er, ,Othal hat etwas so Wichtiges übersehen. Oder besser noch, er weiß es gar nicht. Selbst, wenn er das Auge findet, kann er nicht mit ihm sehen. Nicht, solange ich da bin, denn solange ich bin, beherrsche ich das Auge. Und um mich besiegen zu können, muss er selber kommen.'
Sein Lachen schallte durch die Landschaft und verlor sich in der Ferne.

Es war das mächtigste Schwert, dass die Welt je gesehen hatte. Aus dem neuen Metall, das Lorin und seine Freunde so verzweifelt gesucht und letztendlich auch gefunden hatten. Seine enorme Größe ließ es für jeden Menschen untragbar werden. Einst wurde es von den Asin geschmiedet, lange bevor die Menschen die Kunst erlernt hatten, Metalle zu bearbeiten. Othal nahm die Waffe, als sei es nur ein Spielzeug und befestigte sie in der dafür vorgesehenen Halterung an seinem Gürtel.

‚Dieses Schwert wird mir den Sieg und Thorai das Ende bringen', dachte er.

Auf Othals Schultern saßen die beiden Raben, die ihm als Augen dienten und krächzten. Er zog seine gewaltige Waffe aus der Scheide und prüfte die Schärfe der Klinge. Ja, scharf war sie und diese Schärfe würde ihn zum alleinigen Herrn über Asin und Vanin machen und damit zum Herrn über alle Menschen. Er durchschritt die große Halle, den Mittelpunkt seines Herrschersitzes und ging durch das riesige Flügeltor nach draußen. Es schneite, aber das war ihm egal. Es schneite hier oft und wenn kein Schnee fiel, dann war es schneidend kalt. So kalt, wie die Klinge seiner Waffe. Das Tor hinter ihm fiel zu. Othal drehte sich nicht mehr um. Mit schnellen Schritten, fast laufend, ging er die Berge hinunter. Sein Ziel war die Steppe, war Thorai, war die alleinige Macht.

Kapitel 24 – Lorin

Sie erreichten das Dorf der Geti im Gebirge rechtzeitig vor dem ersten Schnee, der in diesem Jahr sehr früh fallen sollte. Orm und Marsa führten die Gruppe sicher und ohne Zwischenfälle. Lorin freute sich auf ein Wiedersehen mit dem alten Maituras. Kat-Tia und Amerus wollten ihre Liebe in der Sicherheit des Getendorfes genießen. Auch Gilgas freute sich unverhohlen auf die langen, dunklen Winternächte mit seiner Marsa. Alle wollten den Aufenthalt bei den Geti dazu nutzen, neue Kraft für den langen und gefährlichen Weg in die Steppe zu schöpfen. Als sie ihr erstes Ziel des Rückweges erreichten, wurden sie vom ganzen Dorf mit einem großen Fest empfangen. Der alte Maituras ließ es sich nicht nehmen, eine lange Rede auf die glücklichen Reisenden zu halten, die ihrerseits die Fahrt nach Moendai und Harappa und ihre Abenteuer immer wieder erzählen mussten. Hier tat sich besonders Gilgas hervor, der alle Begebenheiten detailliert erzählte und trotz allem immer weiter ausschmückte, bis man ihm am Ende gar nichts mehr glaubte. Schließlich hatte er mit seinen Berichten über riesige Untiere, die sie besiegen mussten, grausame Könige und lange Kerkerhaft ein wenig übertrieben. Aber trotz allem hörten die Geti Gilgas gerne zu, denn er war ein guter Erzähler, der seine Geschichten mit wilder Gestik unterstrich.

Am nächsten Morgen ging das Leben im Dorf seinen gewohnten Gang. Es musste noch viel vorbereitet werden, damit die Wintervorräte sicher und zahlreich vorhanden waren. Die Ernte von Einkorn und Erbsen war bereits eingebracht. Nun musste begonnen werden, die Schlachttiere auszusondern und mit dem Schlachten, Räuchern und Einpökeln zu beginnen. Lorin und Gilgas halfen beim Zusammentreiben der überzähligen Tiere, für die nicht genügend Futter da war, um sie über den Winter zu bringen. Diese Rinder und Schafe wurden geschlachtet und ein großer Teil des Fleisches geräuchert. Amerus und Kat-Tia gingen mit den Salzsiedern, die für das Beschaffen des wertvollen Salzes zuständig waren, ohne das man das Fleisch nicht durch Einpökeln haltbar machen konnte.

Nicht weit vom Dorf entfernt gab es eine salzhaltige Quelle und die Salzsieder stellten riesige, bronzene Kessel, die eher die Form einer großen Pfanne hatten, auf, schürten darunter ein Feuer und schöpften mit langstieligen Holzkellen Wasser aus der Salzquelle hinein. Nachdem das Wasser verdunstet war, blieb am Boden der Kessel eine dünne Schicht Salz zurück, die immer dicker wurde. Sobald die Salzschicht etwa zwei Finger dick war, ließ man sie antrocknen und schlug sie dann mit Steinhämmern ab. Die dicken Salzbrocken wurden zu einem kleinkörnigen Material zermahlen und in Körbe gefüllt. Die Arbeit war anstrengend und ermüdend, aber Amerus und Kat-Tia wollten nicht abseits stehen und halfen nach Kräften mit. Kat-Tia schlug mit rhythmischen Schlägen gegen die Außenseite eines Kessels. Das getrocknete Salz fiel in groben Stücken auf den Boden und der dumpfe Klang der Schläge war weithin zu hören. Amerus schaute Kat-Tia an und wunderte sich, mit welcher Härte sie den Kessel traktierte.

„Hat dir der Kessel irgend etwas getan?", fragte er mit einem süffisanten Unterton.

„Lass mich in Frieden", fauchte Kat-Tia zurück.

Amerus schien es, als ob aus ihren Augen kleine Blitze in seine Richtung zuckten. Er schaute sie an.

„Du Katze", sagte er milde lächelnd. „Habe ich dir etwas getan?"

Kat-Tia schlug heftig mit dem Schlegel in immer schnellerem Rhythmus gegen den Kessel. Amerus legte seine Hand auf ihre Schulter.

„Was ist denn?"

„Nichts. Lass mich einfach in Ruhe. Ich will meine Ruhe haben."

Mittlerweile kannte Amerus seine kleine Raubkatze gut genug, um zu wissen, wann er sich am besten zurückzog. Er überlegte, was er ihr wohl getan haben könnte, fand aber keinen Grund. Er ging zur Salzquelle und füllte zwei Ledereimer mit neuem Wasser. In der Nähe stand Marsa an einer Salzmühle, in der die gewonnenen Salzbrocken mit steinernen Mörsern zerkleinert wurden, schaute Amerus an und lächelte. Der Luwier wusste gar nicht mehr, was eigentlich los war, nahm sich aber vor, Kat-Tia danach zu fragen, sobald sich ihre Laune sichtlich gebessert hatte. Wortlos trug er die vollen Eimer zu einem Kessel und schüttete das Wasser hinein, das mit lautem Zischen zu verdampfen begann. Kopfschüttelnd ging er wieder zur Quelle. „Frauen!", entfuhr es ihm halblaut. „Wer versteht die denn schon?"

Er verstand die Reaktion von Kat-Tia immer noch nicht. Auch das eigenartige Lächeln von Marsa war ihm ein Rätsel. Ihm schien, als seien Frauen für ihn eine Art unverständliches Wesen, die, kaum dass man glaubte, sie zu verstehen, doch ganz anders als erwartet reagierten. Wen sollte er fragen? Er wusste es nicht, aber mit Kat-Tia würde er gewiss reden. Der Gedanke war die ganze Zeit über in seinem Kopf, während er pausenlos Wasser zu den Siedekesseln trug. Kat-Tia schien die Begebenheit vergessen zu haben und klopfte mit ausdruckslosem Gesicht das Salz aus den Kesseln. Auch Marsa schien völlig in ihre Arbeit versunken zu sein, obwohl sie in unregelmäßigen Abständen Blicke in Richtung Amerus und Kat-Tia warf. Aber das fiel dem Luwier nicht auf.

Gilgas und Orm standen bis zu den Knien im Blut. Ihre muskulösen Arme waren über und über bedeckt mit dem Blut der geschlachteten Tiere.

Gilgas schaute zu seinem Nebenmann: „Hungern wird niemand in diesem Winter. Bei der Menge Fleisch."

Er schnitt einem Rind mit einem langen, schmalen Messer die Kehle durch und ließ es ausbluten. Andere waren mittlerweile damit beschäftigt, das Fleisch zu zerteilen. Ein Teil wurde in die Räucherhäuser gebracht, ein anderer Teil wurde eingepökelt. Tronto kam aus einem der Räucherhäuser. Seine Arme und sein Gesicht waren dunkel vom Rauch. Der Bauch, den er während seiner Zeit in Moendai und Harappa bekommen hatte, war fast verschwunden.

„Ich brauche mal eine andere Luft. Da drinnen erstickt man ja fast", sagte er zu Rollo, der ihm mit Fleisch hoch bepackt entgegenkam.

„So siehst du auch aus", meinte dieser und wandte sich an Bran, der in der Nähe damit beschäftigt war, frische Zweige zu zerkleinern. Der Wolf lag neben ihm und kaute bedächtig an einem großen Rinderknochen.

„Bring noch neues Holz."

Bran stand auf und brachte einen Arm voll Holz. Rollo war in das Innere einer Hütte verschwunden.

„Wirf das Holz hinein", hörte er von innen die Stimme des Schmiedes.

Mit einem Arm balancierte er das Holz, riss mit der freien Hand die Türe auf und warf das Holz mit einem Ruck hinein. Im gleichen Moment als Bran das Holz warf, kam eine große Menge Rauch aus dem Räucherhaus und hüllte den Jungen ein, der hustend zurücksprang und über Tronto stolperte, der hinter ihm stand. Die beiden kamen ins Stolpern und fielen rücklings übereinander. Skade lief um das Knäuel aus Bran und Tronto herum und leckte mal diesem, mal jenem das Gesicht. Tronto war trotz seines Alters sehr behände auf den Beinen, schnappte sich Bran und trug den Jungen, der mit beiden Beinen strampelte, zu einem nahegelegenen Bach.

„Jetzt wirst du erst mal gewaschen", lachte Tronto und ließ Bran in das Wasser fallen.

Völlig durchnässt kroch Bran auf allen Vieren aus dem Bach, schaute Tronto von unten an und packte dann mit aller Kraft die Beine des Schmiedes, der, mehr aus Überraschung, das Gleichgewicht verlor und ebenfalls in das Wasser fiel.

„Du wirst jetzt aber auch sauber", gluckste Bran und schüttelte sich vor Lachen.

Der völlig verdutzte Tronto stieg aus dem Gewässer und lachte.

„Komm", sagte er zu dem Jungen, „wir ziehen uns erst einmal was Trockenes an. Eine Pause könnten wir auch brauchen."

Die beiden gingen tropfnass zum Dorf der Geti und steuerten dort auf Trontos Hütte zu.

Gilgas und Orm hatten sich das Schauspiel angesehen und beide fingen gleichzeitig an zu lachen, als Tronto und Bran sich wie zwei nasse Hunde verzogen.

Gilgas klopfe Orm auf die Schulter.

„Auch eine Art, sauber zu werden", lachte er.

Orm schaute ihn von der Seite an.

„Ja", sagte er. „Da kannst du Recht haben."

„Was meinst du damit?", fragte Gilgas, dem Böses schwante.

„Schau dich doch an", meinte Orm. „Sauber sind wir auch nicht."

Orm versuchte Gilgas zu packen, der jedoch zurückwich und statt dessen seine starken Arme um Orms Hüfte legte und ihn hochhob. Der Geti wehrte sich, aber Gilgas hielt ihn fest und trug Orm zum Bach.

„Lass mich los", rief der Geti. „Das war alles nur ein Spaß."

„Ja, ja. Ich weiß", sagte Gilgas und ließ Orm in das Wasser fallen.

Sofort sprang der Geti auf seine Füße und griff nach Gilgas, der von der Attacke scheinbar so überrascht war, dass er stolperte und mit den Knien in den Bach fiel. Inzwischen waren auch andere nähergekommen und in kurzer Zeit war eine allgemeine Rauferei im Gange.

Maituras stand mit Lorin in einiger Entfernung am Eingang des Dorfes und sah dem Treiben zu. Lorin schüttelte den Kopf.

„Wie die Kinder", sagte er zu Maituras.

„Lass sie, Lorin", entgegnete dieser. „Sie haben noch zu viel vor sich. Und ein wenig Spaß hält gesund. Sieh mich an."

Der alte Mann lachte heiser und betrachtete die raufende Menge am Bach. Dann wandte er sich zu Lorin und sagte leise: „Wir werden die Berge verlassen und mit euch in die Ebene kommen."

Lorin schaute ihn erstaunt an.

„Ihr kommt mit in die Steppe? Das ganze Volk der Geti?"

„Ja, Lorin. Das ganze Volk. Die Zeit ist gekommen, in der sich vieles ändern wird. Es ist unsere Bestimmung, mit euch zu gehen."

„Mit allen Menschen, Hausrat und Tieren werden wir nicht durch die Kalte Klamm gehen können."

„Es gibt viele Wege zu einem Ziel", erwiderte Maituras, schaute Lorin gerade in die Augen, drehte sich um, ging langsam und bedächtig zu seinem Haus in der Mitte des Dorfes und ließ Lorin hinter sich zurück.

Am Abend dachte Amerus nicht mehr daran, Kat-Tia zu fragen, warum sie sich so eigenartig verhalten hatte. Als sie zusammen saßen und über die Rauferei des Tages lachten, kuschelte sich Kat-Tia an den Luwier und war nicht wiederzuerkennen. Nichts wies darauf hin, dass sie noch vor einigen Stunden versucht hatte, mit Amerus einen Streit zu beginnen. Ihnen schräg gegenüber saßen Gilgas und Marsa. Amerus hatte das Gefühl, von ihr ständig beobachtet zu werden. Aber er beachtete es nicht weiter, sondern legte seine Hand um Kat-Tias Schulter und hörte den Geschichten Gilgas' zu, der wie immer von seinen großen Abenteuern berichten musste. Als Kat-Tia ihm ins Ohr flüsterte, dass sie jetzt endlich schlafen gehen wollte, war ihm das sehr recht und die beiden zogen sich zurück.

Einige Tage später, das Schlachten und Einpökeln war beendet, ließ Maituras Lorin und Amerus mitteilen, dass er mit den beiden sprechen müsste und sie zum Badehaus kommen sollten. Die Sonne ging um diese Jahreszeit recht früh unter und die Dunkelheit war schon vor längerer Zeit angebrochen, als Lorin und Amerus sich auf den Weg zum Badehaus machten. Maituras war bereits da und lag entspannt im heißen Wasser.
„Wieso baden wir vorher?", fragte Amerus.
„Für den Weg, den ihr beide gehen werdet, müssen nicht nur die Gedanken frei, sondern auch der Körper rein sein", antwortete der alte Geti.
Lorin und Amerus zogen sich aus und stiegen ebenfalls in das heiße Bad, das beide noch in bester Erinnerung hatten. Fast eine Stunde blieben sie dort, mal heiß, mal kühler badend, bevor sie gemeinsam das Badehaus verließen. Maituras schlug nicht den Weg in das Dorf ein, sondern ging auf den kleinen Wald zu, der das Tal im Norden begrenzte.
Lorin wandte sich an Maituras: „Wohin gehen wir?"
„Frage nicht, Lorin. Das werdet ihr gleich sehen. Folgt mir einfach."
Die beiden gingen hinter dem Alten her, der zielstrebig im Wald verschwand. Nach kurzer Zeit erreichten sie eine Holzhütte, die aus massiven Stämmen errichtet war. Sie schien schon alt zu sein, die Wände dick mit Moos bewachsen, so dass sie sich

kaum vom Hintergrund abhob und nur schwer zu sehen war. Maituras öffnete eine Tür, die so niedrig war, dass er sich bücken musste. Sie schien die einzige Öffnung zu sein. Er trat ein und hielt sie für Amerus und Lorin offen. Drinnen war es dunkel, nur durch einen winzigen Rauchabzug im Dach fiel das Licht des Mondes und der Sterne und verbreitete ein eigenartiges Zwielicht. Es dauerte eine Zeitlang, bis sich die Augen daran gewöhnt hatten, aber dann sah Lorin, dass in der Hütte nur einige dicke Felle rund um eine Feuerstelle auf dem Boden lagen. Und sie waren nicht alleine. Im hinteren Teil der Hütte war eine alte Frau, die Lorin bereits öfter im Dorf gesehen hatte, damit beschäftigt einige Kräuter oder Pflanzen in einem steinernen Mörser zu zerstoßen.

„Setzt euch", sagte Maituras.

Lorin und Amerus machten es sich auf den Fellen bequem, immer noch nicht ahnend, was jetzt geschehen sollte.

„Bevor ihr den langen Weg geht, muss ich euch noch einiges erklären, denn jeder Fehler, den ihr macht, kann euren Geist in der anderen Welt gefangen halten. Hört mir also gut zu."

Maituras setzte sich vor die beiden Freunde und warf eine Handvoll Tannennadeln auf das schwelende Feuer in der Mitte der Hütte. Sofort füllte sich der Raum mit süßlich riechendem Rauch, so dass Amerus und Lorin ins Husten kamen. Maituras musste lächeln und zerfächerte den Rauch mit seinen Händen.

„Ihr werdet euch jetzt auf eine lange Reise begeben, ohne den Raum zu verlassen. Euer Geist wird über die Welt schweben und ihr werdet vieles sehen. Manches könnt ihr sofort verstehen, anderes erst später oder vielleicht niemals. Aber die Bilder werden eure Wege lenken", begann der alte Maituras und nahm einen kleinen, getrockneten Pilz zur Hand. Die rote Kappe war mit kleinen weißen Erhebungen, wie Beulen, besetzt. „Ihr nehmt ein Getränk zu euch, zubereitet aus einem Pilz, wie ich ihn in den Händen halte. Ihr müsst es in kleinen Schlucken trinken, die ganze Menge. Es wird sehr bitter schmecken. Dann wird euer Geist den Körper verlassen und ihr werdet sehen. Ich werde die ganze Zeit über hier bei euch sein und über euch wachen. Seid ihr bereit dazu?"

„Ja", sagte Lorin sofort.

Amerus' Blick verriet, dass er sich nicht ganz sicher war.

„Was werden wir denn sehen?"

„Wenn ich das wüsste, Amerus, dann würde ich es euch sagen und wir säßen in meiner Hütte, würden Met trinken und uns Geschichten erzählen", lachte Maituras.

„Ganz sicher bin ich mir nicht, ob ich das wirklich will", meinte Amerus und sah misstrauisch auf die beiden Becher, welche die alte Frau vor sie hingestellt hatte. Er sah, wie Lorin seinen Becher bereits in die Hand genommen hatte.

„Ja, ich bin auch bereit", sagte er und nahm auch seinen Becher.

„Dann trinkt in kleinen Schlucken."

Lorin setzte den Becher an seine Lippen und trank. Durch den bitteren Geschmack des Inhalts verzog er angewidert sein Gesicht, trank aber weiter. Amerus trank ebenfalls und auch er verzog sein Gesicht. Die Flüssigkeit hinterließ eine Bitterkeit auf seiner Zunge, die er noch spürte, bevor seine Augenlider schwer wurden und er dann das Gefühl bekam zu schweben. Er sah seinen Körper unter sich zusammengesunken auf dem Fell liegen, ebenso Lorin. Danach verließ er durch die winzige Dachöffnung die Hütte und schwebte mit einer großen Geschwindigkeit über die Berge, deren Gipfel bereits tief verschneit waren. Er spürte keine Kälte und nach kurzer Zeit sah er die Steppe unter sich liegen. Am Rand des großen Binnenmeeres erblickte er eine riesige, unangreifbar wirkende Hügelfestung, die aus massiven Steinen errichtet war. Es musste das fremde Volk sein, von dem sie vor ihrer Reise auf der Steppe immer wieder gehört hatten. Dann, als er sich den Ort näher betrachten wollte, wurde er wie von einer unsichtbaren Hand zurückgerissen und er war kurz danach wieder am Rand der Berge. Er spürte, dass er zurück in seinen Körper musste und er wehrte sich nicht. Sein Körper lag immer noch auf den Fellen, als er in ihn zurückstürzte. Laut stöhnend wachte Amerus auf. Sein Kopf schmerzte, fast so, als ob er zuviel geharzten Wein oder Met getrunken hätte. Maituras und die alte Frau stützten ihn, als er sich aufrichtete. Seine Augen nahmen die Umgebung nur verschwommen wahr.

„Ich sehe nicht mehr richtig", sagte Amerus.

„Das geht gleich weg", erwiderte die alte Frau.

Amerus lehnte sich gegen die Hüttenwand und hoffte, dass der Schmerz in seinem Kopf bald verschwinden würde. Dann merkte er, dass auch Lorin aufwachte, scheinbar mit den gleichen Symptomen. Die beiden alten Geti halfen Lorin, der sich kurz danach neben Amerus gegen die Wand setzte. Maituras ließ sich wieder auf seinem Platz nieder und schaute die beiden Freunde wortlos an. Er ließ ihnen Zeit, sich zu erholen, bevor er das Wort an sie richtete.

„Sagt mir, was ihr gesehen habt."

Amerus berichtete in kurzen Sätzen von seinem Erlebnis, dann begann Lorin von seiner Vision zu erzählen.

„Ich habe, genau wie Amerus, meinen Körper verlassen und sah mich hier liegen. Es war eigenartig, sich selbst von außen zu sehen. Dann schwebte ich durch die Dachöffnung hinaus und über die Berge. Ich habe die Kalte Klamm unter mir liegen sehen und kurz danach sah ich das Winterlager des alten Tash-Ana-Ma-Rai. Es hatte sich verändert, als ob der Stamm sich auf einen Krieg vorbereiten würde. Ich sank hinunter, wie von einer unsichtbaren Hand gezogen und ging durch das Lager. Niemand schien mich zu sehen, als ob ich unsichtbar wäre."

„Deinen Geist konnte auch niemand sehen, Lorin", unterbrach Maituras.

„Ich habe eine junge Frau gesehen", fuhr Lorin fort, „die mit anderen zusammen saß und webte. Sie haben sich bei der Arbeit unterhalten und gelacht. Eine ganze Zeitlang, so schien es mir, habe ich dabeigestanden und zugehört. Mitten im Gespräch hat das Mädchen aufgesehen und hat mit ihrer Hand etwas gegriffen, das sie unter ihrem Hemd trug. Ich dachte plötzlich, dass sie mich sehen kann. Sie schaute die ganze Zeit zu mir und sie sah überrascht aus. So, als ob sie mich kennen würde, mich aber lange Zeit nicht mehr gesehen hatte. Etwas war an ihr, wie eine Mischung aus Verwunderung und Freude. Ich konnte meine Augen nicht von ihr abwenden. Sie war wunderschön. Dann war alles vorbei. Ich fühlte, wie ich in meinen Körper zurückgezogen wurde und wachte hier in der Hütte wieder auf."

Maituras und Amerus hatten sich die Erzählung angehört.

„Was hatte das zu bedeuten? Wer war das Mädchen?", fragte Lorin.

„Sie trägt das Auge der Welt, Lorin. Darum hat sie dich auch gesehen. Du hast dich nicht getäuscht. Sie sah dich", sagte Maituras.

„Das Auge wandert über die Steppe. Bald kommt der Tag, an dem sich entscheidet, wer die Macht in den Händen halten wird", fuhr er fort.

„Diese junge Frau hat Thorais Auge?"

„Ja." Maituras nickte. „Soviel Macht in so kleinen Händen. Eine schwere, aber nicht unlösbare Aufgabe."

Amerus hatte die ganze Zeit still dabeigesessen. Jetzt beugte er sich nach vorne.

„Ich habe noch etwas gesehen. Vorhin habe ich es nicht gesagt, weil ich glaubte, mich geirrt zu haben. Als ich zurück in meinen Körper gezogen wurde, sah ich einen Mann. Er war hochgewachsen und trug ein mächtiges Schwert an seiner Seite. Etwas an ihm sah sehr gefährlich aus, aber das ist es nicht, was mich verwirrte. Etwas anderes war eigenartig. Auf seinen Schultern saßen zwei Raben."

„Othal", sagte Maituras. „Er ist auf dem Weg in die Steppe und wenn er mit Thorai zusammentrifft, werden die Zeiten sich ändern."

Die alte Frau hatte die Hütte schon verlassen und Maituras, Lorin und Amerus saßen noch einige Zeit schweigend zusammen und hingen ihren eigenen Gedanken nach, bis auch sie sich auf den Weg zurück in das Dorf der Geti machten.

Lorin ließ das Erlebte keine Ruhe und so beschlossen Amerus und er, ihre Gefährten einzuweihen. Sie erzählten ihre Geschichte noch einmal und Lorin berichtete gerade von dem Mädchen im Herulerdorf, als Tronto ihn unterbrach.

„Wie heißt sie denn gleich noch?", sagte er, eher zu sich selbst gesprochen.

Lorin schaute ihn an: „Wer?"

„Das Mädchen mit dem Amulett. Wie war doch gleich der Name? Alina? Nein, Alesha, glaube ich. Ja, so hieß sie. Alesha."

„Du kennst sie?" Lorin sah Tronto erstaunt an.

„Ja. Ich kenne sie. Sie ist die Tochter eines Hirten, Gore heißt er, aus meinem Stamm auf der Steppe. Ich war dabei, als der schwarze Schamane, ein eigenartiger Mensch, ihr das Auge der Welt gegeben hat. Am Tag, als wir ihre Namensgebung gefeiert haben, kam er und gab es ihr in die Wiege. Wie lange ist das jetzt her? Vierzehn Jahre? Sechzehn Jahre? Ich weiß es nicht mehr. Jedenfalls schon sehr lange. Kurz nach diesem Tag bin ich aufgebrochen um das Land der Schmiede zu suchen."

„Warum hast du uns nie etwas davon gesagt?", fragte Lorin den Schmied.

„Ich habe nicht mehr daran gedacht bis heute, wo du uns dein Erlebnis erzählt hast. Und du sagst, sie sei wunderschön? Sieht bestimmt aus wie ihre Mutter. Sie war auch eine wunderschöne Frau."

Tronto schwelgte in seinen Erinnerungen an das Leben in der Steppe und schien sich sehr auf die Rückkehr zu freuen. Kat-Tia wollte von Lorin alles wissen, was er von ihrem Volk gesehen hatte. Auch sie schien Heimweh zu haben. Lorin verschwieg ihr, dass ihr Volk sich zum Krieg rüstete. Er wollte ihr keine Sorgen bereiten, denn es war ihm aufgefallen, dass Kat-Tia sich irgendwie verändert hatte. Sie war unruhiger geworden und ihr ohnehin kratzbürstiges Wesen war noch stärker geworden. Schließlich hatte man ihm auch von ihrer Reaktion beim Salzsieden erzählt.

„Ich freue mich so sehr darauf, meinen Großvater wiederzusehen", sagte Kat-Tia und lehnte sich an Amerus Schulter.

„Dann kann ich ihm meinen Mann vorstellen, den ich so sehr liebe und seinen Urenkel, den ich auch lieben werde."

Kaum hatte Kat-Tia ausgesprochen, wurde es still im Raum. Amerus saß mit halb geöffnetem Mund da und starrte Kat-Tia an.

„Was hast du gesagt?", stotterte er.

Marsa fing laut an zu lachen.

„Männer", rief sie. „Sie sind alle so blind und merken gar nichts. Was täten sie nur ohne uns Frauen."

Amerus Blick wanderte zu Marsa. Er schien immer noch nicht zu verstehen.

„Ich bekomme ein Kind, du großer Dummkopf", sagte Kat-Tia.
„Ein Kind? Du? Wir?"
Amerus stotterte jedes Wort heraus und plötzlich fingen alle an zu lachen. Glückwünsche wurden durch den Raum gerufen. Dann fing der Luwier an zu strahlen. Seine Freude war ihm anzusehen. Er nahm Kat-Tia zärtlich in die Arme.
„Und ich dachte, ich hätte dir irgend etwas getan", sagte er.
Gilgas grölte. „Das hast du ja auch."
Kaum hatte er ausgesprochen, bekam er einen Seitenhieb seiner Frau, der ihn verstummen ließ.
„Sei freundlicher, du großer, starker Bär. Glaubst du denn etwa, du kämest ungeschoren davon? Kat-Tia und ich werden unsere Kinder etwa zur gleichen Zeit bekommen. Nächstes Frühjahr. Und dann werden sie eine lange Wanderung mit uns machen. Ärgere uns also nicht."
Gilgas verlor sämtliche Farbe aus seinem Gesicht und diesmal war es Amerus, der sich vor Lachen kugelte. Die Tatsache, dass Kat-Tia und Marsa schwanger waren, war das Gesprächsthema für den Rest des Abends, bis sich alle in ihre Hütten zurückzogen.

Als der erste Schnee schmolz, bereitete sich das Volk der Geti auf den langen Weg in die Steppe vor. Den ganzen Winter über hatten die Männer Bäume gefällt und Wagen gebaut. Rollo und Tronto hatten die Aufgabe übernommen, die großen Scheibenräder zu bauen. Es war eine verantwortungsvolle Aufgabe, denn jedes gebrochene Rad konnte zum Misslingen beitragen. Die reichlichen Vorräte, die man im Herbst angesammelt hatte, waren noch lange nicht verbraucht und alles wurde auf die Wagen gestapelt. Kaum etwas sollte zurückbleiben. Nur Maituras und einige alte Männer und Frauen machten keinerlei Anstalten, sich auf die Reise vorzubereiten. Lorin machte sich seine Gedanken hierüber und so ging er, einige Tage vor dem geplanten Aufbruch, zum alten Geti. Skade trottete neben ihm her.
„Ich grüße dich, Maituras", eröffnete er das Gespräch und fuhr fort, während der Wolf sich von Maituras hinter den Ohren kraulen ließ.

„Du bereitest dich gar nicht vor, obwohl wir spätestens in zwei Wochen aufbrechen wollen."

„Lorin, ich werde nicht mit euch kommen. Das konnte ich dir nicht sagen und es wäre mir lieber, wenn ich es niemals hätte sagen müssen. Ich bin ein alter Mann, der diese lange und anstrengende Wanderung bestimmt nicht überstehen würde. Also bleibe ich hier, zusammen mit einigen anderen Alten unseres Stammes. Es ist eure Aufgabe, zur Ebene zu wandern, nicht meine. Und es ist die Aufgabe der Geti, eine neue Heimat und eine neue Zukunft zu finden. Die Welt ändert sich und die Zukunft ist in der Steppe, nicht hier oben in den Bergen."

„Du kannst auf einem Wagen reisen", sagte Lorin.

„Nein, du hast nicht verstanden. Ich werde das Jahr nicht überleben und man wird meinen Körper im Land meiner Väter begraben."

„Das darfst du nicht sagen, Maituras."

„Doch Lorin, mein junger, ungestümer Freund. So ist das Leben. Es kommt und es geht. Bevor der nächste Winter gekommen ist, werde ich meine Ahnen sehen. Ich bleibe hier. Das ist meine Entscheidung."

Lorin verstand den alten Mann. Er würde genauso denken, dessen war er sich sicher. Er verabschiedete sich von Maituras, fast schon sicher, ihn nicht mehr wiederzusehen und ging nachdenklich und traurig in seine Hütte. Am nächsten Morgen fand man den alten Geti wie schlafend in seinem Haus. Maituras' Worte hatten sich erfüllt. Er war zu seinen Ahnen gegangen, wie er es gesagt hatte.

Kapitel 25 – Die Heruler

Alesha war glücklich. Sie hatte es geschafft. Zusammen mit Völlung war sie Fenris entkommen. Die Heruler, von denen die beiden aufgenommen wurden, waren ein freundliches Volk, obwohl auch hier überall zu sehen war, dass man sich von den Alani bedroht fühlte. Zu weit hatte Fenris sein Herrschaftsgebiet in die Ebene ausgedehnt, als dass noch irgendein Stamm ungefährdet leben konnte. Wulf-Ila hatte ihnen erzählt, dass man viele neue Pfeile für die Bogen hergestellt hatte, teilweise mit Bronzespitzen, teilweise jedoch auch noch mit Steinspitzen. Auch das Winterlager des Stammes hatte man mit einem kunstvollen Wall gesichert. Sandhaltige Erde hatte man mit Ton und Holz vermischt aufgeschichtet, rundherum große Mengen Reisig gestapelt und dann angezündet. Durch die ungeheure Hitze, die sich dann entwickelt hatte, wurde der Ton fest und das Bauwerk mit einem glasartigen, aber scharfkantigen Überzug versehen, der es Angreifern schwer machen sollte, den Wall einzunehmen. Gleichzeitig hatte Tash-Ana-Ma-Rai, der oberste Häuptling der Heruler, Kundschafter in die Ebene geschickt, deren Aufgabe es war, rechtzeitig vor drohender Gefahr zu warnen. Innerhalb des Lagers gab es eine Frischwasserquelle und große, aus frisch geschlagenen Bäumen gebaute Lagerhäuser, in denen die Vorräte aufbewahrt wurden. In diesem Jahr hatten die Heruler weit mehr Vorräte angesammelt, als in früheren Jahren, so dass sie auch eine längere Belagerung durchstehen konnten. Alesha fiel auf, dass selbst die kleineren Jungen bereits das treffsichere Schießen mit dem Bogen übten. Auch Völlung, der sehr schnell Freundschaften schloss, übte begeistert mit. Alesha ahnte, dass sie noch nicht endgültig in Sicherheit war. Obwohl ihr Wulf-Ila nicht viel darüber gesagt hatte, war es offensichtlich, dass der Stamm sich auf einen Krieg vorbereitete.

Alesha und Völlung lebten in Wulf-Ilas Haus, der die beiden in seine Familie aufgenommen hatte. Mit Son-Ica, der Tochter des Herulers, hatte Alesha schnell Freundschaft geschlossen. Die beiden Mädchen waren sich sehr ähnlich, vor allem was ihren unbändigen Freiheitsdrang anging. Anfangs waren die beiden ständig unterwegs, meist weit außerhalb des Lagers, bis Wulf-Ila ihnen eröffnete, dass sie sich nicht mehr außer Sichtweite des Walles begeben durften. Er hielt es für zu gefährlich, da immer öfter Kundschafter der Alani gesehen wurden, die über die Steppe ritten, ohne sich die Mühe zu machen, ihre Anwesenheit zu verschleiern. Das zeugte von der Stärke und Macht der Alani. Noch hatten die Fremden das Winterquartier nicht gefunden, aber es war nur noch eine Frage der Zeit, bis die ersten Späher darauf stoßen würden. Außerdem war er der Ansicht, dass die beiden Mädchen seiner Frau beim Spinnen und Weben der Schafwolle zur Hand gehen sollten, da sie sich im heiratsfähigen Alter befanden und nicht jeden Brautwerber durch ihre Wildheit abschrecken sollten. Als warnendes Beispiel erzählte er von der Enkelin des alten Tash-Ana-Ma-Rai, die zum Ende des vorletzten Herbstes einfach verschwunden war.

„Was ist mit ihr geschehen?", fragte Alesha.

„Sie war eine Wildkatze, genau wie Son-Ica und du," erwiderte er.

„Aber wohin ist sie gegangen?"

„Das weiß niemand."

„Niemand?"

„Man vermutet einiges. Nur Gerüchte, die man sich erzählt."

„Welche Gerüchte denn?" Alesha ließ nicht locker.

„Du bist sehr neugierig", sagte Wulf-Ila.

„Ja", gab Alesha ungezwungen zu.

Der Heruler musste lachen. „Gut, ich erzähle es dir. Aber nur, wenn du mir versprichst, danach Ruhe zu geben und meiner Frau zu helfen."

Alesha nickte. „Ich verspreche es."

Wulf-Ila sah, dass Alesha gespannt auf seine Erzählung wartete, setzte sich bequem hin und begann langsam und bedächtig zu reden.

„Kurz bevor Kat-Tia, so heißt sie, verschwand, kamen drei Fremde in unser Lager. Sie waren viele Wochen unterwegs, mit dem Ziel, die Berge zu überqueren, um in den fernen Ländern, die auf der anderen Seite der Berge liegen, ein neues Metall zu suchen. Sie waren lange Zeit in der Steppe unterwegs, bevor sie hier eintrafen und Tash-Ana-Ma-Rai hat ihnen neue Ausrüstung versprochen, da sie unterwegs alles verloren hatten. Obwohl wir versuchten, sie davon abzuhalten, um diese Jahreszeit durch die Kalte Klamm zu gehen und die Berge zu überqueren, gingen sie trotzdem. Einer unserer Männer, Tu-Ran, ging als Führer mit. Am gleichen Tag verschwand auch Kat-Tia. Wir glauben, dass sie ihnen heimlich gefolgt ist, aber ob sie noch lebt, weiß niemand. Nur Tash-Ana-Ma-Rai ist fest davon überzeugt. Jedenfalls hat seitdem niemand mehr etwas von Kat-Tia und den anderen gehört. Das ist alles, Alesha."

„Erzähl doch auch von dem Wolf", fiel Son-Ica ihrem Vater ins Wort.

„Welcher Wolf?", fragte Alesha.

„Es war ein großer, weißer Wolf", rief Son-Ica. „Er gehörte dem Anführer der Fremden."

Wulf-Ila brachte seine Tochter mit einer Handbewegung zum Schweigen.

„Ja", meinte er. „Ein weißer Wolf. Ein heiliges Tier nach unserem Glauben. Skade nannten sie ihn. Anfangs hatten wir alle Furcht vor dem Tier, aber wir merkten schnell, dass er niemandem etwas tat. Aber trotzdem ist es besser, einem solchen Wolf nicht zu nahe zu kommen. Nie zuvor und niemals wieder danach habe ich so ein prächtiges Tier gesehen."

Alesha wurde nachdenklich. Die Erinnerungen, die sie lange aus ihrem Gedächtnis verdrängt hatte, kamen zurück. Sie kannte diesen Wolf aus ihrem Traum, den sie hatte, als Fenris ihre erste Flucht vereitelte. Eigentlich hätte es jeder Wolf sein können, aber instinktiv wusste sie, dass es der Wolf war, von dem Son-Ica und Wulf-Ila erzählt hatten. Dann war der Fremde, der über die Berge gegangen war, jener Unbekannte, den sie auch in ihren Visionen gesehen hatte. Sie hatte das Gefühl, als ob sie durch ein unsichtbares Band mit dem Mann und seinem Wolf verbunden war und ihre Ankunft im Dorf der Heruler ihr Schicksal war. Vielleicht nicht nur ihres, sondern das aller Menschen auf der Ebene. Warum sonst hatte sie das Auge der Welt?

„Alesha träumt."

Son-Ica riss sie jäh aus ihren Gedanken, aber sie träumte nicht. Alesha hatte einen Entschluss gefasst. Die alte Becka in ihrem Heimatdorf hatte ihr viel von der Macht des Auges erzählt, und jetzt war die Zeit gekommen zu erfahren, wie groß diese Kraft war. Sobald sich die Gelegenheit ergab, wollte sie es probieren. Das Auge der Welt, das von Thorai einst auf die Steppe gebracht wurde, würde ihr zeigen, wohin ihr Weg führen sollte und was sie tun musste. Man hatte ihr diese Kraft gegeben, jetzt würde sie herausfinden, warum.

„Konzentriere dich, Alesha. Du webst ja Knoten mit hinein." Son-Ica schubste sie an. Alesha schaute sich ihr Werk genauer an. Tatsächlich war das Ergebnis nicht zufriedenstellend. Aber solche Arbeit hatte sie noch nie richtig gemocht. Spinnen und Weben fand sie langweilig und die Arbeit am Webrahmen war anstrengend. An der Hüttendecke war ein Querbalken befestigt, von dem die Kettfäden senkrecht herabhingen und am unteren Ende ebenfalls an einem Querbalken befestigt waren. Durch das Gewicht des unteren Holzes war gewährleistet, dass die Fäden gerade hingen. Die gesponnene Wolle war auf einem Brettchen aufgewickelt und wurde abwechselnd durch die Kettfäden gezogen und mit einem breiten Kamm nach unten gestoßen, um sie zu festigen. Hier konnte es immer wieder vorkommen, dass die Wolle sich verdrehte und dadurch Knoten im Webstück entstanden. Alesha betrachtete ihre Arbeit und schüttelte den Kopf.
„Das wird nie etwas", seufzte sie.
„Du musst nur mehr aufpassen", sagte Son-Ica und lachte. „Aber du langweilst dich. Das sieht man."
Alesha wurde rot.
„Ein wenig. Du hast recht. Viel lieber würde ich draußen die Gegend erkunden."
Wulf-Ilas Frau, ihr Name war Natia, schüttelte den Kopf und lächelte.
„Du wärst besser ein Junge geworden."
Son-Ica krümmte sich vor Lachen und die beiden anderen fielen mit ein. Aus keinem besonderen Grund sah Alesha zum Eingang und erstarrte. Sie hatte den Mann, der dort stand,

schon gesehen. Irgend etwas stimmte nicht mit ihm. Er schien zu sprechen, aber sie hörte ihn nicht.

„Ich kann dich nicht verstehen", sagte sie laut.

Natia und Son-Ica drehten sich zu ihr hin.

„Mit wem redest du?", fragte Son-Ica.

Alesha reagierte nicht, sondern starrte unverwandt zur Türe.

„Ich kenne dich."

Er schien sie immer noch nicht zu hören. Sie merkte nicht, dass ihre Hand sich unter ihr Hemd tastete und sich fest um ihr Amulett presste. Im gleichen Augenblick sah sie Lorin für eine winzige Zeitspanne in aller Deutlichkeit, bevor er plötzlich verschwand. Er löste sich vor ihren Augen förmlich auf und war nicht mehr zu sehen. Statt dessen war sie hoch über dem Gebirge und sah erstaunt in die Tiefe. Sie hatte keine Angst. Dann überstürzten sich die Ereignisse. Ein großer Mann sah sie an. Er trug ein mächtiges Schwert an seiner Seite. Irgendwie fühlte sie sich von ihm angezogen.

„Lass das Auge los."

Die Stimme schrie sie aus weiter Ferne an. Alesha presste ihre Hand fester um ihr Amulett.

„Nein. Lass es los. Sonst sieht er dich und das Auge der Welt."

Jetzt erst erkannte sie die Stimme. Thorai, der eigentliche Herr des Amuletts. Noch einmal hörte sie den Ruf des Wanderers.

„Lass es los. Er findet uns. Er sieht mich."

Aleshas Hand löste sich und das Auge baumelte wieder an der Lederschnur um ihren Hals. Sie befand sich wieder bei den Frauen vor ihrem Webrahmen. Das letzte, was sie sah, war Son-Icas Gesicht über ihrem. Dann wurde sie ohnmächtig.

Irgend etwas Feuchtes schien über ihr Gesicht zur krabbeln. Alesha schlug mit ihren Armen um sich und traf auf einen Widerstand. Sie öffnete die Augen und sah Son-Ica, die sich ihren Arm hielt, den Alesha gerade getroffen hatte. Neben ihr auf dem Boden lag ein feuchtes Tuch.

„Warum schlägst du mich?" Son-Ica war sichtlich verdutzt.

„Das wollte ich nicht,", meinte Alesha. „Ich dachte, auf meinem Gesicht wäre etwas."

„Das war es auch. Ich habe es mit einem feuchten Leinen gekühlt. Du warst ohnmächtig."

„Wie ist das denn passiert?"

Alesha konnte sich an nichts mehr erinnern. Sie zermarterte sich ihren Kopf, aber es wollte ihr beim besten Willen nicht einfallen, was geschehen war.

„Wir haben gewebt und über dein Ergebnis gelacht, als du plötzlich angefangen hast, mit irgendwem zu reden, der überhaupt nicht da war. Und dann hast du ganz entsetzt geschaut und bist umgefallen."

„Was habe ich denn gesagt?"

„Nur, dass du ihn kennst. Wen kennst du denn?" Son-Ica war neugierig.

Alesha erinnerte sich langsam an ihre Vision. Ja, sie hatte Lorin, so hatte Wulf-Ila den Fremden genannt, gesehen und Thorais Stimme gehört, aber da war noch etwas. Sie versuchte, sich zu erinnern. Da war noch jemand gewesen. Aber wer? Die Erinnerung daran kam nicht.

„Sonst nichts?"

Son-Ica überlegte. „Doch, ein paar Worte, aber ich weiß nicht genau, welche. Du hast von einem Auge gesprochen. Das habe ich aber nicht verstanden."

Das Amulett. Schlagartig fiel Alesha ein, dass sie die Hand um ihr Amulett gelegt hatte. Der andere musste Othal gewesen sein. Ja, er war es. Alesha war sich sicher.

‚Er findet dich. Er sieht mich.' Das waren Thorais Worte gewesen. Hatte sie sich und auch den Wanderer in Gefahr gebracht, als sie das Auge verwendete? Sie wusste es nicht.

‚Aber ich werde es herausfinden', dachte sie.

Son-Ica hatte ihr wieder das Tuch auf die Stirn gelegt. Es tat gut. Alesha hatte nicht mehr das Gefühl, als würde ihr Kopf zerspringen.

„Du solltest schlafen", sagte Son-Ica.

„Ja. Du hast recht."

Alesha zog die schwere, wollene Decke, die ihre Beine bedeckte, hoch und wickelte sich darin ein. Dann schloss sie die Augen und war kurze Zeit später bereits eingeschlafen. Auch Son-Ica legte sich auf ihr Lager und schlief.

Mitten in der Nacht stand Alesha auf. Behutsam und auf Zehenspitzen schlich sie sich nach draußen, darauf achtend, niemanden zu wecken. Hinter seinem Haus lagerte Wulf-Ila Brennholz für den Winter. Es war eine der wenigen Stellen, die nicht einzusehen waren. Dorthin schlich Alesha. Sie wickelte ihre Decke eng um die Schultern. Die Nächte wurden bereits empfindlich kalt. Man spürte den nahenden Winter. Das Mädchen setzte sich zwischen die Hütte und den Holzstoß zu Boden und nahm das Amulett von ihrem Hals. Sie hatte eine Idee. Wenn sie schon soviel sehen konnte, wenn sie nur die Hand darum legte, wie viel mehr würde sie erkennen können, läge das Auge der Welt auf ihrer Stirn. Sie verkürzte den Lederriemen, der durch das Loch in der Mitte geschlungen war, durch einen weiteren Knoten und atmete tief durch. Sie wusste nicht, was geschehen würde. Bisher hatte sie sich nicht auf eine Sache konzentriert, wenn sie Visionen hatte, sondern viele Dinge gleichzeitig gesehen. Das sollte sich jetzt ändern. Alesha versuchte, sich mit aller Kraft auf Thorai zu konzentrieren. Sie glaubte, dass das Auge mit ihm in Kontakt treten würde. Zumindest hoffte sie das. Sie wagte nicht, daran zu denken, was geschehen würde, wenn es nicht passierte. Dann legte sie den Lederriemen so auf ihren Kopf, dass das Amulett vor ihrer Stirn herabhing. Mit unbewegtem Gesicht schien sie ins Leere zu starren, so groß war ihre Konzentration. Und dann sah sie ihn. Sie hatte ihn nie zuvor bewusst gesehen, aber sie erkannte ihn. Er war irgendwo in den Bergen. Auf seiner Schulter trug er einen gewaltigen Steinhammer, eine Waffe, wie sie Alesha nie zuvor gesehen hatte. Sie konnte ihn klar und deutlich sehen, aber sie konzentrierte sich trotzdem weiter auf den Wanderer.

„Gut", hörte sie seine Stimme, so nah, als sei sie direkt bei ihm. „Denke an nichts anderes, nur an mich. Das ist die einzige Möglichkeit, dass Othal uns nicht findet."

„Was soll ich tun?", sagte sie in ihren Gedanken.

„Warten", lautete Thorais Antwort. „Der Tag kommt, an dem alles seine Bestimmung findet. Warte bis zum nächsten Frühjahr. Bis dahin wird nichts geschehen, was von Bedeutung wäre."

„Was geschieht dann?", fragte Alesha.

„Die Dinge werden sich finden. Du wirst die Dinge finden",
hörte sie Thorai sprechen.

Sie merkte, wie ihre Konzentration nachließ und ihre Gedanken
abschweiften.

„Nimm das Auge ab. Schnell, bevor es zu spät ist."

Thorais Stimme hatte einen befehlenden Klang. Alesha wollte
noch vieles fragen, aber die Gefahr, in die sie den Wanderer und
auch sich selber brachte, war zu groß. Sie musste ihren ganzen
Willen anstrengen, um das Amulett von ihrer Stirn zu nehmen.
Sofort war ihre Vision verschwunden und sie befand sich wieder
am Haus des Herulers. Das Mädchen blieb nachdenklich sitzen.
Was hatte Thorai gemeint. Sie hatte es nicht verstanden.
Plötzlich kam ihr ein Gedanke. Sie legte das Auge nochmals
über ihre Stirn und betrachtete mit aller Konzentration einen
Holzscheit, der nicht weit von ihr entfernt auf dem Boden lag.
Was sie dann sah, erschreckte und amüsierte sie zugleich. Das
Holz begann eine Handbreit über dem Boden zu schweben und
bewegte sich langsam von ihr weg. Alesha verstärkte ihre
Gedanken und mit einemmal zersprang der Block in viele kleine
Splitter. Erschreckt riss sie den Stein herunter und schaute auf
die Überreste des Scheits. Sie wusste, dass sie es gemacht hatte,
aber wie, war ihr ein Rätsel. Welche Macht hatte das Auge der
Welt? Seit fast sechzehn Jahren trug sie es Tag und Nacht bei
sich. Ihre Visionen waren bis heute immer ungewollt gekommen
und nicht beeinflussbar gewesen. Jetzt hatte sie zum erstenmal
die Kraft gespürt und angewandt, aber sie hatte nun mehr
Fragen als Antworten. Warum hatte sie das Auge der Welt
erhalten? Was war ihre Aufgabe? Sie wusste es nicht. Noch eine
ganze Zeit saß sie dort und dachte nach, bevor sie sich wieder in
das Haus schlich und sich hinlegte.

Wulf-Ila lag wach. Alesha hatte sich vor einiger Zeit aus dem
Haus geschlichen. Er hätte gerne gewusst, was sie vorhatte, aber
er bezwang seine Neugierde. Das Mädchen war etwas
Besonderes, das ahnte er, konnte sich jedoch nicht im
geringsten vorstellen, warum. Er war fasziniert von ihr, hatte sie
doch eine ganz besondere Ausstrahlung. Er würde morgen mit
Tash-Ana-Ma-Rai darüber reden müssen. Der alte Mann wusste

vieles und würde bestimmt wissen, wer Alesha war. Er betrachtete seine Familie im Halbdunkel des Raumes, seine Frau neben ihm und Son-Ica, seine Tochter, die ein Stück weiter tief und fest schlief. Seine Tochter hatte sich sehr schnell mit Alesha angefreundet, eine Tatsache, die ihn verwunderte, hatte sie doch ein sehr eigenes Wesen. Mit ihrer Unabhängigkeit war sie Alesha sehr ähnlich. Vielleicht war das der Grund für die Freundschaft zwischen den beiden Mädchen. Weiter hinten lag Völlung, den Wulf-Ila sehr mochte. Der Junge hatte sich sehr schnell im Stamm eingelebt und verhielt sich, als sei er hier aufgewachsen. Sein lahmes Bein hinderte ihn nicht daran, alle Spiele und Übungen der Jungen mitzumachen.

,In einigen Jahren wird der Junge ein großer Krieger der Heruler sein', dachte Wulf-Ila.

Er hörte, wie sich die Türe leise öffnete und Alesha hindurchschlüpfte. Sie schlich auf Zehenspitzen zu ihrem Lager und legte sich hin. Wulf-Ila beobachtete sie aus seinen Augenwinkeln. Als das Mädchen lag, trafen sich für kurze Zeit ihre Blicke. In ihren Augen sah er eine unendliche Trauer, aber auch Freude und Hoffnung.

,Ja', dachte der Heruler. ,Morgen werde ich mit Tash-Ana-Ma-Rai reden.'

Kapitel 26 – Die große Wanderung

An jenem Morgen blickte Lorin auf den langen Treck, der sich wie ein Lindwurm durch das schmale Tal wand. Seit Sonnenaufgang waren die Geti unterwegs in die Ebene, die ihre neue Heimat werden sollte. Orm ritt an der Spitze und führte das kleine Volk an. Hinter ihm, auf einem kleinen Wagen, fuhren die beiden Ältesten des Stammes. Sie verwahrten den heiligen Schatz, darunter die Stoßklinge ‚Tilarids‘. Gilgas war bereits vor über einer Woche mit den besten Kriegern aufgebrochen, um den Weg zu erkunden und mögliche Gefahren abzuwehren. Vor zwei Tagen hatte man begonnen, die Herden fortzutreiben. Sie würden nach einigen Tagen Reise einen anderen Weg in die Steppe wählen, damit dem nachfolgenden Treck genügend frisches Gras zur Verfügung stand, um die Zugtiere und Pferde versorgen zu können. Seit der Schnee zu schmelzen begonnen hatte, hatten die Geti sich auf die Reise vorbereitet. Jetzt war es endlich soweit. Bis auf einige alte Männer und Frauen, die ihr Tal in den Bergen nicht verlassen wollten, war das ganze Volk unterwegs. Am Tage vor Gilgas' Aufbruch hatten sie dem alten Maituras den Weg zu den Göttern bereitet. Lorin dachte an die vergangene Woche zurück. Orm und Lorin hatten im steinigen Untergrund des Tales ein tiefes Loch ausgehoben, in das sie Maituras in der Hocke und mit verbundenen Augen, damit er den Weg zurück nicht mehr finden sollte, setzten. Zu seinen Füßen stellten sie eine Schale mit gekochtem Dinkel und gaben ebenfalls ein kleines Steingefäß mit getrockneten, zerriebenen Pilzen dazu. Auch ein Lederschlauch mit Met gehörte zu den Grabbeigaben. Er sollte auf seinem Weg in die andere Welt nicht Hunger und Durst leiden. Lorin vermisste den alten Mann. Er hatte ihm und Amerus einen Weg gezeigt, der ihnen Stärke und Kraft geben sollte für die Dinge, die vor ihnen lagen. Unwillkürlich musste er lächeln. Und er hatte den Träger des Auges gesehen. Eine wunderschöne, junge Frau, so schön, wie er noch nie zuvor eine Frau gesehen hatte. Aber es machte ihm auch große Sorgen. Die Frau war jung, vielleicht fünfzehn oder sechzehn Jahre. Zu jung, um die Macht des Auges zu nutzen, wie er befürchtete. Maituras hatte ihm viel über das Auge der Welt erzählt. Seine Kraft musste unvorstellbar sein und wer immer es besaß, würde Herrscher über die Ebene werden. Was würde geschehen, wenn es dem fremden Volk in die Hände fiele? Lorin wollte sich dieses Schreckensszenario nicht ausmalen. Der alte Geti hatte zwar gesagt, dass nur der rechtmäßige Träger des Steines auch dessen Macht und Kraft lenken könne. Aber hatte Maituras auch damit Recht? Amerus hatte die Hügelfestung am großen Binnenmeer in seiner Vision gesehen, eine uneinnehmbare Burg, so hatte er es erzählt. Zweifel plagten Lorin, ob sie ihrer selbst gewählten Aufgabe gerecht werden könnten. Sicher, sie hatten einige Waffen aus dem neuen Metall aus Harappa mitgebracht. Auch Tronto und Rollo, zwei Schmiede, waren mit ihnen gegangen. Aber welchen Nutzen hatte ein Schmied ohne das neue Metall? Lorin stieg von seinem Pferd, pflockte es fest und ging noch einmal zum Grab des alten Maituras und setzte sich auf den steinigen Boden.

„Schon jetzt, hier am Beginn der langen Reise, fehlst du mir, Maituras. Du und deine Weisheit, deine Kenntnisse und deine Ruhe. Wer wird jetzt die Antworten geben, die wir alle brauchen?", sprach er mehr zu sich selbst.

Er sah, dass das Ende der Wagenkolonne bereits den Ausgang des Tales erreicht hatte und stand wieder auf. Schnell ging er zu seinem Pferd und stieg auf. Er wollte den Anschluss nicht verlieren. Außerdem wollte er noch einmal zu dem beplanten Wagen reiten, in dem Kat-Tia und Marsa reisten. Beide erwarteten sie ihr Kind in etwa einem Monat. Durch den frühen Frühling in diesem Jahr war der Aufbruch eher als geplant erfolgt. Dadurch hatten sie ihre Kinder noch nicht zur Welt gebracht. Amerus war seit Wochen von Tag zu Tag nervöser geworden, während Gilgas die Schwangerschaft seiner Frau gelassen betrachtete. Beide freuten sich jedoch auf ihr Kind und waren fest davon überzeugt, dass es Söhne werden würden.

Skade streifte weit an den Flanken des Trecks umher. Er spürte, dass es wieder zurück in die große Ebene ging, in der er von Horizont zu Horizont laufen konnte, ohne dass Berge und Wälder ihn störten. Er mochte die Steppe, in der er geboren wurde und wo er Lorin gefunden hatte. Er mochte auch den kleinen Jungen, der aus der großen Stadt im Osten kam und der mit ihnen gegangen war. Er ließ sich von ihm gerne die Nackenhaare kraulen, das gefiel ihm sehr. Jetzt ritt der Junge nicht weit von ihm entfernt. Skade blieb stehen und betrachtete alles mit erhobener Rute. Irgendwo weit vor ihm ritt Lorin und auch Amerus, der Mann, der auf einem Pferd immer so unbeholfen aussah, war weit vorne am Beginn des Zuges. Der große, lustige Mensch, den sie Gilgas nannten, der immer so laut lachte und sich dabei auf die Schenkel klopfte, war schon lange weg. Skade streckte seinen Kopf dem Himmel entgegen und rief ihn.

Das Heulen des Wolfes schallte von den Wänden des Tales zurück und war bis zur Spitze der Kolonne zu hören. Orm horchte auf. Mit seinen langen, grün gefärbten, wollenen Hosen und dem gleichfarbigen Leinenhemd, über dem ein weiter Umhang aus Zobelfellen hing, zusammengehalten von einer goldenen Fibel, sah er imposant aus. An seinem Gürtel hatte er ein kurzes Schwert aus Bronze und einen kleinen, runden Buckelschild befestigt. Sein Kopfschutz bestand aus einem Helm, der aus mehreren Lagen festen Leders gefertigt war und auf dem Rücken trug der Geti eine lange Stoßlanze. Nach dem Tod des alten Maituras hatte das Volk ihn zum Führer gewählt und er wollte seiner großen Aufgabe gerecht werden und die Geti über die Berge sicher in die Steppe führen.
‚Ein gutes Omen‘, dachte er. ‚Lorins weißer Wolf ruft die Götter um Beistand an. Wenn schon die Tiere auf unserer Seite sind, dann muss die Fahrt gelingen.‘
Auch die anderen Geti, die Skades Jaulen hörten, dachten so. Nach ihrer Überzeugung war ein Wolf ein heiliges Tier, das man nicht jagen und töten durfte und ein weißer Wolf war ein Sendbote der Götter. Der Begleiter Lorins würde ihrer Reise Glück und Gelingen bringen, obwohl niemand wusste, was auf das Volk in der Steppe zukam. Während der ersten Tage bewegte sich der Treck auf bekanntem Gebiet und folgte den breiten Spuren, die von den vorangetriebenen Herden stammten. Dann, am vierten Tag nach dem Aufbruch, wandte

sich die lange Wagenkolonne nach Osten, während die Herden den Weg über die Pässe, die zu steil und unwegsam für Wagen waren, genommen hatten. Die klobigen Karren würden jetzt eine lange Zeit nach Osten unterwegs sein, bevor sie nach Norden, in die Ebene, schwenkten.

Je weiter sie nach Osten zogen, desto üppiger wurde die Vegetation. Sie hatten die Enge der Berge bereits verlassen und erreichten breite, weit auslaufende grüne Täler. In einer dieser fruchtbaren Auen beschloss Orm, eine längere Pause einzulegen, damit die mitgeführten Zugochsen und Pferde sich erholen konnten. Gleichzeitig standen Marsa und Kat-Tia kurz vor der Niederkunft und der Geti wollte ihnen die Möglichkeit geben, sich nach der Geburt noch ein wenig entspannen zu können. Am zweiten Tag der Rast setzen bei Marsa und Kat-Tia fast gleichzeitig die Wehen ein. Die Hebammen, darunter Trontos Frau Hani, die sich bei den beiden Frauen befanden, scheuchten Amerus, der seit Tagen nicht mehr von Kat-Tias Seite gewichen war, trotz heftigem Widerstand, aus dem Zelt.

„Lasst mich bei meiner Frau bleiben. Sie braucht mich", bettelte er.

„Ein Mann ist das letzte, was sie und wir jetzt brauchen. Verschwinde! Mach deine Freunde nervös", erwiderte eine der Hebammen ungerührt.

„Du erfährst schon früh genug, wenn es vorbei ist", setzte sie hinzu.

Amerus machte noch einen letzten, halbherzigen Versuch.

„Bitte", sagte er fast flehentlich.

„Nein", lautete die Antwort der Hebamme, während aus dem Inneren des Zeltes unterdrücktes Stöhnen zu hören war.

Amerus drehte sich enttäuscht um und schlich zu seinem Freund Lorin, der sich in einiger Entfernung eine provisorische Hütte gebaut hatte.

„Man lässt mich nicht bei ihr bleiben", jammerte Amerus.

„Was willst du auch da", sagte Lorin. „Die erfahrenen Frauen wissen am besten, was zu tun ist. Du würdest ohnehin nur im Weg herumstehen."

Die beiden Freunde setzten sich in Lorins Unterkunft vor ein kleines, offenes Feuer und schwiegen. Nach einiger Zeit gesellten sich Orm und Tronto, der einen großen Wasserschlauch bei sich trug, zu den beiden. Umständlich kramte Tronto ein paar aus Holz geschnitzte Becher hervor und goss eine rote Flüssigkeit hinein.

„Trinkt Freunde. Wein aus Harappa", sagte er und verschloss den Schlauch sorgfältig.

„Wein?" Amerus staunte.

„Woher hast du den denn?", fragte Lorin.

„Aus Harappa. Ich habe ihn den ganzen Weg mitgeschleppt", antwortete der Schmied.

„Warum das denn?"

Tronto lachte. „Er ist besser als vergorene Stutenmilch."

Amerus kostete den Wein und schnalzte mit der Zunge.

„Köstlich", sagte er. „Der Wein erinnert mich an meine Heimat. Schenke noch einmal nach."

Er hielt Tronto seinen Becher hin, der wehmütig auf den Weinschlauch schaute, ihn öffnete und die Becher neu füllte.

„Egal", sagte er. „Trinken wir ihn aus. So einen Wein werden wir lange nicht mehr trinken."

Der Wein war bereits zur Hälfte geleert, als von draußen Hufschlag und danach lautes Gepolter hörbar wurde. Sie hörten ein Pferd wiehern, und kurz danach wurde das Fell, das Lorin bei der Hütte als Türe diente, zurückgeschlagen und Gilgas kam unerwartet herein.

„Hier finde ich euch also. Was trinkt ihr da? Wein? Ohne mich? Was für Freunde."

Gilgas wartete keine Erwiderung ab, sondern nahm den Weinschlauch, öffnete den Verschluss und setzte ihn an seinen Hals. Dem Glucksen nach zu urteilen, schmeckte er ihm köstlich.

„Nicht soviel. Das ist der einzige."

Trontos Einwände berührten den Krieger nicht. Er trank noch einige tiefe Schlucke und setzte den Schlauch ab und schleckte sich mit der Zunge über die Lippen.

„Trinkbar", meinte Gilgas.

„Trinkbar?" Tronto schrie es förmlich heraus. „Trinkbar? Das ist der beste Wein, den du je getrunken hast."

„Na ja", lachte Gilgas. „Du hast recht. Er ist wirklich gut."

Lorin hatte sich inzwischen erhoben und umarmte seinen alten Freund.

„Was machst du hier?", fragte er.

„Ich bin gekommen, um euch die gute Nachricht selbst zu bringen. Ein paar Stunden von hier schwenkt das Tal nach Norden, breit und voller Gras. Der Boden ist eben und mit den Wagen gut zu befahren. Ich habe einige Kundschafter losgeschickt und sie haben berichtet, dass das Tal direkt bis in die große Ebene führt. Sie sagten, dass es fast menschenleer ist. Nur einige Hirten weiden dort ihre Schafe und Ziegen. Wenn ihr morgen früh aufbrecht, können wir in fünf oder sechs Tagen die Steppe erreichen. Wenn wir dann nach Westen gehen, werden wir unser Ziel schneller erreichen, als wir gehofft haben. Kat-Tia wird sich freuen, ihren Großvater wiederzusehen."

Gilgas hatte sich an das Feuer gesetzt, während er erzählte. Nun schaute Orm dem Krieger wortlos in die Augen.

„Was ist, Orm?" fragte Gilgas.

„Wir können morgen noch nicht aufbrechen. Frühestens in ein paar Tagen sind wir soweit", antwortete Orm.

„Warum? Was ist geschehen?"

Lorin griff Gilgas an die Schulter.

„Du bleibst besser auch noch etwas und trinkst noch etwas mit uns."

„Was habt ihr?", fragte Gilgas nervös.

„Wir haben nichts", lachte Tronto. „Aber Amerus und du."

Gilgas begriff schnell.

„Es ist soweit. Marsa bekommt unser Kind. Meinen Sohn."

„Und Kat-Tia meinen Sohn." Amerus grinste Gilgas an.

„Ich muss zu ihr." Gilgas war im Begriff aufzustehen, als Amerus ihn zurückhielt.

„Bleib' sitzen. Wir können nicht zu unseren Frauen. Diese Furien von Hebammen lassen uns sowieso nicht zu ihnen."

„Das wollen wir doch mal sehen!"

Gilgas stand mit vom Wein gerötetem Gesicht auf und ging aus der Hütte. Sofort sprangen die Freunde zur Türe, schlugen das

Fell zur Seite und beobachteten, wie Gilgas auf das Zelt der beiden Frauen zulief.

„Jetzt bin ich gespannt", sagte Lorin.

„Er ist gleich wieder da", prophezeite Amerus.

Nicht allzu lange danach sahen sie Gilgas wild mit den Armen fuchteln, sich umdrehen und wieder zu seinen Gefährten zurückkommen. Er stürmte in die kleine Hütte und hätte sie beinahe umgelaufen, wären sie nicht rechtzeitig zur Seite gegangen.

„Sie lassen mich nicht zu meiner Frau", berichtete er.

„Sagte ich dir doch", meinte Amerus.

„Es kann noch dauern, meinte Hani zu mir." Gilgas war entrüstet.

Tronto öffnete den Weinschlauch und füllte die Becher.

„Ja, ja", sagte er. „Meine Frau hat da Erfahrung. Wenn sie es sagt, dann dauert es noch. Sie hat schon vielen Kindern geholfen, diese Welt zu sehen. Trinken wir also noch einen Schluck."

Die Freunde nahmen ihre Becher und tranken auf das Wohl der werdenden Mütter und Väter. Sie saßen noch einige Stunden zusammen und je mehr Zeit verstrich, desto nervöser wurden Gilgas und Amerus. Es begann schon zu dunkeln, als der Türvorhang zurückgerissen wurde und Bran herein stolperte.

„Man schickt mich. Schnell. Kommt", rief er.

„Was ist geschehen?"

Gilgas war sofort auf den Beinen.

„Marsa, Kat-Tia. Kinder." Bran bekam kaum ein Wort heraus, so außer Atem war er.

Inzwischen standen auch die anderen. Gilgas schubste den Jungen auf die Seite und rannte hinaus, gefolgt von Amerus, der beinahe über Skade gestolpert wäre, der vor dem Eingang döste. Vor dem Zelt der beiden Frauen trafen sie Hani, die auf sie wartete.

„Vorhin wolltet ihr beide unbedingt hinein und jetzt kann man hier auf euch warten. Ihr wisst auch nicht, was ihr wollt", sagte sie scheinbar erbost.

„Wo ist mein Sohn", riefen Gilgas und Amerus gleichzeitig.

Hani, die mit ihrer ganzen Körperfülle den Eingang versperrte, blickte beide abwechselnd an.

„Gilgas, dein Sohn ist bei seiner Mutter im Zelt. Und dein Sohn, Amerus, ist eine Tochter und auch im Zelt."

Sie trat lachend einen Schritt zur Seite und ließ die beiden eintreten. Lorin, Tronto und Orm, die mittlerweile auch eingetroffen waren, schauten sich an und fingen an zu lachen.

„Vater möchte ich auch nicht werden", lachte Lorin. „So, wie die beiden sich angestellt haben."

Lorin machte einen Schritt vorwärts und betrat das Zelt, ebenso wie Orm und Tronto. Gilgas und Amerus saßen bei ihren erschöpft, aber glücklich aussehenden Frauen und betrachteten das kleine Etwas, das die beiden in den Armen hielten.

„Welchen Namen sollen wir ihr geben?", hörte Lorin seinen Freund Amerus fragen.

„Ich bin zu müde, jetzt darüber nachzudenken", sagte Kat-Tia. „Es war alles so anstrengend."

Lorin warf einen Blick auf die beiden Kinder. Marsas und Gilgas' Sohn würde wohl die Kraft seines Vater erben. Die Tochter von Kat-Tia und Amerus war klein, fast winzig im Vergleich zu Gilgas' Sohn. Lorin verließ das Zelt wieder und auch Orm und Tronto gingen leise mit hinaus.

„Unsere Zukunft", sagte Lorin zu den beiden. „Aber was wird die Zukunft ihnen bringen?"

Dann trennten sich ihre Wege und Lorin ging nachdenklich zu seiner Hütte zurück, vor der Skade immer noch lag und döste.

Eine Woche später brach das Volk auf. Marsa und Kat-Tia waren kräftig genug, die Fahrt auf einem Wagen durchzustehen. Außerdem hätte keine Kraft der Welt Kat-Tia zurückhalten können. Sie freute sich, ihren Großvater und ihren Stamm wiederzusehen. Gilgas war am Tag zuvor wieder zum Voraustrupp geritten. Kurz vorher hatte er seinem Sohn einen Namen gegeben. Marsa und er nannten ihn Orm, nach Marsas Bruder, aber zur besseren Unterscheidung der beiden sollte er nur noch „Kleiner Orm" genannt werden. Kat-Tia hatte Amerus gebeten, ihrer Tochter erst in der Steppe, in ihrer Heimat, einen Namen zu geben und Amerus respektierte den

Wunsch seiner Frau. Der Treck benötigte drei Tage bis zu der Stelle, an der Gilgas und die Krieger auf ihn warteten. Unterwegs waren nacheinander bei drei Karren die Achsen gebrochen. Tronto und Rollo fertigten aus schnell geschlagenen Bäumen neue Achsen, trotzdem verlor das Volk wertvolle Zeit auf seinem Zug in die Ebene.

Die dunkel gekleidete Gestalt hob sich vom Hintergrund für einen kurzen Moment gegen das Licht des Mondes ab. Zu kurz, als dass sie den Wachen auffiel, deren Aufmerksamkeit durch die Ruhe der letzten Wochen abgenommen hatte. Im Schutz einiger Büsche schlich sich der Späher näher an das Lager heran. Bis auf einige Posten, die auf der anderen Seite des Tales standen, konnte er niemanden entdecken. Der Unbekannte lag, geschützt durch ein Gehölz, auf seinem Bauch und betrachtete den ruhigen Ort unter sich. Dann, nach einiger Zeit, robbte er zurück, lief geduckt zu einer Talsenke, in der sein Pferd angepflockt stand und ritt davon. Wer dieses unbekannte Volk war und ob es eine Gefahr darstellte, wusste er nicht. Was zu geschehen hatte, würde der König und der Rat der Ältesten entscheiden. Schon im vergangenen Herbst hatte Tash-Ana-Ma-Rai Späher wie ihn in alle Himmelsrichtungen ausgesandt, damit jede drohende Gefahr durch das neue Volk rechtzeitig erkannt werden konnte. Gerade jetzt, in einer Zeit, in der sein Stamm sich bemühte, Bündnisse mit den vielen kleinen Stämmen der Steppe zu schließen, um gegen die Gefahr bestehen zu können, durfte nichts den wachsamen Augen der Späher entgehen. Er schaute sich nochmals um, vergewisserte sich, dass ihm niemand gefolgt war und ritt dann nach Westen.

Gilgas kannte die Gefahr, die von dem neuen Volk ausging und ließ seine Späher weit vor dem Treck patrouillieren. Die Hauptmacht der Krieger begleitete den Wagenzug, seit sie den Weg nach Norden eingeschlagen hatten. In wenigen Tagen würden sie die Steppe erreicht haben. Bis auf einige Schwierigkeiten, wie gebrochene Räder und Achsen, war auf dem gesamten Marsch nichts geschehen, was auf eine Gefahr hinweisen könnte. Gilgas hatte gemerkt, dass die aufgestellten

Wachen es an der notwendigen Aufmerksamkeit fehlen ließen. Er musste sie unbedingt auf die Wichtigkeit ihres Tuns aufmerksam machen. Langsam und sorgfältig nach allen Seiten schauend, ging er um das Lager der Geti, das in nächtlicher Ruhe dalag. Seinem geübten Blick entging, trotz der nächtlichen Dunkelheit, nicht, dass an einem niedrigen Gebüsch ein kleiner Zweig geknickt war. Gilgas bückte sich und untersuchte die Bruchstelle. Leise pfiff er durch die Zähne und untersuchte sorgfältig den Boden der Umgebung. Jemand war hier gewesen und das vor gar nicht allzu langer Zeit. Er folgte den kaum sichtbaren Spuren zu einer tiefer gelegenen Stelle. Die Spuren im Gras waren nicht zu übersehen. Hier musste der Fremde sein Pferd zurückgelassen haben. Jetzt war weit und breit nichts mehr von ihm zu sehen. Wer immer es gewesen sein mochte, die Gefahr, die er darstellte, sollte er mit der Nachricht über das Lager entkommen, war zu groß. Gilgas lief zum Treck zurück, rief einige Krieger zusammen und ritt mit ihnen auf den Spuren des Spähers nach Westen. Der helle Mond gab genügend Licht für die Verfolger. Sie waren nicht weit gekommen, als das Grasland der Steppe steiniger wurde. Kurz danach verloren sie die Spuren des Unbekannten. Gilgas ließ seine Männer fächerförmig ausschwärmen, in der Hoffnung, die verlorene Fährte wiederzufinden. Vergeblich. Die Spur blieb unauffindbar. Die Krieger ritten zum Lager zurück, das sie mit der aufgehenden Sonne erreichten.

„Wer kann es gewesen sein?" Man sah Orm seine Sorge an, nachdem Gilgas ihm von dem nächtlichen Besucher erzählt hatte.
„Das weiß ich nicht. Außer dem abgeknickten Zweig und einigen Pferdespuren war nichts zu finden. Das einzige, was wir wissen ist, dass er alleine war."
„Du hast die Krieger dazu angehalten, äußerst wachsam zu sein?"
Es war eher eine Feststellung als eine Frage. Gilgas nickte. Orm betrachtete nachdenklich seine Fingerspitzen.
„Wir werden weiterfahren", sagte er entschlossen.

„Uns bleibt nichts anderes übrig. Es ist nicht sicher, dass es ein Feind gewesen ist", sagte Lorin, der die ganze Zeit wortlos Gilgas' Bericht zugehört hatte.

„Ich habe die besten Krieger vorausgeschickt. Wenn das fremde Volk in der Nähe ist, werden wir es rechtzeitig erfahren", meinte Gilgas.

Wulf-Ila hörte dem Bericht des Spähers aufmerksam zu. Die Ausführungen warfen mehr Fragen als Antworten auf. Warum kamen die Fremden von Osten? Alle bisherigen Meldungen besagten, dass das fremde Volk am großen Binnenmeer im Westen lebte. Wer kam jetzt aus dem Osten? Waren es Feinde, Freunde? Wulf-Ila war verwirrt. Das Tal, durch das dieser Treck zog, kam aus dem Gebirge. Aber vor allem beschäftigte ihn die Frage, wohin sie wollten. Er fand das Ganze äußerst verwirrend. Er brauchte mehr und vor allem genauere Informationen. Wulf-Ila wusste, was er zu tun hatte. Er schickte seine besten Späher nach Osten, dann ging er zu Tash-Ana-Ma-Rai und berichtete ihm.

Alesha schaute Wulf-Ila nach, der schnellen Schrittes auf Tash-Ana-Ma-Rais Jurte zuging. Im Lager der Heruler herrschte helle Aufregung, seitdem der Späher zurückgekommen war. Was war bloß los? Alesha versuchte, ihre Neugierde zu bezwingen und sich auf Son-Ica zu konzentrieren, die verzweifelt versuchte, ihr das Weben ohne Knoten beizubringen.

„Jetzt schau endlich mal hierher und nicht überall in der Gegend herum. So lernst du es nie."

Son-Icas Stimme riss sie aus ihren Gedanken.

„Dein Vater hat wohl schlechte Nachrichten bekommen", sagte Alesha.

„Wieso?"

„Hast du nicht gesehen, dass er zum Häuptling gegangen ist? Sehr schnell sogar. Das muss wichtig sein."

„Nein, das habe ich nicht gesehen. Aber ich höre, dass du mal wieder neugierig bist:"

„Ja," gab Alesha unumwunden zu.

Son-Ica kannte Alesha gut genug, um zu wissen, dass das stimmte.

„Was willst du machen?", fragte sie.

„Wir schleichen uns an und lauschen."

„Das können wir doch nicht tun", sagte Son-Ica entrüstet.

„Doch. Komm mit. Du willst doch auch wissen, was los ist."

Alesha schaute ihre Freundin an. Dann nickte Son-Ica und die beiden Mädchen schlichen sich leise zur Jurte des Häuptlings. An einer schwer einsehbaren Stelle legten sie sich auf den Boden und hoben den Seitenbehang ein kleines Stückchen hoch. Sehen konnten sie nichts, aber sie hörten Wulf-Ilas Stimme.

„ ... gewappnet sein."

„Du hast Recht", entgegnete Tash-Ana-Ma-Rai. „Gehe jetzt und bereite alles vor. Solange wir nicht wissen, wer das ist, dürfen wir nicht nachlässig werden."

Wulf-Ila wandte sich zum Gehen, als der Häuptling ihn zurückrief.

„Ich habe einen Gedanken. Was du mir neulich über das Mädchen, Alesha, erzählt hast, bringt mich darauf."

„Was meinst du?", fragte Wulf-Ila.

„Du glaubst also, sie ist eine Seherin, aber du weißt es nicht. Nur eine Vermutung. So hast du es mir erzählt. Vielleicht kann sie uns helfen, ohne dass wir unsere Krieger in Gefahr bringen müssen."

Über Wulf-Ilas Gesicht huschte ein Lächeln des Verstehens. Er nickte.

„Ja, das können wir versuchen. Ich werde mit ihr sprechen."

„Nein. Schick sie zu mir. Ich rede selber mit ihr. Gehe jetzt."

Wulf-Ila ging hinaus und auch die Mädchen krochen etwas zurück, bis Alesha mit ihrem Fuß an etwas Hartes stieß. Sie drehte sich um und sah nach oben. Dort stand Wulf-Ila und grinste Alesha und seine Tochter an.

„Habe ich mich doch nicht getäuscht."

Er packte die Mädchen und hob sie mit einer Leichtigkeit hoch, als seien sie Federn.

„Soso. Ihr habt also gelauscht. Tochter, wir beide reden noch mal darüber. Alesha, du kommst mit."

Er packte Alesha mit seiner kräftigen Hand am Nacken und schob sie vor sich her in die Jurte des Häuptlings.

„Hier ist sie. Sie war draußen und hat heimlich gelauscht", sagte er zu Tash-Ana-Ma-Rai.

„Lass mich mit ihr allein, Wulf-Ila."

Der Heruler schaute sein Gegenüber an und verließ dann wortlos die Jurte. Alesha stand verloren vor dem Häuptling.

„Wenn du gelauscht hast, dann weißt du sicher, was ich von dir will?", fragte er.

„Ich habe nicht alles gehört. Wir waren zu spät."

„Wir?"

„Ja, Son-Ica und ich", gab Alesha zu.

„Wulf-Ila wird sich schon um seine Tochter kümmern. Jetzt sag mir, was du gehört hast."

„Nicht viel. Nur, dass Fremde in der Nähe sind und Wulf-Ila glaubt, ich sei eine Seherin."

„Bist du eine?"

„Ich weiß nicht. Manchmal glaube ich das, weil ich dann Visionen habe."

„Wer weiß davon?"

„Hier niemand. Nicht einmal Son-Ica", sagte Alesha.

„Setzen wir uns, Alesha und dann erzählst du mir alles."

Tash-Ana-Ma-Rais gütige Stimme nahm Alesha ihre Furcht vor dem alten Häuptling.

„Du brauchst dich vor mir nicht zu fürchten", meinte er. „Meine Enkelin war etwa in deinem Alter und genauso wild und unabhängig wie du."

„Was ist geschehen?", fragte Alesha, obwohl sie die Antwort kannte.

„Sie ist weggegangen. Ich hätte ihr erlauben sollen, mit Lorin und seinen Freunden über das Gebirge zu gehen. So ist sie ihnen gefolgt und ich weiß nicht, was aus ihr geworden ist."

Alesha sah ein paar Tränen in den Augenwinkeln des alten Mannes.

„Sie lebt. Da bin ich mir sicher. Sie kommt bestimmt zurück", sagte sie, mehr zum Trost als aus Gewissheit.

„Jetzt erzähle mir aber von deinen Visionen."

Alesha erzählte Tash-Ana-Ma-Rai ihre ganze Geschichte seit der Prophezeiung des schwarzen Schamanen am Tag ihres Geburtsfestes bis zu ihrer Vision neben Wulf-Ilas Haus. Der alte Häuptling hörte ihr aufmerksam zu, ohne sie in ihrer Geschichte zu unterbrechen. Als sie geendet hatte, nickte er und schwieg lange Zeit. Dann brach er die Stille.

„Darf ich dein Amulett sehen?"

Alesha nestelte den Stein unter ihrem Hemd hervor, nahm ihn am Lederband und hielt ihn dem alten Mann hin.

„Das ist es", sagte sie.

„Nein, behalte es. Es gehört mir nicht."

„Das ist also das Auge der Welt", meinte er. „Ich habe viel davon gehört. Es gibt so viele Geschichten auf der Steppe über diesen Stein. Ich glaube nicht, dass alle wahr sind, aber wenn nur ein Teil davon stimmt, dann hältst du sehr viel Macht in den Händen."

„Ich will diese Macht aber gar nicht", sagte Alesha. „Außerdem weiß ich nicht einmal, warum ich das Amulett bekommen habe."

„Alles hat seinen Sinn, Alesha. Manchmal versteht man aber erst sehr spät, warum etwas geschieht und etwas anderes nicht. Das ist etwas, das selbst die größte Weisheit nicht zu erklären vermag. Wenn Thorai wollte, dass du das Auge trägst, dann wird er seinen Grund dafür gehabt haben, denn wenn es keinen gäbe, würdest du das Amulett nicht tragen."

„Das verstehe ich nicht."

„Das wirst du noch. Ich denke, dass die Stämme auf der Steppe vor großen Veränderungen stehen. Seit das fremde Volk gekommen ist, hat sich vieles verändert und was du mir über ihren König Fenris erzählt hast, untermauert noch meine Ansicht. Er scheint ein sehr machtgieriger Mann zu sein und Menschen, die nach Macht gieren sind gefährlich. Du kannst sehr froh sein, dass ihm das Amulett nicht in die Hände gefallen ist."

„Es würde ihm nichts nutzen, glaube ich", sagte Alesha.

„Warum?", fragte der Häuptling.

„Die alte Frau aus meinem Dorf, Becka, hat gesagt, dass nur der rechtmäßige Träger das Auge der Welt nutzen kann."

Tash-Ana-Ma-Rai blickte gedankenverloren vor sich hin, während Alesha dasaß.

„Wirst du mir helfen?", fragte er dann unvermittelt.

„Was soll ich denn tun?"

„Sehen, wer die Fremden sind. Kannst du das?"

Alesha nickte. „Ich werde es versuchen."

Sie nahm ihr Amulett, legte es über die Stirn und konzentrierte sich. Tash-Ana-Ma-Rai schaute ihr interessiert zu, sagte jedoch kein einziges Wort. Dann brach das Mädchen vor seinen Augen bewusstlos zusammen. Für sein Alter äußerst behände sprang der Häuptling von seinem Sitz und fing Alesha auf. Geistesgegenwärtig nahm er ihr den Stein von der Stirn und bettete das Mädchen auf sein weiches Schlaffell. Er kühlte ihre Stirn mit Wasser und wartete geduldig, bis sie aus ihrer Ohnmacht wieder zu sich kam. Dann begann Alesha zu erzählen, was sie gesehen hatte.

Das Tal wurde breiter und flacher und ging unmerklich in die große Ebene über. Der Wagenzug der Geti war nach Westen abgeschwenkt und zog langsam über die Steppe, flankiert von bewaffneten Reitern. Seitdem Gilgas die Spuren des Späher gefunden hatte, hatte sich eine gewisse Nervosität unter allen ausgebreitet. Niemand wusste, ob das fremde Volk das Land ganz erobert hatte, seit die drei Freunde aufgebrochen waren. Am Abend ließ Orm eine Wagenburg errichten und die doppelte Anzahl Wachen aufstellen. Trotzdem konnte fast niemand schlafen. Amerus machte sich große Sorgen um Kat-Tia und seine kleine Tochter, die immer noch keinen Namen erhalten hatte. Am nächsten Morgen, mit dem ersten Sonnenlicht, wurde das Lager abgebrochen und der Treck setzte seinen Weg fort. Um die Mittagszeit ließ Orm die Wagen halten. Gilgas, der neben ihm ritt, zeigte mit ausgestrecktem Arm nach Westen. Weit in der Ferne sah man eine dünne Linie am Horizont.

„Reiter", sagte Gilgas.

Orm ließ die Wagen zu einem großen Kreis zusammenfahren, während Gilgas sein eisernes Schwert, das er in Moendai gefunden hatte, fester gürtete und sein Pferd aus der Sicherheit der Wagenburg auf die Steppe lenkte.

„Ich werde zu ihnen reiten und sehen, wer das ist. Kümmere dich um Marsa, sollte mir etwas geschehen", rief er Orm zu und ritt los.

„Nicht, Gilgas. Wir wissen nicht, wer das ist. Es können Feinde sein", schrie der Geti, aber Gilgas ritt unbeirrt weiter.

Orm schaute ihm nach. Mittlerweile waren auch Lorin und Amerus dazugekommen und schauten nach Westen, hinter ihrem Freund her. Aus der Entfernung sahen sie, wie sich die Kette der Reiter teilte und Gilgas hinein ritt. Kurze Zeit später lösten sich zwei einzelne Reiter und kamen auf das Lager der Geti zu. Es dauerte etwas, bis die Gestalten klar erkennbar waren. Einer von ihnen war Gilgas. Amerus betrachtete den anderen Reiter mit gerunzelter Stirn. Dann drehte er sich um.

„Kat-Tia", rief er mit lauter Stimme. „Wir haben es geschafft."

Lorin schaute seinen Freund erstaunt an.

„Das ist Wulf-Ila, der Jagdmeister der Heruler. Das sind die Krieger Tash-Ana-Ma-Rais", schrie Amerus seinen Freund vor Freude an.

Nicht viel später erreichten die beiden Reiter die Geti.

Kapitel 27 – Das Opfer

Es herrschte eine unerträgliche Stille. Pferdeschwanz hatte eigentlich damit gerechnet, dass Fenris toben würde. Unerklärlicherweise blieb der Stammesführer völlig ruhig. Seit der Flucht Aleshas und seines Sohnes hatte Fenris immer wieder Kundschafter ausgeschickt, um sie zu finden. Bisher war die Suche erfolglos geblieben, aber die Späher hatten andere, wichtigere Nachrichten mitgebracht. Die Stämme auf der Steppe schienen ein Bündnis zu schließen, das gegen die Alani gerichtet war. Ein Zusammenschluss der Stämme konnte überaus gefährlich für die Pläne des Königs werden. Pferdeschwanz blieb wortlos stehen und wartete auf eine Reaktion.

„Was soll getan werden?", fragte er nach einiger Zeit.

„Wir werden den stärksten Stamm angreifen und vernichten. Keine Gefangenen machen. Das wird allen anderen eine Lehre sein, so dass niemand es mehr wagen wird, sich gegen mich aufzulehnen. Und jetzt lass mich allein", sagte Fenris.

Der Schamane nickte und ging zum Ausgang. Beim Hinausgehen fiel sein Blick auf Tali, die jüngste Frau seines Königs. Nach dieser verhängnisvollen Nacht, in der Alesha und Völlung geflohen waren, hatte Fenris seine ganze Wut an Tali ausgelassen und sie geschlagen. So sehr, dass man sie danach fast nicht mehr wiedererkannte. Pferdeschwanz hatte damals begonnen, den König zu hassen. Nicht wegen seiner Machtgier und Brutalität, sondern weil er durch seinen Versuch Alesha zu vergewaltigen, diese davongetrieben und gleichzeitig das Auge der Welt aus der Reichweite des Schamanen gebracht hatte. Seine durchdachten Pläne mit dem Mädchen waren von einer Sekunde auf die andere wertlos geworden. Allein dafür hätte er Fenris töten können. All' seine großartigen Pläne, Othal und Thorai gegeneinander auszuspielen und dadurch letztendlich große Macht zu erreichen, waren zerschlagen. Sicher, Fenris gab es nicht auf, Alesha zu finden, aber wenn er sie fand, würde er sie töten. Dann wäre das Auge wertlos. Alle diese Gedanken gingen dem Schamanen durch den Kopf, während er den Raum verließ. Was wäre, wenn Fenris' Macht zerbröckeln würde? Dann wäre auch er verloren und das musste er verhindern.

Fenris wollte sie zurückhaben. Um jeden Preis. Sie hatte ihm die Stirn geboten, war geflohen und hatte seinen Sohn mitgenommen; wertlos war er, aber der Sohn des Königs. Sie war ihm entkommen, und sein Volk flüsterte über ihn. Heimlich zwar; niemand würde wagen, ihn öffentlich zu kritisieren oder gar über ihn zu lachen, aber sie taten es, davon war er überzeugt. Nach Aleshas Flucht hatte er Tali bestraft, nicht genug, wie ihm schien, erinnerte sie ihn doch tagtäglich an sein Versagen. Ein König versagte nicht, nein. Ein König war mit den Göttern gleichzusetzen, und er, Fenris, war ein König. Er griff zu einem großen Stück gebratenen Fleisches, das schon die ganze Zeit über neben ihm in einer Schüssel lag.

„Kalt", schrie er nach dem ersten Bissen und schleuderte das Fleisch nach Tali, die nicht mehr rechtzeitig ausweichen konnte und getroffen wurde.

Angstvoll blickte die junge Frau zu Fenris, der sie unverwandt und böse anstarrte.

„Du wagst es, mir kaltes Fleisch zu bringen?"

„Es war warm gewesen", versuchte Tali einen Widerspruch.

Fenris sprang auf, griff Tali mit festem Griff an den Unterarm, nahm sich ein zweites Stück und drückte es ihr in das Gesicht.

„Warm? Spürst du, wie kalt das ist?"

Über Talis Wangen liefen die ersten Tränen, was Fenris noch mehr in Rage versetzte. Er stieß das Mädchen von sich und ließ sich schwer auf seinen pelzbelegten Stuhl fallen.

„Du wirst noch lernen, was es heißt, mir zu widersprechen. Verschwinde jetzt!"

Tali versuchte, sich so leise wie möglich aus dem Raum zu stehlen. Sie wusste, jedes Wort oder jede falsche Bewegung würde Fenris tobsüchtig werden lassen. Sie hatte es schon oft genug erlebt. Der König sah ihr hasserfüllt hinterher. Als Tali nicht mehr im Raum war, kam ihm ein Gedanke.

„Das ist die Lösung", sagte er zu sich selbst. „So werde ich es machen. Dann wird mein Volk wieder Respekt vor mir haben."

Über Fenris' Gesicht zuckte ein dämonisches Grinsen.

„Sie sind zu weit weg", sagte Pferdeschwanz. „Sie können den Alani nicht gefährlich werden."

„Meine Kundschafter sagen etwas anderes. Sie schicken Boten zu allen Stämmen auf der Steppe und sie haben ihr Lager stark befestigt. Wir müssen sie vernichten, bevor sie die Stämme gesammelt haben und stark genug sind, uns angreifen zu können", sagte Fenris daraufhin.

„Die Heruler sind kein starker Stamm. Wir würden unsere Krieger von hier zu weit abziehen und die Festung schwächen. Es ist zu gefährlich."

Fenris versuchte, seine aufkeimende Wut unter Kontrolle zu halten. Der Schamane widersprach ihm in der letzten Zeit zu häufig. Er würde auch noch lernen müssen, dass sein König unanfechtbar war und alle ihm zu dienen hatten. Ja, das würde er lernen. Noch brauchte er den Schamanen, aber die Zeit würde kommen, an dem Pferdeschwanz für ihn keinen Wert mehr haben würde. Diesen Tag sehnte er herbei.

„Ich werde sie vernichten. Das ist mein letztes Wort", schrie Fenris.

„Das Volk wird murren", meinte der Schamane ruhig.

„Nein, das wird es nicht", grinste Fenris. „Ich werde meinem Volk etwas geben und dann werden sie begeistert kämpfen. Das kannst du mir glauben."

Pferdeschwanz schaute erstaunt zu seinem König hinüber.

„Was wird das sein?"

Fenris beugte sich zu ihm hinüber und sagte leise: „Ein Opfer und die Götter werden uns Kriegsglück bringen."

Der König erklärte dem Schamanen sein Vorhaben, sich immer wieder mit dem leisen Kichern des beginnenden Größenwahns unterbrechend.

Das weite Vorfeld der Festung war voller Menschen. Der gesamte Stamm der Alani schien versammelt zu sein. Der König stand, den Rücken zur Burg, vor seinem Volk, an seiner rechten Seite der Schamane und eine verängstigt aussehende Tali. Die rechte Flanke bestand aus aberhunderten Reitern in voller Bewaffnung, links standen die Frauen und Sklaven. Ein

Gemurmel erfüllte die Ebene, das schlagartig aufhörte, als der Schamane beide Arme hob. Neugierig und angespannt schaute die Menschenmenge auf ihn.

„Die Götter haben mir ein Zeichen gegeben!"

Leises Flüstern war zu hören. Wieder erhob Pferdeschwanz die Arme.

„Unser König ist von den Göttern auserkoren, dem Volk das Land und die Macht zu schenken!"

Fenris beobachtete die Reaktionen der Zuhörer. Kein Laut war zu hören.

„Aber die Götter wollen ein Zeichen unseres Willens und unseres Glaubens haben!"

Der Schamane hörte auf zu sprechen und wartete. Aus den Reihen der Frauen hörte er eine einsame Stimme.

„Wir müssen den Göttern ein Opfer geben", sagte die Stimme.

„Ein Opfer." Eine zweite Stimme war zu hören und wieder eine, bis die ganze Menge nur diese Worte rief.

„Ein Opfer, ein Opfer, ein Opfer", schallte es über den Platz.

Pferdeschwanz brachte die Menge durch ein Handzeichen zur Ruhe. Innerlich musste er lächeln. Wie beeinflussbar doch diese dummen Leute waren. Es war gut gewesen, dass er eine vertrauenswürdige Person beauftragt hatte, ein Opfer zu verlangen. Jetzt konnte er sie kneten wie den Ton und niemand würde etwas Schlechtes sehen, an dem, was jetzt geschehen würde, dachte er für sich.

„Ein großes, starkes Opfer brauchen die Götter!"

„Ja, ein großes Opfer", schallte es aus der Menge.

„Welches Opfer ist das größte?"

Totenstille herrschte unter dem Volk der Alani. Dann einzelne Rufe, die zu einem Orkan an Stimmen anwuchsen.

„Ein Mensch. Ein Mensch."

„Ja", schrie Pferdeschwanz. „Ja. Ein Mensch. Und welches Opfer könnte größer sein als eine Frau des Königs?"

„Keines", gab er sich selber die Antwort.

„Dagegen sind alle anderen Opfer unwürdig für die Götter."

Er zerrte Tali an ihren Haaren zu sich. Der Knebel in ihrem Mund und die gefesselten Hände verhinderten jede Gegenwehr. Er stieß sie zu Boden, so dass sie vor ihm kniete. In ihrem

Gesicht war die blanke Angst zu sehen und Tränen liefen über ihre Wangen. Die Alani starrten wortlos auf das Schauspiel. Dann hob der Schamane erneut seine Hände.

„Ihr großen, unbesiegbaren Götter. Nehmt dieses Opfer an und seid gnädig zum Volk der Alani", rief er.

Dann riss er Talis Kopf an den Haaren nach oben und durchschnitt, mit einem Messer, das er bisher in den Ärmeln seiner Kleidung verborgen gehalten hatte, blitzschnell ihre Kehle. Als er das Mädchen losließ, fiel sie nach vorne und blieb regungslos liegen. Im gleichen Augenblick brach die Sonne durch die Wolken, die während der ganzen Zeremonie den Himmel verdunkelt hatten und die Strahlen sahen aus, als sei eine Brücke in den Himmel gebaut. Pferdeschwanz erkannte sofort die Möglichkeiten, die sich daraus boten.

„Seht", rief er und zeigte zum Himmel. „Die Götter haben eine Brücke für Tali gebaut. Sie haben unser Opfer angenommen."

Das Volk brach in Jubel aus. Erneut sorgte der Schamane für Stille.

„Die Götter wollen, dass das Volk die Steppe beherrscht. Aber noch sind Stämme dort, die uns vernichten wollen, die unsere Feinde sind. Die Götter haben befohlen, dass die Alani ihre Feinde bekämpfen und besiegen. Jetzt, jetzt müssen die Krieger aufbrechen, die Feinde zu töten, ihre Frauen zu schänden und zu versklaven, ihre Herden zu nehmen und ihre Dörfer zu verbrennen. Das ist der Wille der Götter."

Selbst in den hinteren Reihen war die Stimme des Schamanen deutlich zu hören und von überall hörte man Rufe der Zustimmung, die sich zu einem einzigen Wort zusammenfügten: Krieg. Fenris hatte in der Zwischenzeit sein Pferd bestiegen, ritt jetzt langsam zu seinen Kriegern und setzte sich an deren Spitze. Pferdeschwanz zeigte mit einem federgeschmückten Stab auf ihn.

„Das ist der König, der für sein Volk lebt. Das ist der König, der für sein Volk die Steppe erobert. Das ist der König, der für sein Volk ein großes Reich baut. Folgt eurem König. Er wird euch den Sieg bringen."

Seine Stimme überschlug sich beinahe und unter dem Jubel der Alani ritt Fenris an der Spitze seiner Krieger hinaus auf die

Ebene. Der König war zufrieden. Der Schamane hatte seine Sache gut gemacht. Jetzt würde er das Volk der Heruler vernichten, die ahnungslos waren und sich sicher glaubten. Fenris warf seinen Kopf in den Nacken, als er an die tote Tali dachte, die vor der Hügelfestung in ihrem Blut lag. Sie war ein gutes Opfer gewesen, aber er war der König und er war der Herr der Steppe und bald würde er auch der Herr der Welt sein. Das war seine Bestimmung, sein Schicksal und sein Wille.

Kapitel 28 – Alesha und Lorin

Wulf-Ila und einige seiner Krieger begleiteten einen Teil der Geti in ihr Lager, während der Treck langsam hinterherzog. Auch Kat-Tia wollte unbedingt mit und setzte ihren Willen, trotz Amerus' heftiger Widersprüche durch. Ihre Tochter hatte sie fest eingewickelt bei sich. Amerus sah überhaupt nicht gerne, dass sich Kat-Tia dieser Strapaze aussetzte, aber durchsetzen konnte er sich nicht. Zu sehr freute sie sich auf ein Wiedersehen mit ihrem Großvater und war begierig, ihm seine Urenkelin zu zeigen. Wulf-Ila hatte ihr erzählt, dass viele aus ihrem Stamm sie für tot hielten und zeigte offen seine Freude, Kat-Tia wiederzusehen. Nach einem anstrengenden Ritt von mehreren Stunden erreichte die kleine Gruppe das befestigte Lager Tash-Ana-Ma-Rais. Wulf-Ila hatte einen Boten vorausgeschickt, der ihre Ankunft melden sollte. Als sie hineinritten, sah Lorin, dass sich fast der gesamte Stamm versammelt hatte. Vor allen stand der alte Häuptling, der sich in der vergangenen Zeit kaum verändert hatte, wie Lorin feststellte. Immer noch sah man ihm sein hohes Alter nicht an. Er ließ seinen Blick über die Menge schweifen und entdeckte weiter hinten, inmitten einer größeren Gruppe Frauen zwei Mädchen stehen, die er sofort erkannte. Er hatte sie in seiner Traumreise, auf die ihn Maituras geschickt hatte, gesehen. Eine von ihnen, an ihren langen, blonden Haaren leicht zu erkennen, war die junge Frau, die ihn damals anscheinend gesehen hatte. Alesha war ihr Name, wie er sich erinnerte und auch sie schien ihn zu erkennen, denn sie starrte die ganze Zeit unverwandt zu ihm hin. Sie war die schönste Frau, die er je gesehen hatte. Lorin lächelte sie gedankenverloren an und sie lächelte zurück. Erst dann merkte er, dass er als einziger noch auf seinem Pferd saß. Kat-Tia hatte Amerus ihre Tochter in den Arm gelegt und war zu ihrem Großvater gelaufen, der sie überschwänglich und sichtlich glücklich umarmte. Amerus ging langsam zu Tash-Ana-Ma-Rai, ängstlich darauf bedacht, seine Tochter nicht fallen zu lassen.

„Nun komm schon", hörte er Kat-Tias Stimme. „Großvater soll endlich unsere Tochter sehen."

Tash-Ana-Ma-Rai kam auf Amerus zu und beugte sich über seine Urenkelin.

„Du bist also Kat-Tias Tochter?", sagte er mit sanfter Stimme und wandte sich dann an Amerus.

„Kat-Tia hat also endlich einen Mann gefunden, der sie bändigen kann?", lachte er.

„Bändigen? Deine Enkelin? Unmöglich, Häuptling. Aber wir passen nun einmal ganz gut zusammen."

„Das sieht man", erwiderte Tash-Ana-Ma-Rai und zeigte auf das kleine Bündel, das Amerus in seinen Armen hielt.

„Hat sie schon einen Namen?", setzte er hinzu.

Kat-Tia schüttelte den Kopf. „Nein, Großvater. Sie sollte ihren Namen hier in der Steppe erhalten."

„Und wie soll sie denn heißen?"

„Wir haben uns noch keinen Namen überlegt", sagte Amerus.

„Du sollst ihr den Namen geben", setzte Kat-Tia hinzu.

„Das ist eine große Ehre für mich, Enkelin. Aber den Namen eines Kindes soll der Vater geben."

„Wir wollen es beide so", sagte Amerus.

Tash-Ana-Ma-Rai lächelte: „Dann ist es gut. Ich werde mir einen Namen überlegen. Und jetzt kommt mit in meine Jurte."

Einige Jungen, unter ihnen auch einer, der ein lahmes Bein hatte, nahmen die Pferde und brachten sie weg. Lorin folgte Tash-Ana-Ma-Rai und den anderen.

Er sah in Wirklichkeit noch schöner und stärker aus, als in ihren Träumen. Alesha konnte ihren Blick nicht von dem Fremden aus ihren Visionen abwenden. Sie sah auch, dass der Mann sie förmlich anstarrte.

„Er gefällt dir wohl?", fragte Son-Ica, die neben ihr stand.

Alesha wurde rot.

„Du starrst ihn ja an, als ob du ihn mit Haut und Haaren verspeisen wolltest", setzte Wulf-Ilas Tochter hinzu.

„Ja, er gefällt mir", gab Alesha zögerlich zu.

Son-Ica wollte noch etwas erwidern, als sie ihren Vater auf sich zukommen sah. Sie hatte großen Ärger mit ihm wegen der Lauscherei bekommen, aber ihre Freundin war zu Tash-Ana-Ma-Rai gerufen worden und hatte wahrscheinlich noch größere

Schwierigkeiten bekommen. Alesha hatte auch mit ihr nicht darüber geredet. Es musste also sehr schlimm gewesen sein.

„Alesha, komm mal mit", sagte Wulf-Ila, der die Mädchen erreicht hatte.

Alesha nickte und folgte dem Heruler, der sich mit schnellen Schritten bemühte, die Gruppe um Tash-Ana-Ma-Rai einzuholen. Das Mädchen wurde neugierig. Was sollte sie beim Häuptling? Was konnte so wichtig sein, dass sie jetzt dabei sein sollte. Gleichzeitig war sie aber auch glücklich. Nun würde sie Lorin kennen lernen. Wo nur sein Wolf war? Sie beschloss, ihn danach zu fragen.

Tash-Ana-Ma-Rais Unterkunft war bevölkert wie lange nicht mehr. In großem Kreis um das kleine Feuer, das in der Mitte der Jurte brannte, saßen der Häuptling mit Kat-Tia und Amerus an seiner Seite. Ihm gegenüber hatten Orm, Lorin und Wulf-Ila Platz genommen. Alesha hatte sich kaum zwischen Lorin und Wulf-Ila gesetzt, als der Häuptling das Wort ergriff.

„Mein Herz ist erfüllt von großer Freude, dass ich meine Enkelin wiederbekommen habe und dass ich ihre Tochter noch sehen kann. Jetzt weiß ich, dass mein Blut nicht mit mir vergehen wird. Heute Abend werden wir eure Ankunft feiern. Alles habe ich schon vorbereiten lassen, seit wir wissen, dass ihr kommt", begann der Häuptling.

„Ich vermisse den großen Krieger, der immer lachte und Tu-Ran ist auch nicht bei euch", fuhr er fort.

„Gilgas wird mit den Geti kommen", sagte Lorin und erzählte dann
von Tu-Rans Tod.

Tash-Ana-Ma-Rai nahm Kat-Tia das Kind vorsichtig aus den Händen.

„Meine Enkelin und Amerus haben mich gebeten, ihrer Tochter den Namen zu geben und das will ich jetzt tun. Sie hat die gleichen Augen, wie Hilcha, Kat-Tias Mutter und deshalb werde ich sie auch Hilcha nennen", sagte er und reichte die Kleine seiner Enkelin zurück.

„Ich habe gehofft, dass du diesen Namen nehmen wirst", sagte Kat-Tia lachend.

Alesha betrachtete sie interessiert. Sie war eine schöne Frau mit ausgeprägten Gesichtszügen, die von Kraft und Durchsetzungsvermögen zeugten. Sie merkte, dass Lorin neben ihr aufstand und sich an den Häuptling wandte.

„Du hast gesagt, ihr habt von unserer Ankunft gewusst. Woher?", fragte er.

„Die Antwort sitzt neben dir", sagte Tash-Ana-Ma-Rai.

„Ich habe Alesha schon einmal gesehen. Sie trägt das Auge der Welt", sagte er und erzählte von seinem Erlebnis in der Waldhütte bei den Geti.

Alesha wollte ihn schon fragen, woher er denn ihren Namen kennen würde, als Lorin unvermittelt von der Prophezeiung des schwarzen Schamanen bei ihrem Namensfest erzählte und von Tronto dem Schmied, von dem er diese Begebenheit kannte. Alesha kannte den Schmied nur aus den Erzählungen ihres Vaters, sie war noch zu jung gewesen, als er sich auf den Weg in das Land der Schmiede machte. Aber sie war glücklich. Es lebte noch jemand ihres Stammes und sie freute sich darauf, ihn kennenzulernen.

Die Stimme Tash-Ana-Ma-Rais unterbrach sie in ihren Gedanken.

„Alesha soll erzählen, was geschehen ist."

Alesha schaute in die Runde und begann mit leisen Worten zu sprechen. Sie erzählte vom Überfall der Alani auf ihr Dorf, ihrer Gefangenschaft und Flucht, ihrer Vision von Lorin und von ihrem Versuch, den Häuptling und Wulf-Ila zu belauschen.

„Der Häuptling bat mich herauszufinden, wer ihr seid. Ein Späher hatte euch gesehen und von euch berichtet. Und so habe ich versucht, mit dem Auge zu sehen. Erst sah ich viele unzusammenhängende Dinge, dann, als ich mich auf die Landschaft im Osten konzentrierte und auf die Wagen, die unser Kundschafter beschrieben hatte, fand ich euch. Als ich den Wolf sah, wusste ich, dass ihr keine Feinde wart."

„Wulf-Ila war mit den Kriegern bereit, euch beim kleinsten Anzeichen von Feindschaft anzugreifen und das wäre auch geschehen, hätte Alesha uns nicht gesagt, wer ihr seid. Bei allen Göttern, was wäre geschehen, hätten wir euch angegriffen?", setzte Tash-Ana-Ma-Rai hinzu.

Der alte Häuptling wollte alles wissen, was die Gefährten erlebt hatten und so saßen sie noch lange Zeit zusammen, bis es Zeit wurde, das Fest aufzusuchen, das die Heruler ihnen geben wollten. Lorin hatte den Eindruck, als sei der ganze Stamm versammelt, um mit ihnen zu feiern. In großen Kesseln wurde Fleisch und Dinkel zu einem schmackhaften Eintopf gekocht, auf offenen Feuern brieten zwei Rinder. Überall standen Kupferkessel, gefüllt mit Met und vergorener Stutenmilch. Orm und Wulf-Ila saßen zusammen und schienen sich gut zu verstehen. Lorin hatte mit Tash-Ana-Ma-Rai gesprochen, der sich sehr zuversichtlich zeigte, dass die beiden Stämme zusammenwachsen und gegen die Alani bestehen könnten. Die Nachricht vom Tode Tu-Rans hatte den alten Mann getroffen, war er doch einer der erfahrensten Krieger gewesen. Zu fortgeschrittener Zeit zeigte der Met seine Wirkung und alle feierten ausgelassen. Nur wenige Krieger hielten Wache. Lorin ging zu einer ruhigen, dunklen Stelle, setzte sich und schaute dem Treiben zu. Amerus und Kat-Tia waren nirgendwo zu sehen, wahrscheinlich hatten sie sich schon zurückgezogen. Er vermisste seinen Wolf, der zum erstenmal nicht mit ihm gekommen war, als er fortritt, sondern bei Bran geblieben war. Skade und der Junge waren in der vergangenen Zeit ein fast unzertrennliches Paar geworden. Gedankenverloren erinnerte sich Lorin an die Vergangenheit. Das Leben war früher einfacher gewesen, als er mit seinen Freunden ungebunden über die Steppe streifen konnte, trotzdem wollte er die Abenteuer auf ihrer Reise nicht missen. Er hatte viele Menschen kennengelernt und neue Freunde gefunden. Amerus und Gilgas waren glücklich geworden. Lorins Blick fiel auf Alesha und Son-Ica, die am anderen Ende des Platzes saßen. Er bemerkte, dass Alesha ihm hin und wieder verstohlene Blicke zuwarf und auch er konnte sich kaum von ihr abwenden. Ein unsichtbares Band schien zwischen ihnen geknüpft zu sein. Er stand auf, holte sich noch einen großen Becher Met und ging zu seinem ruhigen Platz zurück. Er konnte der Versuchung nicht widerstehen und schaute in Aleshas Richtung, aber sie war nicht mehr da. Nur Son-Ica saß dort und unterhielt sich mit einigen anderen Mädchen. Lorin war enttäuscht und hing seinen Gedanken nach, als er plötzlich eine Hand spürte, die sich auf seine Schulter legte. Blitzschnell sprang er auf, verschüttete dabei die Hälfte seines Met und fuhr herum, seine Hand schon an dem kurzen Dolch, den er an seinem Gürtel trug. Die Zeit der Wanderung hatte ihn vorsichtig gemacht.

„Ich tue dir nichts", sagte eine Stimme aus dem Dunkel.

Lorin erkannte sie sofort.

„Alesha?", fragte er, obwohl er es längst wusste.

„Ja. Ich bin es. Habe ich dich erschreckt?"

„Nein", wiegelte Lorin ab. „Was machst du hier?"

Alesha wurde rot und war froh, dass ihr Gegenüber das in der Dunkelheit nicht sehen konnte.

„Ich wollte nur mit dir sprechen. Du hast soviel erlebt. Erzählst du mir noch etwas von deinen Abenteuern, die du erlebt hast? Ich würde so gerne mehr von Thorai erfahren."

Lorin setzte sich wieder und als sich Alesha neben ihn setzte begann er zu erzählen, wie er Thorai das erste Mal gesehen hatte und wie er ihn bei den folgenden Begegnungen nicht wiedererkannte. Am meisten faszinierte sie, wie Thorai die Freunde aus Harappa befreit hatte. Auch von seiner Rettung nach dem Untergang des Bootes zu Beginn ihrer Reise erzählte er Alesha. Dieses Ereignis hatte er fast vergessen. Erst als jetzt davon sprach, kam ihm zu Bewusstsein, dass sein geheimnisvoller Retter Thorai gewesen sein könnte. Alesha hörte die ganze Zeit über zu.

„Ich habe Thorai auch gesehen und mit ihm gesprochen", sagte sie, als Lorin geendet hatte.

„Wo hast du ihn gesehen?"

„In meinen Visionen. Er kommt aus den Bergen in die Steppe", sagte sie und setzte zögernd hinzu: „Othal kommt auch."

„Othal?", fragte Lorin erstaunt.

„Ja. Ich habe ihn gespürt und Thorai hat mich gewarnt. Wenn ich das Auge benutze, sagte Thorai, kann er mich sehen und auch ihn. Deswegen habe ich Angst, durch das Auge der Welt zu sehen."

„Othal und Thorai sind Feinde", meinte Lorin und berichtete Alesha von der Geschichte, die ihm der alte Maituras nach ihrer ersten Ankunft im Dorf der Geti erzählt hatte.

„Ich habe Angst", sagte das Mädchen unvermittelt.

„Du brauchst keine Angst vor Thorai zu haben", erwiderte Lorin und legte instinktiv seine Arme um ihre Schulter.

„Vor ihm habe ich auch keine Angst. Auch nicht vor Othal. Ich fürchte mich vor Fenris. Er wird nie aufgeben, Völlung und mich zu suchen. Irgendwann wird er auf diesen Stamm treffen und davor habe ich Angst."

Sie legte ihren Kopf an Lorins Schulter, dem die Berührung keineswegs unangenehm war.

„Du brauchst dich nicht zu fürchten", sagte er. „Ich werde dich beschützen. Das verspreche ich dir."

Er bemerkte, dass ihr Atem ruhig und gleichmäßig geworden war. Lorin musste lächeln. Alesha war an seiner Schulter eingeschlafen. Trotz der Tatsache, dass sie schon eine Frau war, steckte doch immer noch viel eines Kindes in ihr.

Orm ritt bereits am nächsten Tag zurück zu den Geti. Lorin begleitete ihn, während Amerus und Kat-Tia beschlossen hatten, bei den Herulern zu bleiben. Alesha stand weiter entfernt und schaute traurig hinter Lorin her. Son-Ica stupste sie an.

„Du bist verliebt", sagte Wulf-Ilas Tochter.

„Nein, bin ich nicht", fauchte Alesha sie an.

„Doch, bist du. Du solltest dich sehen."

Alesha warf ihrer Freundin einen bösen Blick zu.

„Ich bin nicht verliebt", betonte sie nochmals, obwohl sie es in ihrem Inneren besser wusste.

Sie erinnerte sich an Lorins liebevolle Umarmung vom vorigen Abend. Sie hatte sich bei ihm so sicher wie lange nicht mehr gefühlt.

„Ich bin nicht verliebt", sagte sie nochmals, wesentlich ruhiger diesmal, drehte sich um und lief weg, ihre Freundin stehen lassend. Sie wollte nicht, dass Son-Ica die Tränen sah, mit denen sich ihre Augen füllten. Lorin war noch nicht weit weg und schon vermisste sie ihn. Dieses Gefühl war ihr neu.

Auf ihren flinken Pferden erreichten Lorin und Orm den Wagentreck der Geti. Sie waren schneller gewesen als Orm vermutet hatte. Gilgas ritt an der Spitze und begrüßte seine Freunde, als sie ihn erreicht hatten.

„Wir sind ohne Schwierigkeiten weitergekommen. Ich habe Späher an den Flanken des Trecks und denke nicht, dass man uns überraschen kann."

Orm nickte: „Gut", sagte er. „Das Lager der Heruler werden wir spätestens morgen Mittag erreichen. Sie freuen sich schon auf uns, so wie sie uns gestern bei dem Fest sagten."

„Fest?" Gilgas schaute Orm an. „Ohne mich. Hätte ich ja ahnen können."

Spielerisch entrüstet drehte er sich um.

„Übernehmt ihr die Treckführung", sagte er zu Lorin und Orm. „Ich reite zu Marsa. Sie hat mich lange nicht mehr gesehen."

Breit grinsend verließ Gilgas die beiden. Lorin war es ganz recht. So konnte er seinen Gedanken in Ruhe nachhängen. Aleshas Gesicht ging ihm nicht mehr aus dem Kopf. Er bewunderte die junge Frau, die das Auge der Welt trug, eine Bürde, an der manch anderer schon zerbrochen wäre. Außerdem, so schwer es ihm auch fiel, sich mit diesem Gedanken anzufreunden, gefiel ihm Alesha. Was ihm große Sorgen machte, war ihre Bemerkung, dass Thorai und Othal auf dem Weg in die Steppe waren. Irgend etwas Wichtiges würde passieren, bevor der Winter anbrechen würde. Dessen war Lorin sich sicher. Er freute sich, bald wieder in der Sicherheit des Herulerlagers zu sein und Alesha wiederzusehen. Er mochte das Mädchen wirklich. Nie zuvor in seinem Leben war er sich über etwas sicherer gewesen.

Thorai hatte die Ebene erreicht. Othal war vom Dach der Welt aufgebrochen, das wusste der Wanderer. Beinahe hätte er Thorai gefunden, als Alesha das Auge verwendet hatte. Aber nicht nur das. Er spürte, dass Othal fest vorhatte, ihn zu vernichten. Thorai blickte zum Himmel. Dichte Wolken, die im Frühjahr oft ein Gewitter ankündigten, waren am Horizont aufgezogen.

‚Ein schönes Wetter', dachte Thorai. ‚Ganz nach meinem Geschmack.'

Er musste lachen. Der kommende Regen würde ihn in Sicherheit bringen. Othal könnte ihn nicht sehen, selbst dann nicht, wenn Alesha das Auge benutzen würde. Noch war die Zeit nicht gekommen. Noch war er nicht bereit, mit seinem Widersacher zusammenzutreffen.

‚Bald', dachte er bei sich ‚sehr bald sogar, werde ich das Dorf der Heruler erreichen. Ob Lorin mich erkennen wird? Nein. Zu sehr bin ich nur ein Schatten in der Erinnerung. Nein. Er wird mich nicht erkennen.'

Lorin würde eher, als er es erwartete, seine Prüfung bestehen müssen. Fenris war nicht mehr weit entfernt. In einigen Tagen würde er sein Ziel erreicht haben. Die Gefahr war so nah und niemand sah sie. Er legte den steinernen Hammer, seine geliebte Waffe, auf die andere Schulter und ging schnellen Schrittes weiter.

Die Geti erreichten am nächsten Mittag das Lager Tash-Ana-Ma-Rais. Sie bauten ihre Wagen innerhalb der riesigen Befestigungsanlagen auf. Dadurch wurde es recht eng im Lager und an einigen Stellen würde man die Befestigungen erweitern müssen, aber die Geti und die Heruler bemerkten schnell, dass sie sich in vielen Dingen ähnlich waren. Eine Tatsache, die das Zusammenleben erleichtern half. Sofort nach ihrer Ankunft halfen die Geti mit, die Befestigungen weiter auszubauen. Einen Tag später kamen die Herden, die über die steilen Pässe getrieben wurden, in der Steppe an. Unterwegs waren bei Steinschlägen fast ein Drittel der Rinder und einige Pferde verlorengegangen. Dies war ein herber Verlust für das kleine Volk, sollten die Tiere doch einen großen Teil der Vorräte für den nächsten Winter sein.

Tash-Ana-Ma-Rai betrat die Jurte, die er Kat-Tia und Amerus geschenkt hatte. Seine Enkelin begrüßte ihn und ging dann mit ihrer kleinen Tochter nach draußen. Amerus schaute ihr erstaunt hinterher. Er war es nicht gewöhnt, dass Kat-Tia einmal nicht neugierig war. Der Häuptling setzte sich wortlos zu ihm. Amerus stocherte verlegen mit einem Stab in der Glut des Herdfeuers. Tash-Ana-Ma-Rai hatte einen wichtigen Grund für sein Erscheinen, das spürte der Luwier. Aber er konnte sich keinen vorstellen. Ihm blieb nichts anders übrig, als zu warten, bis der alte Mann das Wort ergriff.

„Kat-Tias Eltern sind tot", sagte er.

„Ich weiß", sagte Amerus. „Sie hat es mir einmal erzählt."

Der Häuptling schwieg wieder eine ganze Zeitlang und trank von dem angebotenen Met. Dann brach er erneut das Schweigen.

„Wir haben viele Sitten und Traditionen in unserem Volk."

Amerus nickte.

„Manche sind schwer zu verstehen und bei deinem Volk vielleicht nicht Sitte", fuhr Tash-Ana-Ma-Rai fort.

„Das ist bestimmt so", sagte Amerus, weil er den Eindruck hatte, auch etwas sagen zu müssen.

„Du liebst meine Enkelin?"

„Ja."

„Bei uns ist es Sitte, dass der Mann seine Frau kauft", sagte der Häuptling.

Als er Amerus verwundertes Gesicht sah, meinte er: „Für die Familien ist es ein großer Verlust, wenn eine Tochter heiratet. Darum ist es wichtig, den Vätern und Müttern einen Ersatz zu geben. Ich lege nicht so einen hohen Wert darauf, ich habe Besitz genug und Kat-Tia wird eines Tages alles bekommen, aber die Tradition muss gewahrt bleiben. Verstehst du das, Amerus?"

Amerus nickte.

„Ja, das verstehe ich. Alles, was ich besitze, würde ich dir für deine Enkelin geben, aber wird sie wollen?"

Tash-Ana-Ma-Rai begann laut zu lachen.

„Du kennst Kat-Tia gut. Sie hat einen eigenen Kopf und ein eigenwilliges Wesen. Du bist der Vater ihrer Tochter und sie hätte dich nicht genommen, wenn sie dich nicht lieben würde. Und glaube mir, sie hat dich ausgewählt, was auch immer du glauben magst. Da ist sie ganz wie ihre Mutter."

Tash-Ana-Ma-Rai schaute in die Glut.

„Sprich mit ihr darüber und gib mir, was immer du für richtig hältst. Nicht der Wert einer Sache ist wichtig, sondern ihr Inhalt. Aber schau, dass es nicht zu wenig ist. Nicht meinetwegen, aber meine Enkelin wird dir vorwerfen, dass sie keinen Wert für dich hätte."

Der Häuptling erhob sich, grüßte Amerus zum Abschied und ging, während der Luwier grübelnd zurückblieb.

„Wir werden eine Lösung finden", meinte Lorin nachdenklich.

Gilgas nickte. „Ich habe da eine Idee", sagte er.

„Welche?" Amerus wurde neugierig. Er hatte seine Freunde gebeten, ihm zu helfen. Er besaß nichts von Wert, um das Brautgeld für Kat-Tia zu bezahlen.

„Noch nicht. Ich rede erst mit den anderen", sagte er und zwinkerte Lorin verschwörerisch zu.

„Wir kommen heute Abend zu euch und bringen dir dein Brautgeld", sagte Lorin und verschwand mit Gilgas.

Als die beiden die Jurte verließen, kam ihnen Kat-Tia mit Hilcha entgegen.

„Nun", meinte sie zu Amerus. „Hast du mit meinem Großvater gesprochen?"

„Ja", sagte Amerus und erzählte ihr von der Unterredung.

„Und?"

„Wie und?"

„Was wirst du für mich bezahlen. Ich hoffe, ich bin dir etwas wert."

Amerus lachte.

„Natürlich, meine kleine Katze. Du bist mir mehr wert als ich besitze."

„Eigentlich solltest du für mich bezahlen", fügte er lachend hinzu. „Schließlich hast du mich ausgesucht."

„Komm mir nicht so!", fauchte Kat-Tia.

„Heute Abend werde ich deinem Großvater das Brautgeld bezahlen", sagte der Luwier.

Kat-Tia schmiegte sich an ihn.

„Was ist es denn?", fragte sie.

„Sei nicht so neugierig", erwiderte Amerus. „Lass dich überraschen."

‚Hoffentlich finden Lorin und Gilgas etwas Passendes', dachte er bei sich.

Lorin und Gilgas hatten die alten Gefährten zusammengerufen und ihnen von Amerus' Problem und Gilgas' Idee erzählt. Tronto konnte die Aufregung nicht verstehen, schließlich wäre ein Brautgeld bei den Stämmen in der Steppe selbstverständlich. Auch Orm und Marsa waren dieser Meinung.

„Gilgas Idee ist gut. Ich bin einverstanden", sagte Orm.

Auch die anderen waren alle einverstanden und Marsa schlug das Brautgeschenk in eine Decke aus Zobelpelz ein. Dann gingen sie zu Amerus, dem sie das Brautgeld übergaben.

„Ich gehe jetzt zu Tash-Ana-Ma-Rai", sagte er zu Kat-Tia.

„Mache das bitte nachher", sagte sie und ging aus der Jurte, ihre Tochter auf dem Arm.

Kurze Zeit später ging Amerus, der auf Bitte seiner Freunde noch nicht nachgesehen hatte, was sich unter dem Pelz verbarg, zum Häuptling und blieb vor dessen Jurte stehen. In dem Packen schien etwas Längliches verborgen zu sein.

„Häuptling", rief er. „Ich bringe das Brautgeld für Kat-Tia."

Nichts bewegte sich.

„Tash-Ana-Ma-Rai!", rief er nochmals, diesmal lauter.

Zwischenzeitlich hatten sich hinter dem Luwier eine große Anzahl Menschen versammelt. Amerus wurde es langsam unbehaglich, da sich in der Jurte des Häuptlings immer noch nichts rührte.

„Ruf noch mal", hörte er hinter sich eine Stimme.

„Häuptling!" Jetzt brüllte er beinahe.

Endlich wurde der Eingang geöffnet und Tash-Ana-Ma-Rai trat hinaus.

„Amerus. Was schreist du so laut? Ich wollte ruhen", sprach er lächelnd.

„Ich bringe das Brautgeld für Kat-Tia."

„Lass sehen."

Amerus trat einen Schritt vor und legte den Pelz in Tash-Ana-Ma-Rais ausgebreitete Arme. Der alte Mann öffnete den Packen noch nicht, sondern drehte sich um und rief Kat-Tia, die sich in seiner Jurte befand, zu sich.

„Willst du diesen Mann haben, wenn mir das Geschenk gefällt und es deinen Wert aufwiegt?", fragte er seine Enkelin.

„Ja, Großvater", antwortete sie.

Tash-Ana-Ma-Rai schlug den Pelz zurück und erstarrte. Auch Amerus, der jetzt zum erstenmal sah, was er als Brautgeld übergeben hatte, war erstaunt. Die Zuschauer waren näher gekommen und von überall war Rufe des Erstaunens zu hören. Unter den Zobelpelzen lag ein wunderschönes, aus dem neuen Metall geschmiedetes, Kurzschwert von unermesslichem Wert. Kat-Tia wurde blass. Eines der Schwerter, die sie aus Harappa mitgebracht hatten, wurde ihr Brautgeld.

„Meine Enkelin ist dir viel wert, Amerus", sagte Tash-Ana-Ma-Rai, der nur mühsam seine Stimme wiederfand.

„Ist dir das Geschenk recht?", fragte er an Kat-Tia gewandt.

„Ja, Großvater", antwortete sie und gab Son-Ica, die mit Alesha nähergekommen war, ihre Tochter Hilcha in den Arm. Sie lief zu Amerus und fiel ihm in die Arme.

„Soviel wert bin ich dir?", fragte sie mit freudiger Stimme.

„Noch viel mehr", sagte Amerus, nahm sie in die Arme und ging mit ihr in die Jurte des Häuptlings.

Son-Ica brachte die kleine Hilcha hinterher. Alesha hatte das Schauspiel interessiert verfolgt und immer wieder heimlich zu Lorin, der mit seinen Freunden etwas abseits stand, hinübergeschaut. Gerade, als sie den Mut aufgebracht hatte, zu ihm zu gehen, hörte sie die Geräusche von Pferden. In schnellem Galopp kamen zwei Männer, die sie als Späher der Heruler erkannte, auf den Platz vor der Häuptlingsjurte geritten und sprangen von den Pferden, kaum dass sie die Tiere gezügelt hatten.

„Die Alani", rief einer der Späher. „Vielleicht noch zwei oder drei Tage von hier."

Wulf-Ila trat näher.

„Wie viel Krieger?", fragte er.

„Unglaublich viele. Ein Heer, so groß, wie es noch niemand auf der Steppe gesehen hat. Vielleicht tausend Krieger oder mehr", antwortete er, vom schnellen Ritt noch außer Atem.

„Sie kommen geradewegs auf unser Lager zu", setzte er hinzu.

Lorin hatte die Worte gehört und wurde bleich. Die Entscheidung würde also schneller kommen, als er gedacht hatte. Und sie waren nicht gewappnet, so früh einen Angriff abzuwehren. Was immer jetzt geschah, es wäre das Schicksal der Geti und Heruler und aller Stämme auf der Steppe.

Kapitel 29 – Schlachten

Fenris war zuversichtlich. Nie zuvor hatte man ein so großes Heer wie das seine in der Steppe gesehen. Unbesiegbar war er. Sie hatten auf ihrem Weg nach Südosten einen kleinen Stamm getroffen, dessen Namen er nicht kannte und den jetzt niemand mehr hören würde. In einem einzigen Ansturm hatten sie ihn vernichtet, alle Bewohner getötet, gleichgültig ob Krieger, Frau oder Kind. Niemand würde seinem Heer etwas entgegensetzen können. Der Sieg würde ihm gehören. Seine Kundschafter, die weit voraus ritten, hatten das Lager der Heruler gefunden. Es waren mehr Menschen, als er vorher gedacht hatte, aber immer noch zu wenig, um gegen ihn bestehen zu können. Fenris ritt an der Spitze seiner Krieger und musste still in sich hinein lächeln. Es war alles so einfach.

Othal war fast an seinem Ziel. Bald würde er die Hügelfestung der Alani erreichen. Dort würde er Thorai treffen, dessen war er sich sicher. Sein Widersacher konnte keine Chance gegen ihn haben.
,Ich bin aus dem Weltenbaum geboren', dachte Othal. ,Niemand kann gegen mich siegen.'
Er ging schnellen Schrittes weiter. Die Zeit drängte. Er musste vor Thorai sein Ziel erreichen, dann konnte er seinen Gegner erwarten. Alle Vorteile waren auf seiner Seite. Er konnte nicht verlieren, das war unmöglich. Othal ging weiter. Bald würde das Tageslicht verschwunden sein und er wollte noch soviel Weg wie nur möglich hinter sich bringen.

Tash-Ana-Ma-Rai rief den Kriegsrat ein. Über eines waren sich alle Beteiligten im Klaren, eine offene Feldschlacht war unmöglich. Zu schwach und unvorbereitet waren die Kräfte der Geti und Heruler noch. Seit einigen Stunden erhielten sie zwar Verstärkung von anderen, kleinen Stämmen aus der Ebene, die ahnten, dass ein Sieg der Alani auch ihren Untergang bringen würde, aber immer noch konnten sich die Krieger zahlenmäßig nicht mit Fenris' Heer messen. Lange sprachen sie über eine Abwehrstrategie, aber jeder Vorschlag lief nur auf ein Ergebnis hinaus, die Vernichtung der vereinigten Stämme. Lorin hatte die ganze Zeit dagesessen und sich kaum beteiligt, bis er plötzlich das Wort ergriff.

„Es gibt eine Chance. Eine kleine zwar nur, aber ich denke, unsere einzige Chance. Wir können alles verlieren, aber auch alles gewinnen", sagte er und erläuterte den Freunden seinen waghalsigen Plan.

Gilgas und Wulf-Ila überlegten lange, kamen aber zum gleichen Schluss wie Lorin. Dieser Plan war die einzige Möglichkeit, eine drohende Niederlage vielleicht doch noch in einen Sieg zu verwandeln. Je länger sie darüber sprachen, desto wahrscheinlicher wurde ein Gelingen. Auch Orm und die Vertreter der anderen Stämme stimmten letztendlich zu. Am Abend, nachdem die letzten Strahlen der Sonne hinter dem Horizont versunken waren, verließen Wulf-Ila, Lorin und Gilgas mit etwa der Hälfte aller Krieger das Lager und ritten nach Nordwesten, dem großen Binnenmeer entgegen. Auch Alesha war bei ihnen. Sie sollte Lorins große Waffe werden. Kurz vor dem Wegritt bemerkte Lorin, dass sein weißer Wolf verschwunden war. Und nicht nur Skade war unauffindbar, auch Bran war weg. Die Zurückgebliebenen hatten die Aufgabe, unter Orms Führung ausschließlich das gut befestigte Lager zu verteidigen, dessen Wehranlagen noch zusätzlich verstärkt wurden, seit die Nachricht vom Nahen der Alani die Stämme erreicht hatte. Am Abend des dritten Tages nach der Entdeckung der feindlichen Streitmacht, meldeten die Kundschafter das Heer der Alani. Orm setzte das Lager in Alarmbereitschaft. Am Morgen danach erschienen die Feinde am Horizont. Orm erstieg einen kleinen hölzernen Turm, um eine bessere Übersicht zu haben und postierte seine Bogenschützen an der Palisade, die einen Teil des Lagers schützte. Sie hatten den Vorteil, mit der Sonne im Rücken kämpfen zu können. Knapp außerhalb der Reichweite der Bogenschützen ließ Fenris seine Krieger halten und wartete geduldig.

Orm wandte sich an Tash-Ana-Ma-Rai, der, trotz seines Alters, zu ihm auf den Beobachtungsturm geklettert war.

„Unser Gegner ist ein schlauer Fuchs. Er wartet, bis die Sonne so weit gewandert ist, dass sie ihm nicht mehr ins Gesicht scheint. Damit ist unser erster Vorteil dahin."

„Keine Sorge. Die Befestigungen sind stark genug, die Alani aufzuhalten, bis Lorins Plan gelungen ist", sagte der Häuptling und setzte leise, mehr zu sich selbst, hinzu: „Wenn es den Göttern gefällt."

Orm betrachtete seine Krieger, die angespannt den Ansturm der Gegner erwarteten. Mitten unter ihnen, bei den Angehörigen anderer Stämme, sah er einen hochgewachsenen Krieger, der einen gewaltigen Steinhammer trug, eine Waffe, die man seit undenklich langer Zeit nicht mehr verwendete. Irgendwie kam er dem Geti bekannt vor, aber er wusste nicht, woher er ihn kannte. Aber der Mann musste ein überaus mutiger Krieger sein, stand er doch nur mit seinem altertümlichen Hammer bewaffnet an der Stelle der Wehranlage, die Fenris' Krieger als erstes angreifen würden. Orm war noch in Gedanken versunken, als ein langgezogener, dunkel klingender Ton, markerschütternd über die Ebene klang. Fenris' Lurenbläser gaben das Signal zum Angriff. Erst langsam, dann immer schneller, kamen die Reiter auf das Lager zu. Die ersten Pfeile schwirrten von den Bogensehnen.

„Halt!", rief Orm. „Schießt erst, wenn ihr sicher seid zu treffen." Die große Nervosität der Verteidiger war überall spürbar. In ihren Händen lag das Schicksal der Stämme.

Die Krieger mussten weit nach Süden ausweichen, um der Streitmacht der Alani aus dem Weg zu gehen. Erst als sie sicher waren, Fenris' Armee umgangen zu haben, wandten sie sich nach Nordwesten. Unterwegs trafen sie auf ein kleines, völlig verwüstetes Dorf, aus dessen Resten immer noch Feuer schwelte und sich der Rauch dünn zum Himmel empor kringelte. Zwischen den verbrannten Hütten lagen Tote jeden Geschlechts. Es war keine Zeit, die Toten zu begraben, deren Körper in der Hitze des Sommers bereits aufgedunsen waren und einen süßlichen Geruch verströmten. Kurz nachdem die Heruler und die Geti das Dorf verlassen hatten, trennten sie sich in drei Gruppen, die jedoch vorerst in engem Kontakt bleiben sollten. Lorin, Wulf-Ila und Gilgas führten je einen Teil der Krieger. Ihr Ziel war die Hügelfestung der Alani am großen Binnenmeer, die sie von drei Seiten gleichzeitig angreifen wollten. Wulf-Ila sollte von Süden kommen, Gilgas von der Ebene aus, während Lorin von Norden her angreifen würde. Lorins Plan basierte allein auf der Vermutung, dass Fenris die meisten seiner Krieger, bis auf einige wenige, die zur Bewachung der Festung zurückgelassen waren, mit auf den Kriegszug genommen hatte. Alesha erklärte ihnen den genauen Weg, soweit sie ihn rekonstruieren konnte. Trotz der Schnelligkeit ihrer Pferde kamen sie nur recht langsam vorwärts, da sie immer wieder auf die Nachrichten ihrer Kundschafter warten mussten. Sicherheitshalber wichen die einzelnen Trupps weit nach Norden aus, um nicht versehentlich den Alani zu begegnen. Unterwegs schlossen sich ihnen immer wieder einzelne Gruppen versprengter Krieger aus anderen Stämmen an. Nach über einer Woche meldeten die Späher das Ziel. Hinter einem Hügelkamm verborgen, warteten Gilgas Krieger, während Wulf-Ila nach Süden und Lorin nach Norden abrückte. Wenn die Sonne untergegangen und der Dunkelheit der Nacht Platz gemacht hatte, sollte der Angriff erfolgen. Jetzt konnten sie nur noch warten.

Die erste Welle der Angreifer erreichte die vordersten Verteidigungsbarrieren. Mit dem Mut derjenigen, die viel zu verlieren haben, hielten die Heruler und die Geti stand. Eine Salve Pfeile folgte der anderen. Pferde und Reiter stürzten. Die Reihen der Alani wurden gelichtet. Um die Reiter auf Abstand halten zu können, hatte Orm angespitzte, lange Holzlanzen, im Schutz einer Bodensenke, schräg in den Boden rammen lassen. Auf diese Verteidigungslinien stießen die Alani völlig unerwartet. Fenris hatte geglaubt, das Lager mit einem einzigen Sturmangriff überrennen und vernichten zu können. Jetzt stand er mit seinem Pferd auf einem kleinen Hügel und überschaute das Schlachtfeld. Er sah, dass seine Krieger große Verluste erlitten, während sich die Verteidiger scheinbar in einer sicheren Stellung befanden. Ihm fiel auf, dass verhältnismäßig wenige Krieger das Lager verteidigten. Wo waren die anderen? Was geschah hier? Der erste Angriff war gescheitert. Er gab den Befehl für einen neuen Angriff und frische, ausgeruhte Krieger galoppierten frontal auf das Lager zu. Wieder wurde Angreifer um Angreifer von den Pfeilen der Geti und der Heruler aus dem Sattel geschossen. Aber diesmal kamen einige Alani bis zu den Wällen und schafften es bis in das Innere der Verteidigungslinien. Ein unglaublich riesiger Krieger, der Fenris sofort auffiel, zerschmetterte den wenigen, welche die Verteidigungslinien durchbrochen hatten, mit einem riesigen Steinhammer den Schädel. Fenris sah, dass seine Strategie nicht aufging. Er gab den Lurenbläsern ein Zeichen und rief seine Krieger aus der Reichweite der feindlichen Bogenschützen zurück.

Tash-Ana-Ma-Rai stand neben Orm und beobachtete das Geschehen an den Wällen. Die Angreifer brandeten gegen die Stellungen seiner Krieger und wurden geschlagen. Aber der endgültige Sieg war das nicht, darüber war der alte Häuptling sich im Klaren. Allein der Masse der Alani würden sie nicht dauernd standhalten können. Fenris würde Angriff auf Angriff führen und irgendwann müsste ihm der Durchbruch gelingen. Schon jetzt war es vereinzelten Kriegern gelungen, in das Innere des Lagers zu gelangen.

„Der fremde Krieger mit dem Steinhammer ist sehr mutig. Vorhin hat er es mit zwei Alani gleichzeitig aufgenommen und sie getötet", sagte Tash-Ana-Ma-Rai.

„Irgendwie kommt er mir bekannt vor", erwiderte Orm. „Ich weiß nur noch nicht, woher ich ihn kennen könnte."

„Vielleicht erfährst du es, wenn die Schlacht vorbei ist", meinte der Häuptling.

„Wenn wir dann noch leben." Orm blickte düster.

Tash-Ana-Ma-Rai zeigte hinunter.

„Sie ziehen sich zurück."

Orm folgte mit seinem Blick dem ausgestreckten Arm.

„Kein gutes Zeichen", sagte er. „Was haben sie vor?"

Der Häuptling schüttelte nachdenklich den Kopf.

„Ich weiß es nicht."

Er hatte noch nicht zu Ende gesprochen, als er sah, dass sich die Alani in einer langen Reihe halbkreisförmig auf das Lager zu bewegten.

„Sie greifen alle Stellungen gleichzeitig an", rief Orm und kletterte schnell von seinem Beobachtungspunkt. Der Geti lief zu den Wällen und begann, seine Krieger neu zu verteilen. Jetzt war die Verteidigungslinie dünner und damit unsicherer geworden. Die Frauen liefen zu den Palisaden und reihten sich bei den Kriegern ein, um bei der Abwehr der Gefahr zu helfen. Ein alter Geti drückte Son-Ica die heilige Stoßlanze „Tilarids" in die Hände, damit sie diese zu Orm brachte. Son-Ica nahm die Waffe und lief los. In diesem Moment brach Fenris' Angriff los. Die Krieger der Alani, die anfangs im Schritt geritten waren, verschärften das Tempo und fielen von allen Seiten über die Verteidiger her. Die Luft war erfüllt vom Singen der abgeschossenen Pfeile und der zurückschnellenden Bogensehnen. Überall hörte man die Schreie der verwundeten Krieger. Zweimal brandeten die Alani erfolglos gegen die Wälle, dann brachen sie durch. Fenris trieb sein Pferd vorwärts. Inmitten tobender und kämpfender Menschen trieb er das Tier in das Lager der Heruler auf den Anführer seiner Gegner zu. Mit seinem Schwert schlug er nach allen Seiten auf seine Feinde ein, dann erreichte er Orm, der mit mehreren Alani kämpfte. Fenris erhob sein Schwert und schlug erbarmungslos zu. Die Klinge traf Orm im Nacken und der Geti war tot, bevor er zu Boden fiel. Fenris stieß einen triumphierenden Schrei aus. Er sah die junge Frau nicht, die, mit vor Schrecken geweiteten Augen, den Anführer stürzen sah. Er bemerkte nicht die Lanze in ihrer Hand, die sie langsam und vorsichtig hob. Son-Ica legte ihren Arm weit zurück und warf die schwere Waffe. Niemand, nicht einmal sie selbst, hätte sich diese Kraft zugetraut. Mit einem leisen Geräusch schwirrte die Lanze durch die Luft und traf Fenris in die Schulter. Mit einem Schrei des Entsetzens und des Schmerzes stürzte der König von seinem Pferd. Als die Alani ihren Anführer fallen sahen, wurde es totenstill. Nur vereinzelt war noch das Klirren der Schwerter zu hören. Die Alani bargen Fenris, in dessen Schulter noch die heilige Lanze steckte und zogen sich überstürzt zurück. Im Lager der Heruler und Geti brachen die ersten Freudenschreie aus. Die Verteidiger sahen, wie sich die Alani über die Ebene zurückzogen. Mit Fenris' Sturz hatten sie gesiegt. Kein Alani würde jetzt noch kämpfen. Der alte Tash-Ana-Ma-Rai trat auf Son-Ica zu und umarmte sie wortlos. Dann kniete er neben Orm. Über seine Wangen liefen einige Tränen. Die Geti brachten ihren toten Anführer weg. Der Sieg hatte einen hohen Preis gekostet, denn sie hatten nicht nur Orm, sondern auch die heilige Lanze verloren.

Tage, an denen etwas Außergewöhnliches geschehen wird, beginnen meistens sehr subtil und nie so, dass diejenigen, die daran teilhaben werden, einen solchen Tag sofort als das erkennen, was einmal in den Legenden und Überlieferungen aus ihm werden wird; ein Wendepunkt ihres Lebens und ein Wendepunkt der Geschichte. So sollte es auch mit dem Tag sein, an dem Lorin und seine Gefährten ihre Bestimmung und ihr Schicksal fanden. Seit ihrer Rückkehr in die Ebene, herab von den Bergen der Geti, war alles darauf hinausgelaufen, dass die große Konfrontation kommen würde, gipfelnd in einer Schlacht, die sie nicht wirklich wollten, die aber genauso wenig aufzuhalten war, wie der Lauf der Sonne und der Sterne. Lorin wusste das. Seit dem Tod des alten Maituras, dem Zug der Geti in die Steppe und der Verbrüderung mit dem Volke Tash-Ana-Ma-Rais war eine zweite Macht in der Ebene gewachsen, die dem Volk der Alani und damit der Macht Fenris' gefährlich werden konnte.

Die Nacht war hell, als Lorin seine Leute von Norden her gegen die Festung der Alani führte. Sie hatten ihre Pferde weit zurückgelassen und schlichen sich zu Fuß an. Lorin hoffte, dass Orm die Alani lange genug aufhalten konnte. Sie hatten vereinbart, dass die Heruler und Geti das Lager verlassen und sich in die Berge flüchten würden, sollten die Alani siegen. Lorin brauchte die Zeit, die Orm ihnen verschaffen würde, um Fenris' eigene Festung erobern und zerstören zu können. Alesha war an seiner Seite. Seit sie ihm gezeigt hatte, was sie mit dem Auge der Welt zu tun imstande war, war sein Plan gewachsen und gereift.

Die Macht, die sie mit dem Auge besaß, machte sie unbezwingbar. Alesha saß neben Lorin, ihr Amulett an einem Lederriemen baumelnd, in der Hand. Lorin gab ein Zeichen und einer der Krieger schoss einen brennenden Pfeil fast senkrecht in die Höhe. Das war das vereinbarte Zeichen. Fast unmittelbar danach hörte man südlich die ersten Kriegsrufe durch die Nacht schallen. Wulf-Ila hatte seinen Angriff begonnen. Gleichzeitig griff auch Gilgas an. Lorin sah, dass viele Krieger, die auf seiner Seite der Wälle zu sehen gewesen waren, zu den bedrohten Stellen eilten. Jetzt war Aleshas Zeit gekommen. Sie befestigte das Auge mit dem Lederriemen auf ihrer Stirn und begann sich zu konzentrieren. Die Krieger sahen wie die nördlichen Wälle der Befestigung zerbröckelten, erst langsam, dann immer schneller zusammenfielen. Aleshas Gesichtsausdruck sah man die ungeheure Konzentration an. Dann riss sie sich das Amulett von der Stirn und sackte bewusstlos zusammen. Lorin winkte Tronto, der sich in seiner Gruppe befand, und bat ihn, sich um Alesha zu kümmern. Dann gab er das Zeichen zum Angriff und inmitten seiner Krieger rannte er durch den zerstörten Wall in das Innere der Festung.

Amerus sah den brennenden Pfeil durch die Luft segeln. Er atmete tief durch. Auch Gilgas, der neben ihm stand, hatte das Angriffszeichen gesehen und hob seine Hand. Im gleichen Moment stürmten die Krieger vorwärts. Rufe gellten durch die Nacht und Gilgas rannte an der Spitze seiner Männer auf die Wälle zu. Einige von ihnen konnten die Befestigung erklimmen, wurden aber sofort von den Alani niedergemacht. Obwohl die Kräfte der Angreifer und Verteidiger zahlenmäßig fast gleich waren, konnten weder Gilgas noch Wulf-Ila die Wälle erobern. Amerus kämpfte wie ein Besessener. Er schlug mit seinem Schwert um sich und versuchte, Angreifer auf Abstand zu halten. Er war kein Krieger, wie Gilgas oder der Heruler sondern ein luwischer Kaufmann aus einer untergegangenen Stadt, aber er hatte während der Zeit in der Ebene zu kämpfen gelernt. Plötzlich sah er aus der Festung den Widerschein von Feuer. Innerhalb der Wälle brannte es. Lorin schien es geschafft zu haben und von Norden her in die Burg eingedrungen zu sein.

Jetzt konnten sie siegen. Auch Gilgas sah es und spornte seine Krieger nochmals an. Er hob sein langes Schwert und stürzte sich auf die Feinde vor ihm. Die Alani, die jetzt auch gegen Feinde innerhalb der Burg kämpfen mussten, wichen zurück. Manche von ihnen flohen, andere wiederum legten ihre Waffen nieder und ergaben sich auf Gedeih und Verderb. Lorins Plan war aufgegangen. Sie hatten gesiegt. Gilgas riss seine Arme empor und schrie den Triumph in die Nacht hinaus. Sein Ruf war noch nicht verklungen, als Amerus ihn fallen sah. Im Hals des Kriegers steckte ein Pfeil der Alani. In der Minute des Sieges hatte er noch ein Opfer gefunden. Der Luwier kniete sich neben seinen Freund und nahm seine Hand. Gilgas lebte noch, aber Amerus sah, dass der Tod bereits nach seinem Freund griff. Er spürte, wie sein alter Gefährte seine Hand drückte und ihm in die Augen sah.

„Marsa." Nur dieses eine Wort kam über die Lippen des Kriegers, dann brachen seine Augen. Gilgas war tot.

Tash-Ana-Ma-Rai suchte den fremden Krieger mit dem mächtigen Steinhammer, der sich so tapfer während der Schlacht geschlagen hatte. Er fand ihn nirgends. Er hatte große Sorgen. Kundschafter berichteten, dass die Alani abzogen. Ob Fenris tot war oder noch lebte, konnte ihm niemand sagen. Jetzt musste er jemanden finden, der vor den Alani am großen Binnenmeer war, um Lorin und seine Krieger zu warnen. Wen sollte er für diese Aufgabe auswählen. Der Häuptling ließ seinen Blick über die erschöpfen Krieger gleiten, bis er, weit entfernt stehend, den Jungen sah, der mit den Geti gekommen war. Tash-Ana-Ma-Rai ging zu ihm hin und sah erst dann, dass Lorins Wolf bei dem Jungen war.

„Wo warst du, Bran?", fragte er ihn, sich daran erinnernd, dass der Wolf und der Junge vor der Schlacht spurlos verschwunden waren.

„Skade war weg und ich habe ihn gesucht. Als ich dann zurückkam, waren überall Feinde. Ich hatte Angst und habe mich versteckt und alles beobachtet."

„Ich habe eine wichtige Aufgabe", sagte Tash-Ana-Ma-Rai und erklärte Bran, was zu tun war.

„Willst du dieses Wagnis eingehen?"

Bran nickte.

„Ich gehe mit", hörten die beiden dann die Stimme Son-Icas.

Das Mädchen trat vor und stellte sich zu dem alten Häuptling und Bran.

„Ich gehe mit", wiederholte sie.

„Nein", sagte Tash-Ana-Ma-Rai bestimmt.

„Durch meine Schuld ist die heilige Stoßklinge „Tilarids" der Geti verloren. Ich muss sie zurückholen. Deshalb gehe ich mit und niemand wird mich davon abhalten."

„Ich sehe die Tochter Wulf-Ilas vor mir", sagte der Häuptling.

„Wenn Bran es will, dann gehe mit ihm."

Bran schaute Son-Ica an.

„Deine Augen sagen mir, dass du kämpfen wirst, wenn wir es müssen. Wenn du unbedingt willst, reite mit mir", sagte er.

Tash-Ana-Ma-Rai ließ den Beiden Vorräte für einige Tage geben und für jeden drei Pferde, damit sie unterwegs immer ausgeruhte Tiere zur Verfügung hatten. Es war wichtig, dass Bran und Son-Ica die Festung der Alani vor Fenris erreichten. Nur kurze Zeit später verließen sie das Lager der Heruler, gefolgt von Skade. Son-Ica und Bran ritten fast ohne Unterbrechung. Das Mädchen kam weitaus besser zurecht als Bran, der Probleme mit langen Ritten hatte. Während Son-Ica, das Pferd im Reiten wechselte, musste Bran absteigen und hatte anschließend immer Schwierigkeiten, seine Begleiterin einzuholen. Die Zwei ritten in einem weiten Bogen, um den zurückziehenden Alani nicht in die Hände zu fallen. Zeit für Pausen war nicht vorhanden, wollten sie vor ihren Feinden das Binnenmeer erreichen. Skade lief mit einer ungeheuren Ausdauer, als merke er, dass er bald Lorin wiedersehen würde. Es war ein Wettlauf mit der Zeit. Sollten die Alani die Hügelfestung vor ihnen erreichen und Lorin überraschen, wäre alles verloren, was man gewonnen glaubte.

Thorai kämpfte wie ein Berserker gegen die Alani. Als alles verloren schien und die Feinde bereits in das Lager eingedrungen waren, wurden sie durch Son-Icas Wurf der Lanze besiegt. Als er Fenris stürzen sah, zog er sich zurück, wissend, dass jetzt die Niederlage der Alani besiegelt war. Er konnte sie gut einschätzen. Ohne ihren König waren sie wehrlos und feige. Das war der Zeitpunkt, als Thorai sich zurückzog. Sein Ziel war Fenris' Hügelburg. Dort würde er Othal erwarten, mit ihm kämpfen und ihn besiegen. Als er sah, dass die Alani ihren König bargen; er sah nicht, ob Fenris noch lebte oder bereits tot war; schulterte er seinen mächtigen Hammer und verließ das Lager. Thorai hatte nicht mehr viel Zeit. Sein großer Widersacher war bereits weit gekommen und er hatte ihn gesehen. Alesha hatte das Auge der Welt benutzt. Das hatte ihn verraten. Aber es machte Thorai nichts mehr aus. Jetzt war es gleichgültig. Vor den Mauern der Alaniburg würden sie sich treffen und nur einer von ihnen würde siegen können.

Der Erfolg war nicht mehr aufzuhalten. Überall von den Wällen flüchteten die Krieger der Alani, welche die Hügelburg bewachen und beschützen sollten. Schreiende Frauen und Kinder liefen inmitten der gefallenen Verteidiger und Angreifer. Die Heruler und die Geti strömten in das Innere der Befestigung und begannen zu plündern. Die ersten Feuer verzehrten die Hütten und Häuser der Alani und befreite Sklaven beteiligten sich an Plünderung und Tötung. Lorin gab seinen Kriegern den Befehl, keine Gefangenen zu töten und dafür zu sorgen, dass auch die befreiten Sklaven sich nicht mit Mord rächten. Es dauerte bis zum Morgen, bis endlich Ruhe einkehrte. Am übernächsten Tag ließ Lorin alle gefangengenommenen Alani auf den Platz vor dem Haupthaus bringen. Einigen war es gelungen, im Getümmel des Angriffs und im Schutz der Nacht fliehen zu können, aber Wulf-Ila hatte längst mit einigen Kriegern die Verfolgung aufgenommen. Inmitten der Alani sah Lorin einen Mann mit grimmigem Gesicht stehen. Er wandte sich an Alesha, die inzwischen bei ihm stand.

„Wer ist dieser Mann?", fragte er und zeigte auf den Grimmigen.

„Der Schamane der Alani. Ein Zauberer."

„Er muss sterben", sagte Lorin.

Alesha schaute ihn entsetzt an.

„Nein. Du darfst ihm nichts tun. Er ist nicht schlimm. Ohne ihn würde ich nicht mehr leben", erwiderte sie und erzählte von den Begebenheiten nach ihrer ersten Flucht.

„Außerdem", setzte sie hinzu, „ist meine gute Freundin Sora, die aus meinem Dorf stammt, seine Frau."

Lorin blickte nachdenklich vor sich hin.

„Gut", sagte er schließlich und wandte sich dann an die Menge.

„Jeder, der mit uns Frieden schließen will, wird leben und kann bleiben", rief er mit lauter Stimme.

Der Schamane trat aus der Menge vor.

„Wie werden wir leben? Als Sklaven? Wir, die wir die Herren der Steppe sind? Denn noch lebt Fenris und er wird euch alle vernichten."

Lorin wollte zur Erwiderung ansetzen, als lautes Stimmengewirr und Hufschlag seine Aufmerksamkeit auf sich zog. Zu seinem Erstaunen sah er Son-Ica und Bran in die Befestigung reiten. Dicht hinter ihnen lief sein Wolf. Son-Ica sprang von ihrem Pferd und lief auf ihn zu, während Bran langsam und sichtlich angestrengt abstieg und ihr folgte. Son-Ica lief zu Lorin und flüsterte ihm etwas ins Ohr. Er hörte aufmerksam zu und wandte sich dann wieder an die Alani, wobei er dem Schamanen fest in die Augen schaute.

„Euer Angriff ist gescheitert. Euer König ist tot. Getroffen von der heiligen Lanze der Geti.", rief er.

„Ihr habt Zeit bis zum nächsten Sonnenaufgang, um über euer Schicksal selbst zu entscheiden", fuhr er fort.

Dann erteilte er einige Befehle an seine Unterführer, die sofort damit begannen, die Alani zusammenzutreiben und die Männer, die sich unter ihnen befanden, zu fesseln. Die Frauen und Kinder wurden abseits gefangen gehalten. Als Lorin sicher sein konnte, dass die Besiegten keine Gefahr mehr darstellten, verließ er mit den meisten seiner Krieger die Festung. Sein Ziel waren die zurückkehrenden Alani. Er musste sie überraschen und vernichten, bevor sie hierher kamen. Unterwegs stieß er auf Wulf-Ila und seine Krieger, von denen ein Teil sich Lorin anschloss und der Rest unter Führung des Herulers zur Alaniburg zurück ritt. Am Nachmittag berichteten Späher vom Kommen der Feinde. Die Geti und die Heruler warteten geduldig hinter einem kleinen Wäldchen versteckt und machten sich zum Gefecht bereit. Lorin ließ die Alani an sich vorbeiziehen und befahl dann den Angriff. Die Feinde wurden völlig überrascht und noch bevor die Sonne unterging, waren sie besiegt und zu aller Überraschung fiel der schwerverwundete und bewusstlose Fenris lebend in ihre Hände. Die wenigen Alani, die das zum Gemetzel ausgeartete Gefecht überlebt hatten, wurden auf den Pferden gefesselt und mit in die Hügelfestung genommen.

Kapitel 30 – Der Zweikampf

Alesha beugte sich über Fenris und kühlte seine fiebernde Stirn. Dann machte sie sich daran, zusammen mit Sora den Verband zu wechseln.

„Warum tust du das?", fragte Son-Ica, die zusah, erstaunt.

„Er ist ein Mensch", antwortete Alesha, als sei ihre Handlung die natürlichste Sache der Welt.

Son-Icas Stirn warf sich in Falten.

„Ich verstehe das nicht. Er hat versucht dich zu vergewaltigen und zu töten, und du hilfst ihm immer noch?"

Sie schüttelte den Kopf. „Nein, das verstehe ich wirklich nicht."

Son-Ica drehte sich um und lief aus dem Raum. Sie wollte Bran suchen, mit dem sie sich seit ihrem Ritt bestens verstand. Er war zwar immer noch ein miserabler Reiter, aber ansonsten ein ganz passabler Kerl. Sie ließ die beiden jungen Frauen alleine. Sollten sie doch dieses Ungeheuer gesund pflegen. Die Heruler würden ihn sowieso töten und nur Aleshas Fürsprache verdankte er es, noch am Leben zu sein. Alesha betrachtete Fenris eingehend. Er sah friedlich aus, so wie er dalag. Sora schaute Alesha an.

„Sie hat recht. Er hat dir nie etwas Gutes getan. Warum tust du das?", fragte sie,

„Weil er ein Mensch ist", sagte Alesha nochmals.

Sora schwieg. Sie wusste, dass ihre Freundin ihre Ansichten nicht ändern würde. Alesha hatte fürchterlich geweint, als sie von Talis Tod erfahren hatte, aber trotzdem pflegte sie jetzt den Mörder. Sora war irgendwie froh, dass Fenris' Macht gebrochen war. Pferdeschwanz hatte sich viel zu sehr von seinem König vereinnahmen lassen und war erst jetzt richtig frei. Er kümmerte sich um sie und ihren kleinen Sohn und dachte nicht mehr daran Fenris zu stürzen und selber König zu werden. Es schien Sora, als sei eine große Last von den Schultern ihres Mannes gefallen. Sie betrachtete noch eine Zeitlang, wie Alesha sich um Fenris kümmerte, der die ganze Zeit über bewusstlos dagelegen hatte und verließ dann leise den Raum.

Othal hatte sein Ziel erreicht. Versteckt in den sanften Hügeln vor den Wällen der Alaniburg wartete er. Er konnte warten. Er hatte immer gewartet. Jetzt aber war seine Zeit gekommen. Jetzt würde er mit Thorai kämpfen und ihn besiegen und alle seine Wünsche würden ihre Erfüllung finden.

‚Mein Schwert wird meinen Feind töten‘, dachte er.

Die ganze Nacht und bis weit in den folgenden Tag wartete er und ruhte. Ruhte sich aus für die kommende Entscheidung. Dann stand er auf. Othal spürte die Anwesenheit seines Gegners. Er sah in die Richtung des Binnenmeeres und erkannte ihn sofort. Mitten auf der Ebene, nicht einen Pfeilschuss von der Hügelfestung entfernt stand Thorai. Aufrecht, sich mich beiden Händen auf seinen mächtigen Steinhammer stützend, stand er da. Othal zog sein Schwert aus der Scheide und ging bedächtig, ohne Hast und Eile, auf ihn zu.

„Heute ist der Tag meines Triumphes", sagte er zu Thorai, als er ihn erreicht hatte.

Thorai lachte.

„Wenn unser Kampf vorüber ist, Othal, werden Asin und Vanin vereint sein. Das ist so vorherbestimmt", erwiderte der Mann mit dem Hammer.

„Ja", sagte Othal und schwang sein mächtiges Schwert über seinen Kopf.

Mit einem wuchtigen Schlag prallte es funkensprühend gegen den Hammer, den Thorai im gleichen Augenblick nach oben gerissen hatte. Der Zweikampf hatte begonnen.

Fenris hielt seine Augen fest geschlossen und atmete ruhig und gleichmäßig, als ob er schliefe. Er wusste, wo er sich befand. Einige Male hatte er durch die halb geschlossenen Augen geschaut und Alesha gesehen, wie sie Verbände vorbereitete und Sora, die verschiedene Salben anrührte. Aber die Zeit war noch nicht gekommen. So lag er ruhig da, tat so, als schliefe er und wartete geduldig auf den richtigen Zeitpunkt. Dieser Zeitpunkt war jetzt gekommen. Sora war nicht mehr im Raum und Alesha mit irgend etwas, für ihn völlig bedeutungslosem, weiter vorne im Raum beschäftigt. Er unterdrückte ein Lachen. Sie hatten ihn in seinen eigenen Schlafraum gelegt, die Narren. Vorsichtig, darauf bedacht, kein Geräusch zu verursachen, ließ er die rechte Hand langsam unter den moosgefüllten Sack gleiten, der ihm als

Schlafunterlage diente. Sein Messer, das er für den Fall der Fälle dort versteckt hatte, war noch da. Er fühlte den Holzgriff mit den Fingerspitzen. Fenris tastete sich etwas weiter vor, bis er die Waffe mit der Hand umschließen konnte. Immer noch äußerst vorsichtig zog er sie bis an den Rand des Sackes. Dann ließ er das Messer los und täuschte vor, weiter zu schlafen. Das Mädchen würde seiner Rache nicht entgehen. Niemals.

‚Ich hätte sie schon damals töten sollen, als sie geflohen war. Nein, noch früher. In ihrem Dorf hätte sie sterben müssen‘, dachte er. ‚Sie hat mir nur Unglück und Verderben gebracht.‘

Er war zornig. Sollte alles an einer Frau gescheitert sein? Er würde sie töten, dessen war er sich sicher. Und er wusste auch, wie er es machen würde. Es war alles so einfach.

Bran spielte mit Skade in den sanften Hügeln südlich der Burg. Er war glücklich. Alles war überstanden. Er tobte mit dem Wolf durch das trockene Gras, das ihm bis zur Hüfte reichte. Er warf sich zu Boden und spürte Skades Zunge, die sein Gesicht abschleckte. Mit beiden Armen umfasste er den Wolf und wollte ihn hinunterziehen. Skade machte mit allen Vieren einen Luftsprung und lief über die Steppe davon. Bran sprang auf und rannte hinter ihm her. Der Junge sah, dass Skade auf der Kuppe eines Hügels stehenblieb. Bran erreichte ihn sehr schnell und wollte weiter mit dem Wolf raufen, als er, nicht weit vor sich in der Steppe, zwei Männer in einem Zweikampf sah. Einer von ihnen kam ihm bekannt vor, den anderen, der mit dem Schwert kämpfte, hatte er noch nie gesehen. Fasziniert starrte Bran auf die Kämpfenden. Sie schienen gleichwertige Kämpfer zu sein, denn der Junge bemerkte nicht, dass irgendeiner einen Vorteil hatte. Der Mann mit dem mächtigen Steinhammer schlug mit Berserkerkräften auf seinen Gegner ein, schien ihn sogar mehrmals zu treffen, aber nicht zu verwunden. Bran starrte mit weit aufgerissenen Augen auf das Schauspiel, das sich dort bot. Auch in der Hügelfestung schien man den Kampflärm wahrgenommen zu haben, denn die zerstörten Wälle füllten sich nach und nach mit Menschen, die dem Kampf interessiert, aber doch teilnahmslos zuschauten. Bran kniete sich hin, so dass er gerade über das Gras schaute. Skade lag neben ihm und leckte sich ausgiebig die Vorderpfoten.

Fenris zwinkerte und sah, das Alesha ihm den Rücken zudrehte. Mit seiner rechten Hand griff er das Messer und sprang auf, die stechenden Schmerzen in seiner Schulter und seinem Oberkörper ignorierend. Mit einem Satz war er bei dem Mädchen und riss seine Waffe hoch. Alesha drehte sich um. Ihre Augen waren vor Erschrecken geweitet. Sie bemerkte das Messer in Fenris' Hand und versuchte auszuweichen. Sie sah die Bronzeklinge auf sich zukommen, machte einen Schritt nach hinten, stolperte und verlor das Gleichgewicht. Mit dem Hinterkopf prallte sie an einen der Pfosten, die das Dach trugen. Dann schwand ihr Bewusstsein.

Als Son-Ica ihren Freund Bran nirgends finden konnte, beschloss sie, sich wieder zu Alesha und Sora zu gesellen. Das schien ihr interessanter als alleine zu sein. Auf dem Weg dorthin traf sie Lorin, der die heilige Stoßklinge „Tilarids" in den Händen hielt.
„Warte", rief er ihr zu.
Son-Ica blieb stehen.
Lorin hielt ihr die Lanze hin.
„Du hast mit dieser Waffe die Schlacht entschieden und sie verloren. Du sollst sie auch zurückbringen. Verwahre sie gut. Dein Vater wird morgen mit einem Teil der Krieger zurückreiten und die Stämme hierher bringen. Du sollst die Lanze hüten, bis alle wieder hier versammelt sind."
Erstaunt und erfreut, dass man ihr diese wichtige Aufgabe anvertraute, nahm Son-Ica die Waffe. Wortlos nickte sie und lief dann, um Alesha und Sora von ihrer Pflicht zu erzählen. Leise, um die Freundinnen zu überraschen, betrat sie den Raum und erschrak. Sora war nicht mehr da und Alesha lag reglos am Boden. Über ihr beugte sich ein Mann, den Son-Ica sofort erkannte: Fenris. In seiner rechten Hand hielt er ein Messer. Mit einem einzigen Blick erkannte das Mädchen, was geschehen war. Alesha war tot und ihr Mörder stand noch da. Son-Ica nahm die Lanze fest in die Hände und schrie auf. Gleichzeitig lief sie auf

Fenris zu, der sich bei ihrem Aufschrei umdrehte und einen Schritt auf sie zusprang. Im selben Moment rammte ihm Son-Ica die Lanze in den Bauch. Ungläubig schaute Fenris zuerst auf die Waffe, dann in Son-Icas Augen. Er sackte in sich zusammen und fiel zu Boden, das Messer aus der kraftlos gewordenen Hand verlierend. Voller Wut zog das Mädchen mit äußerster Kraftanstrengung die Lanze heraus und stieß erneut zu. Dann lief sie zu Alesha und kniete sich neben ihre Freundin. Sie nahm Aleshas Hände in die ihren und begann zu weinen, als sie merkte, dass sich die scheinbar Tote leicht bewegte. Son-Ica fuhr Alesha mit der Hand über den Kopf und bemerkte eine große Beule. Alesha stöhnte und schlug die Augen auf.

„Du bist nicht tot", jubelte Son-Ica.

„Nein. Mein Kopf. Was ist passiert?"

Son-Ica erzählte ihr, was geschehen war.

„Ich erinnere mich", sagte Alesha und berichtete auch ihr Erlebnis.

Alesha rieb sich wieder den schmerzenden Kopf und versuchte, den Blick von Fenris abzuwenden, der tot in einer riesigen Blutlache lag, als Sora in den Raum stürzte.

„Kommt", rief sie atemlos. „Das müsst ihr sehen. Draußen vor den Wällen kämpfen zwei Krieger."

Dann fiel ihr Blick auf den toten Alanikönig.

„Endlich", war das einzige Wort, das ihr über die Lippen kam.

Dann wandte sie sich wieder an Alesha und Son-Ica.

„Kommt mit. Schnell."

Die beiden Mädchen standen vom Boden auf und folgten Sora nach draußen, darauf bedacht, den toten Fenris nicht mehr anzusehen. Sie liefen zu den Wällen und drängelten sich nach vorne, um besser sehen zu können. Als Alesha die beiden Kämpfer sah, erstarrte sie. Sie hatte sie sofort erkannt. Thorai, der Wanderer, der mit seinem Steinhammer kämpfte und Othal, sein Gegner mit dem mächtigen Schwert. Alesha umfasste ihr Amulett und konzentrierte sich. Sie bemerkte, dass die Kämpfenden einen Moment innehielten, bevor sie mit gleicher Wucht weiter aufeinander einschlugen. Dann ließ Alesha das Auge der Welt los, verließ ihren Platz auf dem Wall und lief hinunter in die Ebene, auf die beiden Zweikämpfer zu.

Thorai und Othal kämpften schon seit Stunden, unbeeindruckt von allem, was um sie herum vorging. Sie nahmen die Zuschauer nicht wahr, die ihrem Kampf neugierig aus der Ferne beiwohnten. Verbissen schlugen sie immer wieder aufeinander ein, ohne sich jedoch zu verletzten oder zu schwächen. Keiner von beiden zeigte Zeichen der Ermüdung. Plötzlich bemerkten Thorai und Othal gleichzeitig, dass das Auge der Welt zu ihnen sprach. Sie kämpften nicht weiter, solange sie zuhörten. Dann verstummte die Stimme und der Kampf wurde mit gleicher Härte wie zuvor fortgesetzt. Schwert traf auf Hammer. Funken sprühten, aber niemand der beiden errang einen Vorteil. Thorai bemerkte weder bei sich noch bei Othal Ermüdungserscheinungen und er dachte darüber nach, ob das Auge nicht doch Recht hatte und auch Othal schien diesen Gedanken zu haben. Dann sah Thorai ein Mädchen durch das Gras auf sich zulaufen. Es war Alesha.

„Ihr dürft nicht kämpfen", schrie sie.

Othal hielt mitten im Schwung seines Schwertes inne. Auch Thorai ließ seine Waffe sinken.

„Ihr dürft nicht kämpfen", hörten sie Alesha nochmals rufen.

Als Othal sah, dass Thorai seinen Steinhammer vor sich auf den Boden stellte, steckte er sein Schwert mit Wucht in den Boden, so dass es zitternd steckenblieb.

„Ich habe die Worte des Auges gehört", sagte er.

„Dann weißt du, warum ihr euch nicht besiegen könnt?", fragte Alesha und gab gleich darauf die Antwort.

„Ihr seid vom selben Stamm geboren und vom selben Geschlecht. Ihr seid beide die Diener eines namenlosen Gottes. Ihr könnt nicht sein, ohne den anderen. Und das wisst ihr auch."

Die beiden Gegner schwiegen und Alesha redete weiter auf sie ein.

„So wie die Stämme auf der Ebene sich zu einem Volk vereinen können, so können das auch Asin und Vanin. Keiner von euch existiert ohne den anderen. Wenn der eine nicht mehr ist, wird auch der andere vergehen, wie der Schnee in der Sonne. Ihr müsst eure Macht teilen, um sie zu besitzen. Ihr wisst, dass das stimmt."

Othal nahm sein Schwert aus dem Boden, säuberte es und steckte seine Waffe wieder in die Scheide. Dann trat er einen Schritt vor und reichte Thorai die Hand.

„Wir waren Narren, dass wir die Macht für uns alleine haben wollten, obgleich wir wussten, dass niemand von uns sie je wirklich besitzen kann. Der namenlose Gott hat es immer gewusst."

„Große Narren waren wir", antwortete Thorai und legte seine Hand in die Othals. „Aber ich denke, wir haben die Prüfung bestanden, die er uns auferlegt hat."

„Teilen wir unsere Macht, so dass sie stärker wird, als je zuvor. Komm nach Asingard und wir herrschen gemeinsam über die Welt und die Menschen."

„Ich werde kommen", antwortete Thorai.

Othal wandte sich um und hob eine Hand zum Himmel. Seine beiden Raben flatterten aus den Lüften und setzten sich auf seine Schultern.

„Unsere Welt, Thorai", rief er lachend. „Unsere Welt."

Dann ging er schnellen Schrittes in die Ebene hinaus. Thorai und Alesha sahen ihm nach, bis er kleiner und kleiner wurde und schließlich fern am Horizont verschwand. Der Wanderer wandte sich wieder dem Mädchen zu.

„Du hast das Auge der Welt gut genutzt", sagte er.

Alesha fingerte das Amulett unter ihrem Hemd hervor und hielt es Thorai hin. Lange betrachtete der Wanderer ihren ausgestreckten Arm, an dessen Ende das Auge der Welt an der Lederschnur baumelte.

„Es gehört dir", sagte Alesha.

Thorai machte keinerlei Anstalten, den Stein zu nehmen.

„Ich will ihn nicht mehr. Nimm ihn zurück", sagte Alesha.

Thorai streckte seine Hand aus und nahm das Auge der Welt. Nachdenklich wog er das Amulett in seiner Hand.

„Warum willst du das Auge nicht?", fragte er.

„Es gehört mir nicht. Es gehört dir."

Thorai legte das Auge auf einen großen Stein, der in der Nähe lag, nahm seinen schweren Hammer von der Schulter und ließ ihn mit großer Wucht hinabsausen. Mit einem gewaltigen Schlag traf er das Auge, so dass Funken flogen. Ein kleines Stückchen splitterte ab, das der Wanderer aufhob und sorgfältig einsteckte. Er nahm das Amulett wieder an dem Lederband und drückte es Alesha in die Hand. Ungläubig drehte sie es hin und her und betrachtete die Stelle, an der jetzt ein Stückchen fehlte.

„Warum hast du das getan?", fragte sie.

„Es ist wertlos für mich geworden", antwortete Thorai. „Ich habe meinen Frieden mit Othal geschlossen und brauche das Auge nicht mehr. Gemeinsam werden wir über die Asin und die Vanin herrschen und für euch Menschen Götter sein."

„Warum hast du es dann zerstört?"

„Seine Macht, Alesha. Die Macht des Auges ist groß, das weißt du. Du hast sie richtig und sicher eingesetzt, aber werden das andere Menschen auch tun? Jetzt ist das Auge blind geworden und nur noch ein Symbol, eine Erinnerung an die Dinge, die geschehen sind und die nicht vergessen werden dürfen. Deine Aufgabe und die deiner Nachkommen ist es jetzt, das Auge der Welt durch die Zeit zu tragen."

„Was soll ich tun?", fragte Alesha.

„Suche dir beizeiten jemanden, dem zu zutraust, das Amulett weiterzutragen und der auch einen würdigen Nachfolger finden wird. Dein Volk soll das Auge besitzen als Zeichen der Gemeinsamkeit und der Einheit und zur Erinnerung an die Anfänge. Jeder neue Träger soll den alten Lederriemen lösen und in der Tag- und Nachtgleiche des Frühlings vergraben. Als Dreieck mit einer Spitze nach Osten zeigend, auf die aufgehende Sonne zu, soll er in die Erde gelegt werden. Dann soll ein neuer Riemen hindurchgezogen werden. Du wirst, ebenso wie alle deine Nachfolger, demjenigen die Geschichte des Volkes erzählen, der nach dir das Auge tragen wird. So wird das Auge der Welt durch die Zeit getragen, bis zu dem Tag, an dem ich wiederkommen werde und das fehlende Stück wieder einsetze. Dann wird das Auge wieder sehen. An diesem Tag wird alles enden und alles einen Anfang finden."

Alesha schaute dem Wanderer in seine tiefen, dunklen Augen, in denen sie nichts anderes sah als Wissen und Erkenntnis. Sie nickte und legte sich das Amulett wieder um den Hals, dorthin, wo sie es seit ihrer Kindheit getragen hatte. Sie würde es nie wieder verwenden, denn die Kraft des Auges war vergangen, aber sie wollte Thorais Anweisungen befolgen und ihren Nachfolger suchen, damit der Stein die Rückkehr seines Meisters erleben würde. Als sie wieder aufblickte, war der Wanderer verschwunden und sie ging zurück, müde, erschöpft, aber glücklich.

Lorin sah Alesha einsam und alleine am zerstörten Wall der Hügelfestung stehen. Er betrachtete sie eine Weile und ging dann zu ihr hin, legte seinen Arm um ihre Schulter und drückte sie fest an sich.
„Willst du bei mir bleiben?", fragte er sie.
Alesha lehnte ihren Kopf gegen seine Schulter.
„Ja", sagte sie. „Und ich möchte mit dir glücklich und alt werden."
Sie nahm ihr Amulett ab und legte es ihm in die Hand.
„Konzentriere dich, Lorin", sagte sie.
Lorin schloss die Augen und wartete ab. Er sah nichts, aber wie aus einer weiten Ferne hörte er Thorais Stimme flüstern. Er hörte gut zu und er verstand. Dann gab er Alesha das Auge zurück. In seinen Augen sah sie ein Glänzen und alles Wissen der Welt. Die beiden standen lange Zeit engumschlungen und weithin sichtbar am Rande des Schlachtfeldes, dann gingen sie gemeinsam durch den zerfallenen Wall in Fenris Burg, die von jetzt an das Zentrum ihres Volkes sein sollte und die von diesem Tag an den Namen Sor-Bac-Ese, Ort des Sieges, tragen sollte.

Der Rat der verbündeten Stämme beschloss, Lorin zu ihrem König zu wählen und die Stämme der Ebene unter seiner Herrschaft und einem Namen zu einigen. Sie nannten sich Geten, zur Erinnerung daran, dass sie das Volk unter dem Schutz ihrer Götter waren. Als erster getischer König erhielt Lorin von seinem Volk eine goldene Krone, die jedoch nicht auf dem Kopf getragen wurde, sondern an langen, goldenen Ketten über dem Thron hängend, befestigt war. Von diesem Tag an sollten alle getischen Könige eine solche Krone haben. Bran, der bei Rollo das Handwerk der Schmiede lernte, fertigte die erste getische Königskrone und auf Bitten Son-Icas, die seine Frau wurde, fertigte er auch für Alesha, die mit dem Auge der Welt alles erst möglich gemacht hatte, eine goldene Krone. Ein goldener Reif, mit drei Reihen Perlen besetzt, der mit vier goldenen Ketten, die oben an einem Ring zusammenliefen, an der Decke befestigt wurde. Eine fünfte Kette, an deren Ende ein kleiner goldener und perlenbesetzter Hammer befestigt war, hing durch den Reif hindurch. Mit winzigen Runai war auf dem Gold eine Inschrift geschrieben: Von Son-Ica gewidmet der Mutter von Völkern.

Über dreißig Jahre herrschten Lorin und Alesha über das Volk der Geten. Eines Tages ließ der König das Volk zu einer großen Versammlung und Heerschau zusammenrufen. An diesem Tag erinnerte er alle Geten an seine alten Weggefährten. An Orm, den Geti aus den Bergen, der in der ersten Schlacht gegen Fenris den Tod gefunden hatte und an Gilgas, den Krieger aus den Wäldern des Westens, der Orm in den Tod gefolgt war. Er sprach von Amerus, dem Luwier aus Wilusa und Wulf-Ila, die vor einigen Jahren hochbetagt gestorben waren und von Son-Ica, die Tochter Wulf-Ilas, die Fenris getötet hatte. Nur noch wenige aus den vergangenen Tagen lebten noch. Marsa war kurze Zeit nach Amerus gestorben und nur noch Kat-Tia und Bran waren, neben Lorin und Alesha am Leben. Er erinnerte die Geten an die große Schlacht, die ihnen die Freiheit und Einheit gebracht hatte und berichtete von seinem Entschluss, das Volk nach seinem Tod in fünf Stämme zu teilen. Nur so könne die Kraft des Volkes erhalten bleiben. Sein ältester Sohn Barcus wurde König der Massageten, seine Tochter Amala Königin der Ostrogeten, des glänzenden Volkes und Stammmutter des Hauses der Amaler. Sein Sohn Thorbaltwin, der mit Nadica, der zweiten Tochter von Kat-Tia und Amerus verheiratet war, wurde König der Wisigeten und Stammvater des Hauses der Balten. Gilgas Sohn, Orm der Kleine, wurde König der Gepiden und Hilcha, die älteste Tochter Kat-Tias, Königin der Heruler. Lorin wusste, dass es leichter war, die Führung eines großen Volkes auf viele Schultern zu verteilen, als dass einer das ganze Gewicht alleine tragen musste. Vier Tage danach starb Lorin. Nur Alesha hatte er damals erzählt, was Thorai zu ihm sagte, als er das Auge der Welt in seinen Händen hielt.

„Dein Schicksal, deine Bestimmung, ist es, König meines Volkes zu sein. Du sollst ein guter und gerechter König sein, der dem Volk den Frieden und die Freiheit gibt. Ein mächtiges Reich wirst du begründen und eine Dynastie vieler Herrscher. Meinen Namen und den Namen Othals wird das Volk der Geten ehren. Dein Blut soll in den Adern der Könige fließen, bis zu dem Tag, an dem das Volk vergeht und die Zeit neu zu zählen beginnt. Dieser Tag wird kommen, Lorin, denn nichts währt ewig."

Als Lorin begraben war, rief Alesha ihre Schwiegertochter Nadica zu sich und erzählte ihr die Geschichte der Geten. Sie berichtete ihr vom Beginn an und übergab ihr danach ein kleines Päckchen aus Leder. Nadica sollte es erst nach dem Tode Aleshas öffnen, dann würde sie verstehen und die Aufgabe ihres Lebens kennen. Nadica, die ihrer Mutter Kat-Tia sehr ähnlich war, nahm das Geschenk und verwahrte es gut. Als Alesha einige Monate später starb, man sagte, aus Trauer über Lorins Tod, erinnerte sich Nadica an das Päckchen, öffnete es und folgte den Anweisungen Thorais, die Alesha ihr übermittelt hatte. Sie trug das Auge, das nicht mehr sehen konnte, bis zu dem Tag, an dem auch sie einen Nachfolger fand und es weitergab. So war Nadica die erste von vielen, die nach Alesha kamen und die das Auge der Welt durch die Zeit trugen, bis auf den heutigen Tag.

Epilog Eins – Was weiter geschah

Der Rest der Geschichte ist schnell erzählt. Nachdem Lorin das Volk geteilt hatte, lebten die fünf getischen Stämme für die nächsten Jahrhunderte in ihren neuen Siedlungsgebieten östlich und südlich des Kaspischen Meeres. Dann, als viele heiße Jahre nacheinander die Ernten zerstörten und das Volk hungerte, begann Anfang des 7. Jahrhunderts v. Chr. die große Wanderung. Der Stamm der Massageten zog südwärts nach Tigris und Euphrat und erreichte zum Ende des 7. Jahrhunderts v. Chr. Persien, während ein kleinerer Teil ostwärts nach Indien wanderte. Die mit ihnen ziehenden Stämme der Heruler und Gepiden wandten sich nach Kurdistan und erreichten mit kurzen, kriegerischen Streifzügen Syrien und Palästina. Die Wisigeten und Ostrogeten wanderten währenddessen westwärts zu den fruchtbaren Landstrichen am Schwarzen Meer und siedelten an dessen Ufer und auf der Krim. Im 5. Jahrhundert v. Chr. durchquerten die Massageten, Heruler und Gepiden ganz Anatolien und überquerten den Bosporus, zogen bis zur Ukraine und zur Krim. Dort stießen sie wieder mit ihren Brüderstämmen zusammen. Kurze Zeit später zerfiel der Mutterstamm des Volkes und zog erneut ostwärts; einige Teile quer über die Steppe bis tief nach Asien hinein, andere wiederum über die Hochebene des Pamir bis zum Indus und in das westliche Indien. Dann, im 3. Jahrhundert v. Chr., begannen die Stämme der Geten erneut zu wandern. Die verbliebenen vier Stämme der Wisigeten, Ostrogeten, Heruler und Gepiden zogen nordwärts und erreichten im 2. Jahrhundert v. Chr. die Ostsee, siedelten auf der Insel Gotland und in ganz Skandinavien. Dreihundert Jahre später verließen die Geten ihre neue Heimat, überquerten zum zweitenmal die Ostsee und zogen zurück zur fruchtbaren Küste des Schwarzen Meeres und in die Ukraine. Hier zerfielen die getischen Stämme endgültig in vier verschiedene Völker. Diese Stämme wanderten weiter nach Westen und erreichten um 200 n. Chr. die Donau und traten damit aus dem Dunkel der Überlieferung in das Licht der Geschichte.

Der Getenkönig Kniva überquerte im Jahr 250 die Donau und eroberte Philippopoli, die größte Römerstadt Mazedoniens, im Sturm. Kaiser Decius versuchte das fremde Heer 251 aufzuhalten und fiel mit seinem Sohn in der Schlacht. Erst unter Kaiser Aurelian und dessen Nachfolgern gelang es, das weitere Vordringen der Geten aufzuhalten. Um diese Zeit zog Hermanerich, König der Ostrogeten, von den Ufern des Dnjepr nach Norden und errichtete innerhalb weniger Jahre ein riesiges Imperium von der Küste des Schwarzen Meeres bis zur Ostsee. Aber in ebenso kurzer Zeit zerfiel das Reich unter den Angriffen der Hunnen, welche die Ostrogeten unterwarfen. Erst nach dem Tode Attilas im Jahr 453 konnten die Ostrogeten das hunnische Joch abschütteln und den Weg freimachen für einen neuen mächtigen Getenkönig, Theoderich den Großen. Unter ihm sollte sein Volk zum zweitenmal Geschichte machen. Am Hof von Konstantinopel erzogen, eroberte er für Rom Mazedonien zurück, besiegte die Gepiden und vertrieb die Heruler im Jahr 493 aus Italien. Nach der Ermordung Odoakers machte er Ravenna zu seiner Hauptstadt und errichtete das Reich der Ostrogeten. In seinem Herrschaftsgebiet erneuerte er die Kultur der Antike und reformierte die Gesellschaft. Durch den Übertritt der meisten Geten zum Christentum kam es zu einer folgenschweren Entwicklung, da sie nicht das römische, sondern das arianische Christentum annahmen, das als Ketzerei verurteilt wurde. Dadurch gerieten die Ostrogeten in den Gegensatz zum Kaiser in Konstantinopel und zum Papst in Rom. Der oströmische Kaiser Justinian zerschlug kurz nach dem Tod des großen Theoderich im Jahr 553 das Getenreich in Italien. Damit gab es nur noch ein getisches Volk, dessen Reich noch zwei Jahrhunderte überdauern sollte; das Wisigetenreich in Frankreich und Spanien. Sie überschritten 376 die Donau und besiegten in der Schlacht von Adrianopel den römischen Kaiser Valens und töteten ihn. Im Jahr 410 eroberte Alarich der Ältere Rom und starb ein Jahr später in der Nähe von Cosenza. Sein Nachfolger Athaulf heiratete Placidia, die Tochter des unbedeutenden römischen Kaisers Honorius und gründete das wisigetische Königreich mit der Hauptstadt Toulouse, das sich über fast ganz Südfrankreich und Teile Nordspaniens erstreckte.

Mit den Römern schlossen die Wisigeten erst mit dem Einfall der Hunnen ein Wehrbündnis. Theoderich I., König von Toulouse, fiel in der Schlacht gegen Attila auf den Katalaunischen Feldern. Unter seinen Nachfolgern entwickelte sich Toulouse zur mächtigsten und reichsten Stadt neben Konstantinopel, und Alarich II. ließ eine wegweisende Gesetzessammlung entwickeln. Als die Franken eindrangen, änderte sich alles. Alarich II. wurde 507 bei Vouillé geschlagen und getötet. Die Franken eroberten Toulouse und zerstörten die Stadt. Nur mit der Unterstützung der Ostrogeten aus Italien konnte die Stadt Carcassonne gerettet werden. Das Zentrum der Macht verlagerte sich nach Spanien und neue Hauptstadt wurde 531 Sevilla, später Toledo. Auch wurde großer Wert auf die Freiheit aller Individuen gelegt. Den Frauen stand volle Gleichberechtigung zu, etwas, wozu der Rest Europas noch 1400 Jahre benötigte. Um die Feindschaft der katholischen Kirche zu beenden, trat im Jahr 589 König Rekhared zum katholischen Christentum über. Dadurch geriet das wisigetische Königtum immer mehr unter den Einfluss der Kirche. 710 verjagte Roderich, der oberste Befehlshaber des getischen Heeres und Mitglied des Hauses der Balten, seinen König Witiza und wurde selbst König der Wisigeten. Witizas Söhne flohen zum Kalifen Moussa nach Afrika und bewegten diesen, ihnen Unterstützung zu gewähren. Ein Jahr später landete der maurische Feldherr Tariq am Fuß des Felsens von Gibraltar und begann mit der Eroberung des spanischen Wisigetenreiches. Am 26. Juli 711 fand die entscheidende Schlacht an den Ufern des Guadalete statt, bei der einer der getischen Befehlshaber, Graf Julian, mit seiner gesamten Truppe zum Gegner überlief. Roderichs Heer wurde geschlagen und wenige Monate später fiel auch Toledo in die Hände der Araber. Die Mauren gaben ihre Eroberung jedoch nicht an die Söhne Witizas, sondern siedelten selber in Spanien, das sie bis zum Ende des 15. Jahrhunderts in Besitz hatten. Das letzte getische Königreich war vernichtet und die Geten gingen im Laufe der folgenden Jahrhunderte fast vollkommen in anderen Nationen auf.

In einem kleinen portugiesischen Ort mit Namen Viseu liegt das Grab eines Mönches, auf dessen Grabplatte folgende Inschrift steht:

Hic requiescit Rodericus, ultimus rex Gothorum.
(Hier ruht Roderich, letzter König der Goten)

Epilog Zwei – Das Vermächtnis

Das kleine Päckchen aus Ölpapier war verspeckt und alt. Es sah so aus, als sei es seit Jahrzehnten nicht mehr geöffnet worden. Mit einigen Bahnen alter verknoteter Schnur, wie man sie zum Festbinden der jungen Weintriebe benutzte, umwickelt, machte es einen armseligen Eindruck. An einigen Stellen war das Papier eingerissen, aber man sah nicht, was sich darunter verbarg. Mein Großvater schaute mich lange prüfend an, gab mir das kleine Päckchen und strich mit seiner Hand über mein Haar.

„Verwahre es gut", sagte er. „Öffne es erst, wenn du bereit dazu bist. Nicht früher und auch nicht aus reiner Neugierde. Erst wenn du bereit bist. Dann wirst du auch wissen, was zu tun ist."

Er schien mich und meine ungebremste Neugierde gut zu kennen. Irgendwie verblüffte mich das ein wenig, sah ich ihn doch eigentlich sehr selten und ein solch langes Gespräch hatten wir noch nie geführt. Vielleicht weil er in meinen Augen einfach nur ein alter Mann war, mit dem ich wenig, besser gesagt, gar nichts anfangen konnte. Ich hatte Respekt vor ihm. Respekt, der eigentlich auch ein wenig Angst war. Die Art von Angst, die man in seiner Kindheit vor Erwachsenen hatte. Ich nahm das Päckchen aus seinen alten, faltigen und rauen Händen, aus denen man ein Leben voller schwerer Arbeit lesen konnte und drückte es an mich. Mit großen Augen sah ich ihn an, nicht wissend, was jetzt zu tun war. Er strich mir noch einmal durch das Haar.

„Geh jetzt", sagte er. „Und denke daran. Erst, wenn du bereit bist."

„Wann bin ich bereit?", fragte ich meinen Großvater leise.

„Du wirst es wissen", antwortete er.

Ich drehte mich um und versteckte das Geschenk unter meinem ärmellosen Pullover. Eines dieser Kleidungsstücke, die ich Zeit meines Lebens gehasst habe, in einer grellen gelben Farbe, die damals so modern war. Dann lief ich ins Haus, ohne mich noch einmal umzudrehen. Einige Tage später fuhren wir wieder nach Hause. Ich ahnte nicht, dass ich an diesem Tag meinen Großvater zum letzten Mal gesehen hatte. Kurz danach starb er, ein alter Mann, der in den letzten Jahren seines Lebens völlig zurückgezogen gelebt hatte. Geweint habe ich nicht. Erst viel später. Warum, weiß ich bis heute nicht. Heute sind die meisten meiner Erinnerungen an den alten Mann verblasst und nur selten erinnere ich mich an andere Begebenheiten als diese lange Erzählung im Garten. Das Päckchen versteckte ich, kaum zu Hause angekommen und vergaß es, bis es mir sehr viele Jahre später wieder in die Hände fiel. Lange betrachtete ich es und erinnerte mich. Mit zittrigen Fingern, ich weiß nicht, warum meine Hände zitterten, löste ich langsam die Schnur und entfernte das Papier. Was ich sah, verschlug mir den Atem. Ein eigenartig geformter Stein, etwas porös an manchen Stellen, in der Mitte ein Loch. Er sah wie der versteinerte Wirbelknochen eines Tieres oder eines Menschen aus. An einer Ecke fehlte ein Stückchen. Nicht viel, aber durch die glatte Bruchstelle fiel es sofort auf. Durch die Öffnung war ein dünner Lederriemen gezogen. Ich nahm den Stein in die Hände und ließ die Lederschnur durch meine Finger gleiten. Was das war, wusste ich genau. Das Auge der Welt existierte. Die Geschichte meines Großvaters war keine Erzählung eines alten Mannes aus einer undefinierbaren Laune heraus, sondern eine Wahrheit, die ich erst jetzt, in diesem Moment, richtig verstand. Das wurde mir schlagartig bewusst. Erst jetzt weinte ich um ihn. Ich erinnerte mich an die Worte des Wanderers und bereitete alles vor, an das ich mich noch erinnern konnte. Den Lederriemen knotete ich auf, wartete bis zur Tag- und Nachtgleiche im Frühling und vergrub ihn in der Erde. Zusammengelegt als Dreieck, dessen eine Spitze genau auf die aufgehende Sonne zeigte. Durch das Auge wurde ein neuer Riemen gezogen und fest verknotet. Er durfte nur so lang sein, dass er das Auge auf der Stirn festhielt, ohne dass es herunter rutschen konnte. Als alles getan war, umfasste ich den Stein fest mit der Hand und konzentrierte mich. Nichts geschah, aber das war auch zu erwarten gewesen. Durch Thorais Schlag mit dem Hammer war das Auge blind geworden. Ich war ein wenig enttäuscht, doch dann legte ich es mit der Öffnung an mein Ohr. Eigentlich hatte ich keine Hoffnung, dass irgend etwas, egal was, geschehen würde, aber wie aus einer weiten Ferne, durch den Nebel von dreieinhalb Jahrtausenden, hörte ich leise Stimmen. Es war wie das Flüstern der Zeit. In diesem Moment wusste ich, was zu tun war. Großvater hatte recht behalten. Erst jetzt war ich wirklich bereit für die Vergangenheit und damit für die Zukunft. Von nun an würde ich Ausschau halten nach demjenigen, der das Auge nach mir tragen würde. Es würde eine lange, schwierige, aber keineswegs aussichtslose Suche werden und eines Tages würde ich jemandem, dem ich die Bürde des Wissens zutraute, eine Geschichte erzählen. Eine schöne Geschichte, wie sie mir mein Großvater vor so vielen Jahren in seinem Garten erzählt hatte. Und später, wenn die Erzählung ihr Ende gefunden hatte, würde ich ein Geschenk weitergeben. Ich lächelte, als ich daran dachte. Ein kleines Päckchen aus Ölpapier, mit Kordel umwickelt, unscheinbar und dennoch großartig. Ein kleines Päckchen nur, aber aus ihm würde die Zeit wieder zu flüstern beginnen.